# CHRISTINA H. W.

# BROKEN SOUL
## Verräterisches Herz

### Dark Romantasy

# Verräterisches Herz

Bibliografische Information der Deutschen Nationalbibliothek: Die Deutsche Nationalbibliothek verzeichnet diese Publikation in der Deutschen Nationalbibliografie; detaillierte bibliografische Daten sind im Internet über dnb.dnb.de abrufbar.



Verlag: BoD · Books on Demand GmbH, In de Tarpen 42, 22848 Norderstedt
Druck: Libri Plureos GmbH, Friedensallee 273, 22763 Hamburg



**Umschlaggestaltung und Buchsatz:** © Kathrin Franke-Mois

Epic Moon – Coverdesign / München, www.epicmooncoverdesign.com

Bildmaterial: stock.adobe.com

**Korrektorat/Lektorat:** Selina Pierstorf

**ISBN:** 978-3-7597-8473-5

»Für all diejenigen, die nicht bei uns
bleiben konnten und im Himmel auferstanden
sind. Für all die Sterne in der tiefschwarzen
Nacht, die eine Seele widerspiegeln. Euer
Lachen, eure Liebe und unsere gemeinsamen
Erinnerungen tragen wir im Herzen. Wir
werden immer an euch denken und euch
niemals vergessen, für alle Ewigkeit.«

# Meine Lieben,

es geht weiter mit Band 3 und diese Geschichte ist noch lange nicht zu Ende erzählt. Wir befinden uns mittendrin und die Reise mit Emma und den vier Herren geht weiter. Wir lernen Nebencharaktere besser kennen und vielleicht verstehen wir das ein oder andere Monster mehr als zu Beginn der Geschichte.

Das heißt noch lange nicht, dass es jetzt einfacher, schöner und ruhiger wird. Wir sind noch nicht einmal am Höhepunkt angekommen und die Dunkelheit kann so verdammt verführerisch sein.

Sie wird euch vereinnahmen, euch tiefer zerren und eure Moral vergraben, denn sie kennt keine Gnade und keine Empathie, sondern nur die rohe, brutale Gewalt. In dieser Geschichte werden körperliche und seelische Gewalt nicht verschönert, sondern finden in jeglicher Form statt. Also seid gewarnt und bedenkt gut – solltet ihr dieses Buch aufschlagen, gibt es kein Zurück mehr und die Monster ziehen euch immer tiefer in ihren Bann.

Sollte euch das nicht abschrecken, dann nur zu. Lest weiter und verfallt meinen Monstern. Aber Vorsicht, manche beißen und wollen eure Seele.

*Eure Christina*

# Willkommen in meiner dunklen Welt.
# Nur keine Angst, ich beiße nicht!

Damit ihr nicht allzu verloren seid und erkennt, welches Übel euch bevorsteht, erkläre ich euch kurz die wichtigsten Begriffe.

**Shades**
Das sind unsterbliche Wesen, die wie Menschen aussehen, jedoch ab dem Erwachsenenalter sehr langsam altern und den Menschen weit überlegen sind.
Sie verfügen über einen ausgeprägten Geruchs- und Geschmackssinn, der es ihnen erlaubt, persönliche Duftnoten zu identifizieren, die jeder Shade und jeder Mensch mit seinem Blut in sich trägt.
Shades sind in der Lage, sich zu verwandeln.
Das stärkste Merkmal eines verwandelten Shades ist die schuppenartige Haut, die der eines Drachens ähnlich ist. Bei jedem Shade sieht sie anders aus, genauso wie die Augenfarbe. Je nach Rang und Abstammung besitzen sie spezielle Fähigkeiten und nur bestimmte Shades zeigen sich in ihrer wahren Form mit Flügeln. Dazu müssen sie sich mit der Dunkelheit und dem Licht im Einklang befinden. Trotz ihrer Unsterblichkeit können Shades getötet werden.

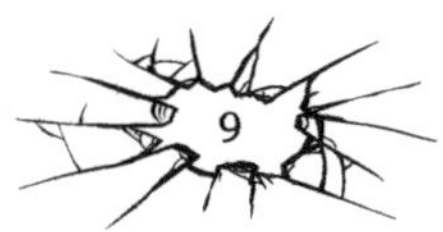

## Wahre Natur

Durch die wahre Natur erlangt jeder Shade seine Fähigkeiten. Sie lebt im Körper ihres Shades, redet mit ihm, spürt seine Emotionen und steht ihm bei. Shades können auch ohne eine Verwandlung auf diese Fähigkeiten zugreifen, aber mit der Verwandlung sind sie um einiges stärker.

## Aura

Jeder Shade besitzt eine Aura, die andere Shades spüren können. Sie ist eine Kraft, die einen Shade umgibt und durch die jeweilige Herkunft und Stärke definiert wird. Bestimmte Shades können ihre Aura verbergen, sodass nur ein Teil ihrer tatsächlichen Macht zu spüren ist.

## Krazor

Das sind große tierähnliche Kreaturen, die von bestimmten Shades herbeigerufen oder beschworen werden können. Sie gehorchen blind und gehen für ihren Meister in den Tod. Jeder Krazor hat eine enge Verbindung zu seinem Shade.

## Schattenrat

Das ist die höchste Macht, die existiert. Der Schattenrat wahrt das Gleichgewicht zwischen den Shades und richtet über sie. Jeder Shade kennt die Geschichten über den Schattenrat und fürchtet ihn. Er soll aus einer Gruppe von mächtigen Wesen bestehen, die keine Gnade kennen. Obwohl der Schattenrat noch nie von jemandem gesehen wurde, wird er seit Jahrtausenden gefürchtet.

**Blaxro**

Das ist eine Magie, die nur Shades aus einer königlichen Linie beherrschen können. Jedoch wurde die Blaxro-Magie vom Schattenrat verboten und sämtliche Bücher und Schriftrollen darüber vernichtet. Sollte dennoch jemand diese Art der Magie praktizieren, zieht er den Zorn des Schattenrates auf sich.

**Symbolische Tätowierungen**

Shades tragen unterschiedliche Symbole in Form von Tätowierungen auf ihrer Haut. Sie zeugen von deren Stärken und Gefühle. Die symbolischen Tätowierungen verstärken die vorhandenen Fähigkeiten eines Shades und werden mit einer bestimmten Farbe und einem magischen Gerät nur von Shades gestochen. Fast jeder Mann trägt zusätzlich zu seinen Symbolen auch die Clan-Tätowierung auf seiner Haut. Frauen tragen nur Symbole, die für Emotionen oder Erinnerungen stehen.

# Prolog

*TARIK*
*Vor hundert Jahren*

Es war nicht mein erster Krieg und sicher nicht mein letzter. Wieder einmal stand ich mit meiner dunkelblauen und mit silbernen Akzenten bestickten Kampfkleidung auf dem Schlachtfeld.

Der süßliche Geruch von Blut vermischte sich mit Verbranntem und Verwestem. Rauch stieg in den mittlerweile dunklen Himmel auf. Holz, Gestein und Glas flogen durch die Luft, während Männer schossen, mit ihren Schwertern durch Körper säbelten und Kanonengeräusche in naher Ferne hallten. Es war grauenhaft und mein Magen zog sich zusammen, während ein kalter Schauer über meinen Rücken lief. Das mit Abstand schrecklichste Geräusch waren die Schreie der Männer, die nach ihren Frauen riefen und vor Zorn aufbrüllten, wenn sie ihre Leichname fanden. Verzweifelte Frauen, die nach ihren Kindern schrien und zusammenbrachen. Weinende Kinder, die ihre Eltern suchten und nichts mit allem zu tun hatten. Aber der Krieg forderte auch von den Kleinsten und Unschuldigsten sein Opfer.

Wie oft hatte ich versucht, das alles auszublenden, mir einzureden, dass ich das Richtige tat und wenigstens

die Kinder und die Frauen auf dem Schlachtfeld retten musste. Doch ich stand einfach nur da. Unfähig, irgendetwas zu tun, sah ich zu, wie die Männer, mit denen ich Seite an Seite kämpfte, Frauen vergewaltigten und bei jedem ihrer Schreie härter wurden, bis sie sie letztendlich qualvoll töteten und nicht einmal vor den Kindern Halt machten.

Ich hatte schon viele unvorstellbare und furchtbare Dinge gesehen, doch das, was auf dem Schlachtfeld passierte, war unbeschreiblich. Der Puls dröhnte in meinen Ohren und mein Herz hämmerte gegen meine Brust, als ich mich umdrehte und das Schlachtfeld verließ. Ich ging zurück zu dem Zelt, in dem ich untergebracht war, und versuchte immer wieder mit all meiner Kraft, das Geschehene auszublenden, auch wenn es unmöglich war.

*»Wir können nichts machen.«*

Das sagte sie immer. Jedes Mal, wenn ich meine Lage verfluchte und mir wünschte, einzugreifen. Schließlich war ich ein Teil des inneren Kreises. Aber ich fand meinen Mut nicht, um zu Vlad zu gehen. Nein, ich war ein Feigling.

Ich stieß meine angestaute Luft aus, drängte die aufkeimenden Gefühle der Schuld zurück, betrat das Zelt und ließ meinen Blick umherschweifen.

Da standen Holztische. Auf einem lagen Dolche, Klappmesser und welche mit robusten Griffen. Auf einem weiteren verschiedene Schusswaffen, von klassischen Pistolen bis hin zur Panzerfaust und Scharfschützengewehren.

Doch deswegen war ich nicht hergekommen. Ich ging an der Waffensammlung vorbei und schob mich zwischen den dunkelblauen Vorhängen durch. Mehrere Metallbetten standen nebeneinander, jeweils mit einer Decke und einem Kissen. Nichts Besonderes, aber besser, als auf dem kalten Boden zu schlafen.

Außerdem gab es Schlimmeres. Ich ging an den Betten vorbei und sah in der hinteren Ecke mein Ziel, der Tisch mit den alkoholischen Getränken.

Ich griff nach einem Glas, schenkte mir etwas von dem hochprozentigen, selbst gebrannten Schnaps ein und trank ihn in einem Zug aus, wiederholte das Ganze und stellte die Flasche, nachdem ich mir erneut eingeschenkt hatte, zurück. Im selben Moment tauchte Grigorij auf und ich musterte ihn. Er trug dieselbe dunkelblaue Kampfausrüstung mit silbernen Akzenten, an seiner Seite hing ein blutbesudeltes Schwert, mehrere kleine Messer und zwei Schusswaffen. Als ich in sein Gesicht blickte, musste ich schlucken. Grigorijs perfektes Aussehen war verschwunden. Seine sonst so akkurat, nach hinten gekämmten blonden Haare hingen ihm ins Gesicht und waren von Asche und Schweiß verklebt. Er sah mich aus müden Amazonit-Augen an.

Grigorij gehörte zu Vlads innerem Kreis und er genauso wie Jegor machten keinen Hehl daraus, dass sie mich nicht mochten. Sie ließen es mich immer wieder durch Beleidigungen und grobes Geschubse spüren. Egal was ich auch versuchte um ihr Vertrauen zu gewinnen, ich scheiterte.

*»Das wird, wir sind erst seit ein paar Jahre dabei. Irgendwann werden sie uns vertrauen«*, versuchte meine wahre Natur mir Mut zu machen.

Ich wollte dazugehören, ihnen zeigen, dass sie sich auf mich verlassen konnten und ich Vlad Koslow loyal zur Seite stand.

Ich schluckte und dachte an den gestrigen Tag. Jegor und Grigorij hatten mich auf dem Schlachtfeld mit ihren Schwertern getroffen. Sie taten es ab, meinten, es wäre ein Versehen gewesen, dass ihre beschissenen Schwerter meinen Arm und mein Bein getroffen hatten. Ich konnte von Glück sprechen, dass die Wunden nach wenigen Minuten wieder verheilt waren. Aber die Erinnerung an den Schmerz blieb, genauso wie der Geruch meines eigenen Blutes, der sich in meiner Nase festgesetzt hatte. Schnell schüttelte ich diese Gedanken weg und atmete tief durch. Ich wollte nicht daran denken.

»Was glotzt du so?«, bellte Grigorij und katapultierte mich an Ort und Stelle zurück.

»Wo ist Vlad?«

»In seinem Zelt, wo soll der Prinz sonst sein?«, blaffte er mich an, als hätte ich die dümmste Frage überhaupt gestellt.

Ohne darauf zu reagieren, stellte ich mein Glas auf den Tisch, ging an ihm vorbei und aus dem Zelt hinaus.

Mit einem tiefen Atemzug sah ich mich um. Mehrere Soldaten marschierten in die Richtung ihrer Zelte, als ich geradewegs zu dem mit Abstand größten Zelt in Dunkelblau und Silber steuerte. Vor dem Eingang standen zwei Fackeln, deren Flammen im Dunkeln leuchteten und im Wind tanzten.

»Vlad, darf ich reinkommen?«, rief ich und hörte von drinnen ein »Ja.«

Ich trat hinein und sah mich nach dem Prinzen um, entdeckte ihn aber nicht sofort.

Vlads Zelt war das Schönste. Auf dem Boden lag ein dunkelblauer Teppich, die Seiten des Zeltes waren von Regalen gesäumt, in denen Waffen und Kampfausrüstungen lagen. Vor seinem Schreibtisch war eine Sitzgruppe aus dunkelblau gepolsterten Stühlen mit silbernen Ornamenten arrangiert.

Ich ging an seinem Schreibtisch vorbei und sah darauf die Schlachtpläne liegen, als der Vorhang neben mir aufging und Vlad in Kampfkleidung heraustrat. Seine Erscheinung war eine Wucht und ich konnte seine Macht deutlich spüren. Zur Begrüßung senkte ich kurz meinen Kopf und betrachtete ihn genauer.

Er musste seine Kampfausrüstung frisch angezogen haben, ich konnte darauf keinen einzigen Blutfleck oder Dreck erkennen. Sie waren aus einem schnittfesten, aber elastischen Stoff hergestellt, sodass wir uns darin gut bewegen und kämpfen konnten. Sein dunkler Umhang mit den silbernen Stickereien und den Steinen, die zur Veredelung auf den Schulterpartien eingearbeitet worden waren, war wohl ebenfalls ein neues Exemplar. Der Letzte war bei der Schlacht vor wenigen Stunden völlig zerrissen worden.

»Tarik, mein Freund.« Sein Gesichtsausdruck hellte sich auf und er nahm mich brüderlich in den Arm, bevor er sich durch seine schwarzen Haare strich.

»Vlad, wir haben alles eliminiert was ging. Mittlerweile dürfte es auf der gegnerischen Seite keine Überlebenden mehr geben.«

Er nickte zufrieden und grinste. »Das ist gut, ich werde meinem Vater die Botschaft zukommen lassen.«

Ich spürte, wie er sich bei dem Gedanken an seinen Vater verkrampfte. »Wir haben seinen Auftrag erledigt. Der König wird die Nachricht sicher mit Freude empfangen.«

»Das hoffe ich«, murmelte er und strich über den Griff seines Schwertes, das an seiner Seite steckte.

Als er mich ansah, konnte ich den Schmerz in seinen Augen erkennen, den ich ihm so gern nehmen würde. Wir folgten zwar den Anweisungen des Königs, doch wir standen alle hinter Vlad. Er war unser Prinz und unser Alpha.

»Alles wird gut gehen, Vlad. Und wenn nicht, hast du noch immer uns.« Lächelnd legte ich ihm meine Hand auf die Schulter.

»Ich bin froh, dass du hier bist und mein Angebot angenommen hast.«

»Ich bin derjenige, der sich bedanken muss.« Lächelnd blickte ich in seine Augen. Niemals hätte ich es für möglich gehalten, dass ich in seinen inneren Kreis aufgenommen werden würde. Als er mir dieses Angebot unterbreitet hatte, hatte ich nicht lange überlegen müssen und zugesagt, mir das Symbol seines Clans tätowieren lassen und meinen Schwur abgelegt.

Ich würde hinter ihm stehen, ihn bei allem, was kommen mochte, unterstützen und an seiner Seite kämpfen. Nicht nur, weil er mich in seinen Kreis aufgenommen oder gerettet hatte, sondern weil ich in Vlad etwas sah, für das es sich lohnte, ihm zu folgen.

Egal wie brutal und skrupellos der Ruf der Koslows war, am Ende herrschte Vlad anders über seine Männer. Er respektierte seinen inneren Kreis und stand zu uns, genauso wie wir zu ihm. Diese Verbindung bestand

nicht aus Angst, sondern aus Loyalität. Dass ich ein Teil davon sein durfte, bedeutete mir unfassbar viel.

»Wo sind die anderen?«, riss er mich aus meinen Gedanken.

Ich blinzelte mehrmals. »Sie trinken oder besorgen sich eine Hure«, kam es kälter über meine Lippen als beabsichtigt und sofort schnellte sein Kopf in meine Richtung.

»Sie behandeln dich noch immer nicht besser?«, knurrte er.

»Vlad, ich möchte keine Unruhen verursachen.« Es war schwer genug in einem Raum mit ihnen zu sein und ihre Blicke auszuhalten. Das Getuschel zu hören, dass Vlad einen Außenseiter in seinen inneren Kreis gelassen hatte. Auf keinen Fall wollte ich, dass Vlad seine Männer damit konfrontierte. Es würde nur alles schlimmer machen.

»Das tust du nicht. Aber sie haben dich zu respektieren, ich vertraue dir und du bist ein Teil meines inneren Kreises.«

Stöhnend rieb ich über meine Schläfen. »Sie brauchen vermutlich nur mehr Zeit.«

*»Wir haben nichts Falsches getan. Wir würden Vlad niemals verraten.«*

Meine wahre Natur hatte recht. Uns verband so viel, wir waren sofort auf einer Wellenlänge gewesen und ich liebte es, hier bei ihm zu sein. Normalerweise war es für Außenstehende unmöglich, in seinen inneren Kreis aufgenommen zu werden. Vlad machte mich zu dem Shade, der ich war und ich war ihm so vieles schuldig. Ohne ihn wäre ich schon längst verloren.

»Von mir aus, dann gib ihnen mehr Zeit. Aber sollte etwas sein, kannst du immer zu mir kommen. Ich hoffe, das weißt du.«

»Ja, natürlich.«

Grinsend strich er sich durch seine Haare und trat zum Ausgang, ehe er sich noch einmal zu mir umdrehte. »Tarik Valdor, du gehörst zu uns und wir sind eine Familie, vergiss das niemals.« Dann war er verschwunden.

Seine Worte verpassten mir eine Gänsehaut und ein Schmunzeln schlich sich auf meine Lippen.

*»Du hast es gehört, wir sind eine Familie.«*

Und in jeder Familie gab es mal Streitigkeiten. Tief in mir hoffte ich, dass wir bald alle zusammen um das Lagerfeuer sitzen und gemeinsam lachen konnten. Ohne Anfeindungen, Beleidigungen oder irgendwas dergleichen.

*»Das wird, wir schaffen alles zusammen.«*

Ich trat hinaus, atmete die kühle Nachtluft ein und erreichte den Abhang unseres Lagers. Mein Blick schweifte über das Schlachtfeld.

Überall lagen abgetrennte Gliedmaßen. Speere und Schwerter steckten im verdreckten Boden und der Geruch von Tod und Blut kroch in meine Nase. Dann entdeckte ich Vlad, wie er gemeinsam mit Jegor durch das Massaker marschierte und sie zielstrebig auf jemanden zusteuerten.

*»Was macht er da?«*

Meine Augen leuchteten in ihren hellen Bernsteinen auf. Ich setzte meine Fähigkeiten ein, um aus dieser Entfernung genau zu sehen, was mein Alpha da tat.

Ich holte tief Luft und hielt inne, blieb ruhig stehen und konzentrierte mich, um etwas zu verstehen. Scheiße, warum konnte ich nichts hören? Hatten sie einen Zauber eingesetzt? Als ich erkannte, dass ihr Ziel Grigorij war, der eine Frau an ihren verschmutzten, verfilzten Haaren nach oben zog, musste ich schlucken. Vlad blieb mit Jegor vor ihr stehen und allen Anscheins fragte mein Prinz sie etwas. Sie weinte bitterlich, schrie und schüttelte immer wieder ihren Kopf.

*»Ich dachte, alle wären tot«*, murmelte meine wahre Natur irritiert und ich war derselben Meinung gewesen. Doch da war diese Frau und die Angst in ihrem Gesicht jagte mir eine Gänsehaut über meinen Körper.

*»Ich habe keine Ahnung, was hier vor sich geht. Aber offensichtlich haben Jegor und Grigorij sie am Leben gelassen«*, flüsterte ich zu ihr.

*»Aber warum hat uns niemand etwas gesagt?«*, zischte sie. Ich drängte sie zurück und konzentrierte mich auf das, was vor mir geschah.

Vlad zog sein Schwert und schlug den Kopf der Frau ab, bevor Jegor diesen achtlos auf das Schlachtfeld zwischen die anderen Opfer warf.

Ich stolperte mehrere Schritte zurück und war geschockt, genauso wie meine Natur. Sofort ließ das Leuchten in meinen Augen nach und sie nahmen wieder ihr natürliches Braun an. Ich konnte nicht mehr erkennen, was die drei dort trieben.

*»Er hat ihr einfach den Kopf abgeschlagen.«*

Entsetzt verkroch sich meine wahre Natur und mir fehlten die Worte.

Ich wusste, dass Vlad niemals zu unterschätzen war, er war weitaus mächtiger als normale Adlige. Doch diese Skrupellosigkeit Frauen und Kindern gegenüber war selbst für mich zu brutal. Sie hatten in diesem Kampf nichts verloren, waren unschuldig. Doch Vlad und seine Männer zeigten kein Erbarmen. Wenn sie eliminierten, dann ohne Ausnahme. Ohne die Chance, dass sich jemand rächen könnte, auch keine Frauen und Kinder, egal ob Mädchen oder Junge. So war er schon immer und ich hatte die Vermutung, dass das an seiner Erziehung lag.

Und trotz des schlechten Verhältnisses zu seinem Vater wollte Vlad nur eines: Liebe und eine Familie.

Und genau da wurde es mir bewusst. Ich würde für ihn da sein, ihm beistehen und zeigen, dass Familie nicht nur darin bestand, dass dasselbe Blut durch die Adern floss. Vlad war und blieb der einzig wahre König und meine Loyalität galt ihm bis in alle Ewigkeit. Diesem Mann verdankte ich mein Leben und das würde ich ihm niemals vergessen.

# Kapitel 1 

## EMMA

*Heute*

Der Schweiß lief über meine Stirn und meine Atmung ging schneller, während ich meine Hände in den Handschuhen, die Noel mir gegeben hatte, zu Fäusten ballte und mich breitbeinig vor ihn hinstellte.

Er hielt die Handpratzen vor sich und nickte mir zu. Ich stieß die Luft aus, holte mit der linken Hand aus und traf die rechte Pratze, ehe ich das Gleiche mit der rechten Hand versuchte. Die Mittagssonne brannte unerbittlich über uns.

»Gut, noch mal. Und stärker«, sagte er und schlug leicht mit der Pratze meine Faust weg. »Komm schon, lass die Wut raus«, spornte er mich an und ich schloss meine Augen. Augenblicklich musste ich an Tarik denken, wie er mich gegen die Wand gedrückt und mir tief in die Augen geblickt hatte, als ich das Dunkle darin hatte schimmern sehen. Ich kniff meine Augen zusammen, spürte die Wut in meinem Bauch und die Dunkelheit, die schrie und hinausgelassen werden wollte.

*»Du weißt, dass es nicht Tarik war«*, sagte meine wahre Natur.

Richtig. Er hatte wie Tarik ausgesehen, wie er geklungen und sich so bewegt, doch seine Worte waren anders gewesen. Er hatte verdammt noch mal wie Vlad geklungen! Wütend schlug ich erneut zu, als die Worte meines Ehemannes in meinem Kopf widerhallten.

*Wir hätten anders sein sollen.*

Ich schrie und schlug gegen Noels linke Pratze.

*Es hätte besser laufen sollen.*

Ich wollte seine Worte nicht hören, und doch brachen sie wie eine Lawine über mich herein und wieder schnellte meine Faust nach vorn.

*Hab' keine Angst.*

Wie oft hatte er das gesagt und am Ende war ich die Leidtragende gewesen. Ich schrie, fühlte eine Träne aus meinem Augenwinkel laufen.

*Du gehörst mir, Ma Chérie.*

Vlads verdammte Worte hatten sich in meinen Kopf gefressen und ich wusste bis heute nicht, wie er das geschafft hatte. Aber ich war mir sicher, dass er es gewesen war. Vlad hatte durch Tarik zu mir gesprochen.

»Emma«, hörte ich Noel, aber seine Stimme geriet immer mehr in den Hintergrund und das Rauschen in meinen Ohren wurde lauter. Mein Herzschlag beschleunigte sich und ich holte immer wieder aus. Schlug mit meinen Fäusten gegen die Handpratzen und spürte, wie sich die Finsternis in mir an das Licht schmiegte. Sie flüsterte mir zu, dass meine Wut in Ordnung wäre, dass ich sie rauslassen sollte.

»Emma!«, brüllte Noel. Als ich wieder ausholen wollte, trat Noel mit einem Mal zurück, riss sich die Handpratzen herunter und raste hinter mich.

Sofort versuchte ich, ihm auszuweichen und ihn zu treffen, aber er packte mit einer Hand meine Handgelenke und fixierte sie hinter meinem Rücken, während er mich mit seiner anderen Hand an seine Brust zog und festhielt.

»Lass mich los«, schrie ich und versuchte mich zu wehren, aber er hielt mich eisern fest.

»Emma, komm zu dir. Ich bin es, Noel.«

Ich konnte sein Atem an meinem Hals spüren, als ich meine Augen schloss und tief durchatmete.

»So ist es gut. Atme tief ein und wieder aus«, sagte er ruhig und tatsächlich half es.

Als er mich losließ und sein besorgter Blick den meinen traf, verengten sich meine Augen auf der Stelle.

»Wenn du reden …«

»Mir geht es gut!«, unterbrach ich ihn und öffnete meine Handschuhe.

»Emma, wir …«

»Mir geht es gut, verdammt!« Was verstand er daran nicht? Knurrend warf ich die Handschuhe auf den Boden und raste ins Haus und hinauf in mein Zimmer, warf die Tür mit einem lauten Knall ins Schloss und ballte meine Hände zu Fäusten.

Ich hatte ihnen nichts davon erzählt. Weder dass Tarik mich gegen die Wand gedrückt hatte, noch dass Vlad durch ihn mit mir gesprochen hatte.

*»Wir können es Ryan sagen, er würde uns glauben.«*

Ryan war mein Gefährte und seit ich meinen Riss geschlossen hatte und mich an alles erinnern konnte, wusste ich, dass ich Ryans innerem Kreis und vor allem ihm blind vertrauen konnte.

Doch irgendetwas hielt mich zurück und genau das machte mich unfassbar wütend. Vlad war ein Mann ohne Skrupel und Empathie, ein Monster. Und doch hatte ich ihn mit meinem Schweigen über den Vorfall in Schutz genommen.

*»Wir haben Angst. Vlad ist mächtig und er hat uns durch die Hölle geschickt«,* rechtfertigte sich meine wahre Natur.

Aber ich glaubte nicht daran. Ich hatte keine Angst vor Vlad, schließlich war ich bei Ryan in San Francisco in Sicherheit.

Scheiße.

Ich rieb über meine Schläfen und löste meinen Pferdeschwanz, blickte mich in meinem Zimmer um. Ryan hatte es für mich einrichten lassen und ich liebte es, sei es die kleine Leseecke oder das Himmelbett.

*»Wir sollten uns über Tarik erstmal keine Gedanken machen«,* sagte meine wahre Natur und griff das Thema erneut auf, das ich einfach nur vergessen wollte.

*»Bist du dir sicher?«,* fragte ich sie.

*»Ja, außerdem gab es bis jetzt keinen weiteren Vorfall.«*

Meine Natur hatte recht und solange ich nicht verstand, wie es möglich war und warum ich dieses Monster durch mein Schweigen auch noch schützte, würde ich dieses Problem erstmal hintanstellen.

Tief atmete ich durch und ging in mein Badezimmer. Ich zog meine verschwitzten Trainingsklamotten aus und stieg unter die Dusche. Mit geschlossenen Augen lehnte ich mich an die kühle Wand, während das warme Wasser über meinen Körper floss und meine Muskeln langsam entspannten. *»Alles wird gut gehen«,* flüsterte ich.

*»Ganz genau, wir haben unsere volle Macht zurück und werden trainiert«*, sagte meine wahre Natur voller Stolz und ich musste grinsen. Sie hatte recht.

Mir ging es seit langem endlich wieder gut. Ich wusste wieder, wie nahe ich Ryans innerem Kreis stand und dass wir alle Freunde waren. Und Ryan … Er war mein Gefährte, die erste große Liebe meines Lebens und noch immer spürte ich die Schmetterlinge in meinem Bauch. Doch wir waren nicht mehr dieselben und während er jeden Tag gegen seine Dunkelheit kämpfte, sah ich in seinen Augen, wie sie sich in ihm ausbreitete. Mir entging sein Blick nicht, wenn ich ihm sagte, dass die Dunkelheit nicht zwingend böse sein musste – als hätte ich völlig den Verstand verloren. Indirekt versuchte er mir immer klarzumachen, dass ich sie verdrängen und bekämpfen musste.

*»Er versteht es nicht.«*

*»Keiner tut es. Sie alle sehen mich an, als wäre ich verrückt«*, flüsterte ich. Auch wenn sie es alle nicht böse meinten, verletzte es mich jedes Mal, wenn ich in ihre Augen blickte und die Wahrheit erkannte. Sie wollten es nicht verstehen und hielten mich für wahnsinnig.

*»Sie wollen die Wahrheit nur nicht einsehen. Die Dunkelheit und das Licht gehören zu uns Shades. Es ist kein Fluch und keine Bürde, man muss sie nur annehmen.«*

Nur leider war ich mit dieser Meinung anscheinend allein.

Ich stieg aus der Dusche, trocknete mich ab und föhnte meine Haare, ehe ich in mein Zimmer ging und die Schublade der Kommode öffnete. Ich entschied mich für die schwarze Spitzenunterwäsche und stellte mich vor meinen großen Kleiderschrank.

Ein dunkelblaues Kleid stach mir ins Auge. Lächelnd nahm ich es heraus, zog es an und stellte mich vor den Spiegel.

*»Wir sehen gut aus.«*

Zufrieden strich ich über den weichen dunkelblauen Stoff, der kurz über meinen Knien endete. Silberne Stickereien zierten den Saum des Kleides und betonten mein Dekolleté.

Ich verließ mein Zimmer und ging den Flur entlang, steuerte geradewegs auf den Aufzug zu. Mit einem Gong öffneten sich die Türen, ich ging hinein und drückte den Knopf für das untere Stockwerk.

*»Ryan wird sicher stolz sein, wenn wir ihm von den Fortschritten des Trainings erzählen«*, säuselte meine wahre Natur.

*»Wir machen das für uns. Wir wollen uns verteidigen können und niemanden damit beeindrucken.«*

Das war unser Ziel und der Grund, warum mich Ryans innerer Kreis und er trainierten. Sie zeigten mir Angriffs- und Verteidigungstechniken und lehrten mich, wie ich mit meiner Magie und meinen Fähigkeiten umgehen musste.

Leider war das heute schwieriger gewesen als gedacht und am Ende hatte ich wütend und verzweifelt gegen meinen Lehrer gekämpft, anstatt auf ihn zu hören.

*»Du machst dir viel zu viele Gedanken. Wir sind gut, nur brauchen wir mehr Übung. Wir dürfen nicht vergessen, dass sowas normalerweise Jahre dauert und wir erst seit ein paar Monaten unsere Erinnerungen und Kräfte zurückhaben.«*

Das sagte sie nicht zum ersten Mal und ich wusste, dass sie mich damit beruhigen wollte.

»*Alles wird gut*«, sagte sie aufmunternd.

Die Türen öffneten sich und ich stieg aus dem Aufzug.

SEIT DEM TAG, AN DEM ICH DREI MEINER Männer nach Moskau geschickt hatte, bekam ich eine wöchentliche Berichterstattung. Doch seit zwei Wochen hatte ich nichts mehr von ihnen gehört und meine Nerven lagen blank. Das Einzige, was mich runterholte, war Emma. Doch auch wenn wir uns annäherten und sie unser Gefährtenband akzeptierte, bemerkte ich Tag für Tag ihre Veränderung. Ihre Augen flackerten immer wieder rubinrot auf und ich konnte eine Wut darin erkennen, die mich allzu gut an meine eigene Dunkelheit erinnerte. Und nach wie vor sprach sie nicht über ihre Zeit mit Vlad oder ihre zurückerlangten Erinnerungen.

Seufzend stand ich auf, ging aus meinem Büro und zu dem Bereich abseits des Gartens, wo wir Emma trainierten.

Meine Angestellten waren fleißig an der Gartenpflege, mein Krazor tollte um sie herum. In dem Moment hörte ich schon, wie eine Statue zu Boden fiel, und sah, wie er daran knabberte. Nicht schon wieder! Das war die dritte zerstörte Statue, aber allen Anscheins hatte er mächtigen Spaß.

Trotz meinem Okay, dass er ins Haus durfte, hielt er sich lieber im Garten oder im angrenzenden Wald auf.

*»Er liebt die Natur.«*

Trotzdem hatte ich es langsam satt, dass er meine Dekoration dem Erdboden gleichmachte.

Als ich Noel entdeckte und sah, wie er nachdenklich Handschuhe und Pratzen in seine Tasche stopfte und zu einer Wasserflasche griff, ging ich schnellen Schrittes auf ihn zu. Mein Blick suchte wie automatisch die Umgebung nach Emma ab. »Wo ist sie?«

»Sie ist ins Haus gestürmt«, murmelte er und seufzte, bevor er einen kräftigen Schluck aus seiner Wasserflasche trank und sich mit einem Handtuch den Schweiß aus dem Gesicht wischte.

»Was meinst du damit? Ich dachte, ihr trainiert.«

»Haben wir, bis sie immer wütender wurde.«

*»Das ist nicht gut«*, flüsterte sie und ich massierte meine Schläfen in der Hoffnung, mich zu beruhigen.

»Denkst du, ihre Dunkelheit macht ihr zu schaffen?«, fragte Noel.

»Sie macht uns allen zu schaffen, aber sie ist die Einzige mit Flügeln.« Flügel, die es nicht geben sollte. Flügel, die nur dann zum Vorschein kamen, wenn das Licht und die Dunkelheit im Einklang waren. Und ausgerechnet Emma hatte welche. Das alles glich einem Wunder und noch immer verstanden wir nicht, wie das möglich sein konnte.

»Was denkst du, Ryan?«, holte er mich ins Hier und Jetzt zurück.

»Ich denke, dass ihr die Dunkelheit nicht guttut. Emma hat erst seit ein paar Monaten ihre Erinnerungen und mit ihnen ihre Magie und Fähigkeiten zurück

und jetzt spürt sie die Dunkelheit mehr als zuvor.« Das konnte nicht gut gehen und sie sollte das nicht fühlen. Sie war doch mein kleiner Engel und es reichte schon, dass ich mit meiner Finsternis zu kämpfen hatte.

»Das denke ich auch. Besser gesagt machen wir uns alle Sorgen, dass ihr die Dunkelheit zu viel werden wird.«

»Redet sie mit euch darüber?«

»Nein.«

Meine Hoffnung, dass sie sich endlich öffnen würde, verschwand. Frustriert stöhnte ich auf und wir gingen gemeinsam zurück ins Haus.

»Vielleicht kannst du mit ihr darüber reden?«

»Das glaube ich kaum«, murmelte ich.

»Warum nicht? Emma ist deine Gefährtin.«

Deswegen sollte sie mit mir reden? Dass ich nicht lachte. Jedes Mal, wenn ich nur einen Versuch wagte über ihre Vergangenheit mit Vlad oder ihren Eltern zu sprechen, wich sie aus und wechselte das Thema. Von der Dunkelheit wollte ich erst gar nicht anfangen, denn das endete meistens im Streit. »Ich wünschte, dass es so einfach wäre. Aber du kennst sie genauso gut wie ich.«

»Auch wieder wahr.« Nachdenklich sah er zu mir, als wir im Flur standen. »Trotzdem denke ich, dass sie früher oder später mit dir reden wird.«

Mehr als hoffen konnte ich nicht.

Der Gong des Aufzugs erklang und die Türen öffneten sich. Augenblicklich hoben sich meine Mundwinkel an, als mein kleiner Engel heraustrat.

Bis mein Blick auf ihr Kleid fiel. Der dunkelblaue Stoff schmiegte sich an ihre Kurven, silber gestickte

Akzente zierten den Saum des Kleides und umspielten ihr Dekolleté. Ein ohrenbetäubendes Knurren verließ meine Lippen und ich sah aus dem Augenwinkel, wie Noel seine Augen aufriss. Mein Herz hämmerte zornig gegen meine Brust und ich hörte das Blut in meinen Ohren rauschen. »Was hast du da an?«, brüllte ich und ballte meine Hände zu Fäusten.

»Ein Kleid?«

Meine Augen leuchteten in ihren Smaragden auf, als ich im nächsten Augenblick auf sie zuraste, ihren Hals mit meiner Hand umfasste und sie ruckartig gegen die Wand drückte, was sie keuchen ließ. »Warum trägst du das in meinem Haus?«, blaffte ich sie an.

»Was meinst du? Du hast mir die Kleider gekauft und sie einräumen lassen«, sagte sie nach Luft ringend.

»Aber nicht dieses!«

»*Beruhig dich*«, schrie meine Natur, aber ich schaffte es nicht. Ich sah nur die Farben. Dunkelblau und Silber.

»Ryan, Emma hat recht. Die Angestellten kaufen die Kleider«, versuchte es Noel.

*»Hör auf ihn und lass verdammt noch mal unseren Engel los!«*

Schwer atmend ließ ich von ihr ab und bellte um mich. »Wer hat die letzten Kleider eingeräumt?«

»Das war ich.« Ein junger Mann kam zögerlich auf uns zu.

Ohne mit der Wimper zu zucken raste ich auf ihn zu und spürte, wie meine Krallen durch meine Fingerkuppen stachen. Im nächsten Moment rammte ich meine Hand in seine Brust.

»Oh Gott«, keuchte Emma und ich sah, wie sie sich die Hand vor den Mund hielt und Noel sich vor sie stellte. Ein teuflisches Grinsen formte meine Lippen, als Blut aus den Mundwinkeln des Angestellten lief und ein Röcheln aus seiner Kehle drang, ehe ich mit Schwung sein Herz herausriss und er wie ein Sack zu Boden fiel. »In meinem Haus will ich nichts Dunkelblaues mit irgendetwas Silbernem sehen, verstanden!«

Sämtliche Angestellte, die in der Nähe standen, traten zurück und nickten ehrfürchtig, während ich noch immer das Herz dieses Bastards in meiner Hand hielt und es langsam zerdrückte. Warmes Blut lief meinen Arm hinunter, als ich es auf den Boden warf und mit schweren Schritten auf Emma zuging.

»Ryan, sie wusste das sicher nicht«, verteidigte Noel sie.

»Aus dem Weg«, knurrte ich.

»Ryan …«

»Verschwinde!«, brüllte ich und Noel sah ein letztes Mal in meine leuchtenden Augen, ehe er davonraste.

»Was …«, setzte Emma an, doch ich ließ nicht zu, dass sie weitersprach, und umfasste mit meiner blutigen Hand ihren Hals, drückte immer fester zu.

»*Hör auf, bitte*«, flehte meine wahre Natur, aber die Dunkelheit war zurück und brodelte in mir. Es war wie ein Schalter, der sich umgelegt hatte, und ich spürte, wie mir die Kontrolle durch meine Finger entglitt.

Knurrend ließ ich Emmas Hals los, um sie im nächsten Augenblick über meine Schulter zu werfen. Ich raste hinauf in mein Zimmer, bevor ich sie auf den Boden warf und nichts außer Wut und Hass empfand.

Mein Herz schlug wild und ich spürte, wie ich kurz vor meiner Verwandlung stand. »Ausziehen«, befahl ich.

»Ryan, was ist los?«

»Tu nicht so, als wüsstest du es nicht.«

»Ich verstehe es nicht.«

Große braune Augen trafen mich und für den Bruchteil einer Sekunde spürte ich Reue, doch bevor ich danach greifen und die Kontrolle über mich zurückgewinnen konnte, übermannte mich die Wut und ich brüllte. »Zieh das Kleid aus oder ich helfe nach.« Meine Krallen ragten aus meinen Fingern und immer mehr grüne Schuppen bildeten sich auf meiner Haut. Ich sog scharf die Luft ein und spürte, wie meine Sinne sich verstärkten und die Dunkelheit, die in mir tobte, sekündlich stärker wurde. Selbst meine wahre Natur hatte aufgehört, sich dagegen zu wehren. Ich hörte meine tiefe, raue Stimme, wie sie schrie, dass sie sich ausziehen sollte, und ich wusste nicht, ob ich oder meine wahre Natur lauter brüllte, als meine Alpha-Aura den Raum erzittern ließ.

Emma folgte meiner Aufforderung mit Tränen in den Augen, bis sie in schwarzer Spitzenunterwäsche vor mir stand. Ihr Körper bebte und ich konnte die Angst in ihren Augen sehen, die mich wahnsinnig machte und mein Herz schmerzen ließ. Aber ich schüttelte die Gefühle ab und raste mit einem Ruck auf sie zu. Ich griff um ihre Taille und zog sie an mich. Ihr süßlicher Duft umhüllte mich und weckte eine Gier in mir, die mich brüllen ließ, ehe ich meine spitzen scharfen Zähne in ihren Hals rammte und sie vor Schreck schrie.

Doch ich hörte nicht auf. Schluck für Schluck trank ich ihr köstliches Blut und biss immer fester zu.

Ich spürte, wie mich eine wohlige Wärme empfing und die Dunkelheit nachließ. Ich brauche mehr, ich muss meine Dunkelheit besänftigen. Dieser Gedanke trieb mich an und selbst als ihre Beine nachgaben, umklammerte ich ihren Körper und verlor mich in ihrem Blut.

*»Hör auf, wir bringen sie noch um!«*, schrie meine wahre Natur plötzlich. Sie hatte offensichtlich einen klaren Gedanken gefasst und holte mich aus meinem Rausch heraus.

Vorsichtig leckte ich über die Wunde, damit sie sich schloss. Als ich Emma regungslos in meinen Armen sah, stiegen die Schuldgefühle empor. Das war nicht meine Absicht gewesen. Ich wollte ihr nicht so viel Blut nehmen, dass sie bewusstlos wurde, und doch war genau das geschehen. Mit zitternden Händen legte ich sie vorsichtig auf den Boden, lief in mein Bad und befeuchtete ein Handtuch, säuberte Emmas Körper von dem Blut, dass von meinen Händen stammte, und legte sie anschließend in mein Bett und strich ihr sanft über die Wange.

»Es tut mir leid«, flüsterte ich und sprach einen Zauber, während meine Hand über ihren Körper glitt.

*»Das wird wieder. Wir Shades heilen schnell.«*

Durch ihr königliches Blut heilte sie sogar noch schneller als Adlige, und mein Zauber half ihr dabei, doch ich wusste, dass ich zu weit gegangen war.

*»Wir haben uns in der Dunkelheit verloren, aber jetzt sind wir wieder wir selbst.«*

*»Das ist keine Entschuldigung.«*

*»Nein, das ist es nicht. Aber es ist das, was uns weiter hoffen und an unser Licht glauben lässt.«*

Mein Blick glitt zu meinem wunderschönen Engel. Emma war die Einzige, die mir dieses Licht geben konnte. Doch das änderte nichts an der Tatsache, dass ich ein Monster und sie viel zu gut für mich war.

Aber ich konnte sie nicht gehen lassen, ich konnte mein Licht nicht verlieren. Sie würde bei mir bleiben, für immer. Koste es, was es wolle.

# Kapitel 2 

## DARIO

**M**ein Herz zog sich schmerzhaft zusammen und Tränen bahnten sich ihren Weg an die Oberfläche, doch ich drängte sie zurück und drückte meinen Rücken gegen die Wand, raufte meine Haare und blickte hinauf zur Deckenbeleuchtung. Ich sollte nicht lauschen, ich sollte verdammt noch mal einfach gehen und aus Ryans Flügel verschwinden. Was machte ich hier nur?

*»Dario, das ist nicht unsere Schuld. Wir wollten Ryan nur neuen Informationen geben.«*

Als ich in Ryans Flügel gegangen und nur einen Schritt von seinem Zimmer entfernt war, hatte ich Emmas Schrei gehört und mein Herz hatte ausgesetzt. Alles in mir schrie, ich sollte durch die Tür gehen und nachsehen, was passiert war. Doch ich war unfähig, lehnte an der Wand und kämpfte mit meinen Emotionen. Verdammt! Warum konnte ich Emma nicht so sehen wie früher? Als eine enge Freundin. Jedes Mal, wenn ich sie sah, schlug mein Herz höher. Mit jedem Lächeln hatte ich das Gefühl, der gesamte Raum würde anfangen zu leuchten, und gleichzeitig tat es so weh. Ich wusste, dass Ryan und Emma sich nähergekommen waren, und ich sollte mich für sie freuen. Endlich sah ich meinen Alpha und besten Freund wieder lächeln. Er verdiente dieses Glück und ich merkte,

dass Emma ihm guttat. Sie gab ihm das Licht zurück, was ich für verloren geglaubt hatte.

*»Emma gibt nicht nur ihm das Licht, sie schenkt uns allen den Glauben daran, dass wir mehr als nur Monster sind. Sie ist unsere Rettung.«*

Die Rettung vor der Dunkelheit und die Hoffnung, dass selbst in uns so etwas wie Menschlichkeit schlummerte.

Mein Blick wanderte zu Ryans Zimmertür. Was da drin wohl vorgefallen war? Ich hatte keine Ahnung.

Heute morgen war ich in die Stadt gefahren und erst mittags zurückgekommen. Ich hatte mich im Trainingsraum zurückgezogen und auf einen Boxsack eingeschlagen, um mich abzureagieren. Auf dem Weg in mein Zimmer für eine kühle Dusche hatte Noel ein paar Angestellte herumgescheucht, sie sollten etwas sauber machen. Doch ich wusste nicht, was genau passiert war.

Ich schüttelte meinen Kopf und atmete tief durch, bevor ich mich vor Ryans Tür stellte und klopfte.

»Dario.« Irritiert sah Ryan zu mir, als er seine Tür einen Spalt öffnete und zu mir hinaus auf den Flur schlüpfte.

»Störe ich?«, fragte ich und blickte zur Tür, die er rasch hinter sich schloss. Wo war Emma? Was war passiert und warum hörte ich nichts aus seinem Zimmer?

»Nein, was gibt es?«

*»Konzentriere dich und hör auf, die Tür anzustarren«,* zischte meine wahre Natur.

»Ist irgendetwas passiert?«, hakte ich nach. Ich konnte spüren, dass etwas nicht stimmte. Nicht nur weil er fertig aussah, sondern weil mir die Dunkelheit

in seinen Augen entgegenflackerte. War sein Kampf gegen die Finsternis wieder stärker geworden?

»Es gab einen kleinen Zwischenfall«, murmelte er und ging in die Richtung des Gemeinschaftsraumes, der sich in seinem Flügel befand.

Ich steckte meine Hände in die Hosentasche und folgte ihm. »Was ist passiert?«

»Emma hatte ein dunkelblaues Kleid mit silbernen Stickereien an.«

Bitte was? Ich riss meine Augen auf, mein Herz hämmerte gegen meine Brust. Scheiße, das war nicht gut. Dunkelblau und Silber waren die Farben des Königshauses der Koslows, die sich in ihrem Wappen und ihrer Kampfausrüstung widerspiegelten. Wenn Emma dieses Kleid angezogen hatte, löste das nicht nur alte Erinnerungen in Ryan aus, sondern galt als ein Affront gegen Ryans Königshaus.

»Ich hatte mich nicht im Griff«, gestand er und ich musste schlucken.

Ich konnte mir vorstellen, wie er ausgerastet war, und versuchte den Gedanken zu verdrängen, dass Emma womöglich verletzt worden war. Ich musste mich jetzt auf das Wesentliche konzentrieren. »Wie kommt dieses Kleid überhaupt in ihr Zimmer?«

»Ich weiß es nicht. Jeder meiner Angestellten weiß, dass ich in meinem Haus nichts Dunkelblaues in Kombination mit Silber dulde.«

Nachdenklich ging ich mit ihm in den Gemeinschaftsraum und wir setzten uns auf das große dunkle Sofa.

Ryans Königsfarben waren Schwarz und Gold. Also war auch unser Zuhause in Schwarz und Gold

eingerichtet, dazu weiße Akzente. Und natürlich gab es auch mal dunkelblaue oder silberne Gegenstände, aber niemals beides zusammen.

»Vielleicht war es einfach nur ein Fehler?«, überlegte ich laut.

»Kann sein«, sagte er, aber die Zweifel in seiner Stimme waren nicht zu überhören. »Sag mir lieber, dass du Neuigkeiten hast.«

Unser Mittelsmann traf uns einmal in der Woche an einem vereinbarten Ort, um uns Neuigkeiten und Dokumente, die er von unseren Männern aus Moskau gesammelt hatte, zu übermitteln. E-Mails und Nachrichten waren uns für diesen Zweck zu riskant. Doch um unseren Mittelsmann war es still geworden und unsere Geduld neigte sich dem Ende, also hatte ich beschlossen, in die Stadt zu fahren und der Sache auf den Grund zu gehen. »Nein, so wie es aussieht ist er nicht einmal in der Stadt.«

»Irgendwas ist schiefgelaufen«, sagte er angespannt und massierte seine Schläfen, was er jedes Mal tat, wenn er kurz davor war, etwas kurz und klein zu schlagen.

»Vielleicht haben unsere Männer einfach keine Zeit gehabt, um Informationen zu übermitteln. Bei der letzten Nachricht war schließlich alles in Ordnung«, versuchte ich ihn zu beruhigen.

»Vor zwei Wochen!«, brüllte er.

»Ja. Aber denkst du nicht, dass wir schon längst ihre Köpfe per Post erhalten hätten, wenn sie erwischt worden wären?« Ich glaubte nicht, dass Vlad unsere Männer verschwinden lassen würde, ohne uns eine Nachricht zu hinterlassen.

»Ich weiß es nicht, Dario. Aber es ist mir zu ruhig.«

Ich wusste, was er meinte. Seit Ryan zusammen mit Emma bei dem vermeintlichen Geschäftsessen gewesen war, was in einem Desaster geendet hatte, blieb es ruhig. Allein bei dem Gedanken, dass einer der Bastarde Emma vergewaltigt hatte, spürte ich die blanke Wut in meinem Bauch und drängte meine wahre Natur eisern zurück, die wild fauchte. Wir hatten danach ihre Wohnungen auf den Kopf gestellt und herausgefunden, dass es Verbindungen zwischen ihnen und Vlad gegeben hatte.

Verflucht noch mal. Wir standen bei null und auch wenn ich die Ruhe genoss, hatte Ryan recht. Es war zu ruhig. War das die Ruhe vor dem Sturm?

»Dario? Ich habe gefragt, ob sonst alles gut ist?«

»Unsere Alarmanlage hat keine Eindringlinge gemeldet und die Wachen patrouillieren. Es gibt keine Auffälligkeiten.«

»Das meine ich nicht und das weiß du.«

Moment, was? Irritiert zog ich meine Stirn kraus. »Ich verstehe nicht.«

»Ich bin nicht blind. Ich sehe, dass du in letzter Zeit oft in einen unserer Clubs gehst, und die anderen erzählen mir, dass du dich beinahe täglich mit irgendwelchen Frauen ablenkst. Ich habe nichts gegen ein bisschen Spaß, aber ich kenne dich und so bist du nicht.«

Ich öffnete meinen Mund, doch kein einziges Wort kam heraus.

»Wenn irgendetwas ist, dann kannst du mit mir reden. Wir sind Freunde, Dario.«

Schuld machte sich in mir breit, denn der Grund, warum ich ständig versuchte, mich abzulenken, war Emma. Ich hielt es kaum in ihrer Nähe aus, ohne mit dem Gedanken zu spielen, sie gegen die nächste Wand zu drücken und zu küssen.

*»Wir können nichts für unsere Gefühle.«*

*»Und das macht es besser?«*, fauchte ich zurück und schüttelte meinen Kopf. »Ich mache mir nur Gedanken wegen Vlad«, antwortete ich ihm und zum Teil war das nicht mal gelogen.

»Das tue ich auch. Ich wollte nie, dass sich das so entwickelt.«

»Es ist nicht deine Schuld, Ryan. Vlad hat uns in dem Moment den Krieg erklärt, als er dich in seinen Kerker geworfen hat.«

»Ihr hättet euch ihm …«

»Stopp!«, knurrte ich und meine Augen blitzten in ihren leuchtenden Saphiren auf. »Wir hätten uns ihm niemals unterworfen und dir den Rücken gekehrt. Wir würden eher sterben, als dich zu verraten.« Das Schlimme war, dass ich jedes Wort so meinte, und gleichzeitig würde ich Hochverrat begehen, wenn ich meinen Gefühlen für Emma erliegen würde. Ich hasste es, aber Ryan war mein Alpha, mein König und mein bester Freund. Wir kannten uns schon seit ich denken konnte und ich würde für ihn sterben, ohne zu zögern. Ryan war der wahre König. Auch wenn er mit seiner Dunkelheit kämpfte, gab es keinen besseren Herrscher als ihn, und ich glaubte an ihn. »Wir sind dein innerer Kreis und das wird sich niemals ändern«, sagte ich mit Nachdruck.

»Auch wenn ich euch wegstoßen würde, würdet ihr mich nie aufgeben«, sagte er und lachte dunkel.

Ich konnte die Trauer in seinen Augen erkennen.

»Niemals.«

»Nur über unsere Leichen«, ertönte Vinzenz' Stimme hinter uns und als ich mich umdrehte, sah ich, dass er mit den anderen in den Raum getreten war.

»Selbst über unseren Tod hinaus stehen wir dir loyal zur Seite«, sagte Milo entschlossen.

»Ganz genau, du bist unser König und unser Alpha«, stimmte Noel mit ein.

»Für immer und ewig und über den Tod hinaus«, sagten wir gleichzeitig und sahen dabei Ryan an. Eine Gänsehaut breitete sich auf meinen Armen aus.

Es war nicht nur eine Floskel, dieser Schwur war unsere Verbindung zueinander und unser Versprechen an uns selbst. Wir würden füreinander kämpfen und sterben. Wir waren nicht nur sein innerer Kreis oder seine Freunde, wir waren eine Familie. Selbst wenn er eines Tages sterben sollte, würden wir ihn in Ehren halten und rächen. Nicht weil unser Schwur das von uns verlangte, sondern weil er unser einzig wahrer König war.

*FÜR IMMER UND EWIG UND ÜBER DEN TOD hinaus.* Egal was ich auch tat oder wie sehr ich sie von mir stoßen würde, mein innerer Kreis würde mich niemals verraten, das konnte ich in ihren Augen erkennen. Und sie hatten recht, wir würden uns weder in den Rücken fallen noch uns verlieren. »Wir sind Brüder«, sagte ich mit einem Grinsen. Vielleicht waren wir nicht blutsverwandt, aber unser Schwur ging so viel tiefer. Er war mehr als nur ein Versprechen. Wenn ich eins gelernt hatte, dann dass Familie nicht immer etwas mit demselben Blut zu tun haben musste.

»Genau. Egal was kommt, wir kämpfen an deiner Seite.« Milo nickte und lehnte sich an den Tischkicker.

»Ich danke euch.«

Sie alle wussten, wie viel mir ihre Treue bedeutete und vor allem, dass sie meine Familie waren. Dafür war ich ihnen unfassbar dankbar.

»Gerne, wer soll denn sonst deinen königlichen Arsch auf dem Boden halten, wenn nicht wir?«, fragte Milo mit einem breiten Grinsen.

»Da hat er recht.« Noel ließ sich auf den Sessel fallen.

»Obwohl, ich denke, dass Emma dich genauso auf den Boden bringen kann wie wir«, sagte Milo.

Und er hatte recht. Emma beruhigte und erdete mich auf eine einzigartige Weise. »Ja, schon gut. Sagt ihr mir jetzt auch, warum ihr hier seid?«

»Oh, richtig.« Milo blickte zu mir.

Als sein Gesichtsausdruck plötzlich ernst wurde, spannte ich mich an.

»Die Alarmanlage ging an.«

»Was?«, schrien Dario und ich gleichzeitig und starrten uns an. Fuck!

»Die Wachen sind schon auf der Suche und ich habe mehrere Männer um das Haus positioniert«, sagte Vinzenz.

»Warum sagt ihr mir das erst jetzt?«, brauste ich auf und sprang vom Sofa, ging mit schnellen Schritten aus dem Raum und spürte meinen inneren Kreis im Rücken.

»Dario, du bleibst in meinem Flügel und sorgst dafür, dass Emma diesen nicht verlässt. Vinz, such Tarik. Milo und Noel, ihr kommt mit mir.«

Sofort machte sich jeder an die Arbeit und ich raste mit den beiden aus meinem Haus, wo ich die Wachen schon sah, die mir zunickten. Ich teilte ihnen mit, dass ich sämtliche Männer um mein Haus haben wollte, um Emma zu schützen und sie niemanden außer uns hineinlassen sollten.

Ich atmete tief durch, sprach einen Zauber aus und ging mit leuchtenden Smaragd-Augen in die Richtung des Waldes, während der Zauber wirkte und sich meine Kleidung mit jedem Schritt veränderte. An meinem Oberschenkel erschien über der schwarzen Jeans ein

Holster, mein dunkles Hemd wich einer Jacke mit schwarz-goldenen Stickereien und Manschettenknöpfen. Ein schwarzer Umhang bildete sich von meinen Schultern abwärts und rundete mein Outfit ab.

Auch Milo und Noel trugen jetzt die Kriegskleidung unseres Königshauses. Milos Hand lag kampfbereit auf dem Griff seines Schwertes und Noels sonst so freundliche Miene war stählern geworden.

Sollte ich mit meinem Verdacht richtig liegen, dann sollten meine Feinde unverkennbar sehen, wessen Königshaus sie angriffen.

Wir rasten in den Wald, mein Puls rauschte in meinen Ohren und mein Herz hämmerte gegen meine Brust. Der Wind um uns herum wurde stärker und riss an meinem Umhang. Licht fiel zwischen den Bäumen hindurch und ließ den Wald magisch aussehen. Der Geruch von Tannenzapfen, Moos und Erde umhüllte mich.

Doch das sonst friedvolle Vogelgezwitscher war verstummt und das ungute Gefühl in meinem Bauch wurde mit jedem Moment stärker. Alles, was wir hörten, war das Rascheln der Baumkronen im Wind, und meine Instinkte schlugen an, schrien förmlich nach Gefahr.

Plötzlich erklang das Jaulen meines Krazors und ich nahm die mentale Verbindung zu ihm auf, befahl ihm, dass er uns folgen, aber versteckt bleiben sollte.

Milo sah mich mit seinen Jade-Augen an und aus dem Stand sprangen wir drei hinauf in die Baumkronen. Durch meine Fähigkeiten konnte ich gute hundert Meter vor uns fünf Männer stehen sehen. Sie alle trugen Kriegskleidung. Dunkelblaue mit silbernen

Akzenten. Ich gab meinen Männern ein Handzeichen und geräuschlos bewegten wir uns in den Baumkronen fort, bis wir unmittelbar über den Eindringlingen verharrten.

Definitiv hatte der große Mann mit den kurz geschorenen braunen Haaren das Sagen, die anderen vier blickten zu ihm und horchten. Neben ihm stand ein Glatzkopf, der mit seinem Schwert herumfuchtelte und ungeduldig schien. Ein Dicker lehnte mit einem breiten, bulligen Typ, der mich an den Gorilla aus *King Kong* erinnerte, am nächsten Baum. Der Fünfte im Bunde hielt eine Axt in der Hand, sah sich immer wieder um und seine langen Haare wehten umher.

Ich kniff meine Augen zusammen und nahm die Verbindung zu meinem Krazor auf, der ein paar Büsche weiter weg im Schatten auf dem Boden lauerte.

»Halte dich zurück«, flüsterte ich und zwei grüne Augen trafen mich, bevor mein Krazor seinen Kopf senkte und auf meinen Befehl wartete.

Wenn alles nach Plan lief, waren sämtliche meiner Männer um mein Haus positioniert und hielten Wache für den Fall, dass sich weitere Eindringlinge auf meinem Grundstück befanden. Wir drei würden uns um diese hier kümmern.

Mein Blick glitt zu Noel, der links von mir auf einem Baum saß, sein Schwert bereit in der Hand hielt und mich aus seinen violett leuchtenden Augen angrinste. Dann sah ich zu Milo, der mir gegenüber auf einem Baum hockte und genauso bereit war.

Lasset die Spiele beginnen. Mit meinem Nicken sprangen beide gleichzeitig auf den Boden und kamen vor den fünf Männern zum Stehen.

»Na, wen haben wir denn da?«, sagte Noel und drehte lässig sein Schwert in der Hand umher.

»Wie schön, ich habe mich schon gefragt, wann ich endlich wieder einen dreckigen Koslow-Anhänger töten kann«, ergänzte Milo mit dunkler Stimme.

»Ihr zwei wollt es mit uns aufnehmen? Wo ist euer falscher König?« Der Anführer lachte und trat einen Schritt vor.

Milo knurrte und umklammerte sein Schwert. »Ich könnte dich hier und jetzt auseinandernehmen.«

»Ryan Scott wird fallen!«, rief der Glatzkopf.

Wut pulsierte in meinen Adern und am liebsten wäre ich blind auf sie losgegangen. Aber ich musste einen klaren Kopf bewahren, auch wenn es mir verdammt schwerfiel und es in meinen Fingern juckte.

Du schaffst das, dachte ich, sprang elegant wie ein Raubtier vom Baum und trat langsam zwischen meinen Männern hervor.

»Werde ich das, ja?«, sagte ich rasiermesserscharf und spürte, wie Milo und Noel sich an meiner Seite anspannten. Sie warteten nur auf mein Zeichen, dass es losging.

»Du warst töricht genug, um nur mit zwei Männern hier aufzutauchen. Wir sind zu fünft und euch überlegen.« Mein Grinsen wurde breiter, denn damit hatten sie sich verraten. Sie waren also die einzigen Männer, die auf meinen Grund und Boden gekommen waren.

»Ihr seid in der Unterzahl.« Der dicke Mann lachte und strich sich mit seinen Fettfingern über das Kinn.

Mit einem sadistischen Grinsen pfiff ich und mein Krazor sprang zähnefletschend aus dem Gebüsch und stellte sich neben Milo.

Für einen Augenblick konnte ich die Angst in den Augen der Männer erkennen, als sie im nächsten ihre Waffen kampfbereit hielten.

Mein Krazor knurrte. Ich zog mein Schwert und umfasste den schwarzen Griff fest, drehte die dunkle Klinge umher und sah auf die goldene Schrift, die dort eingraviert war. Meine Mundwinkel hoben sich diabolisch an.

*»Ja, lass uns die Klinge mit Blut beflecken. Lass sie uns in den Körper unserer Feinde rammen«,* jaulte meine Natur freudig auf.

»Einen will ich lebend.« Mit diesem Satz eröffnete ich den Kampf. Brüllend rannten die fünf auf uns zu und versuchten uns zu verletzten. Doch ihr größter Fehler war es, uns zu unterschätzen, denn auch wenn sie in der Überzahl waren, hieß das noch lange nicht, dass wir deswegen schwächer waren. Mein innerer Kreis konnte zu Killermaschinen werden und einer war tödlicher als der andere. Schwerter flogen durch die Luft und das stählerne Aufeinanderprallen hallte von den Bäumen wider.

Mein Blick huschte zu Milo, der mit dem Glatzkopf kämpfte. Er wich ihm geschickt aus und verpasste ihm zwei tiefe Schnitte am Oberschenkel, wodurch sein Gegner aufschrie. Noel bewegte sich wie ein Raubtier. Er schlug dem Langhaarigen die Axt aus der Hand und holte mit seiner Faust mehrmals aus, traf ihn im Gesicht. Mein Krazor brüllte, fletschte seine Zähne und preschte immer wieder auf den Dicken zu.

*»Er spielt mit ihm.«* Meine wahre Natur kicherte.

Mein Krazor stürzte sich ein weiteres Mal auf ihn und tötete ihn.

Im selben Moment schwang der mit den kurz geschorenen Haaren sein Schwert umher, während der Gorilla in beiden Händen ein Beil umfasste und mich mit seinem Blick fixierte.

»Zwei gegen einen, na das wird interessant«, spuckte ich die Worte aus, ließ meinen Nacken knacksen und stellte mich in Kampfposition, als der Gorilla brüllend auf mich zugerast kam und seine Beile anhob.

Ich blockte den ersten Hieb und spürte die Finsternis in mir brodeln. Der zweite Hieb traf mich am Arm und meine Dunkelheit riss sich von ihren Ketten los. Mein tiefes Lachen hallte im Wald wider, als ich ausholte und mein Schwert gegen das Beil rammte und es ihm aus der Hand schlug. Der andere Mann rannte brüllend auf mich zu wie ein Orkan. Doch ich wich ihnen geschickt aus, schwang mein Schwert und stieß den Gorilla mit meinem Fuß zurück. Er strauchelte nach hinten und sein Beil fiel zu Boden. Ich hob es auf und hackte ihm im nächsten Moment seine linke Hand ab. Blut spritzte mir ins Gesicht und auf meine Kleidung, befleckte den erdigen Boden, während mich sein vor Schmerz verzerrter Schrei grinsen ließ.

*»Oh ja! Blut, ich will mehr.«*

Und genau das würde ich meiner wahren Natur geben. Adrenalin schoss durch meine Adern und der Geruch von Blut und stechendem Schweiß hüllte mich ein. Ich wich dem anderen aus und wollte zuschlagen, doch er war geschickter als der Rest und als etwas aufblitzte, riss ich meine Augen auf. Fuck! Auf einmal durchzog mich ein stechender Schmerz in meiner Schulter und ein schier unerträgliches Pochen machte sich an der Stelle breit.

Langsam blickte ich auf meine rechte Seite. Der Dolch steckte tief in meinem Fleisch und ich stolperte zurück, wollte ihn herausziehen, als der Angreifer etwas murmelte und das Brennen in meiner Schulter stärker wurde. Ich riss die Waffe heraus und warf sie auf den Boden, doch das Ziehen wurde noch schlimmer und arbeitete sich bis in meinen Arm hinunter. Der Schmerz lähmte mich und ich ließ mein Schwert fallen.

Hilfesuchend blickte ich zu Milo. Als er mich sah, riss er seine Augen auf, köpfte den Glatzkopf und rannte auf mich zu, doch mein Peiniger war schneller. Mit einer flinken Handbewegung schleuderte er Milo gegen den nächsten Baum.

»Noel!«, keuchte Milo und hielt sich mit schmerzverzerrter Miene seine Seite.

Augenblicklich schüttelte Noel den Langhaarigen ab und rannte zu mir, als dieser seine Axt aufhob und zum Wurf ansetzte. Sofort reagierte ich, zog meine Knarre und schoss auf ihn, blickte zu meinem Krazor, der den Dicken ausgeweidet hatte. Mein Krazor brüllte, sprang auf den Langhaarigen und hielt ihn am Boden fest. Noel kam zu mir geeilt, während Milo sich aufrappelte und ihm folgte.

»Passt auf, er nutzt Magie.« Ich ignorierte den brennenden Schmerz und das Gefühl, dass mein Arm immer tauber wurde.

»Wo hat er dich getroffen?« Besorgnis lag in Milos Blick.

»Es ist nichts. Los, töten wir die beiden.«

Der Gorilla brüllte und hielt seinen blutenden Stummel an sich gedrückt. Wir sahen uns an, bevor sich

Noels Haut mit violetten Schuppen überzog und er sich verwandelte. Milo blieb unverwandelt und nickte mir mit seinen leuchtenden Jade-Augen zu.

Ich sprintete auf den Gorilla zu, während meine Haut von grünen Schuppen überwuchert wurde, meine Smaragde leuchteten und meine Krallen aus meinen Fingerkuppen schossen. Ich packte den Gorilla am Hals und schleifte ihn mehrere Meter durch den Wald. Immer wieder schrie er mir Beleidigungen entgegen und schlug um sich, aber ich ließ nicht locker. Die Dunkelheit tief in mir verlangte Blut, also presste ich ihn gegen einen der Bäume.

»Falscher König«, spie er die Worte, aber ich ignorierte all seine Anfeindungen und umklammerte seinen Unterkiefer, schlug mit der anderen Hand erneut in seinen Magen, was ihn keuchen ließ. Er brüllte jämmerlich als ich mit der anderen Hand seinen Oberkiefer packte und sein Gebiss immer weiter auseinanderzog. Die Haut an seinen Wangen zerriss, das Blut tropfte aus seinen Mundwinkeln und das Knacksen zeugte davon, dass ich ihm seinen Kiefer gebrochen hatte.

Ich trat zurück, hob sein Beil auf und holte aus, rammte es in sein Herz und raste zu meinen Männern zurück. Mit meiner gesunden Hand hob ich mein Schwert vom Boden auf, als Noel von dem letzten lebenden Angreifer durch die Luft geschleudert wurde und hinter mir auf den Boden krachte.

Ich eilte Milo zur Hilfe. Fuck, was machte er da? Er hatte sich noch immer nicht verwandelt. Ich sah, wie er einen Zauber nach dem anderen murmelte, um seinen Gegner zu schwächen, doch der lachte nur

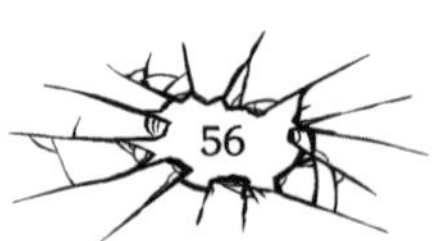

ekelhaft, während ihm Blut aus dem Mund tropfte.

»Ein Shade, der sich nicht verwandelt«, verhöhnte er Milo, und ich nahm wahr, wie sich die Haut dieses Abschaums langsam in Schuppen zeigte.

Meine Mundwinkel zogen sich nach oben. Das war unsere Chance! Nur wenige Shades konnten bei einer anbahnenden Verwandlung die Kontrolle beibehalten und geschickt reagieren. »Runter, Milo!«, brüllte ich.

Milo reagierte sofort und duckte sich, als mein Schwert Feuer fing und ich es warf. Direkt in die Brust des Angreifers. Seine Verwandlung stoppte und er riss seine Augen auf, als ein röchelndes Geräusch erklang und das Leben aus seinem Körper wich, während das Feuer seinen Körper zerfraß.

Ich ging zu ihm, zog mein Schwert heraus und das Feuer erlosch.

»Das war knapp«, murmelte Milo und rappelte sich wieder auf.

»Warum hast du dich nicht verwandelt?«, fragte Noel, der zu uns zugehumpelt kam.

»Das würde ich auch gern wissen.« Ich kannte Milo schon so lange, doch ich hatte ihn noch nie verwandelt gesehen. Seine Augen leuchteten zwar und seine Krallen stießen mal hervor, doch die schuppige Haut, die für uns Shades typisch war, hatte er uns noch nie gezeigt.

»Warum sind deine Männer nicht gekommen?«, stellte Milo die Gegenfrage.

»Weil ich sie in der Nähe meines Hauses wollte, für den Fall, dass die Männer nicht allein gekommen wären. Außerdem wusste ich, dass wir das zu dritt schaffen.« Die Hauptsache war, dass ich meinen Engel

in Sicherheit wusste. »Aber das erklärt nicht, warum du dich nicht verwandelt hast«, kam ich auf meine ursprüngliche Frage zurück.

»So halt«, nuschelte er und blickte beiseite.

Was verbarg er nur und warum hatte ich das Gefühl, dass er sich dafür schämte? Misstrauisch sah ich zu ihm und eine Frage nach der anderen schwirrte in meinem Kopf umher. Wieso redete er nicht mit mir, wenn etwas los war?

Ich schüttelte diese Gedanken weg und blickte zu Noel. »Bring den Langhaarigen in meinen Keller und sorg dafür, dass er am Leben bleibt.«

»Wird erledigt«, sagte er und ging zu meinem Krazor, der den Bastard noch immer unter sich gefangen hielt, packte diesen und raste mit ihm davon, ehe mein Krazor genüsslich über seine Pfote leckte und allmählich in die Richtung meines Gartens marschierte. Ich blieb mit Milo zurück und sah ihn ernst an. »Sag schon, was ist los?«

»Lass mich lieber deine Schulter ansehen.«

»Milo!«, knurrte ich.

»Ich kann es nicht, Ryan«, sagte er schließlich und blickte mich verzweifelt an. »Ich habe keine Ahnung warum, aber ich konnte mich noch nie so verwandeln wie ihr. Egal, was ich versuche, mehr als Krallen und meine Jade-Augen bekomme ich nicht hin.«

Das war unmöglich. Jeder Shade konnte das und seine Eltern waren dazu noch Adlige.

»Vielleicht bin ich kaputt oder einfach nur ein Freak von einem Shade.« Traurig sah er zu mir.

Ich atmete tief durch. Milo war ein guter Kämpfer, beherrschte die Magie einwandfrei und gehörte nicht

umsonst zu meinem inneren Kreis. Er war kein Freak, aber ich verstand ihn. Sollte das die Runde machen, würde er in unserer Welt geächtet werden. Nicht nur er, sondern auch seine Familie würde darunter leiden und das würde ich auf keinen Fall zulassen. »Du bist kein Freak«, sagte ich einfühlsam und legte ihm meine Hand auf die Schulter. »Du bist Milo Rodriguez, ein Adliger, ein Krieger und Teil meines inneren Kreises, verstanden?«

»Du weißt, was passiert, wenn das rauskommt?«

»Es ist mir egal, ich werde dich nicht aus meinem Kreis schmeißen oder dich verbannen. Du bist ein Shade, ich kenne deine Eltern. Jeder kennt deine Eltern.« Sie waren meinem Vater schon treu ergeben gewesen und ich würde Milo niemals den Rücken kehren, nur weil er sich nicht verwandeln konnte, auch wenn andere Shades mich blöd ansehen oder mich deswegen weniger respektieren würden. Es war mir egal, Milo gehörte zu mir, zu meinem Königshaus. »Und jetzt will ich darüber nichts mehr hören.«

Er nickte und ich pustete meine Luft aus, sah auf meine von Blut besudelte Kleidung. Super, auch wenn wir wieder in unseren normalen Klamotten steckten, klebte das Blut und der Dreck noch an uns.

»Wir sehen ziemlich scheiße aus, oder?« Milo blickte mich an und wir mussten herzhaft lachen.

Wir marschierten zurück zum Haus und obwohl ich versuchte, mir nichts anmerken zu lassen, umfasste ich möglichst unauffällig meine Schulter und verzog mein Gesicht. Scheiße, tat das weh! Als Milo in meine Richtung blickte, schluckte ich den Schmerz hinunter.

»Ich habe das Gefühl, dass Emma mich gleich mit ihren Fragen ausquetschen wird.« Vorausgesetzt sie würde nach der heutigen Aktion noch mit mir reden. Niemals hatte ich gewollte, dass es so endete. Ich liebte sie und doch war ich zum Monster geworden. Wie hatte ich nur so außer Kontrolle geraten und die Frau verletzen können, die ich mit meinem ganzen Sein liebte?

»Definitiv, ihre Neugier ist grenzenlos.«

Vor dem Haus angekommen, befahl ich meinen Wachen, die Leichen zu beseitigen und wieder an ihre Arbeit zu gehen.

Milo sah mich ernst an. »Zeig wenigstens Emma deine Schulter. Ich sehe dir an, dass du Schmerzen hast.«

Mein Blick verdunkelte sich, als er an mir vorbei und ins Haus ging. Warum konnte er es nicht gut sein lassen? Ich wollte nicht, dass sich irgendjemand um mich Sorgen machte. Wir hatten schließlich genügend andere Probleme.

Ich atmete tief durch, ging hinein und die Treppen nach oben. Dort angekommen traf ich auf Vinzenz und Tarik.

»Wie toll, ihr hattet Spaß und ich durfte Babysitter spielen?«, beschwerte sich Vinzenz, als er auf meine verdreckte Kleidung blickte.

»Ich habe dir gesagt, dass du nicht bei mir bleiben musst«, fauchte Tarik, dem es eindeutig nicht gefiel, dass Vinzenz ihn die ganze Zeit im Auge behalten hatte.

»Einer muss auf dich aufpassen«, sagte Vinzenz zynisch und wandte sich wieder an mich. »Was ist jetzt?«

»Setz für heute Abend eine Besprechung an«, sagte ich und ging an ihnen vorbei in meinen Flügel.

Wir mussten das bereden, aber zuerst wollte ich nach meinem kleinen Engel sehen und je näher ich meinem Zimmer kam, desto mehr konnte ich sie hören.

*»Sie klingt alles andere als erfreut«,* murmelte meine wahre Natur.

Ja, das konnte sie laut sagen.

# Kapitel 3

## EMMA

Als ich wieder zu mir kam und Ryan verschwunden war, stöhnte ich auf. Vorsichtig berührte ich meinen Hals und musste schlucken. Normalerweise hatte er sich im Griff … Naja, fast. Es konnte vorkommen, dass er laut brüllte, schrie und mich unsanft anpackte, aber weiter war er nie gegangen. Entweder einer seiner Männer war dazwischen gegangen oder er war aus der Situation geflüchtet und erst nach Stunden wieder zurückgekommen. Doch dass er so viel von mir getrunken hatte, dass ich ohnmächtig geworden war, war noch nie passierte. Und wegen was? Wegen einem beschissenen Kleid? Ich verstand das Problem nicht.

Meine Natur war genauso aufgebracht wie ich und ich wollte Ryan zur Rede stellen. Also machte ich mich im Bad frisch, zog mir eines meiner schwarzen Kleider an – mal sehen, ob das auch wieder falsch war – und ging zur Tür, um diesen verdammten Alpha zu suchen, der mir beinahe täglich ein Schleudertrauma verpasste.

Als ich voller Entschlossenheit die Tür aufriss, stand Dario vor mir.

Ich stöhnte auf. Das konnte doch nicht wahr sein! Musste ich mich jetzt tatsächlich wieder bewachen lassen? Wortlos versuchte ich, mich an ihm vorbeizudrücken, aber er drängte mich zurück ins Zimmer und blieb im Türrahmen stehen.

Was zur Hölle sollte das? Zornig kniff ich meine Augen zusammen, fixierte ihn mit meinem Blick und pustete meine angestaute Luft aus.

»Sorry, Prinzessin, aber du musst hierbleiben.« Seine Stimme klang ernst, auch wenn ich glaubte, etwas wie Mitgefühl in seinem Blick zu erkennen.

Ich versuchte es nochmal, doch er ließ sich nicht beirren und ließ mich nicht aus dem Zimmer.

Verdammt, das war wohl ein schlechter Witz! Wütend stemmte ich meine Hände in die Hüften. »Ich dachte, das hätten wir hinter uns«, gab ich zynisch von mir und musste an die Anfangszeit bei Ryan denken, als sein innerer Kreis rund um die Uhr Wache vor meiner Tür gehalten hatte und ich mich keinen Schritt hatte frei bewegen können.

»Nur bis Ryan wiederkommt, danach kannst du sicher aus dem Zimmer.«

Ich presste meine Lippen zusammen und betrachtete ihn mit skeptischem Blick. »Warum? Was ist passiert?«

»Die Alarmanlage ging los, aber mach dir keinen Kopf.«

Moment, was? Das klang alles andere als gut und sofort stellten sich meine Nackenhaare auf, während Sorge um Ryan und die anderen aus seinem inneren Kreis in mir aufkeimte. Waren wir etwa in Gefahr?

»Wo sind alle?«, hakte ich weiter nach.

»Sie sind unterwegs.«

Wow, ungenauer ging es nicht, oder? Wütend darüber, dass er mich wie ein kleines Kind behandelte und mir nichts sagen wollte, schlug mein Herz wild in

meiner Brust und ich hörte das Blut in meinen Ohren rauschen. Meine wahre Natur maulte in mir. »Dario!«

»Emma, alles ist gut. Hier passiert dir nichts.«

Ich ballte meine Hände zu Fäusten, spürte die Dunkelheit, wie sie sich tief in mir an das Licht schmiegte und mit einem Mal verfärbten sich meine Augen in ihre Rubine. »Wo – ist – Ryan?«, knurrte ich mit zusammengepressten Zähnen.

»Im Wald, aber du …«

»Wenn du jetzt sagst, ich soll mir keine Sorgen machen, raste ich aus«, unterbrach ich ihn. Auch wenn ich verdammt wütend auf den Alpha war, war er nach wie vor mein Gefährte, und auch wenn ich ihm noch nicht meine Liebe gestanden hatte, konnte ich meine Gefühle ihm gegenüber nicht verleugnen. Das machte die Tatsache, dass er womöglich mitten im Wald liegen und verletzt sein konnte, nicht besser. Nein, es machte mich um so wütender.

»Prinzessin, ihm wird nichts passieren, er ist stark.«

Sämtliche Alarmglocken schrillten in meinem Kopf und auch wenn ich noch wütend auf Ryan war, überwiegte die Sorge um ihn. Er war noch immer mein Gefährte und der Gedanke, dass ihm etwas passieren würde, schürte meine Panik umso mehr. Ganz gleich, ob ich wusste, dass Ryan stark und definitiv nicht zu unterschätzen war und seine Aura jeden in die Knie zwingen konnte. Dennoch war er nicht unsterblich und konnte getötet werden. Ich schluckte und musste an seine Narbe denken. Er hasste sie, hielt sich für ein Monster, aber ich sah mehr in ihm.

*»Er ist unser Gefährte und wir lieben ihn, auch wenn wir die Worte noch nicht ausgesprochen haben.«*

Sie hatte recht. Ich konnte es nicht und wusste nicht einmal, warum. Die Gefühle waren da und allein die jetzige Sorge um ihn machte mich wahnsinnig. Doch es gab noch so viele offene Fragen und irgendetwas hinderte mich daran, ihm meine Liebe zu gestehen.

Ich atmete tief durch und wollte Dario gerade meine Meinung sagen, als Schritte zu hören waren. Ich lugte an Darios Seite vorbei. Ryan kam über den Flur zu uns und Dario trat endlich beiseite.

»Ryan.« Erleichterung durchströmte meinen Körper, als ich an Dario vorbeieilte und vor ihm stehen blieb. Doch als mein Blick seinen traf musste ich schlucken. Ryan sah erschöpft aus und seine rechte Schulter hing hinunter. Seine Kleidung war voller Blut und Dreck. Ich konnte nur erahnen, was sich draußen abgespielt haben musste, und als ich in seine müden Augen blickte, zog sich mein Herz vor Sorge zusammen. »Oh mein Gott«, flüsterte ich und meine Wut auf ihn verpuffte. Alles was blieb, war die Angst, dass er ernsthaft verletzt worden war.

»Dario, geh zu Milo. Er wird dir alles erklären und wir sehen uns am Abend zur Besprechung«, sagte er müde.

Dario nickte, ehe er verschwand.

Ryan trat ins Zimmer, ich folgte ihm und schloss die Tür hinter uns. Dann stellte ich mich vor ihn. »Bist du verletzt?«

»Das ist nicht mein Blut«, war alles, was er sagte, bevor er an mir vorbeigehen wollte.

Aber nicht mit mir. So leicht würde ich es ihm nicht machen. Ich griff nach seinem Arm und im selben Moment stöhnte er, was mich aufhorchen ließ.

»Du hast Schmerzen. Wo wurdest du verletzt?«

»Emma, lass das«, knurrte er mich mit leuchtenden Smaragd-Augen an.

»Vergiss es! Du bist mein Gefährte, also setz dich auf das scheiß Sofa und zieh dein Hemd aus«, konterte ich und begegnete seinem Blick mit rubinroten Augen. Er wollte es auf diese Tour? Konnte er haben.

»Ich bin immer noch der Alpha«, fauchte er.

»Setz dich, Ryan.«

Widerwillig nahm er auf dem Sofa Platz und zog sein Hemd aus.

Mein Blick fiel sofort auf einen Einstich an seiner rechten Schulter.

»Emma, mir geht es gut«, versuchte er es, bevor ich etwas sagen konnte.

Ich schüttelte nur meinen Kopf. »Gut? Da sind dunkle Linien um die Wunde«, sagte ich und ging vor ihm in die Hocke, während ich mit zitternden Händen über seine warme und pochende Haut fuhr. Beim genaueren Betrachten bildete ich mir ein, dass diese Linien sich langsam ausbreiteten. Sie lagen exakt um den Einstich herum und erinnerten an dünne Adern, die sich nach außen verzweigten. Das sah alles andere als gesund aus. Als ich in seine Augen blickte, leuchteten sie immer noch in ihren Smaragden und schweiften zu meinem Hals.

»Ich dachte, du wärst noch sauer.«

»Oh, das bin ich.«

»Sicher?«, neckte er mich, hob seine gesunde Hand und strich sanft über meine Wange.

Sofort beschleunigte sich meine Atmung und mein Herz hämmerte gegen meine Brust. Nach all den

Jahren hatte er noch immer dieselbe Wirkung auf mich wie damals. »Ich bin sauer, sehr sogar. Und am liebsten würde ich dir eine reinhauen für das, was du getan hast. Aber du bist mein Gefährte und du bist verletzt.« Meine Stimme bebte und ich klammerte mich an meine Selbstbeherrschung, die mit jeder Sekunde, die er mir tief in die Augen blickte und sanft über meine Wange strich, verschwand. Scheiße. Ich war sauer, aber Ryans Berührungen verpassten mir ein Kribbeln auf der Haut und mein Körper sehnte sich nach mehr.

»Ich liebe dich, mein kleiner Engel«, raunte er und kam mir gefährlich nah.

»Ryan«, wisperte ich. Ich wusste, dass er sich nichts sehnlicher wünschte, als diese Worte aus meinem Mund zu hören, doch nach allem, was geschehen war, war ich einfach nicht bereit dazu. Und ich wusste nicht, ob ich es jemals sein würde.

Es schien, als könnte er meine Gedanken lesen. »Schon gut, ich sehe in deinen Augen, dass ich dir etwas bedeute, und allein, dass du mich endlich als deinen Gefährten akzeptiert hast und bei mir bleiben willst, bedeutet mir unfassbar viel.«

In diesem Moment erinnerte er mich wieder an den Mann von damals. Der Mann, der mich zum Lachen gebracht hatte und sorglos war. Derjenige, der mich aus meinem Alltag herausgeholt und meine Welt auf den Kopf gestellt hatte. Doch dieser Mann war er nicht mehr. Ryan war jetzt der Alpha und Herrscher eines Königreiches. Wir beide hatten uns verändert. Wir beide waren nicht mehr dieselben und würden es wohl nie wieder werden.

*»Das muss nichts Schlechtes sein. Die Vergangenheit hat uns stärker gemacht.«*

Glaubte sie das wirklich? Oder war es nur ein jämmerlicher Versuch einer Einrede, damit wir besser damit klarkamen?

»Mein Engel.« Seine tiefe Stimme ließ mich blinzeln, ehe ich tief durchatmete und aus meiner Hocke aufstand. Ich durfte nicht daran denken, was damals geschehen war und wie wir auseinandergegangen waren. Wenn ich das zuließ, kämen andere Erinnerungen zurück, die ich nicht verkraften würde. Verdammt, mir war bewusst, dass ich früher oder später damit anfangen musste, über meine Familie und die Zeit mit Vlad nachzudenken, alles zu verarbeiten. Aber für den Moment schaffte ich es nicht und verdrängte es.

»Emma.«

»Ich hol Vinz, er soll sich das ansehen«, stammelte ich, wich seinem Arm aus, als er nach mir greifen wollte, und rannte aus dem Zimmer.

Reiß dich zusammen, herrschte ich mich an und ging zügig den Flur entlang, als ich im Gemeinschaftsraum die Männer miteinander reden hörte. Ryan hatte Vorrang. Er sollte versorgt werden, nur das zählte jetzt.

*»Das mag sein, aber wir müssen uns dem stellen«,* flüsterte meine Natur.

*»Ich kann nicht.«*

*»Ich weiß, dass es schwer ist. Aber wir müssen mehr über uns herausfinden und das geht nun mal nur, wenn wir uns unserer Vergangenheit stellen.«*

*»Nicht heute«,* gab ich zurück.

Und am liebsten wäre mir nie.

STÖHNEND WARF ICH MEINEN KOPF IN DEN Nacken und rieb meine Schläfen. Das Ziehen in meinem Arm ließ mich knurren. Scheiße, es brannte wie die Hölle. Aber dennoch wollte ich nicht, dass sich irgendjemand die Wunde ansah. Sie würden sich nur unnötige Sorgen machen. Und mal ehrlich, es gab Schlimmeres. Außerdem wollte ich lieber mit meinem Engel allein sein.

Aber die Pläne hatte ich ohne Emma gemacht. Sie kam kurze Zeit später mit Vinzenz zurück und als er den kleinen schwarzen Koffer auf dem Tisch neben mir abstellte und zu mir sah, verengten sich meine Augen.

»Mir geht's gut.«

»Das sieht aber nicht gut aus«, sagte Emma und setzte sich gegenüber auf einen Stuhl, während Vinzenz sich vorbeugte und sich meine Schulter genauer ansah.

»Emma hat recht, das sieht alles andere als gut aus.«

»Dann misch einen Trank zusammen und heile es«, gab ich mich geschlagen.

Vinzenz tastete die Stelle ab und bevor ich mich beherrschen konnte, knurrte ich und er riss seine Augen auf. »Tat das weh?«

Was war das für eine bescheuerte Frage? »Jemand hat in meine Schulter gestochen, was glaubst du denn?«

»Und es ist nach wie vor nicht verheilt.«

»Danke, dass sehe ich auch.« Mürrisch verdrehte ich meine Augen.

»Warum ist es noch nicht verheilt?«, fragte Emma.

»Ich habe keine Ahnung. Haben sich die Linien verändert?«

Emma kam näher und legte ihren Kopf schräg. »Also, bevor ich dich geholt habe, waren sie noch nicht über die Schulter gegangen und auch nicht weiter runter zur Brust.«

»Das ist nicht gut«, murmelte Vinzenz, öffnete den Koffer und zog ein Skalpell heraus.

»Der Schmerz ist der Gleiche, er ist nicht schlimmer geworden«, sagte ich. Warum mussten sie so eine Panik schieben?

»Wenn es sich um ein Gift handelt, kann die Wirkung erst später auftreten. Ich werde dir Blut abnehmen und ein kleines Stück herausschneiden, damit ich die Linien untersuchen kann.«

»Tut das nicht weh?« Besorgt sah mein kleiner Engel zu Vinzenz.

»Normalerweise heilen wir und vor allem Ryan durch sein königliches Blut schnell, sodass es nichts ausmachen sollte.«

»Mach schon.«

Er nickte, atmete tief durch, setzte das Skalpell oberhalb meiner Schulter an und schnitt ein kleines Stück Haut heraus.

Sofort glühten meine Augen in ihren Smaragden und ich presste meine Lippen zusammen, bevor Vinzenz die Hautprobe in ein kleines Döschen packte und es fasziniert ansah. »Das ist außergewöhnlich.«

»Wovon redest du?«

»Die schwarze Linie verblasst.«

Wollte er mich verarschen? Ich beugte mich zu ihm, um die Probe mit eigenen Augen zu betrachten. Und Tatsache hatte er recht. Das war unmöglich! »Was willst du damit sagen?«

»Es scheint so, als würden die Linien nur in Verbindung mit dir existieren. Aber bevor ich dir mehr sagen kann, muss ich das untersuchen.«

»Na prima«, murrte ich und ließ mir noch Blut abnehmen, bis Vinzenz sich verabschiedete und aus meinem Zimmer ging.

Wenn jemand herausfinden konnte, was das war, dann er. In all den Jahrhunderten hatte er sich ein breites medizinisches Wissen angeeignet und verarztete mittlerweile meinen gesamten inneren Kreis, wenn es nötig war. Er braute magische Tränke mit Hingabe und hatte in dieser Sache seine Passion gefunden. So wie ich ihn kannte, würde er die nächsten Stunden im Labor verbringen, das sich im unteren Bereich meines Anwesens befand. Ich hatte es vor einiger Zeit extra für Vinzenz einrichten lassen und es war uns schon in vielen Fällen nützlich gewesen.

Dass es mit den dunklen Linien unter meiner Haut etwas Gefährliches auf sich hatte, glaubte ich nicht. Vlad und seine Anhänger würden mich sicher sofort töten anstatt vergiften, vor allem wenn sie die Wirkung nicht mit eigenen Augen sehen konnten.

Ich schüttelte diese Gedanken weg, erhob mich und sprang unter die Dusche, um das Blut und den Dreck

von mir zu waschen. Die Stelle, an der Vinzenz die
Probe genommen hatte, war bereits wieder zugewachsen, der Einstich und die bescheuerten dünnen Linien
waren immer noch da. Scheiße.

Ich stieg aus der Dusche, trocknete mich ab und zog
mir frische Kleidung an, bevor ich mich zurück auf das
Sofa setzte und nachdenklich in die Ferne starrte. Als
mich etwas zärtlich am Unterarm berührte, schnellte
mein Kopf in dessen Richtung. Wann hatte sich mein
Engel zu mir gesetzt?

Lächelnd sah sie zu mir, bevor ihr Blick zu meiner
Wunde glitt.

»Ryan …«, setzte sie an und ich zog sie näher an
mich, strich ihr sanft über ihre Wange und wickelte
eine ihrer losen Strähnen um meinen Finger.

»Mach dir keine Sorgen. Wenn jemand herausfinden
kann, was das ist, dann Vinz.«

»Ich weiß, dennoch bin ich beunruhigt«, flüsterte
sie.

Mein Blick schweifte zu ihren vollen Lippen und
mein Herzschlag beschleunigte sich. Ich zog Emma
mit meinem gesunden Arm auf meinen Schoß. Sofort
legte sie ihre Arme um meinen Nacken und ein kleines, scheues Lächeln bildete sich auf ihren Lippen.

»Es tut mir leid, was ich getan habe.« Niemals
wollte ich sie verletzen und doch hatte ich es getan.
Erneut. Ich wusste nicht, ob das die Schuld meiner
Dunkelheit war, oder ob es daran lag, dass ich einfach
ein verdammtes Monster geworden war. Ich schluckte schwer und musste an früher denken, an die Zeit,
als wir uns kennengelernt hatten und ich sie niemals
verletzt hätte.

Wir waren so glücklich gewesen, hatten so oft gelacht und uns um nichts gekümmert.

*»Wir waren frei, wild und so unbeschwert«,* wisperte meine wahre Natur.

»Ryan, ich weiß, dass du mich niemals mit Absicht verletzen würdest«, riss sie mich aus meinen Gedanken.

»Emma.« Wie konnte sie sowas sagen?

»Nein.« Energisch schüttelte sie ihren Kopf und blickte mir tief in meine Augen. »Ich erinnere mich an einen Mann, der mich auf Händen getragen hat. An einen Mann, der mir die Sterne vom Himmel geholt hätte. Und an einen Mann, der niemals grundlos jemanden verletzt hätte.«

Mein Herz zog sich schmerzhaft zusammen. Der Mann, den sie beschrieb, war längst gestorben.

Mit zittrigen Fingern legte ich meine Hand an ihre Wange. Sie lehnte sich hinein, während mein Daumen sanft über ihre Lippen strich und diese leicht öffnete. Ich umfasste ihren Hals und zog sie stürmisch zu einem Kuss näher. Ihre weichen, vollen Lippen berührten die meinen. Ich spreizte ihren Mund mit meiner Zunge und wir liebkosten uns, ehe ich mich von ihr löste und in zwei rubinrote glasige Augen blickte, die langsam wieder ihren Braunton annahmen.

Ihre Brust hob und senkte sich schwer. Die Röte auf ihren Wangen und die Sehnsucht in ihren Augen zeigten ihr Verlangen nach mir. Meine Mundwinkel zuckten.

Emma biss auf ihre Unterlippe, strich sanft über meine Narbe, die mich für immer entstellen würde, und sofort verflog die Lust in mir und die Wut fing in meinem Bauch an zu brodeln. Ich packte ihr

Handgelenk und hinderte sie daran, erneut über meine Narbe zu streichen. »Ich bin nicht mehr der gleiche Mann wie damals.« Meine Stimme war rau und glich einem Knurren. Ich ballte meine freie Hand zu einer Faust, als ich sie unsanft beiseiteschob und aufstand, zur Tür raste und mit dem Rücken zu ihr stehenblieb. »Ich bin nicht dein Prinz, kleiner Engel. Ich bin das Monster, und je eher du das einsiehst, desto besser ist es.« Damit raste ich hinaus, den Flur entlang, bis ich die breite Treppe erreichte und hinunter stürmte.

Emma musste einsehen, dass nichts mehr war wie damals, dass ich ein verdammtes Monster geworden war. Ich stieß ein schmerzerfülltes Brüllen aus, ehe ich mit übernatürlicher Geschwindigkeit von meinem Grundstück raste, mit dem Ziel, meine Wut zu entladen und meine Gier nach Blut zu stillen.

Meine Atmung beruhigte sich allmählich, als ich mitten in San Francisco ankam. Ich ließ meinen Blick umherschweifen. Unendlich viele Menschen liefen durch die Straßen, stiegen in gelb-rote Straßenbahnen oder kamen zur Dämmerstunde aus ihren bunten Häusern.

Ich atmete schwer aus und blickte hinauf in den Himmel. Die Sonne war fast untergegangen und Laternen und bunte Reklamen brachten die Stadt zum Leuchten.

Ich ging in eine schwach beleuchtete Gasse und suchte mir Schutz im Dunkel des Schattens. Bereit für mein nächstes Opfer. Bereit, um meiner Wut ein Gehör zu verschaffen und mich an dem Blut einer Unschuldigen zu laben.

# Kapitel 4

## DARIO

*Ich bin nicht dein Prinz, kleiner Engel. Ich bin das Monster, und je eher du es einsiehst, desto besser ist es.* Ryans Worte hallten in meinem Kopf nach und ich blickte ihm hinterher, wie er aus dem Haus verschwand. Was war jetzt schon wieder passiert? Ich atmete tief durch, wollte mich wieder auf den Weg in mein Zimmer machen, als ich innerlich fluchte. Scheiße! Vinzenz hatte uns mitgeteilt, dass Ryan verletzt war und jetzt rannte er aus dem Haus, und das allein. Was war, wenn sich dort draußen weitere von Vlads Soldaten versammelten und nur auf einen Angriff warteten? Abgesehen davon hatte Ryan für heute Abend eine Versammlung angesetzt, doch da er wie ein Blitz vom Grundstück gerannt war, glaubte ich kaum, dass wir die Besprechung heute abhalten würden.

*»Wir sollten ihm nach«*, sagte meine wahre Natur, die sich genauso um unseren Alpha und besten Freund sorgte wie ich.

Also gut. Ich seufzte und raste ihm hinterher, hielt aber genügend Abstand, damit Ryan mich nicht bemerkte. Gleichzeitig zog ich mein Telefon aus meiner Hosentasche, legte schnell einen Umhüllungs-Zauber um mich, damit keiner mich hören konnte, und rief Milo an.

»Was gibt es?«, fragte er, als er abhob.

»Ryan ist aus dem Grundstück gerannt und ich folge ihm«, fasste ich meine Situation kurz zusammen.

»Soll dich jemand begleiten?«

»Nein, ich schaffe das schon, aber ich denke, wir verschieben die Versammlung auf morgen.« Denn so wie ich Ryan kannte, würde er erst spät am Abend wieder zurückkommen. Und wahrscheinlich würde er sowieso keinen klaren Kopf haben. Denn jedes Mal, wenn er in die Stadt oder in den Wald rannte, ließ er seine Dunkelheit raus und powerte sich aus. Danach war er meistens zu erschöpft, um sich noch auf andere Dinge konzentrieren zu können.

»Ich sage es den anderen, aber sollte irgendetwas sein, dann melde dich und wir kommen.«

»Mache ich«, sagte ich und verabschiedete mich, steckte mein Smartphone zurück in die Hosentasche und erreichte die Stadt.

Ich liebte San Francisco, vor allem wenn es dunkel wurde. Bunte Lichter erhellten die Stadt mit ihren unzähligen Gassen, an den Straßenecken und in den Parks spielten Straßenmusiker bis tief in die Nacht.

*»San Francisco hat seinen ganz eigenen Charme.«*

Wie recht sie doch hatte. Ich ging an den Straßenbahnen vorbei, sah, wie das Nachtleben eingeläutet wurde und die jungen Menschen fröhlich die Straßen entlang gingen und in Gruppen die Bars und Clubs dieser Stadt aufsuchten.

Bis mein Blick auf eine Gestalt fiel, die anders war. Sie bewegte sich schnell, raste von einer Gasse in die nächste und verschwand im Dunkel des Schattens.

Ich konzentrierte mich und sah genau hin, da blitzten zwei Smaragde auf.

Ryan.

Ich flitzte in die Gasse, in die er gerade verschwunden war, und hielt mich im Schutz des Schattens bedeckt. Es dauerte nicht lange, bis ein paar Meter vor mir eine junge brünette Frau geradewegs in ihren Tod steuerte, als sie in die Gasse trat. Mein Blick wanderte zu ihren schwarzen Overknees, die ein Klackern auf dem Asphalt abgaben und die zierliche Frau nicht gerade größer machten. Sie strich über ihren Rock und sah sich immer wieder um, während sie tiefer in die Gasse ging. Ich blickte hinauf zu dem Dachvorsprung, auf dem ich Ryan vermutete, wie er auf seine Beute lauerte. Zur Sicherheit presste ich mich noch dichter an die Hauswand, als mein Alpha im nächsten Moment hinunterraste und die Frau packte, die einen hellen, aber nur kurzen Schrei von sich gab.

»Bleib stumm«, erklang Ryans drohende Stimme.

Mein Herz schlug schneller. Ich wusste, dass er ab und zu in die Stadt ging, um seinem Blutdrang nachzugehen. Doch ich hatte angenommen, dass es mittlerweile besser geworden war. Was für ein Irrtum.

Leise trat ich ein Stück aus meinem geschützten Platz und sah dabei zu, wie sich grüne Schuppen auf Ryans Haut ausbreiteten, scharfe Krallen aus seinen Fingern ragten und seine Zähne länger wurden. In den Augen der Frau schimmerten Tränen. Sie strampelte mit ihren Armen und Beinen und versuchte sich aus Ryans Griff zu befreien. Doch er ließ nicht locker und durch seinen Befehl, der tief in ihren Verstand gesickert war, konnte sie keinen Mucks von sich geben,

egal wie oft sie ihren Mund aufriss und es versuchte. Ryans Augen schimmerten grün, ehe er seine rasiermesser scharfen Zähne in den Hals der Frau versenkte und einen Schluck nach dem anderen nahm. Dann brachte er sie zu Fall, fiel wie ein wild gewordenes Tier über sie her und stach mit seinen Krallen immer wieder zu. Eisenhaltiger Geruch breitete sich in meiner Nase aus.

*»Er ist der Dunkelheit näher, als wir angenommen haben«*, sagte sie traurig, während ich einen Fuß vor den anderen setzte und Ryan näherkam.

*»Egal was auch ist, er ist unser Alpha und unser Freund. Wir werden nicht zulassen, dass er sich in der Dunkelheit verliert.«*

Mein Puls rauschte in meinen Ohren und mein Herz hämmerte gegen meine Brust. Als ich wenige Meter vor ihm stehen blieb, schnellte Ryans Kopf in meine Richtung. Blut tropfte aus seinem Mund, besudelte seine Kleidung und in seinen leuchtenden Smaragden konnte ich die tiefe und unkontrollierbare Dunkelheit toben sehen. Er erhob sich langsam, seine Alpha-Aura peitschte durch die Gasse und zwang mich beinahe in die Knie.

»Spionierst du mir nach?«, brüllte er.

»Echt jetzt?«, fauchte ich und meine Augen färbten sich in ihre Saphire, als die zweite Welle seiner Aura über mich schwappte und ich meine Füße fest gegen den Boden stemmte, um ihr nicht zu erliegen. »Lass den Scheiß«, rief ich und spürte, wie meine wahre Natur nachgeben wollte. Doch seine mächtige Aura war in jeder Faser meines Körpers spürbar und zwang mich, meinem König zu gehorchen. Ich senkte meinen

Kopf und ging auf die Knie. Ryan war mein bester Freund, mein Bruder und das hier war nicht er. Ich kannte ihn doch. Als er erneut seine Aura auf mich losließ, brüllte ich. »Willst du, dass ich vor dir auf die Knie gehe? Ist es das, was du willst? Verdammt, Ryan, komm zu dir. Ich bin es, Dario, dein bester Freund, dein Bruder und dein Beta!« Etwas blitzte in seinen Augen auf, als seine Aura verschwand und ich erleichtert ausatmete, ehe ich einen Schritt auf ihn zuging und dabei zusah, wie seine Schuppen und Krallen verschwanden, bis er mich aus seinen normalen dunkelgrünen Augen ansah. Ich spürte, wie meine leuchtenden Saphire sich in ihr normales Blau verwandelten, und ich kam vor ihm zum Stehen. »Geht es dir besser?«, fragte ich und blickte nach links, wo die ausgeweidete Leiche der jungen Frau lag.

»Ja.« Er folgte meinem Blick, hob seine Hand und murmelte etwas, was sämtliche Spuren seines Massakers vernichtete, bevor er auf das Dach des Hauses sprang und ich ihm folgte. Doch anstatt stehen zu bleiben, sprang er von einem Dach auf das nächste und dank dem Zauber, den er um sich gelegt hatte, sah er für die Menschen aus wie ein Vogel.

Scheiße, warum musste er so schnell sein? Ich legte denselben Zauber um mich und sprang ihm hinterher.

*»Also bitte, wir sind so weit oben, keiner der Menschen würde uns sehen«*, gab meine wahre Natur ihren Senf dazu, doch ich ignorierte sie. Sicher war sicher. Mittlerweile sprangen wir von einem Hochhaus zum nächsten, während über uns der Vollmond schien, der Wind an uns vorbeirauschte und die Lichter in den Straßen unter uns kleiner wurden.

»Verdammt, bleib endlich stehen!«, brüllte ich und sprang auf das schmale Dach des nächsten Hochhauses, wo Ryan eben gelandet war.

Er blieb so plötzlich stehen, dass ich nicht darauf gefasst war. Verdammt. Ich trat auf den Rand des Daches, geriet ins Taumeln und wedelte mit meinen Armen umher, um das Gleichgewicht wiederzuerlangen. Meine Atmung beschleunigte sich und mein Herzschlag setzte für einen Moment aus, als ich mit geweiteten Augen abrutschte und mich innerlich auf einen harten Aufprall vorbereitete.

Plötzlich griff jemand nach meinem Shirt, riss mich zurück auf das schmale Dach und ließ mich los.

*»Heilige Scheiße, das war knapp.«*

Auch wenn uns dieser Aufprall nicht getötet hätte, wäre er verdammt schmerzhaft gewesen. Ich blickte in die dunkelgrünen Augen meines Retters. »Danke.«

»Ich kann ja schlecht meinen Beta vom Dach fallen lassen.« Und da war wieder das spitzbübische Grinsen in seinem Gesicht. Es schien so, als wäre er wieder ganz der Alte.

»Sehr großzügig von dir«, keuchte ich.

»Warum bist du mir gefolgt?«, fragte er ernst, was mich seufzen ließ.

Ich strich durch meine Haare und setzte mich hin, ließ meine Beine über den Dachvorsprung baumeln und blickte in die Ferne. »Es war dieses Gefühl. Du bist wie ein Bruder für mich und ich hasse es, diesen Kampf gegen die Dunkelheit in dir zu sehen.« Ich konnte ihm dabei nicht in die Augen blicken und sah stattdessen über die Skyline von San Francisco.

Ein tiefes Seufzen erklang, ehe Ryan neben mir Platz nahm. »Wir sind Brüder und das wird sich niemals ändern. Wir und die anderen Jungs sind eine Familie.« Die Ernsthaftigkeit in seiner Stimme ließ mich schlucken. »Aber im Kampf gegen meine Dunkelheit könnt ihr mir nicht helfen.«

»Ich weiß, auch wenn ich es gerne würde.«

»Dario, wir alle besitzen sie und jeder muss sie selbst bekämpfen, um darin nicht unterzugehen. Manche stärker als andere. Dass wir füreinander da sind und hintereinanderstehen, egal was kommt, macht den Kampf einfacher und die Möglichkeit, dass wir gewinnen, größer, weil wir nicht allein sind.«

Seine Worte verpassten mir eine Gänsehaut, aber er hatte recht. Wir waren nicht allein und zusammen als eine Familie würden wir das schaffen. Ich glaubte nicht nur daran, dass Ryan uns als Alpha und König in eine bessere Zukunft führte, sondern auch, dass wir alle zusammen die Finsternis in uns bekämpfen und am Ende siegen würden. Ryan war der einzig wahre König, den es jemals für mich geben würde.

Wir blieben eine Weile einfach nur schweigend nebeneinandersitzen. Sahen dabei zu, wie die Nacht immer dunkler wurde, bis nur noch der Mond und die Lichter der Stadt uns Licht spendeten.

Irgendwann durchbrach Ryan die Stille. »Ich mache mir Sorgen um Emma.«

»Wegen ihrer Dunkelheit?«, hakte ich nach.

»Ja. Die Tatsache, dass sie mit dem Licht und der Dunkelheit im Einklang ist … Ich kann es in ihren Augen sehen.«

Ich wusste, was er meinte. Wir alle konnten es sehen. Immer wieder blitzte die Dunkelheit in Emmas braunen Augen auf, schürte die Wut in ihr, die sich vor allem beim Training zeigte. Die Dunkelheit konnte uns von innen heraus zerstören und ich verstand Ryans Sorge.

»Ich weiß nicht, was ich machen soll. Jedes Mal, wenn ich es anspreche, blockt sie ab und sagt, dass die Dunkelheit nicht böse sei.«

»Sie ist jung und kennt die Auswirkungen der Finsternis nicht.«

»Und was schlägst du vor?« Hilfesuchend sah er zu mir.

Ich rieb mir nachdenklich über mein Kinn. »Wir sollten das beobachten und zusehen, dass die Dunkelheit sie nicht komplett verschlingt.«

»Ja, mehr bleibt uns wohl nicht übrig.«

»Das wird schon. Sieh doch den Fortschnitt, denn wir bis jetzt gemacht haben.« Wir hatten so viel erreicht und darauf konnten wir stolz sein.

»Das weiß ich. Aber unsere Männer haben sich noch immer nicht gemeldet und jetzt dieser Angriff auf unserem Grundstück ...« Er schüttelte seinen Kopf.

»Wir werden das schon schaffen, da bin ich mir sicher.« Eine andere Möglichkeit gab es nicht und vielleicht waren unsere Männer in Moskau einfach nur zu beschäftigt und hatten deswegen noch keine Nachricht für uns hinterlassen können. Wir mussten positiv bleiben. Tief atmete ich ein und wieder aus. Als ich auf seine Schulter blickte, wo seine Wunde sein musste, trafen sich unsere Blicke und er sprang auf und grinste mich an.

»Was hältst du von einem kleinen Wettrennen?«

»*Er überspielt seine Schmerzen*«, stellte meine wahre Natur fest.

So war Ryan schon immer gewesen.

»Sicher doch«, murmelte ich, erhob mich und stellte mich neben ihn. »Ryan, vergiss nicht, dass wir auch für dich da sind.«

»Dario, mir geht es gut. Lass uns jetzt nicht an unsere Dunkelheit denken.«

Seufzend gab ich mich geschlagen und nickte, als Ryan einen Zauber über seine Lippen gleiten ließ und Sekunden später von einem grünen zarten Nebelschleier eingehüllt wurde.

Ich tat es ihm gleich und mich umgaben blaue Rauchschwaden, die immer dichter und dunkler wurden. Unsere Magie würde uns vor dem Absturz bewahren. »Wer zuerst am Grundstück ist.«

Wir grinsten uns an und für einen Moment gab es nur uns. Es fühlte sich an wie früher.

Wir nahmen unsere Startpositionen ein und zählten den Countdown herunter. Wie zwei Blitze stießen wir uns vom Dach ab und rasten durch San Franciscos Lüfte.

»*Wir fliegen*«, jubelte meine wahre Natur freudig und ich lachte laut, als ich Ryan einholte.

Wir gaben noch einmal richtig Gas und ehe wir uns versahen, kam das große Eingangstor von Ryans Grundstück in Sichtweite.

AUCH WENN ICH AUS DEM KÄFIG WAR UND MICH größtenteils frei bewegen konnte, war meine Lage nicht besser geworden. Ich trug nicht nur ein beschissenes magisches Halsband, das sämtliche meiner Fähigkeiten und meine Magie einschränkte und mich somit zu einem normalen Menschen machte, sondern ich hatte auch einen kompletten Blackout. Ich wusste nicht, was an jenem Abend vor ein paar Monaten geschehen war. Ich war unten in der Küche gewesen, hatte anschließend hinauf in mein Zimmer gehen wollen – und dann war da nichts mehr. Einfach nur eine gottverdammte Leere. Als ich wieder zu mir gekommen war, hatte ich keine Ahnung, wie ich dort hingekommen war. Selbst meine wahre Natur konnte sich das nicht erklären und egal, was ich auch versuchte, um diese Lücke zu füllen, ich schaffte es nicht, die Erinnerungen zurückzuerlangen. Das einzig Positive war, dass bis jetzt kein weiterer Blackout dazugekommen war.

Aber machte es das besser? Emma redete nach wie vor kein Wort mit mir und schien mir noch mehr aus dem Weg zu gehen als davor.

Augenblicklich musste ich an letzte Woche denken. Ich war gerade in den großen Speisesaal gekommen und als Emma mich gesehen hatte, war sie aufgesprungen und hatte eilig den Saal verlassen. Das war einfach eine Katastrophe. Ich verlor meine Schöne und wusste nicht, wie ich an sie rankommen sollte, ohne dass einer von Ryans Männern dazwischen ging oder Ryans Krazor seine Zähne fletschte.

Ich schüttelte meinen Kopf und verdrängte die Gedanken, nahm das belegte Brötchen, das ich mir zubereitet hatte, und ging damit hinaus in den Garten. Ich atmete die kühle Abendluft ein und setzte mich auf einen der schmiedeeisernen Stühle, ehe ich von meinem Brötchen abbiss und mich umsah.

Die Laternen erhellten den Garten und die letzten Angestellten packten ihre Sachen zusammen und fuhren vom Grundstück. Kauend fiel mein Blick auf die imposanten Brunnen, die im Garten verteilt standen. Die bunten, blühenden und herrlich duftenden Blumen und Büsche waren top gepflegt und selbst wenn Ryans Höllentier eine Skulptur zerstörte, war diese spätestens am nächsten Tag erneuert. Der Außenbereich glich einem Schlossgarten und passte tadellos zur Villa. Das ganze Anwesen strotzte nur so vor Reichtum und Macht. Und doch war es hier anders als damals bei Vlad. Ryans Zuhause war persönlich, gemütlich und hatte einen familiären Touch, den ich bewunderte. Gott, war ich neidisch?

Ich aß mein Brötchen auf, strich die Brösel von meinem Schoß und lehnte mich zurück. Es stimmte, ich war beeindruckt, was Ryan sich hier in San Francisco aufgebaut hatte.

*»Es gehört viel dazu, sich aus dem Nichts so etwas aufzubauen«*, stimmte mir meine wahre Natur zu.

*»Ja, aber wir sind sicher nicht neidisch«*, maulte ich sie an. Neid war etwas Grässliches und so wollte ich nun wirklich nicht sein. Aber welcher Mann wollte ich dann sein? Herrje, warum zerbrach ich mir so den Kopf? Ich sollte mich einfach glücklich schätzen, nicht mehr im Käfig zu sitzen und mehr Freiheiten zu haben.

*»Außer wir überschreiten eine Grenze, dann gibt es üble Stromschläge«*, erinnerte mich meine Natur.

Immer wieder durchzogen sie meinen Körper ohne Vorwarnung, wenn ich versuchte, Räume zu betreten, für die ich keine Befugnisse hatte. Die Schmerzen waren furchtbar und ich konnte gut und gerne darauf verzichten.

*»Immerhin können wir raus, das ist besser als nichts. Alles wird gut, Tarik«*, versuchte meine wahre Natur mir Mut zu machen, als ich plötzlich Ryan und Dario sah, wie sie sich grinsend auf die Schulter klopften und im Haus verschwanden.

Ryan und sein innerer Kreis behandelten sich so vertraut … Brüderlich, beinahe wie eine Familie und auch wenn ich es nicht wollte, hasste ich es.

Als ich in Vlads innerem Kreis gewesen war, hatten die anderen mich nie so angesehen. Ich war immer ein Außenseiter gewesen und sie hatten mir gezeigt, dass ich nicht dazugehörte.

Scheiße, verdammt noch mal. Warum nervte mich das vertraute Miteinander der Männer so? Reiß dich zusammen, herrschte ich mich an. Es konnte mir egal sein. Sie waren mir egal!

*»Alles, was wir wollten, war dazuzugehören. Wir wollten nicht der Außenseiter sein, zu dem Vlads innerer Kreis uns gemacht hat. Wir wollten niemals als Verräter dargestellt werden und erst recht nicht als Gefangener enden.«*

Meine wahre Natur traf den Nagel auf den Kopf. Aber ändern konnte ich meine Lage trotzdem nicht.

Ich atmete tief durch und rieb meine Schläfen, blickte hinauf in den Himmel zum Vollmond und versuchte, meine Gedanken zu sortieren. *»Spürst du noch jemand anderen in unserem Kopf?«*, versuchte ich das Thema zu wechseln.

*»Nein, aber das muss nichts heißen.«*

*»Hast du wenigstens herausgefunden, warum wir diesen Blackout hatten?«*, hakte ich nach, doch die eigentliche Frage war, was wir in dieser Zeit getan hatten.

Meine ganze Situation wurde immer schlimmer und was war, wenn Emma …

*»Nein! Sprich es nicht aus. Sie wird uns nicht hassen, sie kann uns nicht hassen«*, brüllte sie und ich stand seufzend auf.

Das war unser Wunsch, weil wir sie liebten, aber änderte das etwas an der Tatsache, dass sie uns nach wie vor aus dem Weg ging und keines Blickes würdigte?

*»Das wird wieder.«*

Wie konnte meine wahre Natur nur so optimistisch sein? Ich wünschte, ich könnte diese Einstellung mit ihr teilen.

*»Tarik, ich bin bei dir und ich werde nicht zulassen, dass wir unser Licht verlieren.«*

Ihre Stimme hatte etwas Bedrohliches angenommen und ich zuckte unwillkürlich zusammen.

»Du darfst keine Scheiße bauen«, warnte ich sie.

»Vertraue mir, Tarik. Ich werde es nicht zulassen, wir werden Emma nicht verlieren. Koste es, was es wolle.«

Ich vertraute ihr, schließlich war sie meine wahre Natur. Doch die Entschlossenheit in ihrer Stimme jagte mir eine verdammte Gänsehaut über meinen gesamten Körper.

# Kapitel 5



Das Wettrennen mit Ryan hatte wirklich gutgetan, für einen Moment hatte ich alles um mich herum vergessen. Und so wie er grinste mit einem unverkennbaren Funkeln in den Augen ging es ihm genauso. Das war der Ryan, den ich kannte, der für mich wie ein Bruder war. Ohne jegliche Dunkelheit oder Wut, mit der er zu kämpfen hatte. Heute waren wir einfach nur zwei Shades, die ihren Spaß gehabt hatten. Gott, wie sehr ich mich nach dieser Unbeschwertheit gesehnt hatte.

Mit einem zufriedenen Grinsen ging ich mit Ryan hinauf in sein Büro. Wir tranken gemütlich ein Glas Whiskey, bevor er sich auf den Weg zu Milo machte, mit dem er noch etwas besprechen wollte. Er bat mich noch darum, den Ordner mit gesammelten Informationen über Chicago in sein Zimmer zu legen, dann war er verschwunden.

Mit den Unterlagen im Arm machte ich mich gut gelaunt auf den Weg in sein Zimmer, öffnete die Tür und kickte sie hinter mir mit der Ferse zu. Ich wollte den Ordner gerade auf die Kommode legen, als sich meine Augen weiteten und mein Herzschlag für einen kurzen Moment aussetzte.

Oh Scheiße, das war nicht gut.

Meine Atmung ging schneller, als mein Blick zu Emma glitt, die nur ein verdammtes Handtuch umgewickelt hatte und mit feuchten Haaren vor mir stand. Mein Blick glitt ihren halbnackten Körper entlang, auf dem Wassertropfen nach unten perlten.

Sie war eine Göttin, die verbotene Frucht Edens und ich ihr hoffnungslos verfallen. Emma war meine Droge und verdammt, ich liebte es, der Süchtige zu sein.

Ich umfasste den Ordner fester, spürte wie mein Schwanz gegen meine Jeans drückte und meine wahre Natur mit jeder Sekunde unruhiger wurde.

»Wie lange willst du mich noch anstarren?«, sagte sie und mein Mund wurde trocken.

Scheiße, sag etwas, Dario. »Du bist nackt.« Wie fremdgesteuert ging ich zu der Kommode, legte den Ordner darauf, aber ließ Emma nicht aus meinen Augen. Dann ging ich auf sie zu und kam vor ihr zum Stehen.

»Genau genommen habe ich ein Handtuch um.«

»Ein viel zu kurzes«, raunte ich ihr entgegen und nahm eine feuchte Strähne zwischen meine Finger, ließ meinen Blick hinab zu ihren Brüsten schweifen und noch tiefer.

»Dario«, wisperte sie und ich blickte in ihre leuchtenden Rubine, sah das blaue Schimmern meiner Saphire auf ihrer Haut, das von ihrer Strahlkraft zeugte. Ich schluckte schwer, als mir bewusst wurde, wie nahe wir uns standen. Nur wenige Zentimeter trennten unsere Lippen und mein Kopf setzte aus, als ich meine Hände um ihre Taille legte und Emma an meine Brust zog.

Geh zurück, halte Abstand, schrie ich innerlich. Doch als ihr süßlicher Duft mich einhüllte war es zu spät. Meine Selbstbeherrschung verabschiedete sich, mein Herz raste und ehe ich mich versah oder klar denken konnte, landeten meine Lippen auf ihren. Meine Hände glitten über das Handtuch hinauf zu ihrem Gesicht, umfassten es zärtlich. Als ich ihren Mund mit meiner Zunge öffnen wollte, wurde ich mit einem Satz auf den Boden geschleudert.

Verdammt noch mal, ich war geliefert.

Panisch sah ich mich um, doch von Ryan fehlte jede Spur. Mein Blick schweifte zu meinen Händen, in denen ich gerade noch Emmas Gesicht gehalten hatte, und hinauf zu meiner Prinzessin.

»Verschwinde, Dario.« Emmas Stimme bebte.

Ich starrte in ihre hell leuchtenden Rubine. »Emma, Prinzessin …«

»Nein, bitte geh. Das war ein Fehler«, sagte sie mit fester Stimme.

Ich richtete mich auf, blickte noch einmal in jene Augen, die mich wahnsinnig machten vor Begierde. Dann raste ich aus dem Zimmer und verschwand in meines. Ich knallte die Tür hinter mir zu und schlug meine Faust gegen die Wand. »Scheiße!«, brüllte ich und schlug erneut dagegen, spürte, wie die Haut an meinen Knöcheln aufplatzte. Der Geruch meines eigenen Blutes lag in der Luft. Doch ich hörte nicht auf, prügelte immer wieder auf die Wand ein, brüllte und fühlte, wie sich Tränen in meinen Augen sammelten und über meine Wangen liefen.

Zitternd pustete ich Luft aus, starrte auf das Loch in der Wand und den Putz auf dem Boden, aber selbst meine aufgeplatzten Knöchel interessierten mich nicht.

»Was habe ich nur getan?«, flüsterte ich, fiel auf meine Knie und legte meinen Kopf in meine Handflächen. Ich konnte spüren, wie sich meine Wunden schlossen, und doch blieb der Schmerz in meinem Herzen bestehen. Ich hatte nicht nur Emma geküsst, sondern auch Ryan verraten. Wie hatte das nur passieren können?

*»Es hat sich richtig angefühlt«*, flüsterte meine wahre Natur

Ich schrie sie an. *»Tickst du noch richtig? Das war falsch. Wenn das rauskommt, sind wir tot!«*

*»Ich weiß …«*

Der Schmerz in ihrer Stimme trieb noch mehr Tränen in meine Augen. Ich raufte meine Haare und erhob mich schwer atmend. Damit die Wand wieder wie neu aussah, sprach ich einen Zauber und schnappte mir anschließend meine Motorradschlüssel. Ich rannte aus meinem Zimmer und geradewegs in die Garage zu meiner mattblauen Ducati, sprang drauf und öffnete per Knopfdruck das Tor. Mit durchdrehenden Reifen bretterte ich über die Hofeinfahrt.

Der Wind peitschte gegen meinen Körper, doch ich wurde nicht langsamer. Ich lehnte mich in jede Kurve, küsste fast den Asphalt, spürte das Adrenalin durch meine Venen pumpen und es tat verdammt gut. Es gab nur die Geschwindigkeit, den Wind, der an meinen Haaren riss, und mich.

Nach der nächsten Ampel drehte ich meine Geschwindigkeit noch höher und raste durch die Stadt, während der Vollmond über mir leuchtete.

Meine Lippen zuckten erfreut, als mir ein altbekanntes Schild ins Auge stach. Langsam drosselte ich meine Maschine und parkte auf einem der reservierten Parkplätze, schwang mich von meinem Bike und steckte meine Hände in die Jackentasche, ehe ich lässig an der wartenden Schlange vorbeiging. Der Türsteher grüßte mich und ließ mich direkt hinein.

*»Du willst dich ablenken«*, stellte meine wahre Natur fest und sie hatte verdammt recht, das war mein Ziel.

Ich liebte unsere Clubs. Die schwarz-goldene Inneneinrichtung strotzte nur so vor Luxus und machte sie zu den beliebtesten Diskotheken in San Francisco.

Die weiblichen Gäste erfreuten sich an den gutgebauten Kellnern und die männlichen an den Tänzerinnen, die auf Podesten oder in Käfigen tanzten. Diese Frauen wussten, wie sie sich bewegen mussten, um den Männern ordentlich einzuheizen.

Zufrieden sah ich, wie immer mehr Gäste in den Club strömten, sich etwas an der Bar zu trinken holten und sich auf der Tanzfläche amüsierten. Die Stimmung war ausgelassen und wild. Genau diese Art von Ablenkung brauchte ich jetzt. Ich ging in die Richtung des VIP-Bereichs, spürte die Blicke der Frauen auf mir, während der Bass aus den Boxen dröhnte und die flackernden Lichter über die Menge schweiften.

Ich sog die Luft ein. Alkohol und Schweiß. Aber das war nicht das, worauf ich es abgesehen hatte. Mein Ziel war eine der willigen Frauen. Nur so konnte ich Emma vergessen und Druck ablassen.

Und diese Frauen gab es hier zur Genüge.

Ich besorgte mir ein Glas Whiskey und lehnte mich damit an die Wand, während mein Blick hungrig über die tanzende Menge schweifte. Es dauerte nicht lange, bis ich meine Beute erblickte.

*»Das ist dein Ernst, oder?«*

*»Definitiv, wir brauchen das«*, sagte ich und fasste meine Beute wieder ins Auge.

Ihr schulterlanges schwarzes Haar schwankte bei jeder ihrer Bewegungen hin und her. Lachend streckte sie ihre Hände in die Luft und ließ ihre Hüften kreisen. Meine Mundwinkel zuckten, als ich von ihren langen Beinen hinauf zu ihrem kurzen enganliegenden Kleid blickte und einen Zauber flüsterte.

Augenblicklich fielen die Hände der Fremden hinunter, sie drehte sich in meine Richtung und kam einen Schritt nach dem anderen auf mich zu.

»Ja, sei ein braves Mädchen und komm zu mir«, sagte ich und trank grinsend einen Schluck aus meinem Glas, als sie vor mir stehen blieb und mehrmals blinzelte, sich umsah und etwas sagen wollte, doch ich war schneller. Ich legte meine Hand an ihre Wange und blickte ihr tief in die Augen.

»Meine schöne Fremde. Du willst es auch, du sehnst dich nach mir, und alles, was in deinem süßen Köpfchen vorgeht, ist, wie du mich zufriedenstellen kannst.«

Ihre Augen wurden für den Bruchteil einer Sekunde glasig und ihre Pupillen weiteten sich, als die Manipulation in ihren Verstand sickerte.

Im nächsten Moment sah sie mich verliebt an und streichelte lasziv meinen Oberarm.

»Ich will dich glücklich machen.«

*»Dario ...«*, versuchte es meine wahre Natur, aber ich drängte sie zurück, nahm die Hand der Fremden und küsste sie, was sie sehnsüchtig stöhnen ließ.

»Willst du mich nach hinten begleiten?«

»Nichts lieber als das.«

Zufrieden legte ich meine Hand um ihre Taille und führte sie in den Backstage-Bereich, wo ich unser Büro öffnete.

*»Dario, das ist nicht gut. Wir wollen diese Frau doch nicht einmal.«*

*»Lass mich!«*, brüllte ich sie an und schloss die Tür, nachdem die Frau eingetreten war. Ich exte mein Glas hinunter und stellte es auf der Kommode ab, ehe ich die Frau an ihren Hüften packte und auf den massiven Schreibtisch hob.

»Oh, ich will dich«, flüsterte sie und spreizte ihre Beine.

Mein Herz schlug schneller, als ich ihr eine Strähne aus dem Gesicht strich und sie um meinen Finger wickelte. Ihre Haare waren dunkel, aber nicht so lang wie Emmas ... Scheiße!

*»Wir sollten einfach wieder nach Hause gehen, das ist doch Wahnsinn«*, maulte meine Natur.

Knurrend strich ich durch meine Haare und trat einen Schritt zurück, aber die Frau griff nach meiner Hand und sah mich sehnsüchtig an. »Bitte, ich will dich.«

Scheiß drauf!

Ich raste auf sie zu, presste meine Lippen auf die ihren und sofort musste ich an den süßlichen Duft und Geschmack von Emma denken.

Es war mir egal, wie sehr meine wahre Natur protestierte. Ich schob das Kleid der Frau hoch und strich über ihre Oberschenkel, was ihr ein Stöhnen entlockte. Meine Mundwinkel zuckten.

Emma … meine Prinzessin.

Unser Kuss wurde intensiver, meine wahre Natur hörte ich nur noch schwach und alles, was ich wollte, war meinen Schwanz in dieser Frau zu versenken. Geschickt hakte ich meine Zeigefinger in ihr Höschen und zog es mit einem Ruck hinunter. Ich strich über ihre feuchte Mitte, als sie ihre Arme um meinen Nacken legte und in mein Ohr stöhnte.

»So ist es brav, stöhn für mich«, raunte ich ihr gegen den Hals und setzte vereinzelte Küsse darauf, stieß mit meinem Finger in sie und rieb ihre Perle, was sie immer lauter stöhnen ließ.

Mein Kopf setzte aus. Ich wollte sie, hier und jetzt. Flink öffnete ich meine Gürtelschnalle, zog meine Hose bis zu den Knien hinunter und griff in das Regal neben uns, holte ein Kondom heraus und zog es über, ehe ich mich mit einem kräftigen Stoß in ihr versenkte und sie vor Lust aufschrie.

»Oh Gott, das ist so gut«, keuchte sie.

»Stöhn für mich, meine Prinzessin«, raunte ich in ihr schwarzes Haar und stieß immer härter in sie. Ihre Fingernägel krallten sich in meine Schulterblätter und ich hämmerte in sie. Die schwarzhaarige Schönheit warf ihren Kopf in den Nacken und kam schreiend zum Höhepunkt. Aber ich war noch lange nicht fertig mit ihr. Meine Stöße wurden schneller, härter und animalischer, als ich meine Hand um ihren Hinterkopf legte und meine Lippen auf ihre drückte. Ich drang

mit meiner Zunge in ihren Mund und unterdrückte ihr Stöhnen. Als ich hinunter zu ihrem Hals glitt, spürte ich meinen anbahnenden Orgasmus. Keuchend spritzte ich in das Kondom und biss in ihren Hals, trank einen Schluck nach dem anderen. Dank meiner Manipulation hatte die Frau kein Schmerzempfinden, sie wurde nur getrieben von der heißen Lust der Begierde. Ich hieß den süßlichen Geschmack willkommen, bis ich plötzlich meine Augen aufriss und innehielt.

Salzig. Das hier war nicht süß!

Wut breitete sich in meinem Magen aus und ich schubste die Frau von mir, sah, wie das Blut über ihren Hals lief und sie mich mit großen Augen ansah.

»Scheiße!«, brüllte ich.

Die Frau zuckte zusammen und griff zu ihrem blutenden Hals. Sie schrie auf, stolperte zurück und schmierte ihr Blut durch das Büro, bis sie auf den Boden fiel und immer weiter in die Ecke kroch.

Im selben Moment ging die Tür auf. »Oh, verdammt!«, hörte ich jemanden hinter mir sagen und schnellte meinen Kopf umher.

Das hatte mir gerade noch gefehlt. Noel stand mit einer rothaarigen Frau in seinen Armen im Türrahmen. Als die Frau das Szenario erblickte, schrie sie auf, doch Noel reagierte blitzschnell. Er drückte sie gegen die Wand und sagte: »Du wirst mich und alles, was du hier gesehen hast, vergessen. Alles, was du weißt, ist, dass du auf der Toilette warst und dir danach noch einen süßen Cocktail bestellt hast, ehe du dich in ein Taxi gesetzt hast, nachhause gefahren und glücklich eingeschlafen bist.« Die Rothaarige blinzelte mehrmals, drehte auf dem Absatz um und war verschwunden.

Noel schloss die Tür und blickte zu mir. »Kannst du bitte deine Hose hochziehen? Ich will deine Lanze nicht länger sehen.«

Ich tat, was er sagte, und starrte dann wieder zu ihm.

Noel trug eine schwarze enge Jeans und die oberen Knöpfe seines weißen Hemdes waren geöffnet, sodass seine Tätowierungen hindurchblitzten.

»Was machst du hier?«, fragte ich, als er näherkam und neben mir zum Stehen kam.

»Das sollte ich wohl eher dich fragen. Sieh dir diese Sauerei an«, sagte er und wedelte mit seinen Händen umher.

Und erst jetzt verstand ich, was er meinte. Mit großen Augen sah ich mich in dem Büro um. Ach du Scheiße!

Auf dem weiß gefliesten, polierten Boden waren zahlreiche Bluttropfen. Die weißen Hochglanzschränke sahen nicht besser aus. Überall war das verschmierte Blut der fremden Frau, die offensichtlich versucht hatte, sich an jedem Möbelstück festzuhalten. Ich Idiot hatte vergessen, den Biss an ihrem Hals zu schließen.

»Was … Wo bin ich?«, stotterte die Frau und riss mich aus meinen Gedanken. Na prima, jetzt hatte auch noch die Wirkung der Manipulation nachgelassen. Den Abend hatte ich mir wirklich anders vorgestellt.

Sie sah blass aus durch den hohen Blutverlust.

»Du bist in einem Büro.«

»Was … habt ihr mit mir gemacht?«, stammelte sie ängstlich und Noel stöhnte auf.

»Wir? Echt jetzt?«, knurrte er und blickte finster zu mir.

»Wenn du sie nicht manipulierst und heilst, wird sie in wenigen Minuten bewusstlos sein und an ihrem Blutverlust sterben.

Stöhnend ging ich auf die Frau zu, doch als ich gerade einen Zauber sprechen wollte, riss sich meine wahre Natur von ihren Ketten los. Scharfe Krallen ragten aus meinen Fingerknöcheln, ehe ich einen Satz nach vorn machte und ihr die Kehle durchschnitt.

*»Was zur Hölle sollte das?«* Entsetzt stolperte ich zurück und starrte auf die tote Frau.

*»Sie war es nicht wert und außerdem habe ich dir gesagt, dass das eine blöde Idee war. Du wolltest ja nicht auf mich hören.«*

*»Willst du mich verarschen? Deswegen bringen wir keine Frau um!«*, fauchte ich meine wahre Natur an, doch sie lachte nur und vergrub sich anschließend tief in mir.

»Gut, dann keinen Krankenwagen, sondern die Reinigungskraft und das Leichenschauhaus.«

»Das war nicht meine Absicht. Meine Natur ist mit mir durchgegangen«, rechtfertigte ich mich.

Noel schüttelte nur seinen Kopf. »Das darfst du Ryan erklären.«

»Warum? Soweit ich weiß, fickst du jeden zweiten Tag eine Frau!«

»Der Unterschied ist, dass die Frauen bei mir glücklich und befriedigt nachhause gehen. Ich zahle sogar das Taxi. Bei dir Sterben sie wie die Fliegen. Und jetzt komm.« Ich öffnete meinen Mund, wollte irgendetwas argumentieren, doch ich wusste nicht, was.

Noel hatte recht. Seit ich in San Francisco war, endeten meine Bettgeschichten meistens mit dem Tod.

DAS WAR EINE KATASTROPHE. WIE UM ALLES IN der Welt hatte Dario mich küssen können und warum hatte ich diesen Kuss nicht sofort unterbunden? Ich hätte ihn schon aus dem Zimmer werfen sollen, als er mich an seine Brust gezogen hatte.

Verdammt noch mal, das war nicht gut.

Doch das Schlimmste war, dass es sich angefühlt hatte, als wäre ein Teil von mir mit ihm gegangen, als ich ihn aus dem Zimmer geschmissen hatte.

Das war krank. Ich war Ryans Gefährtin und die Gefühle zu diesem Alpha waren echt. Ich liebte ihn.

Haareraufend war ich noch eine Weile im Zimmer geblieben, bis ich mir das erst beste Kleid übergeworfen hatte und hinunter in das große Wohnzimmer gegangen war. Ich hatte es mir auf dem Sofa gemütlich gemacht, als Ryans Krazor wenig später hereintrottete und sofort in meine Richtung blickte.

»Na, Großer?«

Er gab ein jaulendes Geräusch von sich, ehe er es sich neben mir auf dem Sofa bequem machte und seine Vorderpfoten vom Sofa baumeln ließ.

»Ich werde noch verrückt mit all den Männern hier«, murmelte ich und legte meinen Kopf auf seinen

Rücken. Er gab ein zufriedenes Brummen von sich, während ich sanft über sein weiches, in Schatten eingehülltes schwarzes Fell strich.

»Ja, ich bin schon auf dem Weg«, hörte ich Ryans genervte Stimme, als er ein paar Sekunden später ins Wohnzimmer kam und sein Telefon in die Hosentasche steckte.

Angespannt hob ich meinen Kopf. Was war denn jetzt los?

»Ich muss noch mal wohin, mein kleiner Engel«, sagte er und kam zu mir, küsste meine Stirn und strich seinem Krazor über den Kopf.

»Ist irgendetwas passiert?«

»Dario hat mal wieder eine Frau getötet«, murrte er.

Ich setzte mich aufrecht hin, mein verräterisches Herz hämmerte heftig in meiner Brust. Was meinte er damit? »Was ist denn genau passiert?«, hakte ich nach.

»Ich habe keine Ahnung, aber wenn ich raten müsste, würde ich sagen, er hat die Frau mal wieder beim Sex getötet.« Seufzend strich er sich durch seine Haare und ging in die Richtung der Tür. »Naja, wie auch immer. Ich beeile mich und bin bald wieder bei dir.« Damit verschwand er aus dem Raum und ich starrte auf die Stelle, wo er gerade noch gestanden hatte.

Dario sollte beim Sex eine Frau getötet haben? Schon wieder? Was zur Hölle hatte das zu bedeuten? Mein Herz schmerzte. Wie konnte er erst mich küssen und dann eine fremde Frau ficken? Meine Atmung beschleunigte sich und ich spürte, wie meine Augen rubinrot strahlten. Die Wut in meinem Bauch wurde stärker.

Scheiße, es sollte mir egal sein! Sollte er doch ficken, wen er wollte. Doch die Wahrheit war eine andere und ich hasste es, dass ich diese Gefühle nicht einfach ausschalten konnte. Schließlich war ich Ryans Gefährtin und hatte echte Gefühle für diesen Mann. Und doch störte mich der Gedanke, dass Dario mit anderen Frauen schlief. »Verdammt!«, fauchte ich und rieb meine Schläfen, atmete tief ein und wieder aus.

Es würde sich schon alles fügen.

Das Licht in mir schmiegte sich an die Dunkelheit und allmählich beruhigte ich mich wieder. »Ryan ist mein Gefährte«, murmelte ich vor mich hin und schlang meine Arme um den Krazor in der Hoffnung, er könnte mir den Schmerz aus meinem Herzen nehmen.

# Kapitel 6

## TARIK

Ich schlenderte die Treppe hinunter und ging zügig in die Küche. Auch wenn ich Emma im Wohnzimmer sah, machte mir der Krazor Angst. Das Tier war unberechenbar und ich wollte definitiv nicht als Abendessen enden.

Ich ging zum Side-by-Side Kühlschrank, holte mir einige Zutaten zum Belegen meines Toasts heraus und bereitete mir ein üppiges Sandwich zu, schnitt es in zwei Hälften und machte mich damit auf den Weg in mein Zimmer. Als ich vor dem Aufzug stand, öffnete sich die Haustür. Reflexartig huschte ich in die nächste dunkle Ecke und lauschte.

»Ich sagte doch schon, dass das ein Versehen war«, hörte ich Dario.

»Ja, und ich sagte, dass es so nicht weitergehen kann«, erklang Ryans Stimme. Es folgte eine kurze Pause, dann sprach er weiter. »Noel, sieh zu, dass alles ordnungsgemäß beseitigt wird und wir keine Probleme bekommen und du, Dario, kommst mit mir ins Wohnzimmer.«

Vorsichtig lugte ich um die Ecke und drückte den Teller mit meinem Sandwich näher an mich. Dario und Ryan gingen ins Wohnzimmer, Noel huschte davon. Als mein Blick auf Emma fiel, musste ich schlucken.

Sie sah alles andere als begeistert aus, als ihr Blick auf Dario fiel, und ich fragte mich, was vorgefallen war.

*»Das frage ich mich auch, sie wirken alle ganz schön angespannt.«*

Emma verstand sich mit Ryan und seinen Männern normalerweise gut, besser als ich es jemals für möglich gehalten hatte. Und auch wenn mir niemand sagen würde, was vorgefallen war, war ich weder blind noch blöd. Der Blick zwischen Dario und Emma sprach Bände.

*»Vielleicht ist das unsere Chance, wieder näher an Emma ranzukommen«*, überlegte meine wahre Natur.

Gerade als ich mich noch weiter vorlehnen wollte, um besser zu verstehen, wurde die doppelflügelige Tür geschlossen.

»Verdammt.« Ich trat zum Aufzug, drückte den Knopf und stieg nach dem Gong ein. Während der Aufzug nach oben fuhr, starrte ich auf mein Spiegelbild. Ich hatte dunkle Augenringe. Die Müdigkeit war mir ins Gesicht geschrieben und zeugte deutlich von meinem inneren Kampf. Ich war schon lange nicht mehr der Mann, der einst an Vlads Seite gekämpft hatte. Das, was ich im Spiegel sah, glich einem Gott verdammten Versager. Scheiße, ich hasste, was aus mir geworden und wie tief ich gesunken war.

Die Tür öffnete sich und ich stieg aus.

Gedankenverloren ging ich den Flur entlang und erreichte mein Zimmer. Ich schlug die Tür hinter mir zu und setzte mich auf den Balkon, stellte den Teller mit dem Sandwich auf dem kleinen Klapptisch neben mir ab. Planlos blickte ich in die Ferne.

»Ich weiß, was du denkst, aber wir sollten nichts überstürzen.«

Frustriert rieb ich über meine Schläfen. Meine wahre Natur kannte mich zu gut und ich würde am liebsten zu Emma gehen, ihr sagen, dass ich sie liebte und sie das doch sehen musste.

»Und dann? Hast du vergessen, dass hier nicht nur Ryan, sondern sein gesamter innerer Kreis ist? Und sollten wir sie abschütteln können, wären da noch immer die Wachen.«

»Ist ja gut«, murrte ich. Allein könnte ich es niemals mit allen aufnehmen und hier war ich wenigstens sicher vor Vlad. Scheiße, er würde mich jagen und quälend langsam töten, wenn er mich in die Finger kriegen würde. Ich hatte ihn verraten. Wie beschissen konnte meine Situation noch werden?

»Wir könnten im Keller gefangen sein. Das wäre definitiv schlechter, als ein Gästezimmer zu bewohnen.«

Lachend schüttele ich meinen Kopf und aß, ging nach drin und stellte den leeren Teller auf der Kommode ab und öffnete meinen Minikühlschrank. Sofort kam mir das Herz in den Sinn. Ich hatte versucht herauszufinden, wem es gehört hatte, allerdings war ich auf keine Antwort gekommen und hatte es einen Tag später mitten in der Nacht im Wald vergraben. Vermutlich war es kurze Zeit danach von einem Fuchs oder einem anderen Tier ausgegraben und gefressen worden. Fakt war, dass mich nie jemand darauf angesprochen hatte, und das erleichterte mich ungemein.

Es gab keine weiteren Blackouts, die fremde Stimme in meinem Kopf war verstummt und die Träume, in denen mich Vlad heimgesucht hatte, blieben aus.

Vielleicht war er tatsächlich zur Vernunft gekommen und hatte die Blaxro-Magie ein für alle Mal aufgegeben.

*»Oder er plant etwas.«*

*»Musst du immer so negativ sein?«*

Ich holte eine Cola-Dose heraus, öffnete sie und nahm einen Schluck.

*»Ich bin realistisch und ich glaube nicht, dass Vlad einfach aufgeben wird.«*

*»Hast du schon einmal daran gedacht, dass er die Konsequenzen des Schattenrates gewittert hat und deswegen die verbotene Magie nicht mehr nutzt?«*

Vielleicht hatte ich, was das anging, wenigstens das Glück auf meiner Seite.

*»Wenn du meinst.«*

Meine wahre Natur verkroch sich und ich machte es mir auf meinem Bett bequem, schaltete den Fernseher an und zappte durch die Programme.

Als ich bei einem der Nachrichtensender hängen blieb, gefror sämtliches Blut in meinen Adern. Ich konnte meinen Augen nicht trauen, richtete mich kerzengerade auf und starrte wie gelähmt in den Bildschirm.

Die Nachrichtensprecherin umklammerte das Mikrofon mit ernster Miene. »Noch immer sind Sanitäter und die Polizisten vor Ort und versuchen, die Situation in den Griff zu bekommen. Laut ersten Erkenntnissen gab es mehrere Todesopfer und Schwerverletzte … «

Mein Herz wummerte und meine Hände wurden feucht, als Bilder eines zerstörten Opernhauses auf dem Bildschirm erschienen.

Flammen erhellten den dunkeln Himmel und das Gebäude lag in Trümmern.

Blaulicht blinkte im Hintergrund und Rettungskräfte rannten umher.

»Was zur Hölle …«, stammelte ich.

»Die Polizei geht von einem Anschlag aus, doch bis zu diesem Zeitpunkt hat sich noch keine terroristische Gruppe dazu bekannt«, hörte ich die Frau weiterreden.

Auf den nächsten Bildern sah ich eine amerikanische Flagge, die zerstört zwischen den Trümmern lag.

Ich riss meine Augen auf, als ich verstand.

Es handelte sich um das Opernhaus in Chicago, das ich immer wieder erkennen würde. Es hatte nur eine Stunde von Vlads Schloss entfernt gestanden. Ich war öfters mit Vlad und Emma dort gewesen. Wir hatten uns Vorstellungen angesehen oder Vlad hatte es für eine seiner Versammlungen gemietet.

Er hatte das Opernhaus geliebt und jetzt lag es in Trümmern. Das war reiner Zufall, oder? Niemand außer seinen engsten Vertrauten wusste, dass das Opernhaus einen sentimentalen Wert für Vlad hatte. Hatte Emma Ryan darüber informiert und er hatte es aus Rache in die Luft jagen lassen? Ich kannte Ryan nicht. Würde er so weit gehen?

*»Das kannst du doch nicht ernsthaft glauben?«*, sagte meine Natur skeptisch und ich schaltete den Fernseher aus.

*»Wer weiß, wie weit er gehen würde? Vor allem wenn sein Stolz oder sein Ego gekränkt ist.«*

*»So viele Menschen sind gestorben. Frauen, Kinder … Das war ein Massaker.«*

Scheiße, ich hatte keine Ahnung.

Ich kannte weder Ryan noch seinen inneren Kreis gut genug, aber ich durfte sie auf keinen Fall unterschätzen.

»Dann finden wir es eben heraus.«

»Oder es war wirklich eine terroristische Organisation. Nicht alles muss auf uns Shades zurückgehen.« Jedenfalls wäre mir das definitiv lieber.

»Vielleicht, aber ich glaube nicht an Zufälle. Lass uns ein bisschen herumschnüffeln und den ein oder anderen Kontakt wiedererwecken.«

Ich schüttelte energisch meinen Kopf. »Ich halte das für eine schlechte Idee.«

»Nur für den Fall, Tarik, komm schon.«

»Nein«, knurrte ich sie an.

»Willst du weiter allein essen, dich in unserem Zimmer verkriechen und untätig herumsitzen? Gehen wir der Sache nach. Wir haben gute Kontakte und wir könnten eine Aufgabe gebrauchen, bevor uns die Decke auf den Kopf fällt.« Sie traf den Nagel auf den Kopf.

»Wir wissen nicht, was passiert, wenn wir diese Kontakte aktivieren.«

»Komm schon«, forderte sie weiter, bis ich ihr zustimmte, dass wir uns ab morgen damit auseinandersetzen würden. Vielleicht würde auch nichts passieren, schließlich hatte ich diese Kontakte seit Jahrhunderten nicht mehr genutzt.

In jedem Fall hatte meine wahre Natur recht, meine aktuelle Lage war beschissen. Es wurde Zeit, dass wir etwas unternahmen. Wir würden Informationen bekommen, die wir für unsere Freiheit eintauschen könnten.

# EMMA

ICH HATTE MICH ENDLICH ENTSPANNT, LAG AUF dem Sofa und blätterte in einer der Zeitschriften, die auf dem kleinen Tisch lagen, und streichelte den Krazor, der genüsslich neben mir auf dem Sofa lag und seine Pfoten leckte.

Der friedliche Moment endete, als ausgerechnet Dario gefolgt von Ryan ins Wohnzimmer trat. Sofort musste ich wieder daran denken, wie er mich an sich gezogen und seine Lippen auf die meinen gepresst hatte … Scheiße, weg mit diesen Gedanken.

Als ich in seine blauen Augen blickte, hätte ich schwören können, dass er genauso daran dachte wie ich.

»So, jetzt sind wir unter uns«, sagte Ryan, nachdem er die Tür geschlossen hatte. Er zog eine Zigarette aus der Packung, die auf dem Glastisch lag, zündete sie an und lehnte sich gegen die Wand.

»Emma ist hier«, murrte Dario und ich ballte meine Hände zu Fäusten. Was sollte das?

»Ja, und? Emma ist meine Gefährtin und sie kann gern wissen, was wir besprechen.«

Na, wenigstens einer, der zu mir stand. Vernichtend sah ich zu Dario, der sich etwas von dem

bereitgestellten Whiskey auf der Kommode einschenkte und meinem Blick auswich.

*»Er muss auch an den Kuss denken«,* flüsterte meine wahre Natur.

*»Hör auf, so wehmütig zu klingen. Das war ein Fehler und darf nie wieder vorkommen«,* stellte ich klar.

Meine wahre Natur maulte irgendetwas Unverständliches, ehe sie sich verkroch.

Ich lehnte mich auf dem Sofa zurück und streichelte über den Rücken des Krazors, der ein brummendes Geräusch von sich gab.

»Ich sage es ja nur«, holte mich Darios Stimme ins Hier und Jetzt zurück.

»Sag mir, was passiert ist.«

»Nichts, meine Natur ist mit mir durchgegangen. Das wird nicht wieder vorkommen.«

Ich setzte mich aufrecht hin und blickte zwischen den beiden hin und her.

»Verdammt, Dario. Das ist nicht die erste Frau, die ihr Leben lässt, während du etwas mit ihr hast«, fauchte Ryan und ich konnte meinen Blick nicht von Dario abwenden. Seine Kleidung war voller Blutflecken, die vermutlich von dieser Frau stammten. Seinem Gesichtsausdruck nach war er alles andere als begeistert, dass ich hier im Raum war und mithören konnte.

Das alles sollte mich kalt lassen, aber der Gedanke, dass er etwas mit einer anderen Frau hatte, machte mich wahnsinnig. Meine Dunkelheit flüsterte mir zu, dass ich meine Krallen in jede der Frauen rammen und mich an dem dunkelroten, frischen und köstlich riechenden Blut nähren sollte.

Mein Licht hingegen versuchte der Finsternis Vernunft einzubläuen und schließlich vereinten sich beide miteinander.

Ich griff zu der Zigarettenschachtel, steckte mir eine in den Mund und kämpfte damit, mit meiner Hand eine kleine Flamme zu erzeugen, um mich abzulenken und zu beruhigen.

*»Komm schon.«*

Aber nichts geschah. Als ich frustriert auf meine Handflächen starrte, trat Ryan an meine Seite und drehte seine Hand einmal, ehe eine Flamme über der Innenfläche erschien. Gebannt starrte ich darauf und beobachtete, wie sie sich um seinen Zeigefinger schlängelte und an seiner Fingerkuppe loderte. Ich zündete meine Zigarette an und er grinste mir entgegen.

*»Ist das nicht schön? Er gibt uns Feuer«*, säuselte meine wahre Natur.

Das meinte sie doch nicht ernst.

*»Doch, ich finde das wirklich schön. Es hat etwas von einem Gentleman, wenn Ryan uns mit seinem kleinen Finger Feuer gibt.«*

*»Es war der Zeigefinger«*, gab ich genervt zurück.

*»Spielt das eine Rolle? Unser Gefährte gehört uns, nur uns.«*

Alles klar, es war offiziell – meine wahre Natur hatte eindeutig nicht mehr alle Latten am Zaun.

Ich nahm einen tiefen Zug und schloss meine Augen. Das Nikotin breitete sich in meiner Lunge aus und ich stieß den Rauch aus.

Ungeduldig klopfte Dario mit seinen Fingern auf die Kommode und sah zu uns.

»Musst du das so sagen?«, vernahm ich Darios Stimme, während meine Augen immer noch geschlossen waren und ich versuchte, mich zu entspannen.

»Warum nicht, wo ist das Problem? Es ist normal, dass wir Shades ab und an direkt von der Blutquelle trinken, und es kann mal passieren, dass wir die Kontrolle verlieren. Aber sowas darf nicht der Regelfall sein«, sagte Ryan.

Ich zählte von zehn herunter in der Hoffnung, meine Gedanken sortieren zu können.

»Trotzdem musst du das nicht aussprechen, dass ich wieder eine Frau beim Sex getötet habe.«

Verdammt nochmal! Ich riss meine Augen auf. Beinahe hatte ich es geschafft, mich zu beruhigen, und jetzt sagte er sowas? Mir war bewusst, dass er diese Frau gefickt hatte, aber es aus seinem Mund zu hören war etwas anderes. Meine Atmung beschleunigte sich und meine Finger hielten krampfhaft die Zigarette fest. Ich aschte ab und zog erneut daran, das Zeug musste mich doch mal beruhigen.

*»Warum muss er das auch sagen?«*, fauchte meine wahre Natur, die meine Wut spürte.

»Ich habe es nur angedeutet. Die Bestätigung, dass es so war, hast du mir gerade gegeben«, sagte Ryan gelassen.

»Dennoch war es unnötig«, brauste Dario auf und sah in meine Richtung.

»Ah, jetzt verstehe ich. Mach dir keine Gedanken, Emma ist das egal, stimmt's?« Fragend blickte Ryan in meine Richtung.

Bleib ruhig, herrschte ich mich an. Ich zog nochmal an meiner Zigarette, drückte sie aus und stand vom Sofa auf, strich meine Haare zurück und sagte mit ausdruckloser Miene: »Dario kann machen, was er will. Es ist mir egal, wen er fickt.« Ein Glück, dass sie meine Lüge schluckten. Ich trat zu Ryan, legte meine Arme um seinen Nacken und stellte mich auf meine Zehenspitzen, ehe ich meine Lippen auf seine drückte. Augenblicklich legte er seine Arme um mich, zog mich näher an seine Brust und ich ließ zu, dass er meinen Mund mit seiner Zunge öffnete und unsere Zungen sich umkreisten. Mit schnell schlagendem Herzen löste ich mich von ihm und hauchte gegen seine Lippen. »Ich gehe schon mal vor ins Zimmer.«

Ich blickte über meine Schulter und grinste zu Dario, der steif an die Wand gelehnt dastand und uns anschaute, bevor ich an Ryan vorbei und aus dem Raum trat.

Erst als ich die Treppe hinauf gegangen war, hörte ich meine wahre Natur teuflisch kichern.

*»Das hätten wir nicht tun sollen, oder?«*, fragte ich und sie lachte wieder.

*»Doch, genau das hat er verdient.«*

Meine wahre Natur war zufrieden, genauso wie meine Dunkelheit, die diesen kleinen Auftritt sichtlich genossen hatte. Nur mein Licht und mein Gewissen hassten, was ich getan hatte. Ehe ich mir mehr Gedanken darüber machen konnte, seufzte meine wahre Natur. *»Ich weiß, was du denkst. Aber wenn Dario meint, uns erst küssen zu müssen und dann irgendeine Club-Hure zu ficken, ist er bei uns an der falschen Adresse.«*

*»Wir sind Ryans Gefährtin, wir haben Gefühle für ihn«*, rief ich ihr in Erinnerung.

»Das mag sein, und glaub mir, ich liebe Ryan. Aber deswegen darf Dario nicht mit uns spielen und genau so fühlt sich das an. Wir dürfen das nicht zulassen.«

Sie hatte recht und ich verfluchte mich dafür, dass ich Darios Kuss gemocht hatte, und verstand nicht, warum ich Ryans Gefährtin war und für ihn Gefühle hegte, obwohl ich eine Verbindung zu Dario spürte. Das war nicht normal.

»Wir werden schon herausfinden, was das zu bedeuten hat.«

»Glaubst du das wirklich?«, fragte ich.

»Ganz sicher, wir haben in den letzten Monaten viel geschafft, also werden wir das auch meistern. Außerdem sollten wir Noel morgen beim Training fragen, ob er uns mehr über unsere Magie anstatt das Kämpfen beibringen, kann.«

Das war keine schlechte Idee, somit würden wir uns nicht nur ablenken können, sondern auch gleichzeitig unsere Magie und Fähigkeiten besser kennenlernen. Ob Noel sich darauf einlassen würde war eine andere Sache.

Seufzend ging ich den Flur entlang.

»Sie haben gesagt, dass sie uns trainieren werden.«

»Ja, aber bis jetzt durften wir nur auf die Pratzen einschlagen«, murmelte ich frustriert. Wirklich viel gelernt hatten wir bisher noch nicht.

»So stimmt das nicht. Wir müssen vielleicht nur geduldig sein.«

Schnaubend schüttelte ich meinen Kopf. »Sie denken, wir können die Dunkelheit nicht kontrollieren. Sie glauben uns nicht, dass sie mit dem Licht im Einklang ist«, sagte ich wütend und spürte, wie meine Augen für

den Bruchteil einer Sekunde in ihren Rubinen auf-
flackerten.

*»Weil sie sowas nicht kennen, aber das wird«*, versuchte sie mir Mut zu machen.

Aber ich war nicht blind. Ich sah Ryans Blicke und
die seines inneren Kreises, wenn ich sagte, dass die
Dunkelheit nichts Böses war. Wenn sie es auch nicht
direkt aussprachen, versuchten sie trotzdem jedes Mal,
mich vom Gegenteil zu überzeugen.

Warum konnten sie es nicht sehen? Wieso glaubten
sie mir nicht?

Wütend marschierte ich in Ryans Zimmer, schmiss
die Tür hinter mir zu und setzte mich auf sein Bett.
Meine Gedanken kreisten und gaben einfach keine
Ruhe.

# Kapitel 7

## DARIO

»*D*u bist so ein Arschloch«, maulte meine wahre Natur, aber ich verstand das Problem nicht. »*Weil du ein Idiot bist*«, beleidigte sie mich weiter, was mich knurren ließ.

»*Hör auf, mich zu beleidigen und sag mir lieber, was ich ach so Schlimmes getan habe.*«

Meine wahre Natur schnaubte erzürnt. »*Wir haben Emma geküsst, es gemocht und dann eine andere Frau gefickt, was unsere Prinzessin jetzt weiß. Was denkst du, geht in ihrem Kopf vor? Sie hätte das nicht erfahren sollen.*«

»*Sie gehört Ryan*«, erinnerte ich sie daran und rieb über meine Schläfen, schenkte mir erneut etwas ein und trank mein Glas in einem Zug leer.

»*Vielleicht, aber Emma hat das nicht verdient und wahrscheinlich denkt sie, dass wir mit ihr spielen*«, meckerte sie und ich starrte in mein leeres Glas.

Konnte das sein? Dachte Emma wirklich, ich würde mit ihr spielen? Das war nicht der Fall, niemals würde ich sie absichtlich verletzen.

»*Sie hat Ryan geküsst*«, versuchte ich mich zu rechtfertigen und prompt kam mir der Moment wieder in den Sinn, als sie Ryan für meinen Geschmack viel zu leidenschaftlich geküsst hatte und mich über ihre Schulter mit einem Grinsen angesehen hatte, ehe sie

aus dem Raum verschwunden war. Gott, am liebsten hätte ich sie gepackt und durchgeschüttelt.

*»Das war zu erwarten. Emma wird sicher nicht weinend in einer Ecke sitzen, sondern uns eher das Leben schwer machen.«*

Damit hatte meine wahre Natur recht. Es gab zwei Arten von Frauen. Die, die weinten und wegliefen und diejenigen, die fauchten und ihre Krallen ausfuhren. Emma gehörte definitiv zu den zweiteren, vor allem jetzt, da ihre wahre Natur wieder da war.

»Hörst du mir überhaupt zu?«, katapultierte mich Ryan zurück und ich blinzelte mehrmals, blickte dann in seine Richtung und sah, wie mein Alpha seine Stirn in Falten legte.

»Dario, wenn irgendetwas ist, dann kannst du mit mir reden. Wir sind beste Freunde und so wie du immer für mich da warst bin ich es auch für dich.«

Scheiße, ich hasste es. Er musterte mich besorgt und ich wusste, dass er recht hatte. Ich konnte mich immer auf meinen Alpha verlassen und wir waren füreinander da. Doch was sollte ich ihm sagen? Dass ich mich ausgerechnet in seine Gefährtin verliebt und sie geküsst hatte? Nein, Ryan würde mir das niemals verzeihen. Ich verzieh mir das selbst nicht einmal. »Alles ist gut.«

»Wie du meinst. Aber ich will, dass du weißt, dass du jederzeit zu mir und den anderen kommen kannst. Egal was es auch ist, wir würden es hinbekommen«, sagte Ryan, trat zu mir und legte mir eine Hand auf die Schulter. »Wir sind Brüder, eine Familie. Vergiss das niemals.«

Schluckend nickte ich, als er aus dem Raum trat und ich mich langsam auf das Sofa sinken ließ.

Wir, der innere Kreis, und Ryan standen wie Brüder zueinander, würden füreinander kämpfen und sterben. Wir waren eine Familie, eine Einheit. Auch wenn unser Blut ein anderes war, würden wir uns niemals in den Rücken fallen, doch genau das hatte ich getan.

Verdammt, warum ausgerechnet jetzt? Seit Monaten hatte ich mich im Griff gehabt, hatte den nötigen Abstand gehalten und war nicht in Versuchung geraten. Und jetzt waren all meine guten Vorsätze ruiniert. Alles wegen eines Kusses. Ein beschissener Kuss … Einer, der so verdammt schön gewesen war und mein Herz bei der Erinnerung noch immer höherschlagen ließ. Doch er hätte niemals stattfinden dürfen. Dieser Kuss war verboten und bedeutete mein sicheres Todesurteil.

Frustriert rieb ich meinen Nacken und schenkte mir noch ein Glas des Johnnie Walkers ein, exte es und ging hinauf in mein Zimmer.

Als ich die Tür hinter mir ins Schloss warf und mich auf mein Bett setzte und umherblickte, musste ich schlucken. Trotz den Bildern des inneren Kreises und von mir aus meiner Kindheit, die auf den Kommoden standen und an der Wand hingen, fühlte ich mich nicht besser. Je länger ich die Bilder ansah, hatte ich das Gefühl, dass Ryan mich geradewegs vorwurfsvoll anstarrte. Scheiße! Normalerweise kam ich in meinem Zimmer zur Ruhe, aber jetzt war genau das Gegenteil eingetreten. Ich atmete tief durch, ging zu den Bildern und starrte auf zwei Jungs, die lachten, die früher herumgealbert hatten und einfach unbeschwert

waren. Ryan und ich hatten zusammen so viel erlebt und wir waren immer füreinander da. Und jetzt hatte ich ausgerechnet seine Gefährtin geküsst.

*»Vielleicht machen wir uns umsonst Sorgen«,* sagte sie nachdenklich und ich wusste, worauf sie anspielte. Früher hatten wir uns problemlos die ein oder andere Frau geteilt. Aber mit Emma war das etwas anderes. Sie war seine Gefährtin und nicht irgendeine willkürliche Frau, die wir beide nahmen und dabei unseren Spaß hatten. Nein, ich war mir sicher, dass Ryan Emma niemals teilen würde und jeden sofort töten würde, der es versuchte – ohne Ausnahme.

*»Dann bleibt es eben unser Geheimnis.«*

*»Und wie stellst du dir das vor?«,* fragte ich meine wahre Natur. Ich hatte keine Ahnung, wie lange ich das geheim halten konnte, wenn ich meine Gefühle nicht endlich in den Griff kriegen würde.

*»Dario, entweder wir sagen es Ryan und hoffen, dass er uns nicht den Kopf abschlägt, oder es bleibt unser Geheimnis. Eine andere Möglichkeit gibt es nicht.«*

*»*Verdammt noch mal«, fluchte ich und ließ mich zurück auf mein Bett fallen, blickte hinauf zur Decke und rieb meine Schläfen in der Hoffnung, mir würde eine Idee einfallen, die all meine Probleme lösen konnte.

*»Wir könnten auch mit Emma reden.«*

Lachend schloss ich meine Augen.

*»Und ihr unsere Gefühle gestehen?«*

Das war absolut albern.

*»Dann halten wir uns erstmal zurück und überlegen uns etwas anderes«,* murmelte meine wahre Natur.

Ich holte tief Luft, als plötzlich meine Tür aufgerissen wurde, mein Herz vor Schreck fast stehen blieb und ich kerzengerade hochschnellte. Milo stand vor mir und blickte mich wie vom Blitz getroffen an. In seinen Augen spiegelten sich Angst und Schrecken, seine Haare waren ein wildes Durcheinander und mein ungutes Bauchgefühl meldete sich.

»Was ist passiert?«, fragte ich.

Ohne mir zu antworten, schnappte er sich die Fernbedienung für meinen Fernseher und schaltete die Nachrichten ein.

Ich riss meine Augen auf, als ich die Eilmeldung und das zerstörte Opernhaus sah. Heilige Scheiße! Das wunderschöne antike Opernhaus war nur noch ein Trümmerfeld und auch wenn die Nachrichtensprecherin von einem terroristischen Anschlag sprach, konnte ich in Milos Augen erkennen, dass er Zweifel daran hatte.

»Hast du Ryan schon informiert?«

»Ja, er hat mich zu dir geschickt und ein sofortiges Treffen einberufen. Er denkt, dass Vlad dahintersteckt.«

»Vlad? Warum sollte er das Opernhaus in Chicago zerstören?«, hakte ich nach, schaltete meinen Fernseher aus und machte mich mit Milo auf den Weg zu Ryans Bereich.

»Ich weiß es nicht. Aber glaubst du, das alles ist nur Zufall?«

*»Zufälle gibt es nicht und dieses Opernhaus ist ganz in der Nähe unseres Schlosses gewesen«,* murmelte meine wahre Natur.

»Das werden wir herausfinden«, sagte ich und trat mit ihm in den Gemeinschaftsraum, wo Ryan und die restlichen Männer schon warteten.

Als mein Blick zu Ryan fiel, bemerkte ich, dass er sein Glas mit links hielt, obwohl er Rechtshänder war. Waren seine Schmerzen schlimmer geworden? Falls ja, hatte Ryan kein Wort gesagt und alles heruntergespielt.

*»Du weißt doch, dass Ryan so ist. Wir sollten ihn aber danach fragen.«*

Ich stimmte ihr zu.

Vinzenz und Noel standen an einem Stehtisch neben dem Tischkicker und bedienten sich an einem großen Teller voller Burger und Pommes. Milo hatte sich auf das riesige Sofa fallen lassen, während Ryan sich gegen die Wand lehnte und das Wort ergriff. »Gut, lasst uns das besprechen, dann kann ich wieder zu meiner Frau.« Er stellte sein Glas auf die Kommode, nur um aus seiner Hemdtasche die Zigarettenschachtel herauszuholen und sich eine anzuzünden.

»Du glaubst, dass Vlad etwas damit zu tun hat?«, fragte ich und stellte mich in Ryans Nähe, nachdem ich mir eine Cola aus dem Minikühlschrank geholt hatte.

»Ich bin mir nicht sicher, aber wer sollte es sonst gewesen sein?«

»Vielleicht war es wirklich eine terroristische Gruppe«, schlug Vinzenz vor und griff zu einem weiteren Burger.

»Wir wissen doch alle, dass die Menschen sich seit Jahrhunderten bekriegen«, stimmte Noel Vinzenz zu und aß ein paar Pommes.

»Wenn es auf die Kosten der Menschen geht, hätten sie doch eher den Bahnhof oder ein Krankenhaus in die Luft gesprengt. Das hätte doch viel mehr Aufmerksamkeit erregt.«

Milo hatte nicht unrecht, das wäre definitiv die größere Schlagzeile gewesen.

»Was denkst du, Dario?« Ryan blickte zu mir und blies den Rauch seiner Zigarette aus.

Nachdenklich rieb ich meinen Nacken. »Ich stimme Milo zu, mit einer anderen Art von Anschlag hätten sie mehr bezweckt. Das Opernhaus klingt für mich eher nach etwas Persönlichem.«

»Persönlich? Was soll daran persönlich sein?« Vinzenz zuckte mit seinen Schultern und konzentrierte sich auf seinen Burger.

»Das Opernhaus ist mir zu nah an unserem Schloss gewesen. Mein Gefühl sagt mir, dass da irgendetwas nicht stimmt.«

»Vielleicht hat Vlad dort illegale Geschäfte betrieben? Und einer seiner früheren Geschäftspartner möchte ihm schaden«, schlug Milo vor.

»Daran habe ich auch schon gedacht.« Ryan nickte in die Runde, zog ein letztes Mal an seiner Zigarette und drückte sie anschließend aus. »Milo, rede mit deinem Vater. Er kennt viele aus der älteren Generation und hat noch Kontakt zu ihnen. Vielleicht hat er etwas gehört.«

»Klar, wird erledigt.« Milo verabschiedete sich und verschwand aus dem Raum. Die Idee war gut. Milo war der Einzige von uns, der noch Eltern hatte. Sein Vater hatte nicht nur Kontakte, die nützlich sein konnten, sondern auch jede Menge Erfahrung.

»Noel und Vinz, ihr telefoniert mit unseren Kontakten aus den Behörden, vielleicht hat die Polizei erste Hinweise. Ich will alles über den Tathergang in Chicago wissen.«

»Sicher, das machen wir.«

Als Ryan sich zu mir drehte, entging mir nicht, dass er sich über die verletzte Schulter strich. »Dario, ich will, dass du unseren Mittelsmann ausfindig machst. Es wird Zeit, dass wir Informationen aus Moskau erhalten.«

»Aber klar doch«, sagte ich und grinste. Etwas in Ryans Stimme sagte mir, dass mir keine Grenzen gesetzt waren und ich mit dem Mann machen konnte, was ich wollte, solange ich die Informationen bekam, die wir brauchten. Ich musste dringend Dampf ablassen, also warum nicht an einem lebenden Objekt? Wir hatten erfahren, dass dieser Idiot mittlerweile wieder in San Francisco war und anstatt uns Informationen zu geben wie vereinbart, ging er weder an sein Telefon, noch kam er zu den abgemachten Treffen. Er hatte eine Lektion verdient, auf meine Art.

»Dann wäre das geklärt«, murmelte mein Alpha und ehe ich etwas sagen konnte, war er aus dem Raum verschwunden und ich blieb mit Noel und Vinzenz zurück, die noch immer mit ihrem Essen beschäftigt waren.

Verdammt, ich wollte doch nachfragen, wie es seiner Wunde ging.

*Lass uns Vinzenz fragen. Wenn es einer weiß, dann er.«*

Das war die Idee. Sofort schnellte mein Kopf in Vinzenz' Richtung.

»Sag mal, hast du Neuigkeiten bezüglich Ryans Wunde?«

»Noch nicht, aber ich lasse gerade ein paar Proben testen und müsste das Ergebnis in wenigen Stunden erhalten. Ich finde heraus, was es ist. Aber das Gift, mit dem er damals gefoltert wurde, können wir ausschließen. Die Zusammensetzung ist eine andere und Ryan hat bis jetzt nichts gesagt, dass die Schmerzen schlimmer geworden seien.«

»Weil er es niemals zugeben würde«, knurrte ich und spürte, wie meine Augen in ihren Saphiren aufblitzten.

»Wenn jemand herausfinden kann, was das ist, dann Vinz«, versuchte Noel mich zu beruhigen und ich nickte. Was blieb mir auch anderes übrig?

Ich atmete tief durch, ging aus dem Raum und starrte in die Richtung, wo Ryans Zimmer lag. Sollte ich ihn persönlich fragen, wie es ihm ging? Aber was war, wenn er und Emma gerade beschäftigt waren?

Herrje, das war doch verrückt. Er war mein Alpha, mein bester Freund, ich würde ihm nur einen kleinen Besuch abstatten.

Ich ging langsam den Flur entlang. »Sobald er mir sagt, dass es ihm gut geht, verschwinde ich wieder«, murmelte ich vor mich hin.

Ich machte mir Sorgen um meinen besten Freund, das war alles. Oder wollte ich in Wirklichkeit nur Emma sehen?

EMMA

SO HATTE ICH MIR DEN ABEND NICHT VORGESTELLT. Als Ryan endlich ins Zimmer gekommen war, hatte er für eine Besprechung mit seinem inneren Kreis schnell wieder wegmüssen. Ich hatte nicht mitgewollt.

Mit dem Buch meines Vaters in der Hand machte ich es mir auf dem Sofa in Ryans Zimmer bequem und blätterte darin umher. Mein Herz schlug schneller und ich schmunzelte. Ich liebte dieses Buch. Es war so vielfältig und bestand nicht nur aus Tagebucheinträgen, sondern auch aus einer Sammlung verschiedenster Rezepte, die sicher von meiner Mutter stammten, und einigen anderen Texten, die ich noch nicht gelesen hatte. Doch am meisten wurde meine Neugierde durch die filigranen Zeichnungen von Schwertern, Blumen und anderen Symbolen geweckt, die jemand mühevoll auf Papier gebracht hatte.

»*Wir werden alles davon lesen*«, flüsterte meine wahre Natur. Sie war genauso aufgeregt wie ich, wenn wir eine neue Seite endeckten und etwas herausfanden.

Ich sah auf eine gemalte Rose, blätterte weiter und strich über die nächste Zeichnung, die ein Schwert darstellte.

130

»*Wunderschön*«, wisperte sie ehrfürchtig.

Ich konnte ihr nicht mehr zustimmen. Jede einzelne Zeichnung, die sich in diesem Buch befand, war einzigartig und die kleinen Details beeindruckten mich jedes Mal aufs Neue.

Schmunzelnd blickte ich auf die Zeichnung und sah mir die kleinen fein eingearbeiteten Symbole auf dem Griff des Schwertes genauer an. Ich zuckte zusammen und fluchte, als plötzlich die Tür hinter mir ins Schloss fiel. »Was zur Hölle …«

Ryan war blass und Schweißperlen hatten sich auf seiner Stirn gesammelt. Schwankend suchte er Halt an der Kommode.

Ich warf das Buch neben mich und sprang sofort auf. »Was ist passiert?«

»Nichts, alles ist gut«, murmelte er und lächelte mich schwach an.

»Es ist deine Wunde, oder?« Besorgt kam ich näher und hob meine Hand, doch er schüttelte seinen Kopf.

»Mir geht's gut, ich muss nur …«, stammelte er und taumelte, ehe er die Kommode mit beiden Händen richtig greifen konnte.

Mein Herz setzte aus. Noch nie hatte ich ihn so verletzlich und schwach gesehen. Hier stimmte etwas nicht.

Noch bevor ich reagieren konnte, gab sein Körper unter ihm nach und er fiel zu Boden.

»Ryan, nein!«, schrie ich, stürmte auf die Knie und rutschte zu ihm. »Komm schon«, flehte ich, aber seine Augen blieben geschlossen und egal, wie sehr ich ihn rüttelte, er bewegte sich nicht. »Nein, bitte. Tu mir das nicht an«, wimmerte ich, während Tränen über

meine Wangen liefen. »Komm zu mir zurück. Ryan, verlass mich nicht.«

»*Wir müssen Hilfe suchen. Wir …*«, stotterte sie und brach ihren Satz ab.

Ich wusste, dass sie recht hatte, und doch konnte ich ihn nicht loslassen.

»Dario, Milo!«, schrie ich so laut ich konnte und umklammerte meinen Gefährten. »Vinz, Noel!«

Immer mehr Tränen liefen über mein Gesicht. Meine Augen leuchteten rubinrot auf und ich schrie erneut. »Kommt sofort her.«

Plötzlich durchzuckte eine Wärme meinen Körper und ich konnte spüren, wie eine unsichtbare Welle über mich schwappte und das Zimmer zum Vibrieren brachte.

Im nächsten Moment wurde die Tür aufgerissen und Dario stürmte als erstes rein, gefolgt von den anderen Männern.

»Was zur Hölle ist …« Vinzenz verstummte sofort, als ich mit leuchtenden Augen zu ihm blickte und Ryan noch immer umklammerte.

»Bring sie hier raus«, befahl Dario und mein Griff um Ryan wurde fester, während meine Handflächen immer wärmer wurden.

»Emma, komm schon. Das solltest du nicht sehen«, sagte Noel und kam einen Schritt auf mich zu, doch ich schüttelte energisch meinen Kopf.

»Nein, ihr behandelt ihn hier. Ich lasse ihn nicht allein«, knurrte ich und war überrascht, als ich meine Stimme vernahm. Sie hörte sich viel animalischer an.

»Emma, bitte. Du musst …«, setzte Milo an.

»Nein, ich bleibe.«

Als ich das sagte, brach meine Aura wie eine Welle hervor. Die Bilder an der Wand vibrierten und die Deckenlampen wackelten bedrohlich.

Mit leuchtenden Augen starrten die Jungs auf mich, doch das alles war mir egal. Mein Blick glitt zu Ryan und meine Tränen tropften unaufhörlich auf seinen Körper.

»Es reicht, sie muss hier raus«, brüllte Dario, während Vinzenz neben mir in die Knie ging und flüsterte.

»Ich sehe mir nur die Wunde an.«

Blinzelnd nickte ich, sah, wie Vinzenz Ryans Hemd aufschnitt und die Wunde zum Vorschein kam. Keuchend starrte ich auf die dunklen Linien, die sich mittlerweile auf seiner gesamte Brust ausgeweitet und wie ein Spinnennetz über seine Tätowierungen gelegt hatten.

»Scheiße«, hörte ich Milo hinter mir.

»Emma, du sollst das nicht sehen«, sagte Dario scharf, bevor er mich mit einem festen Griff am Oberarm packte und von Ryan wegzerren wollte.

*»Nein! Niemand trennt uns von unserem Gefährten«*, brüllte meine wahre Natur und auf einmal spürte ich mit einer gewaltigen Wucht die Dunkelheit in mir, wie sie mich vereinnahmte und beherrschte, doch sie war nicht allein. Das Licht drängte sich dazu und mit einem Mal krallte ich mich in Ryans verletzte Schulter, grub meine Krallen immer tiefer in sein Fleisch. Sein Körper zuckte.

»Scheiße, was machst du da?«, schrie Dario und zerrte an meinem Arm, doch seine Stimme geriet immer mehr in den Hintergrund und ich war unfähig, meine Krallen aus Ryans Schulter zu lösen. Meine Natur hatte die Kontrolle übernommen, während die Dunkelheit und das Licht sie beschützten.

»Warte, schau doch!«, flüsterte Vinzenz und plötzlich wurde ich losgelassen.

Ein Ziehen breitete sich in meinem Arm aus, mit dem ich Ryan immer noch festhielt.

*»Lass es zu.«*

Schreiend versuchte ich, meine Hand von Ryan zu lösen, aber meine wahre Natur hinderte mich daran und stach nur tiefer zu, während ein entsetzlicher Schmerz meinen Körper durchfuhr.

»Scheiße, was geht hier vor sich?«

Ich wollte Milo antworten, doch der Schmerz ließ mich nur schreien. Die Wärme in mir wurde immer stärker und die Stimmen der Männer kaum hörbar.

*»Du schaffst das. Wir lassen dich nicht allein. Die Dunkelheit wird dir den Schmerz nehmen, das Licht wird dich leiten und ich werde die ganze Zeit an deiner Seite bleiben.«*

Die Stimme meiner wahren Natur ließ mich verstummen. Der stechende Schmerz kroch meinen Arm hinauf, meine Dunkelheit jaulte freudig auf und mein Licht zeigte mir den Weg. Zusammen mit der Dunkelheit, dem Licht und meiner wahren Natur kämpfte ich mich durch den Schmerz, bis ich zur Seite kippte, meine Krallen verschwanden und das Leuchten meiner Rubine erlosch.

*»Wir sind mächtig, so verdammt mächtig«*, wisperte meine wahre Natur voller Erschöpfung und mein Blick glitt zu Ryan. Ein kleines Lächeln bildete sich auf meinen Lippen, als ich sah, wie seine Wunde heilte

und die dunklen Linien sich allmählich zurückbildeten. Fassungslos starrte ich auf meine Hand, die ich bis eben noch unkontrolliert in Ryans Fleisch gerammt hatte. Dunkle, hauchzarte Linien hatten sich dort ge-bildet, die jetzt langsam verblassten. Dann verlor ich mein Bewusstsein.

# Kapitel 8

## DARIO

Entsetzt hatte ich das Ganze beobachtet. Nicht nur, dass Emma es irgendwie geschafft hatte, eine mentale Verbindung zu uns aufzubauen, um uns in Ryans Zimmer zu holen. Nein, als ich sie aus dem Raum hatte schaffen wollen, hatte sie sich geweigert und ihre Aura war mit voller Wucht an die Oberfläche gedrungen. Wir hatten damit nicht gerechnet und beinahe hatte sie uns zu Fall gebracht. Sie hatte ihre Krallen in Ryans Wunde gestochen und wir hatten dabei zugesehen, wie die schwarzen Linien von Ryan auf sie übergegangen waren, bis sie erschöpft zusammengebrochen war. Die Linien auf ihrem Arm waren vollständig verschwunden.

Fassungslos standen wir alle da und fanden keine Worte für das, was wir eben gesehen hatten.

»Das … Ich habe so etwas noch nie gesehen«, sagte Milo als erstes.

»Du hast recht, sowas gab es noch nie«, stimmte Noel zu.

»Los, legen wir die beiden ins Bett. Sie brauchen jetzt Ruhe«, sagte Vinzenz.

Aber ich konnte meinen Blick nicht von den beiden lösen und ein einziger Gedanke beherrschte meinen Verstand. Was war, wenn Ryans Vater recht hatte? Was war, wenn die beiden wirklich verflucht waren?

»Dario?«, riss mich Vinzenz aus meinen Gedanken.

Ich hob meinen Kopf und blickte in seine Richtung. »Was ist, wenn sie wirklich verflucht sind?«, sprach ich meine Vermutung aus und eine Stille legte sich über uns.

»Flüche gibt es nicht«, sagte Milo mit ernster Miene.

»So wie es keine Bücher über die Blaxro-Magie gibt? Die ganz zufällig in Flammen aufgehen? Und so wie es bei uns Shades auch keine Flügel gibt?«, sagte Vinzenz.

»Vergesst das Buch ihres Vaters nicht, das mit einem Zauber belegt ist, den wir alle noch nie gesehen haben.«

Das alles waren Sachen, die es niemals geben dürfte und für die wir keine Erklärung hatten.

»Ryan ist unser Alpha, unser König, und Emma unsere Prinzessin. Sollte es diesen Fluch geben, wer den wir kämpfen. Egal gegen wen oder was. Wir werden weder Ryan noch Emma im Stich lassen. Wir werden beide mit unserem Leben beschützen.«

»Das steht außer Frage, wir haben nicht umsonst einen Schwur abgelegt.«

»Milo hat recht. Unser Schwur geht viel tiefer als alles andere«, stimmte Noel zu.

»Ryan und Emma werden die Welt verändern. Fluch hin oder her, wir kämpfen.«

»Koste es, was es wolle. Und jetzt ab ins Bett mit den beiden«, sagte ich.

Ehe wir anpacken konnten, murmelte Ryan etwas, bevor er seine Augen aufschlug und uns anblickte.

»Scheiße«, grummelte unser Alpha, was mich grinsen ließ, ehe er neben sich blickte und sanft über Emmas Wange strich. »Was ist passiert?«

Vinzenz erzählte Ryan alles, der sich währenddessen sammelte, Emma vorsichtig hochhob und in sein Bett legte.

»Wir wollten das gerade übernehmen«, sagte Noel, als er Ryans Blick bemerkte.

»Ja, wir waren schockiert und dann … Naja, durcheinander?«, versuchte es Milo.

»Schon gut, der Boden bringt uns nicht um.«

»Ryan, sollte es wahr sein und ein Fluch auf euch beiden liegen, solltest du wissen, dass wir kämpfen werden. Egal, gegen wen oder was«, sagte Milo und ich konnte ihm nicht mehr zustimmen.

»Wir wissen, dass du nicht daran glaubst, aber nach allem, was wir in den letzten Monaten gesehen haben, wollen wir, dass du das weißt.« Lächelnd sah Milo zu Ryan, der ihm nur zunickte.

»Lasst uns bitte allein.«

»Natürlich«, sagte ich und blickte zu den anderen, die nach und nach aus dem Zimmer gingen, ehe ich ein letztes Mal zu Ryan blickte und die Tür hinter mir schloss. Ich steuerte in mein Zimmer und versuchte, meine Gedanken zu sortieren.

Was würde das bedeuten, wenn es tatsächlich einen Fluch gäbe?

*»Dann kämpfen wir.«*

Ich würde für die beide sterben, weil ich wusste, dass Ryan der wahre König war, und gemeinsam mit Emma würde er unsere Welt zu einem besseren Ort machen. Gefühle hin oder her, die beiden gehörten beschützt.

*»Das werden sie, doch wir sind auch noch da. Unsere Gefühle lassen sich nicht leugnen.«*

Mit einem ironischen Lachen schüttelte ich meinen Kopf. Ich hatte Emmas Reaktion gesehen, als sie geglaubt hatte, Ryan verloren zu haben. Sie liebte ihn und auch wenn sie es Ryan noch nicht gestanden hatte, war die Liebe in ihren Augen deutlich zu sehen.

»*Mag sein, aber wir sind ihr nicht egal.*«

»*Lass den Scheiß. Wir haben Ryan einmal hintergangen in dem wir Emma geküsst haben, ein zweites Mal wird das sicher nicht vorkommen*«, fauchte ich sie an.

»*Wenn du das sagst.*«

»*Dann ist es so. Wir sollten herausfinden, was das mit dem Fluch auf sich hat, und Ryan beistehen.*«

»*Ich habe es ja verstanden*«, maulte meine wahre Natur und ich war froh, dass sie sich verkroch.

Als ich in meinem Zimmer ankam, ging ich duschen und fiel erschöpft in mein Bett. Es war mittlerweile spät in der Nacht und obwohl wir Shades nicht den Schlaf eines Menschen brauchten, war ich hundemüde. Meine Augen wurden schwer und ich driftete in einen tiefen Schlaf.

# VLAD

MONATE WAREN VERGANGEN UND NICHTS hatte sich geändert. Noch immer hatte mein Vater mir nicht die Macht über seine Armee gegeben und Polina belästigte mich nach wie vor mit ihrer Anwesenheit. Sobald ich mir nur einen klitzekleinen Fehler leistete, demonstrierte mein Vater mir, wer auf dem Thron saß und das Sagen hatte.

Meine Laune hatte ihren Tiefpunkt erreicht. Das einzig Gute war, dass ich Jegor und Grigorij bei mir hatte und sie mich daran hinderten, meinen Verstand zu verlieren und einen Putsch anzuzetteln. Das würde mit unerträglichen Schmerzen enden, auf die ich gut verzichten konnte.

Knurrend ballte ich meine Hände zu Fäusten, als mir das gestrige Abendessen in den Sinn kam. Ich spürte noch immer die Krallen meines Vaters, die er mir in meine Seite gerammt hatte. Er hatte mich umgestoßen, mit einem gezielten Schnitt meine Kehle aufgeschnitten und mir höhnisch lachend gesagt, ich sollte endlich erwachsen werden. Es hatte nur wenige Minuten gedauert, bis meine Wunden sich zusammengezogen hatten und wieder verheilt waren, nachdem ich in mein Zimmer geflüchtet war.

Doch der Schmerz in meiner Seele blieb. Die Frage, was ich wieder einmal falsch gemacht hatte, stellte ich mir schon lange nicht mehr. Es gab keine sinnvolle Antwort darauf.

*»Boris hat noch nie einen Grund gebraucht«*, flüsterte meine wahre Natur und ich wusste, dass sie recht hatte. Als kleiner Junge hatte es schon ausgereicht, wenn ich das Besteck beim Essen falsch gehalten hatte, Zeit mit meiner Mutter verbringen oder lieber ein Buch lesen wollte, anstatt den Schwertkampf zu trainieren. Boris war schon immer so gewesen und ich hatte das Ausmaß seiner Brutalität mit zehn Jahren am eigenen Leib erfahren, als er meiner Mutter vor meinen Augen den Kopf abgeschlagen hatte. Er hatte mich zu diesem Mann geformt, der ich heute war.

*»Er hat uns nicht zu seinem Ebenbild geformt. Wir sind mehr, Vlad«*, sagte sie bestimmt und ich hoffte, dass sie recht behielt, doch sicher war ich mir nicht. Ich hatte unverzeihliche Fehler begangen was meine Ehefrau anging und ich wünschte mir nichts sehnlicher, als eine zweite Chance. Eine Möglichkeit, ihr zu zeigen, dass der Mann, in den sie sich damals verliebt hatte, noch immer in mir steckte.

*»Und die werden wir bekommen, wir werden das schaffen.«* Ich klammerte mich an ihre Hoffnung, aber mit jedem Tag, der verging und ich hier in Moskau festsaß, schwand sie immer mehr.

Wenn ich doch nur Kontakt zu Emma aufnehmen könnte. Ich musste daran denken, als ich in Tariks Kopf gewesen war und Emma mich erkannt hatte. Ach, wie herrlich das gewesen war und wie sehr ich sie vermisst hatte.

Ob sie den anderen wohl von unserer Begegnung erzählt hatte?

Das Beste war, dass meine Frau und Tarik sich offensichtlich nicht mehr verstanden.

*»Hab Geduld, wir werden bald wieder mit ihr Kontakt aufnehmen.«*

Ich hatte mich, was die Blaxro-Magie anging ein wenig zurückgezogen, da ich nicht wollte, dass mein Vater irgendeinen Verdacht schöpfte. Vor ein paar Wochen hatten durchgehend Gewitter über uns gewütet und ein merkwürdiges Gefühl in meiner Magengegend erzeugt. Ich hatte beschlossen, vorsichtiger zu sein. Nur wenige Shades konnten mit viel Anstrengung und Kraft Blitze heraufbeschwören so wie ich. Aber das war nichts im Vergleich zu denjenigen, die das Wetter komplett beherrschten.

Der ausschlaggebende Punkt, warum ich die Blaxro-Magie komplett auf Eis gelegt hatte, war die Zerstörung des Opernhauses in Chicago. Ich war wütend und wusste nicht, ob ich etwas kurz und klein schlagen oder heulen wollte. Das Opernhaus, hatte mir unfassbar viel bedeutet und ich verband viele schöne Erinnerungen damit. Ich war mit Emma öfters dort gewesen. Wir hatten uns verschiedene Aufführungen angesehen und die Abende knutschend auf unserem Balkon verbracht. Selbst als Tarik uns das ein oder andere Mal begleitet hatte, waren die Abende etwas Besonderes gewesen. Jedes Mal hatte Emma gelacht und ein Funkeln in ihren Augen gehabt.

Erinnerungen, die jetzt in Schutt und Asche lagen.

Ich glaubte kaum, dass Emma Ryan davon erzählt hatte, also blieb nur der Schattenrat übrig, der dafür

verantwortlich sein konnte. Der Rat, der seit Jahrtausenden eine Legende war und uns Shades Angst und Schrecken einjagte. Niemand sollte ihn unterschätzen und wenn er so mächtig war, wie es hieß, wäre es sicher ein Leichtes gewesen, herauszufinden, was mir das Opernhaus bedeutet hatte.

Vielleicht hätte ich die Warnungen ernster nehmen sollen, aber jetzt war es zu spät und ich konnte nur hoffen, dass sie das Interesse an mir verlieren würden, wenn ich die Blaxro-Magie nicht mehr nutzte. Wohl oder übel würde ich Tarik keine weiteren Besuche mehr in seinen Träumen abstatten.

*»Wir haben auch Pawel getötet«*, murmelte meine wahre Natur und ich verdrehte meine Augen.

Richtig, das hatte ich beinahe vergessen. Aber durch die andauernde Verbindung, die ich mit Tarik aufrechterhalten hatte, hatte ich in jener Nacht das erste Mal die Kontrolle über seinen Körper gewinnen können, als er geschlafen hatte. Ohne Probleme war ich in die verzauberte Zelle gekommen und hatte Pawels Leben ein Ende gesetzt. Meine Mundwinkel zuckten, als ich daran dachte, wie erleichtert er anfangs gewesen war, mich zu sehen. Als ich ihm gesagt hatte, dass es ein Fehler war, sich an meiner Frau zu vergreifen, war ihm die Panik ins Gesicht geschrieben gewesen. Wie ein Tier hatte ich ihn ausgeweidet und mir einen kleinen Spaß erlaubt, in dem ich sein Herz in Tariks Kühlschrank gelegt hatte. Ab da wusste ich, wie das mit der Körperkontrolle funktionierte. Nur leider hatte ich damit die Blaxro-Magie ziemlich ausgeschöpft und musste somit die Aufmerksamkeit des Schattenrates auf mich gezogen haben.

Scheiße gelaufen, aber bereute ich es? Nein.

Ich konnte es ohnehin nicht mehr rückgängig machen und wenigstens hatte ich meine wunderschöne Emma wiedersehen können.

*»Und solange wir das nicht jeden Tag machen, sind wir auf der sicheren Seite.«*

Ich atmete tief durch und erhob mich von dem Sessel auf meinem Balkon, trat vor und legte meine Hände auf das Geländer. Kälte zog durch meine Handflächen, während Vogelgezwitscher die frühen Morgenstunden ankündigte. Kühler Wind stellte die Härchen auf meinen Armen auf und ich blickte seufzend auf den Schlossgarten. Er war bei meiner Ankunft schon nicht mehr der gewesen, den ich aus meiner Kindheit kannte. Die Soldaten hatten ihn mittlerweile komplett ruiniert. Die einst eindrucksvollen Statuen waren zerstört worden und lagen auf dem Boden, die Blumenbeete sahen nicht besser aus. Das hier glich mehr einem Armeestützpunkt als einem eindrucksvollen Schlossgarten und ich konnte von Glück sprechen, dass die Männer gestern bis tief in die Nacht gefeiert hatten und heute Morgen noch nicht wach waren und ich ihr Gegröle und Geprahle wenigstens jetzt nicht hören musste.

Ich schüttelte meinen Kopf und ging zurück in mein Zimmer, öffnete meinen Kleiderschrank, holte eine schwarze Krawatte heraus und band sie über mein weißes Hemd. Mit der dunklen Weste und dem Jackett betrachtete ich mich in dem großen Spiegel.

Tief atmete ich ein, strich über meinen maßgeschneiderten schwarzen Anzug und zupfte einen Fussel von meinem Hemd. Ich sah wie immer perfekt

in meinem Anzug aus, war bereit zu gehen, doch ich trödelte herum, um meinem Vater noch nicht gegenüberstehen zu müssen.

*»Je länger wir hierbleiben, desto wütender wird er.«*

*»Ich weiß«*, knurrte ich sie an und schloss für einen Augenblick meine Augen, bevor ich zu der Kommode neben der Tür ging, das kleine Kästchen öffnete und die dunkelblau-silbernen Manschettenknöpfe anlegte.

Widerwillig ging ich aus meiner Tür und marschierte das Treppenhaus hinunter, als mir Jegor in einem dunkelblauen Anzug entgegenkam und mich grinsend ansah.

»Ich dachte mir schon, dass du vor neun nicht unten sein wirst.«

»Und wie ich sehe, bist du es auch nicht.« Meine Mundwinkel zuckten, als er sich über die kurz geschorenen Seiten strich. Ein brüllender Wolf und eine zischende Schlange sprangen mir in Form von Tätowierungen entgegen. Ich erinnerte mich genau daran, wie er sich die beiden Motive hatte stechen lassen, als Grigorij und ich daneben gesessen und uns ausgelassen unterhalten und gelacht hatten. Wir waren einfach so unbeschwert gewesen. Unsere Tätowierungen waren etwas Besonderes, sie verbanden uns und zeigten unsere Clan-Zugehörigkeit. Alle männlichen Shades waren tätowiert.

*»Aber auch die Frauen tragen oft welche.«*

Stimmt, doch meistens nur bestimmte Symbole. Wieder musste ich an Emma denken und fragte mich, ob sie sich eines Tages auch tätowieren lassen würde und wenn ja, mit welcher Bedeutung.

Wie oft hatte ich mir vorgestellt, dass sie mein Zeichen tragen oder sich das Symbol der Liebe stechen lassen würde, und das am besten wegen mir.

*»Die Symbole schenken uns Kraft«,* sagte meine wahre Natur voller Stolz und es stimmte, sie verstärkten unsere vorhandenen Fähigkeiten.

»Vlad?«, riss mich Jegor aus meinen Gedanken und ich blinzelte mehrmals und blickte dann zu ihm, als wir gemeinsam weiter zum Speisesaal gingen.

»Hast du etwas gesagt?«

Sein Blick veränderte sich und ich konnte die Besorgnis darin erkennen. »Wir werden das schon schaffen. Und es gibt genügend Opernhäuser, in denen ihr gemeinsame Erinnerungen schaffen könnt.«

Musste er ausgerechnet das ansprechen? »Ich bin nicht sentimental«, murmelte ich und erwischte Jegor dabei, wie er grinste.

»Nein, du bist eiskalt und skrupellos, mein Prinz.« Er legte mir seine Hand auf die Schulter. »Aber vergiss nicht, Grigorij und ich kennen dich schon seit Ewigkeiten und im Gegensatz zu Tarik stehen wir hinter dir. Auch wenn du mal sentimental wirst.«

»Was ich aber nicht bin«, sagte ich und grinste.

Jegor lachte. »Ja, ich weiß. Also, bist du bereit?«, fragte er mich, als wir vor der riesigen Tür des Speisesaals zum Stehen kamen.

»Ich glaube, für Boris werde ich niemals bereit sein.«

»Deswegen hast du uns.« Grigorij stellte sich neben mich.

Ich atmete tief durch und stieß die Tür auf, bevor wir gemeinsam hineintraten und mein Blick umherschweifte.

Die lange Tafel war wie immer wunderschön eingedeckt worden. Die Tischgedecke lagen akkurat vor den Stühlen, abgerundet mit kunstvoll gestalteten Servietten. Schmale lange Kerzen steckten in silbernen Halterungen und sorgfältig gebundene Blumen machten das Bild komplett. Im gesamten Schloss dominierten dunkelblaue und silberne Farben und auch wenn ich unsere königlichen Farben mochte, wirkte das Anwesen kalt und düster.

*»Selbst die Bilder unserer Vorfahren im Eingangsbereich sehen gespenstisch aus«*, flüsterte sie.

Ich ging langsam zum Tisch und strich mit meiner Hand über die dunkelblauen bestickten Rückenlehnen der Stühle. Mein Herz schlug schneller, als ich auf der anderen Seite meinen Vater sah, wie er in einem dunkelblauen königlichen Gewand vor mir stand und sein silberbestickter Umhang ihn umhüllte. Als mein Blick auf die mit Onyx-Steinen besetzte silberne Krone fiel, runzelte ich meine Stirn. Warum war er so gekleidet? Auch wenn mein Vater die alten Traditionen pflegte, trug er normalerweise einen Anzug. Aber so? Das kam mir wirklich seltsam vor.

»Ich habe mich schon gefragt, wo du bleibst«, knurrte er.

»Ich wüsste nicht, dass wir etwas Konkretes vereinbart haben«, gab ich kalt zurück und verschränkte meine Arme.

»Warum trägst du diesen schwarzen Anzug?«, fauchte er und kam zu mir.

Sofort fielen meine Arme auf meine Seite und ich drängte sämtliche Gefühle zurück, während ich spürte, wie sich meine Augen in ihre Onyxe färbten.

Mein Vater blieb vor mir stehen und musterte mich von oben bis unten. »Unsere Farben sind Dunkelblau und Silber und du ziehst einen schwarzen Anzug an?«

»Vater, ich denke, ich bin alt genug, um zu entscheiden, was ich trage.«

»Wenigstens ist die Krawatte ordentlich gebunden und du trägst silberne Manschettenknöpfe«, sagte er und ich bereitete mich innerlich auf die kommende Konfrontation vor, doch als er einen Schritt zurückging, zog ich meine Stirn kraus. Was zur Hölle war jetzt los? Ich öffnete meinen Mund, wollte meinen Vater zur Rede stellen, als ich hinter mir die Tür des Speisesaals hörte und kurz darauf eine männliche Stimme erklang.

»Boris Koslow, ich bedanke mich für die Einladung.«

»Es ist mir eine Freude, alter Freund.«

Ich drehte mich um, stellte mich etwas abseits zu meinem Vater und starrte auf den Mann, der mit zwei Leibwächtern in den Saal trat.

»*Wer ist das?*«, fragte meine wahre Natur, aber ich hatte keine Ahnung.

Mein Blick wanderte zu den beiden Leibwächtern. Sie waren komplett in Schwarz gekleidet und irgendetwas sagte mir, dass sie in jeder Sekunde kampfbereit waren, jedenfalls deuteten die Knarren und Messer an ihren Seiten darauf hin.

»*Sie sehen verdammt stark aus.*«

Wie es aussah, sahen meine Freunde das auch so, denn Grigorij und Jegor stellten sich jeweils auf meine Seite und behielten die Neuankömmlinge im Auge.

Der fremde Mann ging freudig zu meinem Vater und klopfte ihm beinahe brüderlich auf die Schulter.

Er trug ein dunkelblaues Gewand mit silberverzierten Schulterpartien und auch er wirkte kampferfahren.

»Wer ist das?«, zischte Grigorij mir zu, aber ich schüttelte nur meinen Kopf, während mein Vater den Fremden fragte, wie seine Reise nach Russland war. Mein Bauchgefühl schlug an, als er sich zu mir umdrehte und mich sadistisch angrinste. »Und du musst der Prinz sein. Vlad, soweit ich es richtig in Erinnerung habe?«

»Richtig, und du bist?« Meine Stimme war eisern und meine Augen verengten sich zu Schlitzen, als der Mann nur lachte und wieder zu meinem Vater blickte.

»Reizend, dein Sohn.«

»Er muss noch vieles lernen. Setz dich, mein Freund.«

*»Sie ignorieren uns, sprechen vor uns, als wären wir nicht einmal da!«,* schrie sie aufgebracht und ich drängte sie zurück, als ich widerwillig am Tisch platznahm.

Jegor und Grigorij stellten sich hinter meinem Stuhl, genauso wie die beiden Leibwächter des Neuankömmlings.

Mein Vater thronte am Kopf des Tisches, hob sein Glas und grinste spöttisch. »Jetzt kann es beginnen.«

Was zum Henker passierte hier? Was sollte beginnen und wer war dieser Mann? Irgendetwas sagte mir, dass hier nichts Gutes vor sich ging.

# Kapitel 9

## TARIK

Nach meinem Frühstück war ich im Garten spazieren gegangen und hatte anschließend meine überschüssige Energie an dem Boxsack im Keller ausgelassen. Doch ich kam einfach nicht zur Ruhe und nachdem ich mich geduscht und mir frische Jeans und ein Shirt übergezogen hatte, ging ich wieder hinunter.

Emma saß zusammen mit Ryan auf einer Lounge im Garten. Augenblicklich ging ich in die entgegengesetzte Richtung, um ihnen nicht über den Weg zu laufen, und ließ mich abseits auf eine Steinbank fallen, die ich entdeckt hatte. Frustriert blickte ich hinauf in den Himmel, sah den Vögeln dabei zu, wie sie frei und unbeschwert umherflatterten und die Mittagssonne genossen.

*»Wie lange willst du mich noch ignorieren?«*

Meine wahre Natur drängte, dass wir unsere alten Kontakte aufleben ließen, um aus unserer miesen Situation zu kommen. Der Vorteil wäre, dass wir bei Ryan und seinen Männern entscheidende Informationen gegen unsere Freiheit eintauschen könnten. Aber ehrlicherweise hatte ich Schiss, dass mir diese Kontakte um die Ohren fliegen würden. Zudem besaß ich nicht mal ein Telefon.

*»Es gibt eine andere Möglichkeit, um Kontakt aufzunehmen.«*

*»Halt die Klappe«,* herrschte ich sie an.

Ich kannte die Methode, aber damit erreichten wir nur eine bestimmte Person und wer konnte wissen, ob wir von ihr Hilfe bekommen würden und die ganze Aktion nicht in einer Katastrophe enden würde? Stöhnend warf ich meinen Kopf in den Nacken und versuchte meine Gedanken zu sortieren, bevor ich nervös über mein Shirt strich und mich umsah. Sollte ich diesen Weg wirklich einschlagen? Was hatte ich schon zu verlieren? Alles, was ich jetzt noch machen konnte, war meine eigene Haut zu retten. Gedankenverloren strich ich über das Mal am Hals, das mich daran erinnerte, dass ich nach wie vor ein Gefangener war und sie mich dank dem magischen Halsband in der Hand hatten.

*»Wir brauchen irgendetwas zum Verhandeln, sonst werden wir niemals aus unserer Lage entkommen.«*

*»Ich weiß«,* murmelte ich, stand auf und steuerte in die Richtung des angrenzenden Waldes, sah mich immer wieder um und ging mit jedem Schritt tiefer hinein. Ich wollte unbeobachtet sein, vielleicht konnte ich dann besser nachdenken.

Tief atmete ich die frische Luft ein, hörte die Vögel zwitschern. Sonnenstrahlen bahnten sich ihren Weg durch die Baumkronen und ließen den Wald friedlich wirken.

Immer wieder scannte ich mit meinem Blick die umliegenden Büsche und Bäume. »Was für eine Scheiße«, meckerte ich, als ich zum gefühlt hundertsten Mal Brennnesseln entdeckte, aber nicht das, was ich suchte.

»Weißt du alle Zutaten auswendig?«

»Ja.«

Ich musste sie mir als Kind einprägen für den Fall, dass ich eines Tages nicht die Möglichkeit hätte, ihn anders zu erreichen. Doch es waren Jahrhunderte vergangen. Woher sollte ich wissen, ob er mir überhaupt zuhören oder helfen würde?

»Das wird er. Wir sollten allerdings nicht die gewöhnlichen Zutaten benutzen, sondern etwas, womit er sieht, dass wir es sind und ihn wirklich brauchen.«

Der Plan war gut. Ich würde zu den herkömmlichen vier Zutaten noch zwei weitere hinzufügen, doch dafür müsste ich sie erstmal finden. Außer Brennnesseln, Haselnuss und Vogelbeeren fand ich bisher nichts, was ich brauchen konnte.

»Wir sollten zu dieser Bibliothek gehen.«

»Warum? Ich weiß, was ich brauche und auch wie ich ihn erreichen kann.«

»Ja, aber wir brauchen die speziellen Zutaten. Vinzenz ist doch Mediziner.«

Ich verstand nicht, worauf sie hinauswollte. »Rede endlich.«

»Tarik, ich denke nicht, dass sie erst in die Stadt gehen, um die Zutaten für ihre Tränke oder dergleichen zu kaufen. Ich glaube, dass sie hier auf dem Grundstück alles haben, und die Bibliothek ist ein magischer Ort. Es wäre doch möglich, dass sie dort alles aufbewahren.«

Ein verstecktes Zimmer mit all den Zutaten, das klang nicht mal unrealistisch. Grinsend machte ich mich auf den Weg zu der Bibliothek.

Mir klappte der Mund auf, als ich das Gebäude erreichte. Heilige Scheiße.

Das märchenhafte Bauwerk erstreckte sich bis tief in den Wald und die Außenfassade war über und über bewachsen mit bunten Blumen und Moos.

Ich entdeckte, dass die Tür offenstand. Ich konnte ja auch einfach mal Glück haben.

Als ich langsam hineintrat, presste ich meine Lippen zusammen und wartete darauf, dass das Halsband anschlug. Sicher war das ein verbotener Bereich für mich. Doch nichts geschah. Okay, konnte ich wirklich so immens viel Glück haben? An einem einzigen Tag?

Ich atmete erleichtert aus und ging weiter in das Gebäudeinnere.

Überall standen Regale in unterschiedlichen Formen und Vasen mit herrlich duftenden Blumen. Das Plätschern eines kleinen Baches zog mich magisch an und ich konnte nicht widerstehen, meine Finger durch das kühle Wasser zu ziehen und eine der Wasserrosen mit dem Finger anzustupsen.

*»Das ist wirklich beeindruckend«*, staunte meine wahre Natur und ich nickte zustimmend. Ich hatte mit vielem gerechnet, aber nicht mit so einer magischen, einzigartigen und wunderschön gestalteten Bibliothek.

»Was suchst du hier?«

Die tiefe Stimme hinter mir verpasste mir beinahe einen Herzinfarkt. Sofort drehte ich mich um.

Vinzenz lehnte an einem der Regale und beäugte mich misstrauisch.

Deswegen hatte also die Tür offengestanden, weil ich nicht allein hier war. »Ich wusste nicht, dass ich nicht in die Bibliothek darf«, sagte ich und ließ meinen Blick über ihn gleiten. Wie ich es von Vinzenz kannte, trug er ein dunkelgrünes Shirt und eine Hose,

die aussah, als wäre er gerade vom Militärdienst entlassen worden. Seine hellbraunen Haare waren allerdings nicht wie sonst gestylt, sondern wirkten durcheinander.

»Wenn du ein Buch suchst, dass dir helfen soll, dein Halsband loszuwerden, muss ich dich enttäuschen.«

»Ach wirklich? Und ich dachte, ich finde hier die Lösungen für all meine Probleme«, sagte ich ironisch. Hielt er mich wirklich für so dumm?

*»Sie vertrauen uns nicht.«*

Richtig, aber das war mir egal. Ich war mit einem Ziel hierhergekommen und nicht, um in Selbstmitleid zu versinken.

*»Das ist die richtige Einstellung. Wir haben uns schon viel zu lange bemitleidet.«*

»Also, wenn du mich entschuldigst, ich würde mir jetzt gern eine Abendlektüre suchen«, sagte ich.

Zu meiner Überraschung sagte Vinzenz nichts weiter und konzentrierte sich wieder auf seine Bücher, die er im Arm hielt.

Ich ging zu den Regalen mit den Romanen und hoffte, dass er verschwand, damit ich nicht länger so tun musste, als würde mich das Zeug interessieren. Wahllos nahm ich Bücher heraus und blätterte darin herum, lugte immer mal wieder zu ihm. Mittlerweile stand er an einem großen runden Tisch und hatte seine Nase tief in eines der Bücher gesteckt.

*»Wir können uns ja schon mal umsehen«*, schlug meine wahre Natur vor. Doch bis jetzt konnte ich nur Regale voller Bücher entdecken und eine Treppe nach oben. Sollten sie hier wirklich geheime Räume haben, dann wohl eher unter der Erde. Zumindest war das in jedem

guten Spionage-Film der Fall und ich hoffte inständig, dass ich mich auf Hollywood verlassen konnte.

Genervt stellte ich das Buch in meiner Hand zurück und ging weiter durch die Regale, bis ich in einer abgelegenen Ecke mehrere Bücher über Pflanzen- und Tierkunde fand. Super, ich brauchte keine Bücher darüber, sondern die Pflanzen in meiner Hand. Knurrend lehnte ich mich an die Wand und blickte nach vorn, wo Vinzenz mit einem Stapel Bücher aus der Bibliothek verschwand, bis mein Blick in die Richtung der Treppe schweifte. Vielleicht sollte ich mich doch mal oben umsehen.

Ich warf noch einmal einen Blick auf die Bücher vor mir, als mir eines ins Auge stach, dessen Rücken blank war. Was da wohl drin stand? Ich wollte es herausziehen, doch das verflixte Ding klemmte. Ich zog kräftig daran, es gab kurz nach, dann verlor ich das Gleichgewicht und strauchelte gegen die Wand hinter mir. Ich griff um mich und wollte mich an den Steinen, die dekorativ aus der Wand herausragten, abfangen. Ich hörte ein leises Klicken, dann stürzte ich geradewegs mit dem Kopf voraus in die Dunkelheit.

»Scheiße!«, fluchte ich und hörte mich widerhallen. Ich landete unsanft auf meinem Hintern, riss meine Augen auf und sah die einzige Lichtquelle in der Ferne, die aus der Bibliothek kommen musste.

*»Was war das bitte?«*

Bevor ich ihr antworten konnte, wurde das Licht vor mir immer kleiner, bis erneut ein Klicken erklang und mein Ausgang versperrt war.

»*Wir haben einen Geheimgang gefunden*«, jubelte meine wahre Natur ernsthaft, während ich mit schnell schlagendem Herzen nach vorne kroch und nach einem Ausgang suchte.

Doch alles, was mich umgab, war der kalte Steinboden unter meinen Fingern und absolute Finsternis. »Verdammt«, schrie ich und verfluchte mich sofort, denn wieder hallte meine Stimme wie in einer Höhle nach.

»*Ich sehe nichts*«, zischte ich und hielt mir meine Hand vors Gesicht, aber nicht einmal die konnte ich erkennen. Dank des Halsbandes waren meine Fähigkeiten blockiert, sodass ich nicht in der Lage war, im Dunkeln zu sehen.

»*Wir sollten weiter gehen.*«

»*Bist du irre? Wir können nichts sehen. Was ist, wenn es hier Fallen oder Abgründe gibt?*«

»*Hast du eine bessere Idee?*«

Seufzend rieb ich über meinen Nacken und drehte meinen Kopf umher. Da war nichts außer Kälte, Stille und Finsternis und ich mittendrin. Ich ritt mich in jede Scheiße, die es gab.

# EMMA

DIE NACHMITTAGSSONNE SCHIMMERTE DURCH die Vorhänge. Verdammt, was war das denn? Ich berührte meine Schläfen, während die Erinnerungen der letzten Stunden zurückkamen. Stöhnend legte ich meinen Kopf ins Kissen.

*»Wie haben wir das gemacht?«*, fragte ich meine wahre Natur. Es war nicht normal, dass ich die Männer wie durch Telepathie in das Zimmer gerufen und Ryans Wunde geheilt hatte.

*»Wir haben mit dem Licht und der Dunkelheit zusammengearbeitet und unsere Aura eingesetzt. Wir sind stark, Emma.«*

Jubelte meine wahre Natur ernsthaft? Ich fand das einfach nur beängstigend.

»Emma«, riss mich eine bekannte Stimme aus meinen Gedanken, als sich das Bett senkte und mich zwei grüne besorgte Augen ansahen. »Wie fühlst du dich? Soll ich Vinzenz rufen?« Ryans Blick glitt über meinen Körper und er nahm den Arm, den ich ihm in die Wunde gerammt hatte, genauestens unter die Lupe.

»Ryan ...«, setzte ich an.

»Was ist, wenn das Gift jetzt in dir ist? Ich sollte ihn rufen.«

»Mir geht ...«, versuchte ich es erneut, doch wieder unterbrach er mich und schüttelte energisch seinen Kopf.

»Was ist, wenn ...«

»Ryan! Es geht mir gut«, schrie ich beinahe und endlich sah er in meine Augen und zog mich im nächsten Moment fest an seine Brust.

»Das war viel zu riskant«, sagte er und schluckte schwer, als er seine Hände um mein Gesicht legte. »Ich kann dich nicht verlieren, kleiner Engel.«

»Ich weiß, und ich bin hier.«

»Versprich mir, dass du sowas nie wieder machst«, flehte er.

Wie sollte ich ihm so etwas versprechen? Das war unmöglich. »Ryan, ich lasse nicht zu, dass du stirbst.« Niemand würde uns jemals wieder trennen. Allein bei dem Gedanken, von Ryan gerissen zu werden, spürte ich einen unerträglichen Schmerz und ich könnte das nicht noch einmal durchleben. Ryan war mein Gefährte und wir gehörten zusammen.

»Emma, was du getan hast ...«

»War notwendig, um dich zu retten. Ryan, verlang nicht von mir, zuzusehen, wie du stirbst, denn das werde ich niemals tun.«

Liebevoll wickelte er eine meiner Strähnen um seinen Finger, bevor er mich sanft an sich zog und seine Lippen die meinen trafen.

Mein Herz schlug schneller und ich legte meine Arme um seinen Nacken. Ryan war meine erste große

Liebe, mein Gefährte, und wenn ich tief in mich hineinhorchte, wusste ich, dass ich niemals aufgehört hatte, ihn zu lieben.

Ein leises Stöhnen kam über meine Lippen, als er mich auf seinen Schoss zog und meinen Hintern massierte, während wir den Kuss vertieften und nicht genug voneinander bekommen konnten.

Meine Atmung beschleunigte sich und die Hitze zwischen meinen Beinen wurde stärker.

Ryan schien es nicht anders zu gehen, sein Schwanz drückte gegen seine Jeans und als ich in seine leuchtenden Smaragde blickte, spiegelte sich meine Lust darin wider.

»Mein Engel«, raunte er mir gegen meine leicht geöffneten Lippen, als seine Mundwinkel sich teuflisch in die Höhe zogen. Mit einem Ruck zerriss er mein Kleid, warf die Stofffetzen auf den Boden, bevor sein Hemd folgte und ich mein Lachen nicht mehr stoppen konnte.

»Dir wird das Lachen schon noch vergehen«, sagte er mit tiefer Stimme und stellte sich vor das Bett.

»Ist das ein Versprechen?« Ich biss auf meine Unterlippe und sah, wie sein Adamsapfel zuckte.

»Du kleines freches Ding«, knurrte er und packte meine Fußgelenke, zog mich ans Bettende und umfasste mein Höschen, bevor er mir dieses auszog, gefolgt von meinem BH und seiner Hose.

Ich biss graziös auf meine Unterlippe, als ich völlig entblößt vor ihm lag und sein hungriger Blick über meinen Körper schweifte.

»Freche Mädchen müssen bestraft werden«, sagte er und grinste, beugte sich zu mir hinunter und strich sanft mit seiner Hand meinen Bauch aufwärts, was mir eine Gänsehaut verpasste. »Und du warst wirklich sehr frech. Du hast dein Leben riskiert und bereust es noch nicht einmal.« Ryans Hand wanderte um meinen Hals und wurde fester.

Ich reckte mich ihm entgegen. »Ich würde es immer wieder tun, solange ich dich damit retten kann, Alpha.«

»Ich weiß, kleiner Engel«, sagte er mit rauer Stimme und ließ meinen Hals los, doch ehe ich reagieren konnte, drehte er mich auf alle Viere, packte meine langen Haare und zog meinen Kopf nach hinten.

»Ryan ...«

»Schh, ich will keinen Mucks von dir hören, bis ich es dir wieder erlaube.«

Heilige Scheiße. Seine Dominanz trieb die Feuchtigkeit zwischen meinen Beinen an.

Er ließ meine Haare los, kramte in der Kommode und kam wieder zurück.

Etwas strich über meinen Hintern und ich presste meine Lippen zusammen. Mit schnell schlagendem Herzen blickte ich über meine Schulter. Aus meinem Augenwinkel konnte ich eine schwarze Gerte sehen und im selben Moment klatschte sie auf meinen Hintern und ich keuchte auf.

»Augen nach vorn und ich glaube, du hast gerade einen Mucks von dir gegeben.«

Ich grinste und tat, wie mir geheißen. Als er die Gerte langsam zwischen meinen Beinen bis hinauf zu meiner feuchten Mitte gleiten ließ, ging meine Atmung unregelmäßig. Der zweite Hieb folgte und ich krallte meine Finger in das Laken.

»So ist es brav«, sagte er mit tiefer Stimme und holte erneut aus, während das Brennen sich auf meinem Hintern ausbreitete.

Doch ich empfand nichts außer Lust. Ich hieß den Schmerz willkommen und presste meine Lippen fester zusammen, als er einen Schlag nach dem anderen absetzte und meine Härchen sich zu Berge stellten.

Die Gerte fiel zu Boden und etwas Kaltes, Spitzes fuhr über meinen Hintern und Rücken. Das Ziehen wurde stärker, bis ich einen leichten metallischen Geruch vernahm, ehe Ryan sich zu mir beugte und seinen warmen Atem über die schmerzenden Stellen hauchte. Ich spürte, wie sich die leichten Schnitte zusammenzogen.

»Ich glaube, es wird Zeit für deine Belohnung«, sagte er und küsste vielversprechend meine Schulter, bevor er meine Beine spreizte. »Du darfst wieder etwas sagen.« Mit einem kräftigen Stoß versenkte er sich in mir. Ich konnte mein Stöhnen nicht verbergen, während er hart in mich stieß, erneut nach meinen Haaren griff und meinen Kopf in den Nacken zog. Jeder Stoß wurde kraftvoller und animalischer.

»Fuck, bist du feucht«, keuchte er und hämmerte seinen Schwanz in mich, während er noch stärker an meinen Haaren zog.

Das Klatschen bei jedem seiner Stöße vermischte sich mit meinem Stöhnen und ich ließ mich fallen. Er trieb mich immer mehr an den Rand der Klippe, doch bevor ich kam und meine Erlösung fand, drehte er mich um, umfasste meinen Hals und stieß erneut kräftig in mich.

Seine leuchtenden Smaragde trafen auf meine Rubine, als er härter wurde und den Druck um meinen Hals erhöhte.

Keuchend spürte ich, wie sich meine Innenwände zusammenzogen und mein Höhepunkt anrollte.

Sofort ließ er meinen Hals los und ich schrie meinen Orgasmus hinaus, bemerkte das Zucken seiner Mundwinkel, ehe er sich zu mir hinabbeugte, meinen Hals von meinen Haaren befreite und seine scharfen Zähne in mein Fleisch bohrte.

Er nahm einen Schluck nach dem anderen, während er kam und über den Biss leckte, bevor er sich erschöpft neben mich rollte und mich in seine Arme zog.

Mit glühenden Wangen und feuchten Augen blickte ich blinzelnd zu ihm, sah den Schweißfilm auf seiner Stirn und spürte das Brennen auf meiner Rückseite. Seine Smaragde zogen mich vollends in ihren Bann. Langsam beugte ich mich zu ihm, legte meine Lippen auf seine und schenkte ihm einen sanften Kuss, bevor ich in seine grünen leuchtenden Augen blickte und er zärtlich über meine Wange strich.

»Ich kann dich nicht noch einmal verlieren. Du bist mein Licht, kleiner Engel.« Selten war seine Stimme so sanft und voller Liebe. Ich konnte es in seinen Augen erkennen, das das mehr als nur das Gefährtenband war, dass aus ihm sprach. Seine Liebe zu mir war rein und ehrlich.

»Ryan, genauso geht es mir auch. Egal, was auch passiert, ich werde immer versuchen dich zu retten und zu dir zurückzukommen.«

*»Und das werden wir. Nicht, weil uns das Gefährtenband zueinander führen wird, sondern weil wir ihn mit ganzem Herzen und unserer Seele lieben.«*

Das war kein Versprechen, das war die Wahrheit. Ryan gehörte mein Herz und das seit dem Moment, als ich ihn das erste Mal im Wald in der Nähe des Schlossgartens meiner Eltern gesehen hatte.

»Woran denkst du?«, fragte er und zog mit seinen Fingerspitzen beruhigende Kreise über meinen Rücken.

»An unsere erste Begegnung«, flüsterte ich und augenblicklich wurden seine Gesichtszüge spitzbübischer.

»Oh, das war was«, sagte er und lachte.

Grinsend dachte ich daran und da ich ein Shade war, konnte ich mich an jedes einzelne Detail erinnern.

Damals war ich so oft in den Garten und den angrenzenden Wald gegangen, um frei mit meiner wahren Natur zu laufen. An jenem späten Nachmittag war ich immer tiefer in den Wald gelaufen und als ich eine Gestalt auf einem Baum gesehen hatte, war ich auf den daneben gesprungen und hatte gefragt, was er da tat. Ryan war so überrascht gewesen, dass er bei meiner Frage sein Gleichgewicht verloren hatte, von dem dicken Ast gefallen war und sich kurz vor dem Boden gerade noch hatte abfangen können. Aber anstatt ihm zu helfen, hatte ich auf dem Ast über ihm Platz genommen und zu ihm hinunter gegrinst. Er hatte mich aus seinen Smaragden finster angefunkelt und als wir beide auf den Boden gesprungen waren, hatte er mich gegen den nächsten Baum gedrückt und angeknurrt.

Ich hatte keine Angst vor ihm gehabt, sondern ihm nur frech entgegen gegrinst.

»Du hattest einfach keine Angst vor mir«, riss er mich aus meinen Gedanken und ich kicherte an seiner Brust.

»Naja, du warst im Wald in der Nähe vom Schlossgarten. Ein Schrei und die Königsarmee wäre mir zu Hilfe geeilt.«

»Und doch warst du lebensmüde genug, mich anzugreifen.«

»Ich? Du hast mich gegen den Baum gedrückt«, sagte ich und zog eine Augenbraue hoch, ehe er mich angrinste. Sein Grinsen war so unbeschwert, dass ich beinahe vergaß, was alles zwischen uns geschehen war und dass wir kurz vor einem Krieg mit Vlad standen.

»Falls du dich nicht erinnern kannst, du hast mir eine Klinge an den Hals gehalten.«

»Oh ich weiß. Und auch, dass du ziemlich geschockt warst, weil ich ja ein Mädchen war.«

Seinen Gesichtsausdruck würde ich nie vergessen.

»Ich konnte es nicht fassen, dass du wieder in den Wald gegangen bist, um mich nochmal zu treffen.«

»Du hast mich herausgefordert.« Und wie. Er hatte damals gesagt, dass ich mich sicher nicht trauen würde, abends allein in den Wald zu gehen. Das hatte ich so nicht stehen lassen wollen, also war ich am nächsten Abend wieder losgezogen, bis aus einem heimlichen Treffen zwei, dann drei und vier geworden waren.

»Ich bin froh, dass du das getan hast, auch wenn ich bis heute nicht verstehe, warum.« Zärtlich küsste er meine Stirn.

»Ich kann das nicht erklären. Du bist aufgetaucht und ich war neugierig, und als wir uns immer öfter getroffen haben, habe ich eine Verbindung gespürt, die ich noch nie zuvor empfunden habe.«

Ryan war damals für mich nur ein normaler Shade gewesen und ich hatte mich in meinem Leben noch nie so frei gefühlt.

Liebevoll blickte ich in seine Augen. Jene grünen Augen, die mir damals mein Herz gestohlen und es bis heute nicht mehr freigegeben hatten.

# Kapitel 10

## RYAN

Schmunzelnd streichelte ich Emmas Rücken, zog sie eng an mich und bekam das Lächeln nicht aus meinem Gesicht. Gott, ich war wie ein verliebter Teenie-Shade, aber bei den Erinnerungen, wie ich Emma kennengelernt hatte, wurde mir unwillkürlich warm ums Herz. Sie war mutig, stark und unfassbar schön. Sie war schon immer für mich bestimmt gewesen und besaß mein kaltes Herz. Wenn ich daran dachte, dass der Sex genauso gut, wenn nicht sogar besser als früher war, konnte ich nur glücklich sein.

Doch die Tatsache, dass sie meine Wunde geheilt und sich damit selbst in Gefahr gebracht hatte, gefiel mir überhaupt nicht. Ich konnte die Dunkelheit spüren, wie sie in ihr tobte.

*»Ja, aber nicht so wie es eigentlich üblich ist«*, flüsterte meine wahre Natur. Ich wusste, dass sie tief in sich ein Licht und eine Dunkelheit besaß, aber ich sah sie nicht klar und deutlich. Ich müsste den Kampf sehen, die Größe des Lichtes und der Finsternis, so wie Emma es bei mir sah, wenn wir uns verbanden. So war es üblich bei Gefährten. Aber bei ihr war das anders und ich verstand nicht, warum. Ich hatte angenommen, sobald sie ihre Erinnerungen wieder zurückerlangt hatte und mit ihrer wahren Natur im Einklang war, könnte ich ihren Kampf genauso sehen wie sie den meinen.

*»Vielleicht liegt es an ihrem Blut. Wir wissen so gut wie nichts über ihre Blutlinie.«*

*»Und was schlägst du vor?«*, fragte ich.

*»Wir stellen Nachforschungen an und können Emma zu ihren Eltern befragen.«*

Nachdenklich strich ich durch meine Haare und atmete tief durch. Das war definitiv eine Idee. Ich musste so oder so noch einiges mit Emma bereden. Denn auch wenn es zwischen uns gut lief, hatten wir vieles noch nicht ausgesprochen und Vlad war nur eines der Dinge, über die wir reden mussten.

»Ryan?«, katapultierte mich ihre liebreizende Stimme an Ort und Stelle zurück. »Ich habe gefragt, ob alles gut ist.«

»Ja, natürlich. Ich muss nur etwas mit Dario besprechen. Wir könnten uns im Anschluss im Speisesaal treffen und etwas essen?«, schlug ich vor.

»Sicher können wir das.«

Ich stieg aus dem Bett, zog meine Boxershorts an und ging zu meinem Schrank. Mit einer dunklen Jeans und einem passenden Hemd stieg ich in meine Sneakers, strich meine Haare zurück und verschwand aus meinem Zimmer. Natürlich nicht, ohne Emma noch einen letzten Kuss gegeben zu haben.

Ich hoffte, Dario im oberen Gemeinschaftsraum anzutreffen.

*»Siehst du, er ist hier«*, sagte meine wahre Natur und mein Blick fiel auf ihn, wie er seinen Kaffee trank und etwas in seinen Laptop tippte.

Ich atmete tief durch und stellte mich ans Fenster, blickte über meine gepflegte Gartenanlage und sah dem Personal zu, wie es seine Arbeit für den heutigen

Tag niederlegte und seine Sachen zusammenräumte. Die Sonne ging langsam unter.

»Ist alles gut?«, fragte Dario.

Langsam drehte ich mich zu ihm, griff zu der Schachtel, die auf dem Tisch lag, und steckte mir eine Zigarette in den Mund, zündete sie an und lehnte mich an die Fensterbank. Verdammt, ich hatte mir das anders vorgestellt. Ich stand nur da und zog an meiner Zigarette.

»Ryan?«, sagte Dario und klappte den Laptop zu.

*»Er ist unser Beta und unser bester Freund. Wir können mit ihm über alles reden«*, redete sie auf mich ein und ich wusste, dass meine wahre Natur recht hatte. Aber was war, wenn es falsch sein würde?

*»Warum sollte es falsch sein?«*, fragte meine Natur verwirrt.

Das war eine berechtigte Frage, doch irgendwie hatte ich das Gefühl, dass ich mit Dario nicht über Emma reden sollte. Woher das Empfinden so plötzlich kam, konnte ich mir selbst nicht erklären.

»Was ist los? Ist etwas mit Emma?«, riss mich Darios Stimme aus meinen Gedanken und ich blickte zu ihm.

Besorgnis lag in seinen Augen. Ich bildete mir das doch nicht ein – jedes Mal, wenn es um Emma ging, stand ihm die Sorge ins Gesicht geschrieben.

*»Was normal ist, sie sind schließlich Freunde. Wir machen uns auch Sorgen, wenn es um die Jungs geht.«*

War das nicht etwas anderes?

»Du machst dir Sorgen um meine Gefährtin …« Meine Stimme war tiefer und kälter als gewollt. Ich nahm einen Zug von meiner Zigarette und stieß den Rauch aus.

»Ja, wir sind Freunde.«

»Nur Freunde?«, fragte ich und kniff skeptisch meine Augen zusammen.

Dario starrte mich entsetzt an und sein Kehlkopf zuckte.

»Beantworte meine Frage, Dario.«

Vorsichtig erhob er sich von seinem Stuhl und hob seine Hände. »Ich schwöre es, wir sind nur Freunde. Emma ist deine Gefährtin, aber sie kennt uns alle schon sehr lange. Wir sind Freunde, mehr nicht.«

Ich sollte Erleichterung verspüren, doch sie blieb aus und mein Bauchgefühl sagte mir, ich sollte ihm nichts über meine Sorge um Emma sagen. »Gut, weißt du, wo die anderen sind?«

»Noel und Milo waren bei unserem Gefangenen und wollten im Anschluss trainieren und Vinzenz müsste im Labor sein. Warum?«

Ich nickte ihm zu, denn ich wollte, dass der Gefangene am Leben gehalten wurde. Mein Plan war, ihm zwar Nahrung zu geben, jedoch sollte die Isolation dafür sorgen, dass er psychisch labil wurde und erst dann würde ich ihn mir vorknüpfen, aber das brauchte Zeit.

Ich drückte meine Zigarette aus und wollte aus der Tür, als er mich am Oberarm packte und mein Kopf augenblicklich in seine Richtung schnellte, während meine Augen aufleuchteten.

»Ryan, was ist los? Du kannst mit mir sprechen. Ich bin dein Beta und dein bester Freund.«

»Bist du das? Oder schmiedest du hinter meinem Rücken Pläne?«, fauchte ich und entriss mich aus seinem Griff.

»*Was tust du?*«, brüllte meine wahre Natur und ich konnte mir selbst nicht erklären, woher dieses Misstrauen plötzlich kam.

»Ist das dein Ernst? Du weißt, dass du mir vertrauen kannst!«, knurrte Dario und seine Augen flackerten in ihren Saphiren auf, als er einen Schritt auf mich zutrat und mir in die Augen blickte. »Denkst du wirklich, ich würde dich verraten?«

»Keine Ahnung, sag du es mir.« Meine Dunkelheit wurde lauter, tobte in meinem Inneren und ich ballte meine Hände zu Fäusten. Mein Herz schlug schneller und meine Atmung wurde unregelmäßig. Ich musste mich beruhigen, atmete tief ein und wieder aus.

»Du kennst mich seit wir Kinder sind, wir haben in unzähligen Schlachten Seite an Seite gekämpft.«

»Ich weiß«, brachte ich stockend über meine Lippen, schloss meine Augen und atmete mehrmals tief durch, bis ich sie wieder öffnete und das Leuchten in unseren Augen verschwunden war. »Wahrscheinlich bin ich einfach nur gestresst, weil wir noch immer nichts von unserem Mittelsmann oder von Vlad gehört haben«, überlegte ich laut.

»Wir alle sind im Stress, aber du darfst nicht vergessen, dass wir dein innerer Kreis sind und dich nicht nur kennen und mögen, sondern immer hinter dir stehen.«

»Ich stehe genauso hinter euch«, murmelte ich, als Dario mich auf einmal in seine Arme zog und ich wie zu einer Salzsäule erstarrte. Was zur Hölle war das jetzt? »Das reicht, genug der sentimentalen Ausbrüche«, grummelte ich und wurde losgelassen, als Dario sich über den Nacken strich und ich eine Augenbraue anhob. »Sollte ich dich eher fragen, ob

alles in Ordnung ist?« Seit wann war er so emotional? Klar, wir klopften uns mal auf die Schulter und sagten uns, dass wir füreinander da seien, aber so eine Umarmung? Nein, das war eher selten.

»Ich bin einfach froh, dass es dir wieder gut geht. Du bist mein bester Freund und ich will dich nicht verlieren.«

»Du verlierst mich schon nicht und ich bin froh, dich zu haben, aber solltest du jetzt anfangen zu heulen, verprügele ich dich, verstanden?«

Lachend schüttelte er seinen Kopf und ich grinste ihm entgegen.

»Schon verstanden.«

Fuck, ich hatte völlig vergessen, warum ich eigentlich hierhergekommen war, und ich wusste tief in meinem Inneren, dass mein Misstrauen gegenüber Dario falsch war. Ich kannte ihn und vertraute ihm wie keinem anderen. Niemals würde er mir in den Rücken fallen und wenn ich mit einem darüber reden konnte, dann mit ihm.

»Willst du mir sagen, worüber du dir Gedanken machst?«, fragte er mich und traf damit den Nagel auf den Kopf.

»Es geht um Emma«, seufzte ich und verschränkte meine Arme vor der Brust.

»Was ist passiert?« Dario spannte sich an und in seinen Augen sah ich Sorge aufflammen.

»Sie hat mich geheilt und ihre Dunkelheit ist viel zu präsent.« Ich wollte meinen kleinen Engel beschützen und ihr dieses Leid ersparen, das die Dunkelheit anrichtete. Aber sie wollte nicht hören und faselte irgendetwas davon, dass die Dunkelheit zu uns gehörte

und nicht automatisch schlecht sein musste. Das war doch verrückt!

*»Vlad hat ihr eine Gehirnwäsche verpasst, deswegen denkt sie so«*, murmelte meine wahre Natur.

»Spürst du ihre Dunkelheit?«, hakte Dario nach.

»Ich meine, ich kann spüren, dass sie ein helles und starkes Licht in sich trägt, aber auch eine tobende Dunkelheit ...«, sagte ich nachdenklich und strich durch meine Haare. »Aber ich kann es nicht so spüren, wie es bei Gefährten normalerweise üblich ist.«

»Wie meinst du das?« Irritiert zog er seine Stirn in Falten und ich massierte gestresst meine Schläfen.

»Du weißt doch, dass Gefährten in die Seele des jeweils anderen blicken können. Sie sehen das Licht und auch die Dunkelheit ihres Partners. Emma sieht durch unser Gefährtenband meinen Kampf mit der Dunkelheit und mein winziges Licht und eigentlich sollte ich ihres genauso sehen.«

»Aber du tust es nicht?«

Hörte er mir denn überhaupt nicht zu? »Nein! Zwar spüre ich die Dunkelheit und das Licht, aber ich kann beides nicht klar und deutlich sehen.«

»Verstehe«, murmelte er.

»Du verstehst es? Denn ich bin ratlos. Dario, was ist, wenn wir Emma an ihre Dunkelheit verlieren?«

Ich hatte schon so viele Shades gesehen, die gegen die Dunkelheit in sich angekämpft hatten, und letztendlich waren sie ihr erlegen. Niemals sollte es Emma genauso gehen.

»Das werden wir nicht, aber wir sollten mehr über die Hernandez-Familie herausfinden.«

»Du glaubst, dass die Hernandez über bestimmte Fähigkeiten verfügen und ich deswegen nicht in ihre Seele blicken kann?«, fragte ich stirnrunzelnd.

»Ja, das wäre zumindest logisch. Die Hernandez stammen aus einer königlichen und starken Blutlinie, genauso wie die Scotts und die Koslows. Und wir wissen, dass jede Königsfamilie spezielle Fähigkeiten besitzt, warum also nicht auch Emma? Außerdem ist sie mit ihren vierundzwanzig Jahren noch sehr jung und vielleicht kannst du erst in ihre Seele blicken, wenn sie ihre Fähigkeiten vollständig beherrscht«, schlug er vor.

Das war keine schlechte Theorie. Vielleicht besaß sie spezielle Fähigkeiten, die noch in ihr schlummerten und mir die komplette Sicht auf ihre Seele verwehrten.

»Ich werde mal sehen, was ich aus Emma alles über ihre Familie herausbekommen kann.«

»Mach das. Ich gehe später in die Stadt und zu unserem Mittelsmann.«

Überrascht blickte ich zu ihm. »Du hast eine Nachricht erhalten?«

»Nein. Aber mir wurde zugetragen, dass er ein Flugticket nach Hawaii gebucht hat, also werde ich ihm heute Abend einen Besuch abstatten, bevor er sich aus dem Staub macht.«

Meine Mundwinkel zuckten diabolisch nach oben. Dario besaß ein gutes Herz und doch konnte er zu einem furchterregenden Monster werden. »Dann viel Spaß, aber denk dran, dass wir in erster Linie Informationen brauchen.«

»Ich weiß, aber danach darf ich mit ihm spielen«, sagte er und grinste sadistisch.

Ich nickte, verabschiedete mich von ihm und ging anschließend hinaus in den Flur.

*»Oh, jetzt gehen wir zu unserem Engel«,* jubelte meine wahre Natur, und allein bei dem Gedanken, wieder bei meiner Gefährtin zu sein, schlug mein Herz schneller und ein Grinsen breitete sich auf meinen Lippen aus.

»Scheiße!«, fluchte ich und blieb abrupt stehen.

*»Was ist los?«*

*»Wir haben etwas vergessen«,* maulte ich meine Natur an. Dario hatte mich an etwas erinnert.

*»Wir haben nichts vergessen, wovon sprichst du?«*

*»Ach nein? Wer hat denn im Sommer Geburtstag?«*

Fluchend blickte ich auf meine Uhr und auf das Datum. Das war eine verdammte Katastrophe!

*»Oh mein Gott! Emma, sie hat morgen Geburtstag«,* schrie meine wahre Natur und ich tigerte im Flur auf und ab.

*»Das wird toll, unser Engel wird morgen fünfundzwanzig.«*

*»Wir haben es vergessen«,* erinnerte ich sie.

*»Aber jetzt wissen wir es.«*

War sie auf den Kopf gefallen? *»Wir haben es vergessen, also haben wir auch keine Überraschung oder ein Geschenk vorbereitet.«*

Stille. Eine verdammte Stille herrschte in meinem Inneren und meine wahre Natur sagte kein einziges Wort mehr.

*»Hallo? Hast du mich verstanden?«*

*»Ja, ich habe nachgedacht«,* meldete sie sich dann doch und ich lehnte mich an die Wand im Flur und massierte meine Schläfen. Ihre Idee konnte niemals gut sein.

»Wir sagen dem Personal, dass sie Rosen kaufen sollen und dann legen wir uns nackt ins Bett und binden uns eine Schleife um.«

Jetzt verarschte sie mich, oder?

»Ach komm, sie liebt uns. Auch wenn sie es noch nicht laut ausgesprochen hat, weiß ich es, und was gibt es Besseres als wilden, animalischen Geburtstagssex?«

Eindeutig, meine wahre Natur wollte mich auf den Arm nehmen. Sowas machte ich nicht. Emma verdiente einen wunderschönen und unvergesslichen Geburtstag, vor allem war es ihr erster nach Vlads Gefangenschaft. Obwohl der Sex definitiv unvergesslich sein würde, wollte ich etwas anderes. Doch die Idee mit den Blumen war gar nicht so schlecht.

# EMMA

SEUFZEND STRICH ICH ÜBER MEIN DUNKELROTES knielanges Kleid und lehnte mich auf dem Sofa im unteren großen Wohnzimmer zurück.

Wo blieb Ryan nur? Er wollte nur kurz etwas mit Dario besprechen und im Anschluss mit mir essen gehen, doch von kurz konnte nicht mehr die Rede sein.

Ich ließ mein Blick zu der großen Glasfront wandern, die mir einen Blick in den mittlerweile beleuchteten Garten gewährte. Mir fielen die schwarzen dicken bodenlangen Vorhänge auf, die die Glasfront links und rechts zierten und mit einem goldenen Muster bestickt waren.

*»Wir sollten nachfragen was dieses Schwarz-Gold zu bedeuten hat. Und warum er vor ein paar Tagen wegen dem Kleid so ausgerastet ist«,* merkte meine wahre Natur an.

Ich warf meinen Kopf in den Nacken. Stimmt, das hatte ich völlig vergessen. Ryan war ausgetickt, ich hatte es verdrängt und mit ihm geschlafen … Jetzt war es amtlich, ich war durchgeknallt. Oder war das einfach nur ich?

*»Wir sind nicht durchgeknallt. Und wir wissen, dass Ryan nicht immer so ist«,* flüsterte sie.

Das war keine Entschuldigung.

Ich wusste, warum er so sehr mit sich kämpfte und manchmal zu diesem eiskalten und gefühlslosen Mann wurde. Wenn wir Sex hatten, konnte ich in seine Seele blicken, seine tobende, unkontrollierbare Dunkelheit sehen. Aber auch das kleine um Hilfe flehende Licht, das gegen die Finsternis ankämpfte. Sie waren zu weit voneinander entfernt, um im Einklang zu schlagen. Doch das wunderte mich nicht. Ryan und sein innerer Kreis würden die Dunkelheit niemals als gut ansehen.

*»Noch nicht, aber sie werden es.«*

Über den Optimismus meiner wahren Natur konnte ich nur lachen.

»Emma, schön dich hier zu sehen«, erklang eine bekannte Stimme und augenblicklich drehte ich mich in deren Richtung.

Scheiße, der hatte mir gerade noch gefehlt. »Was willst du, Tarik?«

»Begrüßt du so einen Freund?«, sagte er und ließ sich auf das Sofa neben mich fallen.

Sofort rutschte ich ans andere Ende, mein Herzschlag beschleunigte sich und meine Atmung ging schwer.

»Freunde? Ich glaube du weißt nicht, was Freundschaft bedeutet.«

Als ich ein finsteres Lachen neben mir vernahm, drehte ich mich zu ihm. Sein Zitrusduft drang in meine Nase, als er näher zu mir rutschte, seine Hand ausstreckte und sanft über meinen Oberarm strich.

»Du hast recht, sowas wie Freundschaft kennt Tarik nicht.« Mein Hals wurde trocken, das Blut gefror in meinen Adern und ich war wie gelähmt. Ich wollte beiseite rutschen, davonrennen, irgendwas.

Doch ich verharrte auf meinem Platz und blickte in pechschwarze Augen.

»Vlad«, flüsterte ich und seine Mundwinkel schossen nach oben.

»Ja, ich bin es, Ma Chérie.«

*»Das ist nicht gut«*, sagte meine wahre Natur.

Warum zur Hölle übernahm sie dann nicht die Kontrolle über meinen Körper, um auf Abstand zu gehen? »Du solltest nicht hier sein.«

»Das stimmt. Und ehrlicherweise bin ich auch nicht erpicht darauf, weiterhin in Tariks Verstand einzudringen. Aber wie soll ich dich sonst treffen?«

»Gar nicht?« Oh Scheiße. Sofort hielt ich mir die Hand vor den Mund, denn das kam schneller über meine Lippen als ich wollte. Zu meinem Entsetzen lachte Vlad – oder besser Tarik. Gott, war das verwirrend.

»Keine Sorge, ich werde dir nichts tun«, sagte er und lächelte mich traurig an. »Ich weiß, dass ich viel falsch gemacht habe und du mich hasst, Ma Chérie.«

*»Was zur Hölle passiert hier gerade?«*

Wütend starrte ich in seine schwarzen Augen. »Du wolltest mich brechen, aber das ist dir nicht gelungen«, zischte ich und meine Augen färbten sich rubinrot.

»Ich weiß. Und ich bin froh, dass ich es nicht geschafft habe«, raunte er mir entgegen und kam meinem Gesicht viel zu nahe. »Emma, ich werde es wieder gut machen.«

»Du kannst es nicht ungeschehen machen. Alles, was du machen kannst, ist einen Krieg zu verhindern und dich von mir fernzuhalten«, gab ich messerscharf zurück.

Knurrend rutschte er noch ein Stück näher, griff nach einer meiner Strähnen und rieb sie zwischen seinen Fingern. »Ich bitte dich, gefällt es dir hier?«

»Ja.«

Lachend ließ er meine Strähne los und blickte mir tief in die Augen. »Dann sag mir, Ma Chérie, sehen sie dich so, wie du bist? Wie du wirklich bist? Oder reden sie dir ein, dass die Dunkelheit böse ist?«

Ich öffnete meinen Mund, wollte ihm sagen, dass Ryan und seine Männer mir niemals eine Gehirnwäsche verpassen würden, doch es kam kein einziger Ton heraus.

»Dachte ich es mir doch. Wir beide wissen, dass die Dunkelheit genauso wie die wahre Natur zu uns gehört.«

»Ich …«, setzte ich an, als Schritte auf dem Flur erklangen.

Vlad sprang in Tariks Gestalt von dem Sofa auf und sah mich noch einmal eindringlich an. »Ich verstehe dich, Emma. Das habe ich immer, auch wenn mein Verhalten dir gegenüber falsch war.« Damit raste er aus der Tür und im selben Moment wurde die Seitentür geöffnet, die zur Küche führte.

Ryan trat grinsend zu mir.

Ich war unfähig, mich auch nur einen Millimeter zu bewegen. Was war das eben? Seit wann entschuldigte sich Vlad und warum zum Teufel hatte ich das Gefühl, dass er tatsächlich der Einzige war, der die Dunkelheit in mir verstand?

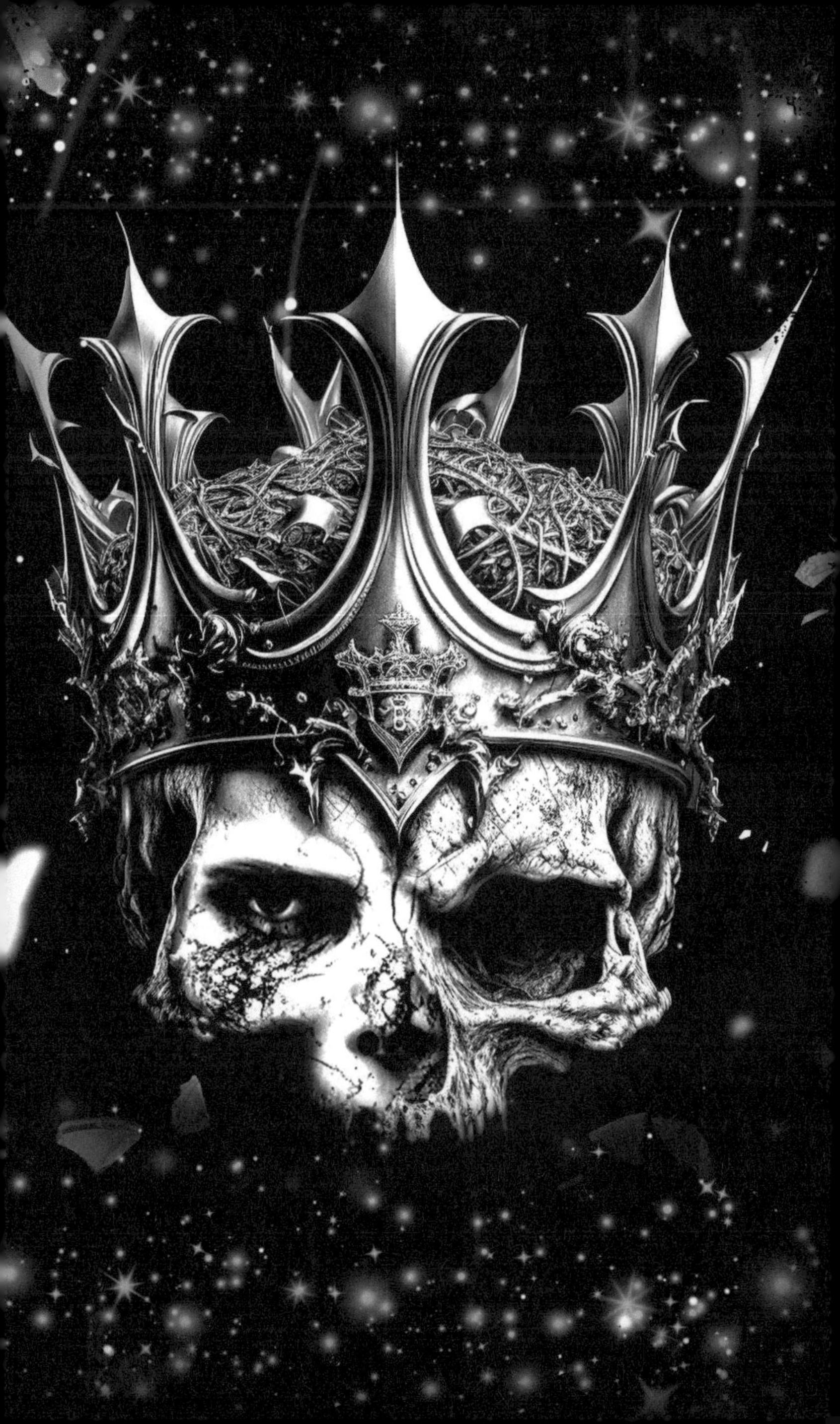

# Kapitel 11

## VLAD

Ich wollte Emma sehen, um jeden Preis.

Als ich mich in meinem Zimmer zurückzog, um die Verbindung zu Tarik aufzunehmen, musste ich ihn erstmal aus diesem stockdunklen Loch befreien. Dieser Idiot hatte sich allen Ernstes eingesperrt und keinen Ausweg mehr gefunden. Als ich in seinem Körper steckte, nutzte ich meine Fähigkeit, im Dunkeln sehen zu können, und befreite uns kurzerhand. Anschließend machte ich mich auf den Weg in Ryans riesiges Haus.

Ich brauchte etwas Zeit, um mich zurechtzufinden. Und dann sah ich sie.

Emma war außergewöhnlich und sah noch immer genauso schön aus wie damals. Als ihre rubinroten Augen aufblitzten, konnte ich nicht anders als zu grinsen. Gott, am liebsten wäre ich noch länger bei ihr geblieben, aber als ich Schritte hörte, musste ich verschwinden. Ich brachte Tariks Körper nach draußen auf eines der Lounge-Sofas, bevor ich die Verbindung abbrach und meine Augen aufschlug.

»Verdammt«, fluchte ich und blickte auf meinen goldenen Ehering, drehte ihn umher und rutschte in meinem Bett nach oben, um mich am Kopfende anzulehnen. Jetzt vermisste ich meine Frau noch mehr.

»Vlad?«

Ein Klopfen an der Tür riss mich aus meinen Gedanken. »Komm rein.«

Die Tür ging auf und Grigorij und Jegor traten herein. Als ich ihre Gesichter sah, stöhnte ich innerlich auf. Das konnte nichts Gutes bedeuten.

Jegor schloss die Tür hinter sich und setzte sich auf meinen Schreibtischstuhl, Grigorij hielt eine Mappe in der Hand und lehnte sich an die Wand.

Ich rutschte an den Bettrand und stemmte die Hände neben mich. Eine meiner schwarzen Strähnen rutschte mir ins Gesicht.

Ihre Blicke fielen auf meine Erscheinung und ich verstand auch, warum. Nach dem gemeinsamen Essen mit meinem Vater hatte ich die Krawatte abgenommen, mein weißes Hemd aufgeknöpft und mich mit meiner schwarzen Anzughose einfach ins Bett gelegt, um die Verbindung zu Tarik aufzubauen. Ehrlicherweise hatte ich heute nicht mehr mit Besuch gerechnet, weswegen ich alles andere als perfekt aussah. Die Erschöpfung, die mein kleiner Trip hinterlassen hatte, stand mir offenbar ins Gesicht geschrieben.

»Du siehst scheiße aus«, sagte Jegor und ich versuchte meine durcheinandergebrachten Haare nach hinten zu streichen.

»Sehr witzig«, knurrte ich und betrachtete die beiden. Grigorij trug einen dunkelblauen Anzug, während Jegor in einer Anzughose und einem weißen Hemd die Arme vor seiner Brust verschränkt hielt.

»Hast du mit Emma Kontakt aufgenommen?«, fragte Grigorij direkt.

Ich hatte den Jungs vor wenigen Wochen davon erzählt, dass ich ihr mit Hilfe von Tariks Körper einen

Besuch abgestattet hatte. »Ja, ich habe mich entschuldigt, zumindest habe ich es versucht«, gestand ich ihnen.

»Das wird wieder, sie ist deine Ehefrau.«

»Jegor hat recht. Sobald Emma die Wahrheit erfährt, wird sie verstehen, warum du so kalt und abweisend geworden bist.«

Beide nickten mehrmals und ich hoffte, dass sie recht besaßen, sicher war ich mir jedoch nicht. Auch wenn ich Emma liebte, glaubte ich nicht mehr daran, dass sie die Gefühle, die sie einst für mich empfunden hatte, jemals wieder fühlen würde. Ich würde ihr meine Liebe gestehen und sie vor allem beschützen, was kommen würde. Das war ich ihr schuldig und das war das Einzige, was ich noch tun konnte.

»Ihr kennt meinen Plan«, sagte ich.

»Ja, und du weißt, dass wir beide hinter dir stehen.«

Ich hatte ihnen erklärt, dass ich mich bei Emma entschuldigen wollte, und sollte sie meine Gefühle erwidern, würde ich mit ihr nach Frankreich gehen. Doch wenn das nicht der Fall sein sollte, würde ich ihr folgen wie ein Schatten und sie auf diese Weise beschützen – meine Fehler so wieder gut machen.

Auch wenn die beiden zuerst nicht verstanden hatten, dass ich Emma nicht an meine Seite zwingen würde, konnten sie es jetzt nachvollziehen und standen mit meiner Entscheidung hinter mir. Mein Gefühl sagte mir, dass einige Unannehmlichkeiten auf uns zukommen würden. Emma war etwas Besonderes und wenn uns der Schattenrat nicht jagen würde wegen meiner verbotenen Aktionen, dann Adlige, Könige und Söldner.

Grigorij trat auf mich zu und reichte mir die Mappe. »Hier, das solltest du dir ansehen.«

Ich atmete tief durch und schlug die Mappe auf und presste meine Lippen zusammen, als ich mehrere Bilder von dem zerstörten Opernhaus in meiner Hand hielt und einen Bericht, der von einem terroristischen Anschlag sprach. Ich sah mir die Bilder genauer an, begutachtete jedes verdammte Detail.

Moment mal … »Scheiße!«, fluchte ich.

Meine Augen verengten sich, als ich auf einem Bild eine Person in einer schwarzen Robe entdeckte, die zwischen den panischen Menschen stand. Auf dem nächsten Bild war dieselbe Person abgebildet, diesmal im Schatten der Trümmer und kaum zu erkennen. Zwei helle Punkte leuchteten mir entgegen, die mich an Augen erinnerten, und ich bildete mir ein Grinsen darunter ein.

»Glaubst du, das ist das, was ich denke?« Jegor stemmte seine Arme auf seine Oberschenkel und beugte sich vor.

»Ihr habt euch die Bilder schon angesehen?«, fragte ich, starrte weiterhin auf die verhüllte Person in der Robe.

*»Nicht einmal ein Gesicht ist zu erkennen«*, murmelte meine wahre Natur.

»Ja, wir haben sie schon angesehen. Also was denkst du?«

Seufzend klappte ich die Mappe zu und legte sie neben mich, rieb mir über die Schläfen und sah zu meinen beiden Freunden. »Wie es aussieht, geht es los.«

»Du glaubst, der Schattenrat lässt sich das erste Mal blicken und mischt sich ein?«

»Vlad hat die Blaxro-Magie benutzt«, murmelte Jegor wie zur Bestätigung.

»Die Magie ist zweitrangig«, bruddelte ich und meine Augen färbten sich in ihre Onyxe. »Vielleicht hat die Magie das Fass zum Überlaufen gebracht, aber sie wären so oder so erschienen, sobald Emma ihre Erinnerungen und den Zugang zu ihrer Natur wiedererlangt hat.« Ich stand auf und sah mich in meinem Zimmer um, blickte zu der Sammlung meiner Waffen auf meinem Schreibtisch.

»Bist du dir sicher, dass sie ihre wahre Natur wieder spürt?«, hakte Jegor nach.

»Ja, ich habe ihre Rubine leuchten sehen«, sagte ich und konnte mir das Grinsen nicht verkneifen. Mein Herz erwärmte sich bei dem Gedanken. Wie sehr ich ihre roten Augen vermisst hatte.

»Dann sollten wir unseren nächsten Schritt planen und Emma im Auge behalten«, murmelte Jegor nachdenklich und strich über die Messer, die auf meinem Schreibtisch lagen.

»Ich will nur ungern die Spaßbremse sein, aber warum sagen wir Emma nicht die Wahrheit?«

»Grigorij!«, zischte Jegor.

»Was denn, das ist eine berechtigte Frage. Emma ist nicht dumm und würde es verstehen«, rechtfertigte er sich.

»Schon gut«, murmelte ich und lehnte mich an meinen Kleiderschrank. »Nachdem, wie ich Emma behandelt habe, würde sie mir weder vertrauen noch glauben.«

»Deswegen willst du sie aus dem Schatten heraus beschützen, wenn sie dich ablehnt?«, traf Grigorij den Nagel auf den Kopf.

»Ja, so kann sie das Leben führen, das sie möchte. Mit meinem Schutz.« Auch wenn ich ein Teil von ihrem Leben sein mochte und mir nichts sehnlicher wünschte, als dass sie tief in sich noch immer Gefühle für mich hegte, wusste ich, dass ich erstmal ihr Vertrauen wieder gewinnen und vor allem meine innere Bestie an die Ketten legen musste.

»Gut, dann weihen wir sie ein, sobald ihr euch wieder angenähert habt«, sagte Grigorij, während Jegor zustimmend nickte und hinzufügte: »Aber wir sind nur zu dritt und ich glaube kaum, dass uns jemand aus der Armee glauben oder loyal zur Seite stehen würde.«

Das war eine Sache, die wir dringend angehen mussten, denn zu dritt konnten wir es niemals mit dem Schattenrat aufnehmen und das Niederbrennen des Opernhauses war sicher ein Zeichen seiner Macht.

Frustriert raufte ich meine Haare und blickte hinauf zur Decke in der Hoffnung, sie würde mir ein Zeichen geben, wie ich das alles schaffen konnte – doch das war natürlich Quatsch. Scheiße, wie hatte ich alles verlieren können, was ich mir damals mühsam aufgebaut hatte?

Wieder erwischte ich mich dabei, wie ich an die vergangene Zeit dachte, wo noch alles perfekt war. Ich hatte mich von meinem Vater losgesagt, die Welt erkundet und in Frankreich ein neues Zuhause gefunden. Ich hatte mir dort etwas aufgebaut und meinen Platz in der Welt gesucht, bis ich in Chicago gelandet war und Ryans Schloss erobert hatte, genauso wie Emmas

Herz. Ich hatte so viel erreicht und jetzt lag all das in Trümmern. Der Glaube, dass es eines Tages besser werden würde, wurde mit jedem Tag kleiner, den ich hier in Moskau festsaß.

Schluckend ließ ich mich auf mein Bett fallen und vergrub mein Gesicht in meinen Händen, während ich die Luft ausstieß. Ich spürte eine Hand auf meiner Schulter.

»Ich weiß, dass es nicht einfach ist, aber wir schaffen das«, hörte ich Jegor sagen und blickte zu ihm hoch.

»Er hat recht, wir dürfen nicht aufgeben, Vlad. Du bist unser wahrer König und das wird sich niemals ändern.«

»Das mag alles sein, aber ihr habt recht – zu dritt sind wir machtlos«, sprach ich das aus, was ich niemals wahrhaben wollte.

»Wir können vielleicht nicht so viel ausrichten wie mit einer Armee, aber machtlos sind wir nicht«, versuchte Jegor mir Mut zu machen.

Ich brachte ihm ein trauriges Lächeln entgegen. »Findet heraus, wer der neue Gast meines Vaters ist, und ich überlege mir, was wir als nächstes machen können.«

Beide nickten und ließen mich wieder allein.

*»Wir werden das hinbekommen«*, sagte meine wahre Natur und doch hatten wir beide ein mulmiges Gefühl im Bauch, wenn wir an das kommende Essen mit meinem Vater dachten. Er hatte meine Anwesenheit befohlen.

Ich stieß meine Luft aus und massierte meine Schläfen. Augenblicklich musste ich wieder an Emma denken.

Ihre langen schwarzen Haare, die vollen Lippen und die haselnussbraunen Augen. Scheiße, ich vermisste meine Frau. Ihr Gesichtsausdruck ging mir nicht aus dem Kopf, als ich die Dunkelheit angesprochen hatte. Ryan und seine Männer würden meine Frau niemals verstehen und so wie sie reagiert hatte, wusste sie das.

»Bald werden wir uns wiedersehen«, murmelte ich.

*»Wir werden sie beschützen, als Mann oder als Schatten.«*

»Das war schon immer mein Ziel, nur war meine Herangehensweise die falsche gewesen. Vielleicht hatten meine beiden Freunde recht und Emma würde meine Taten verstehen, wenn sie die Wahrheit kennen würde.

*»Es ist egal, ob sie uns vertraut oder nicht – wir dürfen nicht zulassen, dass der Schattenrat sie benutzt, Vlad. Wir wissen, zu was der Rat im Stande ist, und so ungern ich das auch zugebe, aber selbst Boris ist nichts im Vergleich zu ihm.«*

*»Ich weiß«*, zischte ich.

Vor einiger Zeit hatte ich etwas erfahren, was alles und vor allem mein Verhalten Emma gegenüber schlagartig verändert hatte. Egal, was es kostete und was ich dafür tun musste – nur über meine Leiche würde ich zulassen, dass der Rat Emma als Marionette für sein krankes Spiel benutzte.

NICHT SCHON WIEDER! STÖHNEND RIEB ICH meinen Nacken und schlug langsam meine Augen auf. »Verdammt«, fluchte ich, rutschte auf der dunklen Lounge höher und starrte in den beleuchteten Garten. Alles, was ich hören konnte, war eine Eule in der Ferne, während der kühle Wind die Härchen auf meinen Armen aufstellte. Der Geruch von gemähtem Gras und blühenden Blumen drang in meine Nase.

Doch das alles war zweitrangig. Ich hatte wieder einen Blackout und mein Kopf fühlte sich an wie durch einen Fleischwolf gedreht. Ich konnte mich nicht an die letzten Stunden erinnern. Das war nicht gut und mein Plan verfestigte sich. Ich musste ihn kontaktieren. Nicht nur, weil ich dann Informationen gegen meine Freiheit eintauschen könnte, sondern auch, weil ich dann vielleicht Antworten auf diese rätselhaften Blackouts bekommen würde.

Ich stand mit wackligen Beinen auf und holte tief Luft, bevor ich zurück ins Haus ging und in die Küche marschierte. In der Abstellkammer drehte ich mich um meine eigene Achse, öffnete das ein oder andere Regal und kramte in Schubladen. »Das gibt es doch nicht«, murmelte ich. Irgendwo musste es doch

eine Taschenlampe geben. Auch wenn wir Shades im Dunkeln ausgezeichnet sehen konnten, arbeitete hier menschliches Personal und ich war mir sicher, dass der ein oder andere mal eine Taschenlampe brauchte.

Zischend rieb ich meinen Nacken, scannte die verschiedenen Regale und Schränke, in denen von Mehl, Zucker und Salz bis hin zu Kartoffeln und Getränken alles gelagert wurde. »Wo kann die Scheiße sein?«, meckerte ich. Ich konnte schlecht jemanden um eine Taschenlampe bitten, ohne Misstrauen zu wecken. Genervt ging ich wieder in die Richtung der Tür, als ich ein Regal mit Batterien, Servietten und Handbesen entdeckte. »Bitte, lass mich einmal Glück haben«, brabbelte ich vor mich hin und zog die kleineren Schubladen auf. Dann zogen sich urplötzlich meine Mundwinkel in die Höhe.

*»Endlich geht es bergauf.«*

Freu dich nicht zu früh. Ich griff nach der schwarzen Taschenlampe, steckte sie in die hintere Hosentasche und schnappte mir eine kleine Schüssel mit Mörser, ehe ich die Küche verließ.

*»Ich bin froh, dass du eingesehen hast, dass wir ihn kontaktieren müssen«*, sagte meine wahre Natur.

*»Hoffen wir, dass er uns auch helfen wird.«* Schließlich waren Jahrhunderte vergangen und unser letztes Gespräch war alles andere als harmonisch abgelaufen. Was folgte, war der Kontaktabbruch.

Ich schüttelte die Gedanken weg, rannte zur Bibliothek und sah mich immer wieder um. Niemand schien sich in der Nähe zu befinden oder mir zu folgen.

Ich eilte zu der Wand, wo ich die Geheimtür gefunden hatte. Doch diesmal war ich vorbereitet.

Ich tastete die Steine ab, bis ich den richtigen gefunden hatte. Mit der Taschenlampe in der einen Hand und der Schüssel mit Mörser in der anderen betrat ich den finsteren Gang. Mit einem Klicken schloss sich die Tür hinter mir.

»Faszinierend«, flüsterte ich, um das Echo meiner Stimme so leise wie möglich zu gestalten, als ich mir den Gang genauer ansah. Er erinnerte mich an eine Tropfsteinhöhle. Aus den Wänden und von der Decke ragten längliche Steine. Mit der Taschenlampe in meiner Hand streckte ich vorsichtig meine Finger aus und berührte die kalte Wand. Auch meine wahre Natur staunte nicht schlecht.

Ein leichter Geruch von Schwefel lag in der Luft, als ich vorsichtig den Geheimgang weiter entlang ging.

»Was ist das denn jetzt?«, murmelte ich leise, als ich vor einer massiven Eisentür stand und meine Stirn runzelte. Ich holte tief Luft, drückte die Klinke nach unten und atmete erleichtert aus, als ich feststellte, dass die Tür zu meinem Glück nicht verriegelt war. Ich ging hindurch und schloss sie hinter mir.

Vor mir standen einige lange Metalltische, auf denen Waagen, verschiedene Tüten, Schüsseln, Messer, Spachteln und Handschuhe lagen. Hier musste Vinzenz wohl seine Tränke zubereiten.

Als ich mich zwischen einem simplen Plastikvorhang durchschlich, traute ich meinen Augen nicht. Mein Herz hämmerte gegen meine Brust. »Heilige Scheiße.« Ich hatte mit einigem gerechnet, aber sicher nicht damit. Vor mir standen unendlich lange Reihen mit Cannabispflanzen, Schlafmohn und Kokasträuchern – so weit das Auge reichte.

»Wie es aussieht, beteiligt sich Ryan am Drogenhandel.«

Ganz offensichtlich. Ich ging an den Pflanzenreihen vorbei, während ein erdiger, süßlich berauschender Duft in meine Nase drang.

»Gut, dass wir ein Shade sind und die menschlichen Drogen kaum eine Wirkung auf uns haben.«

»Wir würden auch keine Drogen nehmen, nur weil sie hier angebaut werden.«

Die Drogen der Menschen beflügelten zwar unsere Sinne, aber die Wirkung glich eher einem zarten Alkoholrausch. Es brauchte schon sehr viel davon, um wirklich wie ein Mensch zu empfinden.

Mir fiel noch ein Plastikvorhang ins Auge. Ich ließ die Pflanzenreihen hinter mir und – unglaublich – ich hatte tatsächlich mein Ziel erreicht.

Ich entdeckte Akeleien, Kornblumen bis hin zu Ginster und Misteln. Vor mir lag eine Sammlung aller erdenklichen Pflanzen für heilende und magische Tränke oder Beschwörungen, und das in getrockneter oder frischer Form. Das war ein verdammtes Paradies für Mediziner wie Vinzenz.

Mit einem zufriedenen Grinsen ging ich durch die Reihen, suchte die doppelte Menge meiner benötigten Zutaten zusammen und legte sie in meine Schüssel. Zu den vier Grundzutaten hatte ich wie geplant noch zwei persönliche hinzugefügt. Ich nahm ein Küchentuch von einem der Metalltische, deckte die Schüssel damit ab und schlang meine Arme drumherum, presste sie dicht an meinen Körper. Mit schnellen Schritten eilte ich zurück und schloss mich in meinem Zimmer ein. Ich hatte Glück, dass ich niemandem über den Weg gelaufen war und Misstrauen erweckt hatte.

Ich breitete die gesammelten Zutaten auf dem kleinen Tisch vor mir aus und betrachtete sie mit einem breiten Grinsen. Ich hatte alles, was ich brauchte.

Die Akeleien standen für die Demut, Ginster zeugte von Bescheidenheit. Die Weinreben symbolisierten das Leben und die Kornblumen Beständigkeit. Meine persönlichen Zutaten waren Myrte und Linde. Die Myrte stand für Heimat und die Linde für den Frieden.

Ich zerkleinerte einen Teil jeder Pflanze und mörserte alles miteinander in der Schüssel.

*»Nur eine Sache fehlt.«*

*»Ich weiß«*, antwortete ich ihr und zog ein Klappmesser zwischen den Sofapolstern hervor, das ich vor wenigen Tagen aus dem Wohnzimmer geklaut hatte. Ich schnitt in meine Handfläche, presste meine Hand zu einer Faust und ließ mein Blut in die Schüssel tropfen. »Jetzt haben wir alle Zutaten«, murmelte ich.

*»Dann lass uns den Kontakt aufnehmen.«*

Es wurde Zeit, dass wir den Spieß umdrehten und uns nicht länger bemitleideten.

# Kapitel 12

RYAN

Ich verstand nicht, was los war. Ich war ins Wohnzimmer gegangen, um Emma zum Essen abzuholen, so wie wir es vereinbart hatten. Doch sie schwieg die meiste Zeit und sagte, sie habe keinen Hunger mehr. Kurz darauf war sie hinauf verschwunden. Was hatte ich jetzt schon wieder falsch gemacht? Ratlos stemmte ich mich gegen die schwarze Arbeitsfläche in der Küche und rieb meine Schläfen. Okay, die Besprechung mit Dario war etwas länger gegangen als geplant und dann hatte ich noch Zeit gebraucht, um mir den Kopf wegen ihrem morgigen Geburtstag zu zerbrechen, aber irgendwie hatte ich das Gefühl, dass Emma sich vor mir verschloss. Und ich verstand nicht, warum. Es war doch alles gut, wir beide hatten uns wiedergefunden und unser Gefährtenband akzeptiert. »Ich werde nicht zulassen, dass sie sich vor mir verschließt«, murmelte ich und schnappte mir einen Teller. Ich öffnete den Kühlschrank, drapierte Serrano-Schinken, Käse, Oliven und andere Antipasti auf dem Teller und legte geschnittenes Baguette dazu. Ich klemmte mir eine Flasche Weißwein unter den Arm, zwei Gläser zwischen meine Finger und jonglierte mit dem Teller zum Aufzug.

Mit dem Ellenbogen öffnete ich die Tür zu meinem Zimmer und stellte die Verpflegung auf dem Glastisch

vor dem Sofa ab. Ich schloss die Tür und blickte zu meinem kleinen Engel. Sie lag mit dem Buch ihres Vaters auf dem Bett und würdigte mich keines Blickes.

»Wir beide essen jetzt und reden«, sagte ich bestimmt und sofort funkelte sie mich mit ihren rubinroten Augen an, während ihre Mundwinkel zuckten und sie das Buch zuklappte.

»Ich dachte, ich hätte dir gesagt, dass ich keinen Hunger mehr habe.«

»Das ist mir scheißegal. Du hast heute so gut wie nichts gegessen, also beweg deinen sexy Arsch auf das Sofa.«

Lachend schüttelte sie ihren Kopf und stand tatsächlich auf, bevor sie sich hinsetzte und ich mich neben ihr fallen ließ.

»Ich habe sogar einen Weißwein für dich mitgebracht«, sagte ich und lächelte sie an, bevor ich uns beiden ein Glas einschenkte. Schnell blickte ich auf meine Uhr und atmete erleichtert aus. Es war dreiundzwanzig Uhr, also hatte ich noch eine Stunde Zeit, um herauszufinden, was los war, damit wir morgen in Ruhe ihren Geburtstag feiern konnten. Ich reichte ihr eines der Gläser, das sie mit einem leichten Lächeln entgegennahm und einen Schluck daraus trank.

»Erzähl mir, was dir auf dem Herzen liegt, Engel.«

Anstatt zu antworten, nahm sie etwas von dem gemischten Teller und zupfte an einem Stück Baguette herum.

»Emma, ich bin dein Gefährte.«

Endlich hob sie ihren Kopf und blickte mir in die Augen. »Ich weiß.«

»Dann rede mit mir.«

»Warum denkt ihr alle, dass die Dunkelheit etwas Böses ist?«, fragte sie mich geradewegs heraus und ich runzelte meine Stirn. Wie konnte sie sowas fragen? War das nicht offensichtlich? »Weil sie es ist.«

»Warum seid ihr euch dabei so sicher?«, hakte sie nach.

Ich nahm einen kräftigen Schluck, lehnte mich auf dem Sofa zurück und griff zu meiner Zigarettenschachtel. Ich zog das Nikotin tief in meine Lunge, ehe ich ihr antwortete. »Die Dunkelheit war schon immer unser Fluch. Sie sitzt tief in uns, tobt und treibt uns an, aber anders als das Licht. Diese Finsternis ist unkontrollierbar und kann zu etwas sehr Mächtigem und Tödlichem werden.«

»Aber …«

»Nichts aber«, zischte ich und zog erneut an meiner Zigarette in der Hoffnung, mich zu beruhigen. Warum musste sie mich sowas fragen?

Ihrem Gesichtsausdruck zufolge war sie anderer Meinung, was ich einfach nicht verstehen konnte. Sah sie nicht, was die Dunkelheit anrichten konnte? »Ich meine es ernst, sie ist gefährlich und wir müssen dagegen ankämpfen.«

»Das sagt ihr immer wieder«, murmelte sie.

»Die Götter haben uns Magie und Fähigkeiten geschenkt und dafür gesorgt, dass wir unsterblich sind. Vielleicht ist die Dunkelheit unsere Bürde, mit der wir leben müssen, weil wir so viel Macht besitzen. Aber wir dürfen niemals vergessen, dass die Dunkelheit böse ist und dass wir jeden Tag gegen sie kämpfen müssen, sobald wir sie spüren, damit wir nicht an ihr zu Grunde gehen.«

*»Sie ist noch jung. Damals haben wir auch nicht geglaubt, dass uns die Dunkelheit so beeinflussen wird«,* flüsterte meine wahre Natur.

Ich konnte nur hoffen, dass sie recht behielt und Emma das mit der Zeit einsehen würde.

»Eure Eltern haben euch das gelehrt, oder?«

»Was meinst du?«

»Dass die Dunkelheit böse ist und wir Shades gegen sie ankämpfen müssen.«

»Ja. Aber nicht nur das, ich habe es mit eigenen Augen gesehen, Emma«, sagte ich und nahm einen letzten Zug, ehe ich meine Zigarette in den Aschenbecher drückte. Ich legte meinen Arm um meinen kleinen Engel und zog sie an mich. »Ich habe gesehen, was die Dunkelheit anrichten kann, und ich möchte das weder für meine Männer noch für mich. Aber an vorderster Stelle möchte ich dich davor bewahren.«

Ein trauriges Lächeln bildete sich auf ihren Lippen, während ich zärtlich über ihre Wange strich und sie für einen Bruchteil einer Sekunde ihre Augen schloss und sich in meine Handfläche lehnte. Augenblicklich schlug mein Herz höher, meine Dunkelheit beruhigte sich und meine wahre Natur sehnte sich nach mehr. Emma brachte mich runter, gab mir das Licht, das ich so sehr brauchte, um mich nicht zu verlieren.

»Erzählst du mir davon, was du gesehen hast?«

»Emma, das ist wirklich keine schöne Geschichte«, sagte ich und seufzte.

»Bitte, ich will verstehen, warum ihr so denkt.«

*»Vielleicht versteht sie es dann.«*

Ich atmete tief durch und strich meine Haare zurück.

»Na schön, wenn du das möchtest«, murmelte ich und blickte in ihre haselnussbraunen Augen. »Du weißt, dass mein Vater einen Bruder hatte, oder?«

»Ja, ich kann mich daran erinnern, dass du das mal erwähnt hast.«

Oh Mann, ich wollte ihr eigentlich nichts darüber erzählen. Aber wenn meine wahre Natur recht hatte und es meinem Engel helfen würde, das alles besser zu verstehen, musste ich ihr wohl von meiner Familiengeschichte erzählen.

»Mein Vater und er standen sich sehr nahe, bis sie älter wurden und die Dunkelheit immer stärker«, fing ich an zu erzählen, schenkte mir noch etwas von dem Wein ein und nahm einen Schluck, bevor ich fortfuhr. »Mein Vater kämpfte gegen seine Dunkelheit und ließ sie nicht gewinnen. Aber sein Bruder scheiterte und verlor sich irgendwann darin.« Meine Stimme wurde rauer bei der Erinnerung und ich blickte in die Ferne. »Das Schlimme war, dass er es verbarg und niemand ahnte, wie sehr die Dunkelheit ihn schon in ihren Fängen hatte.« Traurig blickte ich zu ihr. »Erst als es immer mehr brutale Todesfälle in der Stadt gab, wurde mein Vater darauf aufmerksam. Aber sein Bruder machte ihm weis, dass er es nicht war, und schob die Schuld auf jemand anderen.« Wie oft hatte mein Vater mir davon erzählt und wie sehr hatte seine Stimme dabei gebebt und die Schuld seine Augen getrübt? Ich wusste es nicht, aber diese Geschichte war mir eine Lehre.

»Er hat deinen Vater, seinen König angelogen?«

»Ja. Mein Vater sagte, dass es die Dunkelheit war, die ihn dazu verleitet hat. Aus einer Lüge wurden

zwei, dann drei und irgendwann war er gefangen in einem Lügennetz, das immer größer wurde, während ein Mord nach dem anderen geschah und mein Vater immer noch den Schuldigen dafür suchte.« Ich schüttelte meinen Kopf, nahm erneut eine Zigarette heraus und zündete sie mir an. »Sein Bruder war gut im Lügen und verdammt mächtig. Bis zu dem Moment, als er anfing Shades zu töten. Und nicht einmal Halt vor seiner eigenen Frau und seinem kleinen Sohn machte.«

»Er hat sie getötet?«, flüsterte sie mit geschocktem Blick.

»Nicht nur getötet. Er hat sie regelrecht ausgeweidet und Spaß daran gehabt, das hat mir mein Vater erzählt.«

»Oh Gott!« Keuchend hielt sie ihre Hand vor den Mund.

Ich zog an meiner Zigarette, bevor ich mit ausdrucksloser Miene weiterredete. »Als mein Vater herausfand, was wirklich geschehen war, wollte er ihm bei seinem Kampf gegen die Finsternis helfen, aber es war bereits zu spät und die Dunkelheit hatte ihn von innen heraus zerfressen und sämtliches Licht ausgelöscht.«

»Was hat dein Vater mit ihm gemacht?«

»Auch wenn sein Bruder eine öffentliche Hinrichtung verdient hätte, hat er ihm diese Demütigung erspart und ihn hinter verschlossener Tür getötet. Er liegt trotz allem in unserer Familiengruft.«

»Ich weiß nicht, was ich sagen soll«, wisperte sie und blickte beiseite.

Ich drückte meine Zigarette aus und legte sanft meinen Zeigefinger und Daumen an ihr Kinn, drehte

ihren Kopf in meine Richtung. »Diese Geschichte über meinen Onkel zeigt, was die Dunkelheit anrichten kann. Wie sehr sie geliebte Shades auseinanderreißen kann«, sagte ich traurig. »In all den Jahren, in denen ich schon lebe, habe ich das Gleiche gesehen. Gute Shades, die sich in ihrer Dunkelheit verloren haben und zu Monstern geworden sind. Sie haben nicht einmal vor der eigenen Familie Halt gemacht. Die Dunkelheit zerstört Familien und tötet Unschuldige, Emma. Sie ist das reine Böse.«

Langsam nickte sie, rutschte näher und küsste zärtlich meine Lippen, als sie anschließend in meine Augen blickte und sanft über meine Narbe im Gesicht strich.

Sofort spannte ich mich an.

»Du hast Angst, dass du dich darin verlierst«, sprach sie meine schlimmste Befürchtung aus.

»Ja, ich will niemals so wie mein Onkel werden und noch weniger will ich dich verletzen oder verlieren. Ich kann das nicht.« Der letzte Satz klang so verzweifelt, wie ich mich selbst noch nie gehört hatte.

»Ich kann es spüren. Wie sehr du tagtäglich dagegen kämpfst. Und ich sehe, wie sehr du deinem inneren Kreis bei ihrem eigenen Kampf helfen willst«, hauchte sie gegen meine Lippen, als ich sie rittlings auf meinen Schoss zog. »Ich verstehe jetzt deine Sicht der Dinge, Ryan.«

Endlich. Erleichterung breitete sich in mir aus. Ich drückte meinen Engel eng an meine Brust, was ihr ein Kichern entlockte. »Gut, dass du es endlich verstehst.«

»Es tut mir leid, was deine Familie durchmachen musste.«

Über ihre Worte konnte ich nur schmunzeln. Wie konnte sie nach allem noch immer so ein großes Herz besitzen? Es war genau das, was ich so sehr an ihr liebte.

»Mir tut es auch leid, was du und deine Familie alles durchmachen musstet, und wenn du darüber reden möchtest, bin ich immer da.«

»Das weiß ich. Und ich werde dir alles erzählen, was du wissen willst, aber nicht mehr heute. Jetzt will ich kuscheln«, murmelte sie und gähnte in meine Brust.

Ich hob sie hoch und brachte sie ins Bett.

Im Sitzen zog sie sich aus und verschwand flink wie ein Wiesel unter der Decke, was mich zum Lachen brachte.

Das, was übrig geblieben war von unserem Essen, räumte ich auf einen kleinen Servierwagen und schob ihn in den Flur. Mein Personal würde das morgen aufräumen.

Bis auf die Boxershorts zog ich alles aus und rutschte zu meinem Engel unter die Decke.

Sofort kuschelte sie sich an mich und schloss ihre Augen. Ich machte das Licht aus und lauschte ihrer gleichmäßigen Atmung, bis sie in meinen Armen eingeschlafen war.

Ich blickte noch einmal auf mein Telefon. Bis jetzt hatte ich noch nichts von Dario zu seinem Besuch bei unserem Mittelsmann gehört, aber das würde warten können. Ich checkte die Uhrzeit, legte mein Smartphone lächelnd zurück auf den Nachttisch und küsste Emmas Stirn. »Alles Gute zum Geburtstag, mein Engel«, flüsterte ich und schloss meine Augen.

MEIN PLAN WAR GENIAL. ICH WÜRDE MICH IN DIE Wohnung unseres Mittelsmannes schleichen und ihm zeigen, was passierte, wenn er seinen Aufgaben nicht nachkam. Er dachte wohl ernsthaft, er hätte die Zügel in der Hand und könnte entscheiden, wann und ob er uns überhaupt etwas mitteilte. Zeitglich könnte ich meine tobende Dunkelheit besänftigen und meine Wut und Aggression an ihm ausleben. Und schon hätte ich zwei Fliegen mit einer Klappe geschlagen, das war einfach perfekt.

Grinsend hatte ich mich mitten in der Nacht in einem dunklen Outfit auf den Weg in die Stadt gemacht und parkte mit meinem mattschwarzen Mustang am Straßenrand vor dem Wohnkomplex, in dem der Idiot lebte.

Als ich mich umsah, konnte ich nichts Auffälliges entdecken. Lichter brannten in den mehrstöckigen Wohngebäuden, von weiter weg hörte ich einen Straßenmusiker Jazz spielen und das Hupen von Autos. Zwei junge Frauen schunkelten kichernd den Gehweg entlang, offensichtlich hatten sie zu tief ins Glas geschaut in dieser Partynacht.

Der kühle Wind um meine Nase verebbte, als ich die beleuchtete Straße verließ und in die schmale dunkle Gasse einbog. Ich sah hinauf zu den kleinen Balkonen und entdeckte einen mit gelben Pflanzentöpfen und einer spanischen Flagge. Bingo!

Ich konnte die Freude meiner wahren Natur nachempfinden. »Da ist es ja.« Ich vergewisserte mich, dass ich keine Zuschauer hatte, als meine Augen in ihren Saphiren glühten und sich blaue Funken um mich bildeten, die zu dichtem Rauch wurden, der mich umhüllte. Ich stieß mich vom Boden ab, landete auf dem Balkon und die Hülle aus Rauch verpuffte. Aus einem kleinen Etui in meiner Jackentasche zog ich ein filigranes Werkzeug heraus und öffnete die Balkontür mit Leichtigkeit. Anschließend ging ich in die Wohnung.

»Was für eine Unordnung«, murmelte ich, als ich im Dunkeln die Wohnung in Augenschein nahm. Überall lagen Kleidungsstücke verteilt, Bierflaschen standen auf Tisch und Boden. Neben zwei Müllsäcken stapelten sich leere Pizzakartons vor der Haustür und setzten dem muffigen Gestank noch das i-Tüpfelchen auf.

Wer wollte hier freiwillig leben? Ich schüttelte meinen Kopf, zog hinter meinem Rücken ein Messer und ging in die Richtung, in der ich das Schlafzimmer vermutete.

*»Ja, lass uns Spaß haben«*, jubelte meine wahre Natur und trieb mich an. Mit einem leisen Quietschen öffnete ich eine Tür und huschte hinein, während ich das Messer fest umklammerte und die silberne Klinge sich im Mondlicht spiegelte, das das Zimmer erhellte.

Und siehe da, es war das richtige Zimmer.

Grinsend trat ich an die Bettseite, legte meinen Kopf schräg und begutachtete den schnarchenden Mann in einem dreckigen und mit Schweißrändern versifften Unterhemd. Brustbehaarung lugte darunter hervor und schlecht gestochene Tätowierungen.

Zeit für etwas Spaß. Meine Dunkelheit tobte in mir und sehnte sich nach Blut. Blitzschnell drückte ich ihm meine Hand vor den Mund und hielt ihm das Messer unters Kinn. Panisch riss er seine Augen auf und versuchte, meine Hand loszuwerden. Aber damit bewirkte er nur das Gegenteil.

Meine Dunkelheit schrie auf, lachte unser Opfer aus und ich drückte ihm meinen Handschuh fester gegen den Mund, während ich ihn sadistisch angrinste. Im nächsten Moment nahm ich das Messer vom Hals und packte seine schwarzen Haare.

»Jetzt wird geredet, Luigi Fonse«, knurrte ich und zog ihn hinter mir her und in das Wohnzimmer.

Luigi griff nach meiner Hand, versuchte sich zu befreien und schrie immer wieder. Doch auch wenn er athletisch war, hatte er keine Chance gegen mich.

Ich schmiss ihn vor mir auf den Boden und blickte ihn mit leuchtenden Saphiren an.

»Bitte, Dario«, flehte er, doch ich legte nur meinen Kopf zur Seite und starrte ihn ausdruckslos an.

Luigi hatte immer gute Arbeit geleistet und aus diesem Grund war er unser Mittelsmann geworden, verdiente ordentlich Geld und war in seinem Ansehen gestiegen. Aber jetzt lag er in seinem dreckigen Unterhemd und einer braunen Boxershorts vor mir und bettelte wie ein Köter um sein Leben.

»Ich hätte euch informiert, ich schwöre es.« Er kniete sich vor mich und senkte unterwürfig seinen Kopf. Langsam ging ich in die Hocke und hob seinen Kopf mit meinem Messer an. »Oh, du wirst mir alles sagen, aber bezahlen wirst du auch.«

»Ich war immer loyal, ich gehöre zu eurem Clan. Ich …«

»Armer kleiner Luigi«, unterbrach ich ihn und holte mit meinem Messer aus, verpasste ihm einen tiefen Schnitt an seiner Wange. Während Emmas Blut süßlich roch, Ryans holzig und herb, stieg mir der Duft seines Blutes in die Nase und erinnerte mich an Orangen.

Kurz musste ich an die Frau im Club denken, ihr Blut hatte salzig gerochen. Da war der Orangenduft definitiv besser.

Genüsslich leckte ich sein Blut von der Klinge. Meine wahre Natur und die Finsternis in mir jubelten, während Luigi schreiend seine blutende Wange hielt und Tränen in seinen braunen Augen schimmerten.

»Weißt du, es gibt Regeln und nur dank ihnen sind wir an der heutigen Macht. Wir, die Scotts, dulden keine Schwächlinge und erst recht keine Verräter«, fauchte ich und holte erneut aus. Er hatte jetzt auch einen Schnitt auf der anderen Seite der Wange.

»Ich … liebe den Clan«, stotterte er, während sein Blut zwischen seinen Fingern hindurchfloss.

»Das tun sie alle.« Meine Stimme war rasiermesserscharf. Die Wahrheit war, sie liebten ihn, solange sie ein Teil der Macht waren, aber nur die Wenigsten blieben ihr Leben lang loyal.

»Bitte, hab Erbarmen … Ich werde dir alles sagen«, keuchte Luigi und blickte zwischen seinen blutigen Händen und mir hin und her.

»Schon faszinierend, wie schnell jemand reden will, wenn das eigene Leben auf dem Spiel steht«, verhöhnte ich ihn und erhob mich, drehte das Messer in meiner Hand umher und blickte mit verdunkelten Augen auf die rote Klinge.

»Ich wollte zu euch kommen«, rechtfertigte er sich.

Ich lachte laut. »Ach ja? Du bist seit ein paar Tagen wieder hier und hattest nicht den Anstand, uns Bescheid zu sagen oder uns die Informationen zu geben, die du für uns sammeln solltest?« Meine Augen verengten sich, als ich mit meiner Hand eine Faust formte. Ich ging in die Hocke und rammte sie ihm mit übermenschlicher Kraft in seinen linken Oberschenkel. Meine Natur jaulte vor Freude. Das Knacksen von Luigis Knochen und sein schmerzerfüllter Schrei hallte von den Wänden wider und drang tief in meine Ohren.

*»Ja! Ich will mehr von dem Geschmack seines Blutes, mehr von seinem Leid. Ich will alles, Dario!«*, brüllte sie und das dämonische Grinsen wich einfach nicht von meinen Lippen. Der Geruch seines Blutes und sein Schluchzen wurde stärker und benebelte meine Sinne.

»Bitte … Dario, wir … kennen uns doch«, keuchte er.

»Sag mir, was du herausgefunden hast«, knurrte ich und setzte die Messerspitze an seinem gesunden Oberschenkel an, während das Blut aus den Schnitten an seiner Wange lief und seine Hand zwischen seinem gebrochenen Oberschenkel und seinen Wangen auf und ab wanderte. Mein Herzschlag beschleunigte sich bei seinem jämmerlichen Anblick und pure

Euphorie durchströmte meinen Körper, als ich die Spitze langsam in sein Fleisch drückte.

»Ich habe nicht viele Informationen bekommen«, schrie er und ich hielt inne.

»Weiter«, forderte ich.

»Vlad ist mit Jegor und Grigorij in Moskau ... Und ein Neuer ist vor ein paar Tagen dort aufgetaucht«, stammelte er und blinzelte.

»Wer ist der Neue?«

»Ich weiß es nicht ... Bitte, es ist die Wahrheit. Alles, was ich herausgefunden habe, ist, dass er ziemlich alt und ein Freund von Boris ist.«

Interessant. Dann bereiteten die Koslows sich wohl auf einen Krieg mit uns vor. »Sonst noch etwas?«, fauchte ich und schlug ihm mehrmals in den Magen.

»Nein ... Es tut mir leid ... Ich wollte sofort zu euch, aber dieser neue Mann hat mir eine Nachricht hinterlassen ... Ich hatte Angst.«

»Welche Nachricht?«, brüllte ich.

»Er wird nicht eher ruhen bis ...«, hustete er und spuckte sein Blut auf den Boden.

»Bis was?«, schrie ich ihn an und packte ihn an seinen Schultern.

»Bis das kleine verwöhnte Prinzchen endgültig vernichtet worden ist.«

Seine Worte hallten in meinem Kopf nach, als meine wahre Natur empört brüllte: *»Ryan ist der König, er ist kein verwöhntes Prinzchen!«*

Im nächsten Moment übermannte mich die Dunkelheit. Das blaue Schimmern auf Luigis Gesicht zeugte von der Strahlkraft meiner Saphire.

Wie eine wild gewordene Bestie stach ich mit dem Messer ohne Unterlass auf ihn ein. Blut spritzte auf meine Kleidung und in mein Gesicht, doch das alles reichte mir nicht und der Drang nach mehr riss mich in eine gnadenlose Finsternis, die nach Blut lechzte. Ich warf das Messer beiseite und meine Krallen stachen durch meine Fingerkuppen hervor, ehe ich sie in Luigis leblosen Körper rammte und brüllend seine Brust aufriss. Ich räumte ein Organ nach dem anderen aus, zog jeden Rippenknochen einzeln und warf ihn neben mich, ehe ich seine Wirbelsäule in mehrere Einzelteile brach. Dann machte ich mit seiner Inneneinrichtung weiter. Ich schlug alles kurz und klein, was ich zwischen meine Fingern bekam, ehe ich mich schwer atmend erhob. Luigis Blut klebte an meiner Haut und Kleidung. Das Massaker, das ich angerichtet hatte, könnte aus einem Horrorfilm stammen und nicht schöner sein. An den Wänden lief Blut herunter, zerstörte Möbelstücke lagen kreuz und quer und mittendrin lag die zugerichtete und kaum identifizierbare Leiche von Luigi Fonse.

Ich spürte keine Reue, keine Schuld und kein Mitgefühl. Die traurige Wahrheit war, dass ich mich früher oder später in meiner Dunkelheit verlieren würde, wenn ich sie nicht mit dieser Brutalität auslebte. Das war ein notwendiges Opfer, das nicht nur ich, sondern alle Shades immer wieder bringen mussten. Und doch hatten wir es immer noch einfacher als diejenigen, die königliches Blut in sich trugen. Sie spürten die Dunkelheit doppelt, wenn nicht fünffach so stark.

Also nahmen wir unser Los hin, solange wir der Dunkelheit damit Einhalt gebieten konnten.

# Kapitel 13

## TARIK

Gut gelaunt war ich heute aufgewacht und hatte mir im großen Speisesaal ein leckeres Frühstück servieren lassen, bevor ich wieder in mein Zimmer verschwunden war und alle Zutaten, die ich gestern gesammelt hatte, auf dem kleinen Tisch betrachtete.

Als ich es gestern Abend versucht hatte, war die Kontaktaufnahme fehlgeschlagen, und ich konnte von Glück sprechen, dass ich die doppelte Menge an Zutaten mitgenommen hatte und somit noch einen Versuch starten konnte.

Ich rieb meine feuchten Hände und atmete mehrmals tief durch. Mein Herz klopfte wild, als ich in meine Hand schnitt und mein Blut in die Schüssel mit den gemörserten Zutaten tröpfelte. »Komm schon«, murmelte ich und vermischte alles miteinander, setzte mich auf den Stuhl und hielt mit beiden Händen die Schüssel fest. »Bitte, nur ein Gespräch«, flüsterte ich und starrte in die Schüssel, in der sich kleine Blasen bildeten. Mit einem Mal sank die Temperatur im Zimmer und meine Härchen stellten sich auf.

*»Es funktioniert.«* Wie gebannt starrte ich in die Schüssel, als sich der Inhalt veränderte und das Gesicht eines älteren Mannes in einer dunklen Robe erschien. Langsam legte er seinen Kopf frei und zwei leuchtende Bernsteine blickten mir entgegen.

»Tarik.«

Ich schluckte und starrte auf das Bild. Es ähnelte einem Videoanruf und war nichts Ungewöhnliches für uns Shades und doch kam kein einziges Wort über meine Lippen, als ich seine mittlerweile grauen Haare und den gepflegten Dreitagebart musterte. Er war älter geworden und doch hatte er noch immer den gleichen strengen und vor Macht strotzenden Blick in seinen Augen wie damals.

»Habe ich dir denn gar nichts beigebracht?«, durchbrach seine tiefe Stimme die Stille und ich schluckte hart.

»Ich bitte um ein Gespräch mit dir.«

Sein dunkles Lachen verpasste mir eine Gänsehaut, als er seine Augen zusammenkniff. »Das habe ich gestern Abend schon mitbekommen, und auch, dass du Myrte und Linde für die Heimat und den Frieden hinzugefügt hast.«

Scheiße, ich fühlte mich wieder in meine Kindheit zurückversetzt. Als kleiner Shade, der vor ihm stand und um Vergebung bat. Und das trotz all der Zeit, die vergangen war. »Du hast mir einst gesagt, dass ich jederzeit die Zutaten verwenden kann, um euch zu rufen«, sagte ich mit fester Stimme.

»Das stimmt. Du hast zu uns gehört. Es war deine Pflicht, eines Tages in meine Fußstapfen zu treten, aber du hast dich lieber für ein einfaches Leben an der Seite eines Prinzen und gegen mich entschieden«, fauchte er.

»Ich sehe meinen Fehler ein. Deswegen habe ich auch die zwei Zutaten hinzugefügt, um direkt mit dir zu sprechen.«

Sein Lachen ließ sämtliches Blut in meinen Adern gefrieren. »Jahrhundertelang waren dir dein Schicksal und ich völlig egal. Und plötzlich kommst du wie ein kleiner verängstigter Shade angekrochen?«

»Glaub mir, es ist mir sicher nicht leichtgefallen, dich zu kontaktieren, Kabir«, knurrte ich, doch als ich seinen Namen aussprach, lachte er nur noch dunkler.

»Kabir? Hast du etwa vergessen, wer ich bin?«

»Nein. Und aus diesem Grund brauche ich deine Hilfe.«

Kabir hatte die Macht, mich zu retten und meine Freiheit zu garantieren. Nur mit ihm konnte ich meine missliche Lage verbessern.

»Warum sollte ich dir helfen? Jemandem, der sein Schicksal verleugnet und weggelaufen ist?«, spuckte er mir die Worte entgegen, die mir Angst machten.

Für einen Moment schloss ich meine Augen, atmete tief durch und blickte wieder in seine leuchtenden Bernsteine. »Ich bitte dich. Nicht weil du mein Meister warst und ich alles von dir gelernt habe, sondern weil wir eine Familie sind«, sagte ich und sein Grinsen wurde breiter, also fuhr ich fort. »Ich flehe vor dir und dem Rat um Vergebung. Ihr seid die einzige Macht, die es gibt. Stärker als jeder Shade, ganz gleich, ob der König oder das Volk. Nur euch gehört mein Leben. Ich, Tarik Valdor, schenke dir, Meister Kadir, Hohes Mitglied des Schattenrates meine ganze Loyalität. Von jetzt bis in alle Ewigkeit.«

Er nickte und sein Gesichtsausdruck wurde weicher, als er sich durch seine Haare strich. »Ich vergebe dir und ich bin froh, dass du endlich deinen Weg nachhause gefunden hast«, sagte er und Erleichterung

durchströmte meinen Körper. »Aber enttäusche mich kein zweites Mal, mein Sohn.«

»Nein, Vater. Ich werde dem Namen des Schattenrates nicht noch einmal Schande bereiten.«

»Das höre ich gern. Trotz allem musst du bestraft werden, bevor die anderen Mitglieder dich akzeptieren werden.«

»*Er hört sich viel zu fröhlich an*«, jammerte meine wahre Natur und ich stimmte ihr zu. Mein Vater grinste und freute sich wahrscheinlich schon auf meine Bestrafung.

»Natürlich, ich nehme jede deiner Bestrafungen an«, sagte ich.

»Ich werde dir eine Nachricht zukommen lassen und freue mich, wenn wir uns persönlich gegenüberstehen.«

Moment, was? »Vater, ich trage ein magisches Halsband und kann das Grundstück sicher nicht verlassen.« Die Blackouts und die Stimme in meinem Kopf, die ich vor Monaten zuletzt gehört hatte, verschwieg ich ihm. So wie er seine Augen zusammenkniff und seine Bernsteine leuchteten, war er alles andere als begeistert, und eine Demütigung reichte mir erstmal völlig aus.

»Du hast dir ein Halsband verpassen lassen?«, brüllte er und alles, was ich zurückgab, war ein Nicken.

»Wie dämlich kannst du sein? Wo bleibt das Benehmen eines Valdors?«, brauste mein Vater auf.

»Vater, niemand kennt die Nachnamen der Mitglieder des Schattenrates.« Der Schattenrat blieb seit Jahrhunderten ein Mythos, auch wenn die Wahrheit viel brutaler war.

»Das vielleicht nicht. Aber wir sind stärker, unser Blut ist reiner und in dir fließt meines, Tarik. Allein

deine Aura müsste jedem zeigen, dass du aus einer mächtigen Familie stammst, und das wiederum verschafft dir Respekt.«

»Bitte, Vater. Ich möchte nicht streiten. Ich wollte dir das nur sagen, weil ich nirgends hinkommen kann.«

Verdammt. Die Liste, was ich alles in den letzten Jahren vermasselt hatte, wurde immer länger. Und ja, ich wusste um die Stärke meiner Aura, aber ich hatte sie mit einem Zauber verschleiert, um meine Herkunft zu schützen.

»Ich werde für unser Treffen zusehen, dass ich dein Halsband für ein paar Stunden deaktivieren kann. Allerdings muss ich das mit den anderen Meistern absprechen und werde dich dann informieren.«

»Für mehrere Stunden?«, fragte ich, denn das war wohl ein schlechter Witz. Das war viel zu wenig Zeit.

»Ja. Ich bin froh, dass du endlich zur Besinnung gekommen bist, mein Sohn.« Damit verschwand sein Bild und der Inhalt der Schüssel ging in Flammen auf, bis nichts außer Asche zurückblieb.

Ich stellte die Schüssel ab und lehnte mich auf dem Stuhl zurück. Oh Mann, das nannte ich mal eine Kehrtwende.

Ich war froh, dass mein Vater mich wieder aufgenommen hatte und mich nicht tot oder verbannt sehen mochte. Doch nach wie vor hatte ich ein mulmiges Gefühl in meiner Magengegend. Schließlich hatte ich den Rat und meinen Vater aus gutem Grund verlassen. Zum einen, weil ich nicht alle Ansichten mit ihnen teilte, und zum anderen, weil sie mit einer brutalen und gnadenlosen Hand herrschten und nichts und

niemanden an ihre Macht rankommen ließen. Sie sahen sich als Götter und genau so zeigten sie sich auch, sei es bei den Menschen oder uns Shades. Sollte jemand nicht das tun, was der Schattenrat befahl, würde er samt seiner Blutlinie ausgelöscht werden, bis nichts mehr von ihm übrigblieb.

*»Aber nur mit ihnen werden wir aus unserer Lage herauskommen. Wir wollen mehr sein als nur ein Gefangener.«*

*»Ich hoffe, das war kein Fehler«*, murmelte ich.

*»Ganz sicher nicht. Und wenn das alles vorbei ist und wir das nicht mehr wollen, schaffen wir es vielleicht wieder, dem Rat zu entkommen.«*

Hatte meine wahre Natur völlig den Verstand verloren? Wenn ich den Rat erneut verlassen würde, wäre das mein Todesurteil. Ich hatte ab jetzt keine Wahl mehr. Ich würde meine Macht zurückbekommen, einen Platz neben meinem Vater haben und irgendwann seinen Sitz übernehmen. Das war schon immer mein Schicksal, nur mit dem Unterschied, dass ich jetzt bereit war, es anzunehmen.

# EMMA

NACHDENKLICH LEHNTE ICH MICH IN DEM Loungesofa zurück und genoss die Ruhe in der Mittagssonne, während mein Blick durch den Garten schweifte. Das Personal ging seiner Arbeit nach und Ryan hatte eine Besprechung mit seinem inneren Kreis. Ich könnte daran teilnehmen, aber ehrlicherweise hatte ich wenig Lust darauf, vor allem nicht, wenn es um Vlad und den herannahenden Krieg mit ihm ging.

Seine Worte über die Dunkelheit gingen mir nicht aus dem Kopf und jedes Mal, wenn ich Tarik über den Weg lief, blickte ich in seine Augen und hoffte, dass sie schwarz waren. Ich wollte ein weiteres Mal mit ihm reden. Nicht weil ich ihn vermisste oder irgendwas dergleichen, sondern weil ich Antworten wollte. Warum hatte er die Dunkelheit angesprochen? Ich hatte das Gefühl, dass er mehr darüber wusste. Verdammt, ich fühlte mich hier in San Francisco wohl. Dank den Jungs und vor allem Ryan war das mein Zuhause. Warum hatte Vlad wieder Kontakt zu mir aufgenommen? Was wollte er damit erreichen?

So schräg das war, irgendwie hatte ich das Gefühl, dass er mich verstand und die Dunkelheit nicht wie Ryan und sein innerer Kreis als böse ansah.

Außerdem war ich nicht blind. Ich sah, dass Ryan seine Wachen verdoppelt hatte und sich auf einen Krieg vorbereitete. Vlad war derjenige, der diesen Krieg verhindern konnte.

*»Du sagst es. Ryan wird sich kaum von seinem Plan abbringen lassen, Vlad zu vernichten.«*

*»Ich weiß, Ryan will diesen Krieg«*, murmelte ich und strich meine Haare zurück. Warum er so besessen davon war, konnte ich mir nicht beantworten und ich glaubte auch nicht, dass er es mir sagen würde. Er war nach wie vor angespannt, wenn ich über seine Narbe strich. Von seiner Dunkelheit, die in ihm tobte, brauchte ich erst gar nicht anzufangen. Doch seit unserem Gespräch über seine Familiengeschichte konnte ich verstehen, warum er und seine Männer dachten, die Dunkelheit sei etwas Böses.

*»Schließlich war es sein Onkel und so wie er es erzählt hat, standen sich sein Vater und er sehr nahe.«*

Ich wollte mir nicht ausmalen, wie schmerzhaft das für die Familie gewesen sein musste, als Ryans Vater keine andere Wahl hatte, seinen eigenen Bruder zu töten.

Ich schluckte, schloss meine Augen und massierte meine Schläfen. Was sollte ich nur machen?

Jetzt konnte ich sie definitiv nicht mehr davon überzeugen, dass die Dunkelheit etwas Gutes sein konnte, nachdem er mir das mit seiner Familie anvertraut hatte. Nie im Leben würde er mich dann noch ernst nehmen. Aber tief in mir wusste ich es. Meine wahre Natur war ebenfalls der Meinung, dass die Finsternis nichts Böses war, und ich vertraute ihr blind. Zudem sah ich, wie die Dunkelheit sich mit meinem Licht

vereinte, sie miteinander spielten und sich aneinanderschmiegten. Sie mussten sich nicht bekämpfen, sie konnten koexistieren und gemeinsam waren sie viel stärker als allein. Doch glauben würde mir niemand.

*»Was die Dunkelheit angeht, nimmt er uns jetzt schon nicht ernst.«* Verbitterung lag in ihrer Stimme.

Ich blickte hinauf in den Himmel, sah den Vögeln zu, wie sie fröhlich umherflatterten und zwitscherten.

»Das alles ist doch verrückt«, flüsterte ich und musste wieder daran denken, dass angeblich ein Fluch auf Ryan und mir liegen sollte. »Warum kann nichts einfach sein?«

Wir hatten uns endlich wiedergefunden und doch schien es so, als würde ein Problem nach dem anderen auftauchen. Und mein versprochenes Training führte auch nicht zu dem Erfolg, den ich mir erhofft hatte.

*»Sie haben viel zu viel Angst, dass wir uns in unserer Dunkelheit verlieren, sobald wir unsere Fähigkeiten und die Magie beherrschen«*, sagte meine wahre Natur und traf damit vermutlich voll ins Schwarze.

Die Tür zur Terrasse wurde geöffnet und der gesamte innere Kreis und Ryan traten zu mir und riefen im Chor: »Happy Birthday!«

Oh mein Gott … Mit all den Problemen, die mich zurzeit beschäftigten, hatte ich meinen Geburtstag völlig vergessen. Ich konnte kaum glauben, dass sie alle daran gedacht hatten.

Milo stellte eine wunderschöne dreistöckige Torte auf den Glastisch vor mir. Sie war mit Erdbeeren und Schokolade verziert und oben steckte eine goldene Fünfundzwanzig drin.

Jeder der Männer hielt ein Geschenk in der Hand und sie setzten sich zu mir auf die Loungemöbel.

»Jetzt sag mir nicht, du hasst mittlerweile deinen Geburtstag«, sagte Ryan, als ich die Jungs noch immer mit großen Augen und geöffnetem Mund anstarrte, ohne ein Wort gesagt zu haben.

»Ich … Nein, ich liebe meinen Geburtstag, aber ich hätte niemals gedacht, dass ihr daran denkt oder sowas organisiert«, flüsterte ich und zeigte auf die Torte.

»Das war noch gar nichts, die Torte ist nur der Anfang und eigentlich hätten wir dich heute morgen schon beglückwünschen müssen«, sagte Milo und grinste.

»Ganz genau, aber ab jetzt ist das dein Tag«, stimmte Noel zu und Vinzenz nickte, als Ryan mich auf seinen Schoß zog und seine Arme um mich schlang. »Genieße den restlichen Tag, mein Engel. Es ist dein erster Geburtstag nach langer Zeit, den du wieder in Freiheit verbringst, und natürlich mit uns zusammen«, hauchte er gegen meine Wange.

Ich wischte meine Tränen der Rührung weg, bevor ich mich zu ihm umdrehte und ihn küsste. »Danke.«

»Abwarten. Wie Milo bereits sagte, das ist erst der Anfang«, raunte mir Ryan zu und küsste mich erneut, als die Jungs laut pfiffen.

»Nehmt euch ein Zimmer«, hörte ich einen rufen, woraufhin wir alle lachten.

In diesem Moment schien alles perfekt zu sein und ich fühlte mich so unbeschwert wie schon lange nicht mehr. Lächelnd setzte ich mich neben Ryan, als Vinzenz das Wort ergriff.

»Hier, das ist von mir.«

Er überreichte mir ein längliches Geschenk.

»Los, mach auf, dann sind wir anderen dran«, feuerte Milo mich an.

Ich öffnete die Schachtel und beim Anblick des Inneren machte ich große Augen. »Oh mein Gott«, flüsterte ich und starrte auf einen wunderschönen Dolch. Die Klinge war golden mit der Gravur ›Unsere Königin‹. Vorsichtig strich ich über den schwarzen Griff und die roten kleinen Steine, die sorgfältig in den Knauf eingearbeitet waren.

»Ich hoffe, dir gefällt der Dolch.« Vinzenz räusperte sich verlegen.

»Machst du Witze? Und wie, danke.«

»Also, nur mal so, Noel und ich haben ihn zwar anfertigen lassen, aber die Gravur steht für uns alle. Du bist unsere Königin«, sagte Milo.

Vinzenz schnaubte. »Es war meine Idee mit dem Dolch.«

»Ich liebe ihn.« Ich sah, wie die Männer sich finster anblickten und musste lachen. Die ganze Situation war so surreal und doch wünschte ich mir in diesem Moment nichts mehr als das.

»Jetzt unseres. Also das ist von Milo und mir.« Noel stellte vor mir eine Geschenktüte ab, die auf einem großen viereckigen eingepackten Karton stand.

»Wow, danke.« Ich strahlte, als ich den Karton öffnete und mehrere Bücher darin entdeckte, genauso wie eine Weinflasche, Süßigkeiten und eine kleine Schatulle mit glitzernden Ohrringen. Als ich in die Geschenktüte blickte, lachte ich schallend und sah zu den beiden Jungs. »Das habt ihr nicht getan.«

»Doch, also wir dachten, da Ryan immer ...«, fing Noel an. Weiter kam er nicht.

Ryan riss mir die Tüte aus der Hand und blickte hinein. Sofort fingen seine Smaragde an zu leuchten.

»Ihr kauft meiner Frau Unterwäsche! Tickt ihr noch richtig?«, brauste er auf und stapfte samt der Tüte zur Feuerstelle, schnipste mit seinem Finger und eine Flamme loderte auf. Ohne zu zögern warf er die Tüte hinein.

»Das waren angefertigte Designer-Stücke«, keuchte Noel empört und Milo starrte auf die brennende Tüte, während der Rest lachte und Ryan sich wieder neben mich auf das Loungesofa fallen ließ. Finster blickte er zu Milo und Noel. »Ihr könnt von Glück sprechen, dass ihr zu meinem inneren Kreis gehört.«

»Ach komm, wir dachten, sie könnte mal etwas anderes tragen als die Kleidung, die du ihr ständig kaufst«, witzelte Milo und Ryan warf ihm eines der Loungekissen entgegen, was ihn nur noch lauter lachen ließ.

»Ich fass es einfach nicht«, maulte Ryan.

Ich liebte diesen Moment. Die Jungs kannten sich schon so lange und scherzten, lachten oder weinten miteinander. Diese Männer waren eine Familie und ich konnte von Glück sprechen, dass ich ein Teil davon sein durfte.

»Dario, jetzt du«, sagte Noel und fing an, die Torte in Stücke zu schneiden.

Als ich zu Dario sah und unsere Blicke sich trafen konnte ich irgendetwas in seinen Augen erkennen. War es Belustigung wegen Noels und Milos Geschenk? Oder war es Reue?

»Sorry, aber ich habe deinen Geburtstag völlig vergessen und kein Geschenk gekauft.«

Mit einem Mal herrschte Totenstille.

*»Er hat unseren Geburtstag vergessen?«,* flüsterte meine wahre Natur enttäuscht und verkroch sich tief in mir.

»Sehr witzig. Jetzt gib ihr schon dein Geschenk«, sagte Milo, während Vinzenz' Stirn in Falten lag und Noel aufgehört hatte, die Torte zu schneiden.

»Dario?«, mischte Ryan sich ein.

Er zuckte nur mit seinen Schultern. »Sorry, Emma.«

Ich wusste nicht, warum es mich so störte, dass ausgerechnet Dario meinen Geburtstag vergessen hatte, wenn ich selbst beinahe nicht daran gedacht hatte, Aber der Stich in mein Herz ließ mich schlucken. Ich lehnte mich an Ryan, der mich fest an sich drückte, bevor ich ein Lächeln aufsetzte. »Schon gut.«

»Will jemand Kuchen?«, sagte Noel und versuchte, die Situation zu retten, indem er Vinzenz einen Teller vor die Nase hielt.

»Mein Geschenk bekommst du später«, flüsterte Ryan und küsste meine Wange, doch als Dario irgendetwas murmelte und hineinging, schob Ryan mich beiseite und stand auf. »Esst ihr schon mal den Kuchen, ich bin gleich wieder da.« Mit diesen Worten folgte er Dario ins Haus und ich blickte ihnen hinterher.

Was war das bitte?

*»Ich spüre deinen Schmerz, aber lass es nicht so nah an dich ran«,* wisperte meine wahre Natur, ehe sie wieder verschwand.

Wie sollte das gehen? Ich wünschte, es wäre mir egal, und doch machte Darios Verhalten etwas mit mir.

Auch, dass er einfach hineingegangen war und meine kleine heile Geburtstags-Blase ungefragt hatte platzen lassen.

»Lass dich nicht unterkriegen, Dario ist sicher einfach nur gestresst«, versuchte Noel mich aufzuheitern und reichte mir einen Teller.

»Trotzdem hätte er daran denken können«, murrte Vinzenz.

»Er hatte sicher keine schlechten Absichten«, sagte Milo und warf Vinzenz einen finsteren Blick zu.

»Ist ja gut«, grummelte dieser und stocherte in seinem Tortenstück herum, während Noel meine Hand drückte und sich dann wieder neben Milo setzte, bevor beide über ihre Teller herfielen.

Die Torte war köstlich, aber mehr als ein paar Bissen brachte ich nicht hinunter. Mein Blick wanderte immer wieder zur Terrassentür in der Hoffnung, dass Ryan und Dario wieder zu uns stießen.

Verdammt, ich sollte den Tag genießen. Die anderen hatten sich wirklich Mühe gegeben und ich war schon gespannt, was sich Ryan hatte einfallen lassen.

# Kapitel 14

## DARIO

Ich wusste, dass die Aktion auf der Terrasse scheiße von mir gewesen war und noch immer sah ich den Schmerz in Emmas braunen Augen, als ich gesagt hatte, dass ich ihren Geburtstag vergessen hätte.

So schnell ich nur konnte war ich in mein Zimmer geflüchtet und hatte die Tür hinter mir ins Schloss geworfen. Die Wahrheit war, dass ich Emmas Geburtstag niemals vergessen könnte. Bereits vor zwei Wochen hatte ich ihr ein Geschenk gekauft.

Ich schluckte, ging zu meinem Schrank und holte die kleine Schatulle heraus. Ich wusste nicht, wie lange ich auf die Halskette mit dem herzförmigen Anhänger starrte, der mit roten und blauen Edelsteinen verziert war.

»Verdammt«, murrte ich und schloss die Schatulle, räumte sie wieder zwischen meine Kleidung und lehnte mich an den geschlossenen Schrank.

Ich zuckte zusammen, als meine Zimmertür aufflog und Ryan im Türrahmen stand.

»Erklär mir mal bitte, was das sollte«, knurrte er, knallte die Tür hinter sich zu und stampfte zu mir.

»Ich habe es vergessen.«

Ryan schnaubte und blieb vor mir stehen.

»Schwachsinn! Noel oder Milo hätte ich das zugetraut, weil sie manchmal schusselig sind, aber dir nicht.«

Scheiße, er kannte mich zu gut. Aber was sollte ich sagen? Dass meine Gefühle für Emma tiefer gingen als Freundschaft? Und dass es mich meine gesamte Selbstbeherrschung kostete, diesen nicht nachzugeben? Am besten auch noch, dass ich zu allem Übel eine Halskette mit einem beschissenen Herzanhänger gekauft hatte. Mit Edelsteinen, deren Farben ihre und meine Augen widerspiegeln sollten.

Nein, das würde ich ihm sicher nicht erzählen.

»Ich wollte sie nicht verletzen, Ryan. Ich habe es einfach vergessen.«

»Sag mir, was los ist! Verdammt, Dario, du bist mein bester Freund und mein Beta. Ich bin für dich da.«

Die Schuldgefühle brachen wie eine Lawine über mich herein und ich trat einen Schritt zurück. Ryan bedeutete mir alles, er war mein König und mein Kindheitsfreund. Meine Loyalität ihm gegenüber war echt und ich würde ihn niemals verraten. Und doch tat ich genau das, wenn ich weiter seiner Gefährtin hinterherschaute.

»Nach meinem Besuch bei Luigi habe ich es schlicht vergessen. Sonst hätte ich heute in der Früh bei unserem Juwelier angerufen, das weißt du«, log ich und spürte den Kloß in meinem Hals.

»Ich habe gehört, was dort passiert ist. Du hast deine Dunkelheit besänftigt und ein Massaker angerichtet.«

»Ja.« Wenigstens war das die Wahrheit.

Seufzend nickte Ryan. »Verstehe. Aber ich bin für dich da, vergiss das nicht.«

»Und ich für dich. Übrigens wird dich interessieren, was Luigi gesagt hat.«

»Muss das jetzt sein? Ich wollte einen perfekten Tag mit meinem Engel verbringen.«

»Es ist wichtig, aber wir können das auch morgen besprechen.«

»Gib mir einfach eine Kurzfassung«, befahl er und seine Haltung veränderte sich, als er sich an die Wand lehnte und seine Arme vor der Brust verschränkte.

*»Es ist immer wieder beeindruckend, wie schnell Ryan vom knallharten und eiskalten Alpha zu einem frechen jungen Mann wechselt.«*

Das war mir auch schon aufgefallen. Dank Emma hatte Ryan seine Lebensfreude wiedergefunden und war nicht mehr nur von Hass und Rache zerfressen.

»Heute noch«, riss mich Ryans ungehaltene Stimme aus meinen Gedanken.

»Es wird dir nicht gefallen«, antwortete ich und er stöhnte auf.

»Dario, spuck es endlich aus.«

Er wollte zurück zu seiner Gefährtin und das konnte ich verstehen. Trotz meiner Gefühlen wünschte ich Emma nur das Beste, und wie es aussah, war das Ryan.

Ich konzentrierte mich wieder und holte tief Luft. »Luigi hat herausgefunden, dass Vlad, Grigorij und Jegor in Moskau sind. Und seit wenigen Tagen ist ein neuer, wohl schon älterer Mann bei ihnen.«

»Und wer ist dieser Mann?«, fragte er und zog seine Stirn kraus.

»Den Namen kannte er nicht, aber Luigi hat vermutet, dass er ein Freund von Boris ist …« Den Rest wollte ich Ryan ehrlicherweise ersparen.

Ich wusste, dass das alles andere als gut enden würde.

»Sag schon. Ich sehe es dir an, dass das noch nicht alles war.«

»Vielleicht sollten wir den Rest wann anders besprechen?« Am besten mit den anderen zusammen, für den Fall, dass Ryan ausrasten und die Kontrolle verlieren würde.

»Ich habe mich im Griff, versprochen«, versicherte er mir, als könnte er meine Gedanken lesen.

»Schön … Dieser Mann hatte eine Botschaft für dich«, sagte ich und mein Herzschlag beschleunigte sich. »Er sagte, er würde nicht eher ruhen, bis das kleine verwöhnte Prinzchen endgültig vernichtet sei.«

Ryans gesamter Körper spannte sich an, seine Nasenflügel bebten und seine Halsschlagader ragte sichtlich hervor. Seine Augen glühten gefährlich in ihren Smaragden und er formte seine Hände zu Fäusten.

»Das kleine verwöhnte Prinzchen?«, brodelte er.

»Danach bin ich ausgerastet und naja, du weißt ja, wie das geendet hat.«

Dunkel lachte er auf und schloss seine Augen, atmete mehrmals tief ein und wieder aus, rieb seine Schläfen, ehe er mich mit seinen normalen Augen wieder ansah und die Anspannung aus seinem Körper wich. »Wir müssen herausfinden, wer der Mann ist.«

»Und wie? Wir haben keine Ahnung, mit wem Boris befreundet ist. Und wie sollen wir aus abertausenden Gerüchten herausfinden, was wahr ist?«

Boris war sehr alt und Gerüchte über mächtige Freunde, Söldnertruppen und Könige gab es wie Sand am Meer. Die Wahrheit kannten nur wenige und wir hatten keine Verbündeten in Moskau, denen wir zu

hundert Prozent vertrauten. Selbst Tarik war mir nach wie vor ein Dorn im Auge. Nicht nur, weil er uns ständig aus dem Weg ging, sondern weil mein Bauchgefühl mir sagte, dass dieser Bastard etwas plante.

»Vielleicht sollten wir Milos Vater zu uns einladen und ihn ins Boot holen. Er ist alt, mächtig und kennt sich aus. Außerdem hat mein Vater ihm blind vertraut und ich tue es auch.«

Da war etwas dran. Alberto Rodriguez war nicht nur ein alter und weiser Mann, sondern hatte vermutlich noch immer Kontakte, denen er vertraute. Zudem war er von der alten Schule. Er hatte nicht nur schon zahlreiche Schlachten gewonnen und wusste, worauf man achten sollte, sondern kannte auch Methoden, jemanden zu verhören, die vor unserer Zeit angewendet wurden. Er war ein Adliger und besaß eine ganz spezielle Gabe, und so jemanden an unserer Seite zu haben, wäre definitiv von Vorteil.

»Ich bin dafür, außerdem kann so ein Mann nicht einfach in Rente gehen«, sagte ich, denn die Vorstellung, dass Alberto jetzt Rasen mähte oder jeden Abend Schach spielte passte nicht zu dem Krieger, den ich als kleines Kind kennengelernt hatte. Und doch war er vor Jahren in den Ruhestand gegangen mit der Begründung, dass er alt und gesundheitlich angeschlagen sei. Er wollte das blutige und brutale Leben hinter sich lassen. »Glaub mir, als Milo meinte, dass sein Vater das Schwert an die Wand gehängt hat und jetzt im Ruhestand ist, habe ich es auch nicht geglaubt.«

»Ich werde Milo dazu befragen, und sollte er die Idee für gut befinden, möchte ich, dass ihr beide seinen Vater herholt.«

»Klar, sag mir einfach Bescheid.« Da würde ich nicht nein sagen. Ich könnte San Francisco verlassen und Abstand zu Emma gewinnen, auch wenn es nicht für lange Zeit wäre.

»Dann wäre das geklärt und ich gehe jetzt wieder zu meinem Engel«, sagte er und ging zur Tür, doch bevor er aus meinem Zimmer verschwand, drehte er sich noch einmal zu mir. »Emma würde sich sicher freuen, wenn du mit uns ihren Geburtstag feierst.« Damit ließ er mich allein.

*»Er hat recht, wir würden Emma eine Freude machen«*, stimmte ihm auch noch meine wahre Natur zu und ich konnte mein verräterisches Herz wild in meiner Brust schlagen hören, wenn ich nur an Emma dachte. Verflucht noch mal. Ich konnte nur hoffen, dass Milo damit einverstanden war und ich für ein paar Tagen rauskommen würde. Die Ablenkung würde mir guttun.

Außerdem mussten wir herausfinden, wer dieser neue Mann in Moskau war, ehe die Koslows uns angreifen und den Krieg eröffnen würden.

# VLAD

ES WAR NUR EIN ABENDESSEN, SAGTE ICH MIR in der Hoffnung, mir Mut zu machen und vor allem ruhig zu bleiben. Ich atmete tief durch und trat in den Speisesaal, setzte mich auf meinen Platz. Polina saß wie immer mir gegenüber, mein Vater am Kopf des Tisches und daneben der fremde Mann. Als die Kellner unsere Getränke einschenkten und ich einen kräftigen Schluck nahm, hafteten ihre Blicke auf mir.

*»Ignoriere es einfach«*, sagte meine wahre Natur und ich gab mir Mühe, bis der Fremde mich sadistisch grinsend ansah.

»Ich habe gehört, dass du Emma als deine Frau ansiehst.«

»Ist das so?«, gab ich kalt von mir, trank meinen Rotwein in einem Zug aus und ließ mir einen doppelten Whiskey bringen.

»In der Tat, aber ich kann es verstehen. Emma ist eine wirklich schöne Frau und doch wundere ich mich, dass du sie nicht gefügig gemacht hast.«

Die Abfälligkeit in seiner Stimme beschleunigte meinen Puls und ich umfasste das Glas stärker.

»Mein Sohn muss noch viel lernen, aber dafür sind wir ja da«, sagte Boris und lachte.

Die Bösartigkeit in seiner Stimme entging mir nicht.

»Wie recht du hast. Prinzen müssen mit harter Hand erzogen werden«, murmelte der Fremde und blickte mir fest in die Augen. »Sonst werden sie weich und schwach, eine Schande für die Blutlinie der Koslows.«

»Willst du mir irgendetwas sagen?«, knurrte ich.

»Wie ich sagte, er muss noch viel lernen«, drängte sich mein Vater dazwischen, faltete seine Serviette langsam zusammen und legte sie neben seinem Besteck ab.

In diesem Moment setzte mein Herz aus. Dieses Abendessen war eine Falle und ich war geradewegs darauf hineingefallen. Die Erkenntnis schmerzte umso mehr und doch blieb meine Miene ausdruckslos.

Polina saß mit gesenktem Kopf da und hatte alles mitgehört.

»Verschwinde aus dem Raum«, befahl ich und meine Aura brach an die Oberfläche.

Sie zuckte zusammen und stürmte hinaus.

»Behandelst du so die Frauen?«, spottete der Fremde.

»Ich wüsste nicht, was dich das angeht.« Die Wahrheit war, dass ich nicht wollte, dass Polina das sah, was als nächstes passierte. Nicht weil ich ihr den Anblick ersparen mochte, sondern aus dem einfachen Grund, dass ich von niemandem so gesehen werden wollte. Schwach und verletzt.

»Ein Glück, dass wir meinem Sohn Manieren beibringen können.« Boris lachte, sprang im nächsten Moment auf und ehe ich reagieren konnte, packte er mich am Hals, zog mich vom Stuhl hoch, der mit einem knallenden Geräusch umfiel, und drängte mich mehrere Schritte zurück.

236

Der Freund meines Vaters sah grinsend zu.

*»Ich bin bei dir, wir werden das aushalten.«*

Mit meinen Onyx-Augen starrte ich in die meines Vaters, als seine Krallen aus seinen Fingern stachen und sich Zentimeter für Zentimeter in meinen Hals bohrten.

Ein brennender Schmerz breitete sich an der Stelle aus und mein Herz schmerzte entsetzlich. Je tiefer er seine Krallen in meinen Hals bohrte, desto mehr floss mein warmes Blut über meinen Hals und Tränen sammelten sich in meinen Augen.

»Nenn den heutigen Abend eine Lektion. Du wirst dich mir fügen, mein Sohn«, fauchte Boris und schleuderte mich auf die andere Seite des Saals.

Keuchend berührte ich meinen Hals, spürte, wie die Stiche seiner Krallen verheilten, und wollte aufstehen, als mein Vater mit dem Fremden auf mich zuraste und ihre Krallen aufblitzten.

»Bringen wir ihm bei, wer an der Macht ist«, brüllte Boris.

Ich schlug um mich, versuchte, sie mit meinen Krallen zu treffen, aber sie waren älter, stärker und verdammt mächtig.

Ihre Krallen stachen in meinen Körper und der eisenhaltige Geruch meines Blutes breitete sich aus, während sie immer wieder auf mich einschlugen und ihre Krallen durch mein Fleisch zogen.

*»Nein, Nein!«* Der schmerzerfüllte Schrei meiner wahren Natur hallte durch meinen Kopf.

Der Fremde rammte seine Faust auf meinen Oberschenkel und ein schmerzerfülltes Knacksen folgte, als mein Knochen brach. Anschließend packte mich mein

Erzeuger und warf mich durch den Raum, um mich dann erneut anzufallen.

Es war zu viel. Mein Herz schlug wie wild in meiner Brust, während ich meine bebenden Lippen aufeinanderpresste, um im nächsten Moment loszuschreien. Wieder rammten sie ihre Krallen in mich und schlugen auf mich ein.

Mein Blut breitete sich unter mir aus, die Knochenbrüche wurden mehr und meine Hände fielen zur Seite, bis mein Blick verschwommen wurde und die Luft immer knapper.

»Das ist Macht, Vlad«, hörte ich ihn noch sagen, ehe der nächste Schlag des Fremden in meine Rippen folgte.

Ich wusste nicht, wer von beiden dafür verantwortlich war, aber mein Schlüsselbein brach und ich konnte die schwarzen Augen meines Vaters wie durch einen Schleier sehen.

Belustigt sah er mich an und beugte sich zu mir. »Du bist wie ich, Vlad, und je eher du es einsiehst, desto besser ist es.« Seine Krallen hinterließen einen letzten tiefen Schnitt an meinem Hals, bevor er von mir abließ. Dann wandte er sich seinem Freund zu. »Ich hoffe, die kleine Lektion an meinem Sohn hat dir genauso viel Spaß gemacht wie mir.«

»Definitiv. Was hältst du von einem Drink, alter Freund?«

Ich vernahm nur schwach, wie ihre Schritte leiser wurden. Sie ließen mich in meinem Blut zurück und meine Schmerzen wurden immer unerträglicher.

*»Alles wird gut, wir heilen bereits«*, wisperte meine wahre Natur.

Ich spürte, wie sich die Knochen und die Schnitte zusammenzogen und ich wusste, dass ich dank meiner Blutlinie nicht sterben würde … Aber machte es das besser? War das eine Rechtfertigung für das, was mein Vater tat? Ich wusste es nicht und meine Gedanken drifteten zu Emma ab.

Die einzige Frau, die hinter meine Seele blicken konnte und mich so sah, wie ich wirklich war. Sie war alles, was ich jemals wollte und was mich überleben ließ.

Doch was ich ihr angetan hatte, würde ich mein Leben lang bereuen und nie wieder gut machen können. Und egal, wie krank es auch klingen mochte, ich tat es für sie. Weil diese Welt meine wunderschöne Frau brechen wollte, und ich musste ihre wahre Macht entlocken, damit sie überleben würde. Doch die Art und Weise, wie ich es versucht hatte, war falsch gewesen. Aber damals hatte ich es nicht besser gewusst.

*»Wie hätten wir das auch wissen können, wenn Boris uns nur diese Art gelehrt hat?«*

Ich wusste es nicht. Vielleicht war ich doch wie mein Vater – ein skrupelloser, gefühlloser Bastard, der getötet werden sollte. Das war mein letzter Gedanke, ehe der Schmerz mich übermannte und ich mein Bewusstsein verlor.

Ich hatte keine Ahnung, wie viel Zeit vergangen war, als ich keuchend langsam wieder zu mir kam, meine Augen blinzelnd öffnete und vorsichtig meinen Körper abtastete.

Scheiße, fluchte ich, als mir in Erinnerung kam, was geschehen war. Ich ließ meinen Blick durch das Zimmer schweifen und runzelte die Stirn. Ich sah dunkelblaue und schwarze Möbel und lag auf einem weichen Laken.

»Na endlich«, hörte ich Jegors Stimme und drehte meinen dröhnenden Kopf in seine Richtung.

Meine beiden Freunde lehnten an meinem Schreibtisch und kamen auf mich zu, ehe Jegor mir ein Glas Wasser reichte, das ich dankend annahm und einen kleinen Schluck daraus trank.

»Wir dachten, wir hätten dich verloren.« Die Besorgnis lag Grigorij ins Gesicht geschrieben.

»Ich sterbe nicht so leicht«, krächzte ich und setzte mich aufrecht hin. Offensichtlich war ich gewaschen worden und saß nur in einer Boxershorts auf meinem Bett.

»Wir haben dich im Saal gefunden und dich in dein Zimmer getragen«, sagte Grigorij, als er meinen fragenden Gesichtsausdruck bemerkte.

»Vlad, du weißt, dass wir immer für dich da sind und nichts dagegen haben, dich aus deiner Blutlache zu hieven. Aber diesmal ist er zu weit gegangen.«

Sie hatten mich nicht das erste Mal bewusstlos gefunden und gesäubert und doch hatten sie recht. Dieses Mal war anders gewesen. Noch nie hatte mein Vater jemand anderes zu meiner Bestrafung dazugeholt, geschweige denn ihn mitmachen lassen.

»Dann wisst ihr es?«

»Dein Vater und dieser Neuling haben sich im Flur darüber unterhalten, so sind wir erst darauf aufmerksam geworden«, knurrte Jegor und schüttelte seinen Kopf. »Das alles nimmt Ausmaße an, die wir nicht kommen sehen haben.«

»Wir müssen handeln«, bellte Grigorij und ballte seine Hände zu Fäusten.

»Ihr wisst, dass wir nicht gegen meinen Vater ankommen. Und dieser Mann, den er als einen alten Freund bezeichnet, ist genauso stark wie er«, murmelte ich und nahm noch einen Schluck vom Wasser. »Ich konnte seine Aura spüren, auch wenn er sie verbirgt. Er ist alt und mächtig. Ich würde sogar so weit gehen und sagen, dass er adliges Blut besitzt.«

»Adliges oder königliches?«

Seufzend lehnte ich mich am Kopfende meines Bettes an. »Schwer zu sagen. Ich wüsste nicht, aus welcher Königsfamilie er stammen könnte, und ich habe ihn bis zu diesem Zeitpunkt auch noch nie gesehen.« Das machte unsere Probleme nicht gerade besser. Dieser Fremde hatte eindeutig Geheimnisse und wir mussten herausfinden, wer er genau war und woher mein Vater ihn kannte.

»Was schlägst du vor?«, fragte Jegor.

Nachdenklich rieb ich meine Schläfen. »Wir werden einen Ausflug nach Tula machen, bereitet alles für unsere Abreise vor.«

»Natürlich, wird sofort erledigt. Aber was willst du deinem Vater erzählen?«

»Gar nichts, wir verlassen Russland ja nicht.

Außerdem scheint er mit unserem neuen Gast ziemlich beschäftigt zu sein.«

»Gut, ich organisiere alles. Sollen wir schwere Geschütze mitnehmen oder sind wir nur zum Reden da?«

»Ich wäre für schwere Geschütze.« Grigorij grinste.

»Wir werden erstmal nur reden, schließlich ist er fürs Erste nur ein alter Bekannter.«

Meine Freunde grinsten sich an. Sie wussten genau, was ich damit meinte. Erst würden wir reden und sollte es nicht so laufen wie geplant und der alte Bekannte sich zu einem Feind entpuppen, würde es ungemütlich werden. Und Mal ehrlich, es würde uns verdammt guttun, unsere Dunkelheit rauszulassen und Spaß zu haben. Aber in erster Linie wollte ich meinen Vater nicht mehr sehen und meinen Plan endlich ins Rollen bringen.

# Kapitel 15 

## EMMA

Das war der beste Geburtstag seit langem. Gemeinsam mit Ryan und seinem inneren Kreis hatten wir im Garten Torte gegessen und uns gefühlte Stunden lang unterhalten, gelacht und herumgealbert. Dann hatte Ryan mich aufgefordert, dass ich mich umziehen sollte. Er würde auf mich warten und dann sollte ich mein Geschenk bekommen. Sofort war ich unter dem Gelächter der anderen aufgesprungen und hinauf in mein Zimmer gerannt.

Als ich unter der Dusche stand und mich einschäumte, musste ich an Dario denken. Er war nicht mehr zu uns hinausgekommen und ich hatte nichts mehr von ihm gehört.

*»Vergiss ihn, jedenfalls für den Moment«*, sagte meine wahre Natur.

*»Wenn es doch nur so leicht wäre«*, murmelte ich, als wollte ich mich absichtlich runterziehen lassen.

Ich wollte den Tag genießen und die anderen hatten sich so viel Mühe gegeben und waren für mich da. Wir hatten so viel gelacht, wie schon lange nicht mehr und es fühlte sich wie früher an. Außer, dass Dario fehlte …

*»Hör jetzt auf. Ryan wird uns sein Geschenk geben und wir werden einen schönen Abend mit ihm verbringen. Wir haben das verdient, also genieße es.«*

*»Ist ja gut«*, murrte ich, was meine wahre Natur zufrieden brummen und sich in mir zurückziehen ließ.

Ich stieg aus der Dusche und trocknete mich ab, wickelte mir ein Handtuch um und stellte mich vor meinen großen Kleiderschrank. Mit einem tiefen Seufzer schob ich meine Kleider auf der Stange hin und her. Ich entschied mich für ein Schwarzes mit goldenen Stickereien, die das Dekolleté zierten. Zufrieden lächelte ich mich im Spiegel an.

*»Wir sehen gut aus.«*

Da hatte sie recht und ich freute mich auf den Abend mit Ryan und war gespannt, was er geplant hatte. Ein letztes Mal strich ich über das knielange Kleid, nachdem ich meine Haare geföhnt und gekämmt hatte, und schlüpfte in meine schwarzen Louboutins. Ich trug einen dezenten Rotton auf meine Lippen auf und fuhr mit dem Aufzug hinunter.

Als sich die Tür öffnete, sah ich Ryan, der lässig am Treppenaufgang lehnte und mir lächelnd entgegenblickte. Mein Herz schlug wild gegen meine Brust und die Schmetterlinge in meinem Bauch flatterten umher. Wie von allein fing ich an zu grinsen. Es war verrückt, aber sobald ich ihn sah, konnte ich nicht anders. Ich sehnte mich nach diesem Mann und zwischen uns war definitiv so viel mehr als nur das Gefährtenband.

»Wow.« Er kam langsam auf mich zu, strich mir eine Strähne hinters Ohr und küsste meine Stirn.

Sein holziger, herber Geruch strömte in meine Nase und benebelte meine Sinne. Gott, wie wahnsinnig er mich machte. Ich spürte die Hitze auf meinen Wangen.

»Du siehst auch nicht schlecht aus«, flüsterte ich.

Er trug wie immer seine schwarze Jeans und ein passendes Hemd, doch für diesen Abend hatte er goldene Manschettenknöpfe und eine schwarze Krawatte angelegt.

»War das ein Kompliment, mein Engel?«

»Ich glaube nicht, dass ich dir sagen muss, wie gut du aussiehst. Nicht dass dein Ego noch explodiert«, sagte ich und lachte. Egal wie sehr er seine Narbe hasste und jeden, der auch nur eine Sekunde zu lange darauf starrte, finster anblickte – er war noch immer mein Traummann und ich liebte diesen Alpha mit jeder Faser meines Körpers.

Lächelnd legte ich meine Hand in seine.

Als wir aus der Haustür kamen, stand sein schwarzer Maserati schon bereit. Er hielt mir die Tür auf und ich rutschte hinein. Grinsend ging er um das Auto und setzte sich hinter das Lenkrad.

»Also, verrätst du mir, wohin wir fahren?«, fragte ich neugierig.

»Nein, sonst wäre es keine Überraschung«, antwortete er und fuhr durch das hohe Tor vom Grundstück.

»Nicht einmal einen klitzekleinen Tipp?«

»Nein.« Frech und selbstbewusst warf er mir ein Grinsen zu.

Ein Versuch war es wert.

»Keine Sorge, ich bin mir sicher, dass es dir gefallen wird«, sagte er und legte seine Hand auf meinen Oberschenkel.

Seufzend darüber, dass ich genauso schlau war wie davor, blickte ich aus dem Fenster.

Mittlerweile ging die Sonne unter und tauchte den Himmel in Rottöne, während wir der Stadt näherkamen und in San Franciscos frühes Nachtleben eintauchten.

Ryan stellte den Wagen auf einem der Parkplätze im Zentrum ab und wir gingen Hand in Hand die Straße entlang. An verschiedenen Ecken spielten Straßenmusiker und wir erreichten einen großen Platz, der voll mit Marktständen war, aus denen herrlich duftendes Streetfood verkauft wurde. Blumenverkäufer priesen ihre Rosen und Tulpen an, während Händler ihre bunten und vielfältigen Waren zur Schau stellten.

»Es ist wunderschön hier«, flüsterte ich und sah hinauf zu den beleuchteten Hochhäusern, die den Marktplatz umgaben. In den kleinen Seitenstraßen, die ich von hier aus sehen konnte, hingen bunte Girlanden, die die Stadt zum Leuchten brachten. Dieser Ort war trotz dem Tumult friedlich und magisch.

Ryan legte seine Hand auf meinen unteren Rücken und führte mich zu einem Springbrunnen am Rande des Marktplatzes.

»Ich dachte mir, anstatt dir Schmuck zu schenken oder schnulzige Versprechungen zu machen, zeige ich dir die Stadt von ihrer schönsten Seite«, sagte er und lächelte mich zart an.

So hatte ich ihn noch nie erlebt. Er wirkte beinahe unsicher und verlegen, was zu dem skrupellosen Alpha und Geschäftsmann nicht passte.

Schmunzelnd legte ich ihm meine Arme um den Nacken und küsste zärtlich seine Lippen. »Das ist perfekt.« Und das meinte ich auch so. Ich wollte die Stadt sehen, in all ihren Facetten und vor allem an Ryans

Seite. Hier zu stehen und neue Eindrücke zu gewinnen zwischen all den Menschen, war viel mehr wert als alles Materielle. Dieser Abend würde mir in Erinnerung bleiben und zeigte mir, dass Ryan mich nicht auf seinem Grundstück festhalten wollte, sondern dass wir gemeinsam neue Erinnerungen schufen.

»Bist du dir sicher?«, fragte er zögerlich und ich blickte in seine grünen Augen.

»Ja, wir schaffen neue Erinnerungen. Nur du und ich. Das ist es, was ich mir gewünscht habe.«

Wir hatten Jahre verloren und die Zeit war alles andere als gut zu uns gewesen, und doch konnten wir in Momenten wie diesen noch immer das Gute und Schöne in dieser Welt sehen.

»Es tut mir leid, dass ich zu spät gemerkt habe, dass du bei Vlad gefangen warst.« Schuld flackerte in seinen Augen auf, als er mich an seine Brust zog und seine Arme mich fest umschlangen.

»Bitte, gib dir keine Schuld.« Wenn dann traf sie mich und nicht ihn. »Vlad ist Vergangenheit, es gibt nur noch uns beide.« Ich spürte einen dicken Kloß in meinem Hals und mein Herzschlag beschleunigte sich. Das war doch nicht normal. Ich liebte Ryan und ich wollte mit ihm neue Erinnerungen schaffen und eine gemeinsame Zukunft gestalten. Aber trotz allem hing die Tatsache, dass weder Ryan noch sein innerer Kreis mir glaubten, dass die Dunkelheit gut sein konnte, wie ein Damoklesschwert über uns. Sie würden mich nicht verstehen, mir weiterhin einreden, dass die Dunkelheit böse sei. Das war eine Lüge und am Ende würde es gewaltig explodieren.

»*Denk jetzt nicht daran*«, riss mich meine wahre Natur aus meinen Gedanken. »*Genieße einfach diesen Abend, okay?*«

Ich atmete tief ein und wieder aus, lächelte Ryan entgegen, der mich liebevoll anblickte, ehe er sanft über meinen Arm strich und sich umsah.

»Was hältst du davon, du setzt dich schon mal auf die Bank und ich hole uns etwas zu essen?«, fragte er und deutete auf die Steinbank neben dem Springbrunnen, in dem eine Skulptur Wasser spuckte.

»Klar.«

Damit verlor er sich in der Menge und ich nahm Platz, während ich das Grinsen nicht aus meinem Gesicht bekam.

»*Ryan wirkt so ausgelassen und fröhlich*«, säuselte meine wahre Natur sehnsüchtig und ich musste ihr zustimmen. Ryan war heute Abend fast wie früher und es freute mich, ihn so unbeschwert zu sehen.

Gott, ich fühlte mich wie eine Liebeskranke und schüttelte lachend meinen Kopf. Aber dieser Abend tat nicht nur mir unbeschreiblich gut, sondern auch meinem Gefährten.

# RYAN

ICH HATTE LANGE ÜBERLEGT, WAS ICH EMMA schenken sollte und womit ich ihr eine Freude bereiten konnte, bis mir die Idee mit dem Ausflug in die Stadt in den Sinn gekommen war. Jahrelang war sie bei Vlad eine Gefangene gewesen und ich glaubte kaum, dass sie dort viele Freiheiten gehabt hatte, geschweige denn ihren Geburtstag gefeiert hatte und an diesem Tag glücklich gewesen war. Emma wollte schon damals die Welt erkunden und sich alles Mögliche ansehen.

Da kam San Francisco doch wie gerufen. Ich liebte es hier und so wie mein kleiner Engel lächelte und das Funkeln in ihren Augen nicht zu übersehen war, hatte ich mit meiner Idee voll ins Schwarze getroffen.

Natürlich hatte ich auch ein kleines Geschenk besorgt, auch wenn sie sicher dachte, dieser gemeinsame Abend in der Stadt sei genug.

Grinsend blickte ich zu der Steinbank, auf die sie sich hingesetzt hatte und mein Herz schlug schneller. Schon lange hatte ich mich nicht mehr so gut gefühlt und das alles verdankte ich ihr.

*»Sie ist einfach perfekt für uns«*, säuselte meine wahre Natur glücklich.

*»Ja, das ist sie. Unser kleiner Engel.«*

Ich drehte mich wieder zurück und stieß meine Luft aus, als nur noch drei Menschen vor mir in der Schlange standen und ich kurze Zeit später endlich an der Reihe war. Nach meiner Recherche war das einer der besten Streetfoodstände. Ich bestellte zweimal BBQ-Fleisch mit Grillgemüse und nahm das Essen in den kleinen Kartons entgegen, bevor ich mich umdrehte.

Ein Mann stand bei meinem Engel und sofort verschärften sich meine Sinne, sodass ich aus der Entfernung alles hören konnte, was er sagte.

»Was macht eine so wunderschöne Frau ganz allein hier?«, sagte dieser Bastard in einem anrüchigen Ton.

Augenblicklich kniff ich meine Augen zusammen und mein Puls beschleunigte sich.

Der Kerl strich sich machomäßig durch seine halblangen hellbraunen Haare und dachte wohl ernsthaft, er könnte bei meinem Engel landen.

»Ich bin nicht allein, sondern mit meinem Mann hier«, drangen Emmas Worte in meinen Ohren, während ich mit zügigen Schritten auf die beiden zuging.

»Ach ja? Ich kann niemanden sehen.« Dieser Schwachmat setzte sich allen Ernstes neben Emma auf die Bank. Sofort rutschte sie an das andere Ende und mein Herz platze vor Stolz. Nicht nur weil sie mich als ihren Mann bezeichnet hatte, sondern weil sie nicht auf die Allüren dieses Bastards einging, der es noch immer nicht kapieren wollte.

»Weißt du, Süße, du musst keinen Fake-Freund erfinden. Ich kann deine Wünsche in die Realität umsetzen.«

Meine Nasenflügel bebten, als ich das Essen ganz langsam auf dem Stein neben der Bank abstellte und mich breitbeinig mit geballten Händen vor die Lachnummer hinstellte. »Verpiss dich«, knurrte ich und spürte, wie meine wahre Natur aufgeregt in mir tobte.

»Wer bist du?«, fragte er herablassend und drehte sich zu mir.

Trotz der Wut, die sich in meinem Magen ausbreitete, konnte ich das Grinsen auf den Lippen meiner Frau wahrnehmen, als sie sagte: »Das ist mein Mann.«

»Ich sagte, verschwinde. Noch einmal wiederhole ich mich nicht«, fauchte ich.

Der Mann stand langsam auf und stellte sich mir gegenüber. Er war einen Kopf kleiner als ich, besaß zwar einigermaßen breite Schultern, aber das khakifarbene T-Shirt und die verwaschene, löchrige Jeans zu seinen Surfer-Look-Haaren ließen ihn wie einen Vollidioten aussehen. »Die Frau hat etwas Besseres verdient als sowas.« Er warf mir einen abfälligen Blick zu und starrte auf meine Narbe im Gesicht.

»*Das ging zu weit!*«, brüllte meine wahre Natur und ehe ich mich versah, übernahm sie die Kontrolle über meinen Körper und sprach einen Umhüllungszauber, damit niemand mitbekam, was als nächstes passierte. Ich packte den Mann am Schopf, schleifte ihn zum Springbrunnen und drückte seinen Kopf ins Wasser. Sofort ruderte er mit seinen Armen um sich, zappelte mit seinen Beinen wie ein Fisch auf dem Trockenen, während ich seinen Kopf diabolisch grinsend unter Wasser hielt und die Blubberbläschen willkommen hieß, die aufstiegen.

*»Ja, genau so muss es sein«*, jaulte meine wahre Natur, als ich den Kopf des Bastards hochzog und er mich mit geweiteten Augen ansah. »Ich … «

»Habe ich gesagt, dass du etwas sagen darfst?«, bellte ich und presste seinen Kopf erneut gewaltsam unter Wasser, ehe ich ihn hochzog und ihn angrinste.

Er schwieg.

»Geht doch. Dann beantworte mir jetzt eine Frage. Hast du schon mal von den Scotts gehört?«

»Ja … Das sind Kriminelle und sie müssen …«

Murrend drückte ich seinen Kopf erneut unter Wasser, ehe ich die liebreizende Stimme meines Engels vernahm.

»Ich störe ja nur ungern, aber ich würde gern noch Zeit mit dir verbringen.«

Langsam drehte ich meinen Kopf in ihre Richtung und sah Emma, die mit unserem Essen auf der Bank saß und mich anlächelte. Den Kopf des Mannes hielt ich weiter unter Wasser gedrückt.

»Im Übrigen schmeckt das wirklich unglaublich lecker«, sagte sie mit genussvollen Zügen.

Ich lachte unwillkürlich. Genau so kannte ich meine Gefährtin. Mutig, wunderschön und stark. Ein bisschen Folter brachte sie nicht dazu, wegzulaufen.

»Ich bin gleich bei dir, mein Engel«, sagte ich und lächelte sie sanft an. Dann erlöste ich den Mann von seinem Tauchgang, warf ihn auf den Boden und funkelte ihn finster an. »Verschwinde von hier. Und sollte ich herausfinden, dass du mich bei den Bullen verpetzt oder irgendeine Scheiße baust, werde ich dich finden und jeden umbringen, der dir lieb ist. Haben wir uns verstanden?«

»J... Ja«, stammelte er und krabbelte keuchend davon. Der Umhüllungszauber löste sich auf und alles, was die Menschen um uns herum sahen, war, wie ein Mann mit nassem Oberteil keuchend davonrannte.

Ich liebte die Magie. Dank ihr konnte ich solche Machtdemonstrationen mitten in der Öffentlichkeit ausüben, ohne dass jemand Wind davon bekam. Die Opfer hatten keine Zeugen und niemand glaubte ihnen. Früher oder später landeten sie in der Irrenanstalt.

Ich setzte mich neben meinen Engel und nahm mein Essen in die Hand.

»Weißt du, Ryan, du musst mir nicht demonstrieren, dass du der Alpha bist, das kann ich auch so ganz gut sehen.«

Lachend schüttelte ich meinen Kopf und Emma setzte ein. Ihr unbeschwertes Lachen war die schönste Melodie in meinen Ohren, die es gab.

Nachdem wir unser Essen verschlungen hatten, warf ich die Pappschachteln in den Müll und zog meine Gefährtin auf meinen Schoß. Wir lauschten dem Plätschern des Springbrunnens und der Straßenmusik, während ich ihren süßlichen Duft einatmete und mein Kinn an ihre Schulter legte.

»Es ist wunderschön, danke für diesen Abend«, flüsterte sie und drehte ihren Kopf in meine Richtung.

»Das können wir gern öfters machen.« Und das meinte ich auch so. Dieser Abend tat mir unbeschreiblich gut und ich fragte mich, warum wir das nicht schon eher gemacht hatten. Einfach in die Stadt fahren und die gemeinsame Zeit genießen.

*»Weil ziemlich viel um uns herum passiert«*, sagte meine wahre Natur, was mich innerlich stöhnen ließ. Ja, die Probleme standen deswegen nicht still und ich hatte bisher keinen freien Kopf für so etwas gehabt.

»Ist alles in Ordnung?«, fragte sie mich und ich blinzelte mehrmals, ehe ich ihren Mundwinkel küsste und ein süßes Schmunzeln auf ihren Lippen entdeckte.

»Ja, wir sollten diesen Ausflug definitiv wiederholen.«

Dieser Abend mit meiner Gefährtin erinnerte mich an früher. An eine Zeit, in der es keinen Vlad oder einen bevorstehenden Krieg gab. Eine Zeit, in der nur Emma und ich wichtig waren und sonst nichts. Unbeschwert und frei … Fuck, wie sehr ich mir das zurückwünschte. War das der Grund, warum ich das alles gerade so sehr genoss? Es war einer dieser Marmeladenglasmomente, die man einpacken und für alle Ewigkeiten konservieren wollte.

»Hey, was ist los?« Sie rutschte seitlich auf meinen Schoß und strich sanft über meine Wange.

Doch ich wollte nicht darüber reden, was sollte ich auch sagen? Dass ich der Vergangenheit nachtrauerte wie ein Idiot? Nein, das war nicht nur unmännlich, sondern auch schwach.

Ihre Hand berührte meine Narbe und wie fremdgesteuert griff ich nach ihrem Handgelenk und knurrte die Frau an, für die ich mein Leben geben würde. Ich sprang auf und beinahe wäre sie unsanft auf dem Boden gelandet, hätte sie sich nicht selbst aufgefangen.

»Scheiße!«

Ich hatte schon wieder alles vermasselt. Wütend auf mich selbst lief ich auf und ab, raufte meine Haare und spürte, wie meine wahre Natur immer unruhiger wurde. »Ich bin so ein Idiot«, murrte ich.

»Es ist alles gut«, hörte ich ihre Stimme.

Aber ich schüttelte nur meinen Kopf, ohne sie anzusehen. »Ich vermassele alles«, knurrte ich.

»Ryan«, sagte sie und ich vernahm Schritte, ehe sie vor mir stand und meine geballten Fäuste in ihre Hände nahm.

»Emma …« Sie sollte mich nicht so sehen. Sie verdiente so viel Besseres als ein Monster wie mich.

»Sieh mich an.«

»Ich habe es wieder versaut«, zischte ich und wollte mich wegdrehen, doch sie schlang mit einem Mal ihre Arme um mich und drückte ihren Kopf an meine Brust, ehe sie zu mir hinaufblickte.

»Sieh mich an, Ryan.«

Schluckend blickte ich in ihre haselnussbraunen Augen und konnte meinen Herzschlag hören, der wild gegen meine Brust pochte. Meine Atmung wurde schwer. Emma ließ sich nicht beirren. Sie lächelte mich sanft an und legte ihre Hände an mein Gesicht, bevor ihr Blick auf meine Lippen fiel und sie mich sanft küsste. »Es ist alles in Ordnung. Ich liebe dich, Ryan. Und das wird sich niemals ändern.«

Was hatte sie da gesagt?

Sie liebte mich?

Ich meine, ich wusste, dass sie das tat, doch bis jetzt hatte sie das nie ausgesprochen. Warum tat sie es jetzt?

Ich öffnete meinen Mund, wollte irgendetwas sagen, aber kein einziger Ton kam über meine Lippen. Scheiße, hatte ich jetzt verlernt, wie man spricht?

»Ist der große Alpha verstummt?«

Dieses kleine freche Biest. Ich knurrte, packte ihre Hüften und zwang ihr einen Kuss auf, ehe ich auf ihren knackigen Arsch schlug. »So frech.«

»Wir sind nicht zuhause«, sagte sie mit knallroten Wangen und mein Grinsen wurde breiter.

»Sag es noch mal«, forderte ich.

»Dass ich dich liebe?«

»Ja.«

Lächelnd legte sie ihre Arme um meinen Nacken und küsste meine Lippen. »Ich liebe dich.«

Liebevoll strich ich über ihre Wange. »Und ich liebe dich.« Ihr gehörte mein Herz und meine Seele und das würde sich niemals ändern.

»Ich hätte es vermutlich schon früher sagen sollen«, flüsterte sie und ich schüttelte meinen Kopf.

»Nein. Ich meine, klar wollte ich es von dir hören, aber ich wollte dir die Zeit geben, die du brauchst.« Auch wenn es einiges an Selbstbeherrschung gekostet hatte, ihr die Worte nicht aufzuzwingen, hatte es sich gelohnt.

Ich atmete tief durch und küsste ihre Stirn, denn es gab noch eine Sache für diesen Abend, die ich unbedingt mit ihr machen wollte. »Komm«, sagte ich und verflocht unsere Finger miteinander.

Wir gingen durch die beleuchteten Straßen, während Jazzmusik im Hintergrund erklang.

Mit funkelnden Augen sah sie mich an. »Wohin gehen wir?«

»Das wirst du gleich sehen«, antwortete ich und steuerte mit ihr den Golden Gate Park an. Da es mittlerweile schon dunkel war, waren die Straßenlampen und der Mond über uns die einzige Lichtquelle, die uns den Weg zeigte. Ich führte sie durch den Park bis zu einer Aussichtsplattform, die sich unmittelbar vor einem See befand.

»Was genau machen wir hier?« Irritiert sah sie sich um und ich konnte ihre Verwirrung verstehen. Nach und nach kamen vereinzelte Menschen hinzu und setzten sich unterhalb der Plattform auf den Rasen und versammelten sich um den See, auf den der Mond sein Spiegelbild warf.

Ich antwortete ihr nicht und ging mit ihr hinauf zu der Aussichtsplattform, bis wir vorne am Geländer standen und ich meine Arme von hinten um sie legte.

»Oh mein Gott«, keuchte mein kleiner Engel und blickte hinauf in den Himmel, der von einem bunten Feuerwerk erhellt wurde.

»Ab und zu feiern die Menschen hier mit einer Live-Band. Am Ende gibt es immer ein Feuerwerk und ich dachte, das wäre der perfekte Abschluss für unseren Abend.«

»Es ist perfekt.«

»*Wir haben es geschafft. Jetzt gib ihr das Geschenk*«, forderte meine wahre Natur.

Ich griff in meine Jackentasche, schob ihre Haare zurück und legte ihr eine goldene Halskette um.

Sofort griff sie danach und drehte sich zu mir, ehe sie auf den Anhänger blickte und Tränen in ihren Augen schimmerten. Sie strich über die Kette und den goldenen Anhänger, der auf der Vorderseite ein graviertes ›S‹ hatte und um den Rand mit roten Steinchen verziert war. Sie gehörte zu uns, den Scotts.

Als Emma den Anhänger umdrehte und die Rückseite sah, schluckte sie. »Ich werde dich immer finden«, las sie flüsternd vor.

Ich legte meinen Zeigefinger unter ihr Kinn, hob ihren Kopf an und wischte die Träne weg, die über ihre Wange lief. »Für dich würde ich die Welt in Flammen setzen. Egal was auch passiert oder wo du bist – ich werde dich immer lieben und finden.«

# Kapitel 16

## EMMA

*Für dich würde ich die Welt in Flammen setzen.* Seine Worte hallten in meinem Kopf nach, als wir nach einer Weile von der Plattform in die Richtung seines Wagens zurückgingen. Noch immer bekam ich das Grinsen nicht aus meinem Gesicht. Ryan hatte mir mit diesem Abend das perfekte Geburtstagsgeschenk gemacht und wir hatten neue Erinnerungen geschaffen. Und die goldene Kette war unbeschreiblich schön.

Lächelnd strich ich über den Anhänger, als wir wieder an dem Brunnen vorbeikamen, wo wir vorhin gegessen hatten.

»Also hat dir der Abend gefallen?«, hakte er zum gefühlt tausendsten Mal nach.

»Ja, wirklich«, versicherte ich ihm, als wir den Fußgängerweg händchenhaltend entlang gingen.

Plötzlich zog sich mein Magen zusammen und mein Blut rauschte in meinen Ohren. Ich atmete tief ein, zog die frische kühle Luft in meine Lunge und lauschte den Menschen um uns herum, die miteinander plauderten, und den Straßenmusikern, die noch eine Runde spielten. Dann stellten sich die Härchen an meinem gesamten Körper auf.

*»Was soll das?«,* fragte ich meine wahre Natur.

*»Ich bin das nicht. Aber ich spüre deine Unruhe.«*

Es war verrückt. Ich hatte das Gefühl, dass mein Körper mir sämtliche Signale sendete, dass irgendetwas nicht stimmte. Nicht nur dass ich eine verdammte Gänsehaut hatte, obwohl es nicht kalt war. Auch das ziehende Gefühl in meiner Magengegend war sonderbar. Mit einem Mal blieb ich stehen und Ryan marschierte ahnungslos weiter. Ein Ruck zog durch meinen Arm, ehe er stoppte und mich irritiert ansah.

»Ist alles gut? Hast du bei der Plattform etwas vergessen?«, fragte er.

Ich öffnete meinen Mund, nur um ihn wieder zu schließen. Super, was sollte ich ihm sagen? Dass ich ein merkwürdiges Gefühl im Bauch hatte, aber keine Ahnung, was das zu bedeuten hatte? Nein, das klang doch verrückt.

»*Er ist unser Gefährte und liebt uns. Niemals würde er uns für verrückt halten*«, maulte meine wahre Natur, die davon überzeugt war, dass wir Ryan einfach sagen sollten, was wir gerade fühlten. Aber sie hatte leicht reden.

»Emma?«

»Ich … Also, da ist so ein Gefühl«, fing ich an.

»Was für ein Gefühl?«

»Ich weiß es nicht, da ist einfach so ein ungutes Gefühl in mir.« Na, prima. Da hörte ich einmal auf meine wahre Natur und was passierte? Ryan sah mich an, als wäre ich ein beschissener Geist. Großartig.

Er kam auf mich zu und nahm mich in den Arm, küsste sanft meine Stirn und streichelte meine Wange. »Ich weiß, dass du viel durchgemacht hast und ich bei weitem nicht perfekt bin«, sagte er.

Ich öffnete leicht meinen Mund. Was meinte er denn jetzt damit?

»Aber ich liebe dich und du bist mein Licht, Emma. Wir werden das schon schaffen.«

Oh, verdammt. Ryan dachte tatsächlich, dass ich das Gute nicht annehmen und genießen konnte, nach allem, was mit uns passiert war. Das war nicht das, was ich ihm damit sagen wollte. Aber ehrlicherweise wusste ich auch nicht, wie ich ihm das seltsame Gefühl beschreiben sollte. Seufzend nahm ich es hin und lächelte ihm leicht entgegen.

Wir bogen um die nächste Straßenecke und wenige Meter vor uns konnte ich schon seinen Maserati sehen.

Ryan holte den Autoschlüssel heraus und setzte nochmal zum Reden an. »Emma, wir beide …«

Ein ohrenbetäubender Knall schoss durch meinen Gehörgang, während ich von einer heftigen Druckwelle erfasst und zurückgeschleudert wurde. Die Luft entwich aus meiner Lunge und ich schlug auf dem harten Asphalt auf.

*»Eine Explosion!«*, brüllte meine wahre Natur, während das konstante Piepen in meinen Ohren lauter wurde und sich eisenhaltiger Geruch mit verbranntem Fleischgestank in meiner Nase vermischte.

*»Steh auf, Emma!«*

Ich wollte auf sie hören, weg von dem Unfallort, aber meine Beine fühlten sich wie Blei an und mein gesamter Körper zitterte wie Espenlaub. Ich war unfähig, mich zu bewegen. Blinzelnd öffnete ich meine Augen. Dichter Rauch vermischte sich mit Staub und stieg empor, Menschen liefen panisch umher und achteten nicht darauf, ob jemand auf dem Boden lag.

Sie alle wollten nur weg.

Augenblicklich knallte eine zweite Explosion in die Luft, deren Druckwelle mich wieder erwischte. Schreiend wurde ich weggeschleudert.

Meine wahre Natur jaulte, als sich ein brennender Schmerz von meinem linken Rippenbogen nach oben bahnte und ich mein eigenes Blut auf der Zunge schmecken konnte.

Zitternd versuchte ich etwas zu erkennen, doch der stickige Rauch, der sich durch die Explosion ausgebreitet hatte, verschleierte meine Sicht.

Wie konnte so ein schöner Abend diese Wende nehmen?

Ryan.

Ich riss meine Augen auf und mein Herz schlug schneller, während der Rauch mich zum Husten brachte. Wo war er? Wurde er auch getroffen? War er womöglich verletzt?

Ich stützte mich hustend vom Boden ab und hievte mich hoch, entdeckte die Umrisse eines Baumes neben mir. Ich musste mit meinen Rippen dagegen geschleudert worden sein. Unter Schmerzen schleppte ich mich zu dem Baum und umklammerte ihn. Mit zusammengekniffenen Augen spürte ich, wie meine wahre Natur und die Dunkelheit in mir zusammenarbeiteten, damit ich mein Bewusstsein nicht verlor. Das Leuchten meiner Rubine wurde stärker und langsam konnte ich die Umgebung besser erkennen.

*»Schnell, ich weiß nicht, wie lange ich unsere Fähigkeiten halten kann«*, knurrte sie und ich krallte mich fester um den Baum, ignorierte meine Schmerzen und blickte geschockt um mich.

Heilige Scheiße. Ich hatte geglaubt, dass nach der ersten Explosion Panik herrschte, doch jetzt registrierte ich die Verwüstung der zweiten. Leichen lagen unter Betontrümmern, Autos brannten und lagen quer auf der Straße. Verängstigte Menschen rannten umher, während ihr Geschrei dumpf an meine Ohren gelangte und der Geruch von Blut und Verbranntem immer stärker wurde.

»Ryan«, krächzte ich viel zu leise. Der Rauch brannte immer stärker in meinen Augen.

*»Wir müssen ihn finden.«*

»Ich … *versuche es ja*«, stammelte ich, aber der Schmerz an meinen Rippen wurde unerträglich und hustend sackte ich ein. Der Druck und das Piepen in meinen Ohren hörte nicht auf und sorgte dafür, dass ich die dumpfen Geräusche um mich herum kaum zuordnen konnte. Es wurde lauter und ich nahm wahr, wie eine Schar an Menschen mit geweiteten Augen in meine Richtung stürmte. Sie versuchten, sich in Sicherheit zu bringen und da wurde es mir schlagartig bewusst. Das waren Schüsse!

Meine wahre Natur schrie auf, versuchte, mir Kraft zu geben, und ich nahm intensiv wahr, was sich vor mir abspielte.

Die Menschen schrien und nahmen keine Rücksicht. Sie rannten voller Panik und trampelten über einen Mann, der gestolpert und gestürzt war. Ich wollte zu ihm, diesen Mann vor seinem grausamen Schicksal bewahren, aber mit jedem Versuch, einen Schritt vorwärtszugehen, wurde ich von der panischen Menge zwei Schritte zurückgerissen. Mein Herz setzte aus, als ich die Schreie des Verletzten auf dem Boden hörte.

Er versuchte aufzustehen, doch scheiterte unter der Masse. Als sein letzter Hilfeschrei verstummte, füllten sich meine Augen mit Tränen. Der Mann war vor meinen Füßen gestorben und ich hatte ihn nicht retten können.

Es war zu viel. Hilfesuchend blickte ich um mich und stolperte zurück zu dem Baum. »Ryan …wo bist du?«, flüsterte ich und sackte langsam auf den Boden, presste meine Arme um meinen Körper, um mich zu schützen.

Durch die Menschenmassen würde ich nicht hindurchkommen und mit jeder Minute, die verging, wurde mir dunkler vor Augen.

Bitte, finde mich.

# RYAN

IN DEM MOMENT, ALS DIE EXPLOSION HOCHGING und wir voneinander gerissen wurden, rauschte mein Puls in meinen Ohren und meine Atmung beschleunigte sich, während meine Augen in ihren Smaragden leuchteten. Ich stemmte mich vom Boden und spürte, wie die Wunden sich zusammenzogen und heilten. Doch meine einzige Sorge galt Emma. Sie konnte ihre Fähigkeiten und die Magie noch nicht beherrschen und somit nicht auf ihre Selbstheilung zugreifen.

*»Wir sind schuld, wir hätten sie besser unterrichten sollen«*, marterte ich mich und schleppte mich durch die Straße, schob das ein oder andere zerstörte Auto mit Leichtigkeit beiseite und hob die Trümmerteile hoch, um meinen Engel zu finden.

»Emma«, schrie ich, sah wie Menschen in Panik schreiend durcheinanderliefen, während andere weniger Glück hatten und auf dem Boden zertrampelt oder von den Trümmerteilen und Autos getroffen wurden.

»Emma!«, brüllte ich und schupste mehrere Menschen aus dem Weg, als ich weiterging und die Sorge um meinen Engel mir beinahe die Luft abschnürte.

Immer wieder schrie ich ihren Namen, blickte um mich, während ich Blaulicht anrücken sah und Sirenen hörte, die näher kamen.

»Wo bist du?« Verzweiflung tränkte meine Stimme, als ich plötzlich mehrere Meter vor mir unter einem Baum eine Gestalt kauern sah. Die Menschen rannten daran vorbei und rempelten immer mal wieder gegen die Schultern des Geschöpfes. Meine wahre Natur schrie qualvoll auf und meine Smaragde strahlten hell, als ich auf das Geschöpf zuging.

»*Unser Engel*«, brüllte meine wahre Natur und drängte sich an die Oberfläche. Als ein panischer Mann über Emma stolperte, war es um mich geschehen.

Meine Krallen stachen aus meinen Fingerkuppen heraus und mit übermenschlicher Geschwindigkeit raste ich auf diesen Idioten zu, der es gewagt hatte, über meine Gefährtin zu fallen. Ich packte ihn und ehe ich mich zurücknehmen oder meiner wahren Natur Vernunft einbläuen konnte, rammte ich dem Mann meine Krallen in den Hals und zog mit einem kräftigen Ruck seinen Kehlkopf heraus. Blut spritzte mir ins Gesicht, befleckte meine Kleidung, aber das alles war egal. Ich warf ihn beiseite und hob Emma vorsichtig auf meine Arme. »Alles wird gut, ich bin bei dir«, sagte ich und küsste ihre Stirn, als mich ihre rubinroten Augen trafen.

Sie lächelte mich schwach an, das rote Leuchten in ihren Augen verschwand und sie färbten sich haselnussbraun. Meine Gefährtin drückte ihren Kopf an meine Brust und schloss ihre Augen, während ich los ging, um sie in Sicherheit zu bringen.

»Ryan!« Dario rannte mir mit dem gesamten inneren Kreis entgegen.

»Gott sei Dank.« Erleichterung breitete sich auf Milos Gesicht aus, als er uns beide sah, und Noel atmete tief durch.

»Endlich haben wir euch gefunden.«

»Als wir davon gehört haben, sind wir sofort los«, stimmte Dario zu und blickte dann auf Emma, die nach wie vor ihren Kopf an meine Brust gedrückt hielt.

»Vinz, richte alles her. Ich möchte, dass du Emma untersuchst.«

Mit unglaublicher Geschwindigkeit verließen wir den Unfallort und steuerten unser Zuhause an.

Ich sprintete mit meiner Gefährtin auf meinen Armen so schnell ich konnte. Häuser und Bäume blitzten nur so an mir vorbei, und doch kam es mir wie eine Ewigkeit vor, bis die Auffahrt zu meinem Grundstück endlich in Sichtweite kam.

»Bring sie in den Krankenbereich«, rief Vinzenz mir zu und raste ins Haus hinein.

»Wir sprechen gleich«, richtete ich meine Worte an die anderen Männer, die im Flur stehen geblieben waren. Ich stürmte mit Vinzenz in das Behandlungszimmer, Emma noch immer auf meinen Armen. Vorsichtig legte ich sie auf die Liege und trat einen Schritt zurück, als Vinzenz näherkam.

*»Er wird ihr helfen«*, sprach mir meine wahre Natur gut zu, doch Emma so auf der Liege zu sehen zerriss mir das Herz.

Vinzenz tastete ihren Körper vorsichtig auf Verletzungen ab. Blinzelnd trat ich näher, nahm ihre Hand und wollte für sie da sein, ihr beistehen und einfach helfen, doch als Vinzenz mich eingehend ansah, konnte ich die gelb leuchtenden Sprenkel in seiner Iris sehen.

»Ryan, du musst etwas beiseite gehen.«

»Ich will doch nur helfen«, murrte ich und strich meinem kleinen Engel über die Wange.

Vinzenz schüttelte seinen Kopf. »Ich kann sie so nicht behandeln. Entweder du stellst dich in die Ecke oder ich schmeiße dich aus dem Zimmer.«

Entsetzt starrte ich ihn an. Das konnte er unmöglich ernst meinen.

*»Vinzenz ist gut in dem was er macht und er hat recht, so behindern wir nur seine Arbeit.«*

»Ryan ...«, knurrte er und das Gelb wurde immer kräftiger.

Stöhnend schloss ich meine Augen und ging zur Tür. »Ich warte draußen«, murmelte ich, ehe die Tür hinter mir ins Schloss fiel. Ich konnte nicht einfach ruhig in die Ecke stehen und nichts tun, aber offensichtlich verstand Vinzenz das nicht. Schließlich lag meine Gefährtin auf der Liege und nicht seine.

Dieser Schmerz, der sich in meiner Brust ausbreitete, und der Gedanke, dass ich sie verlieren könnte, ließ mein Herz zusammenziehen. Ich ballte meine Fäuste, während ich im Flur auf und ab ging. Ich hasste es, mich so hilflos zu fühlen und spürte, wie meine Dunkelheit in mir brodelte. Ich wollte wissen, wer für diesen Anschlag verantwortlich war und ihn dafür bluten lassen. Ich wollte meine spitzen Krallen in sein weiches Fleisch rammen und meine scharfen Zähne in sein warmes Blut tauchen.

Fuck! Ich stemmte meine Hände gegen die Wand, lehnte meine Stirn dagegen und atmete tief durch.

*»Emma ist stark, und auch wenn sie die Selbstheilung durch ihre Fähigkeiten noch nicht erlangt hat, wird sie es schaffen.«*

Bestimmt. Aber wessen Schuld war es, dass sie ihre Fähigkeiten und die Magie noch immer nicht beherrschen konnte? Ich war dafür verantwortlich, weil ich Angst davor hatte, dass sie sich in ihrer Dunkelheit verlor und daran zu Grunde ging. Nur meine …

»Ryan«, holte mich Darios Stimme in den Flur zurück und ich drehte mich langsam in seine Richtung.

»Wie geht es Emma?«, wollte er wissen.

»Vinzenz hat mich rausgeschickt, damit er sie in Ruhe behandeln kann«, grummelte ich und lehnte mich an die Wand, als Dario es neben mir gleichtat.

»Ich verstehe deine Sorge. Wir alle wollen nur das Beste für Emma und Vinzenz wird ihr helfen.«

Er hatte doch recht. Keiner von uns kannte sich in der Medizin so gut aus wie Vinzenz und ich vertraute ihm, auch wenn es schwer war, nichts tun zu können.

»Ryan, alles wird gut.« Lächelnd legte er seine Hand auf meine Schulter.

»Habt ihr schon Neuigkeiten, was genau in der Stadt passiert ist?«, wollte ich wissen, um mich auf andere Gedanken zu bringen.

»Nein, die Medien und die Presse sprechen von einem Attentat, aber da sich noch niemand dazu bekannt hat, gibt es keine konkreten Informationen. Noel und Milo haben noch nichts herausgefunden und soweit ich weiß, ruft Milo gerade seinen Vater an.«

Das war gut. Alberto konnte sicher in einige unserer Probleme Licht ins Dunkel bringen und ehrlicherweise wäre ich froh, wenn er zu uns nach San Francisco käme und uns unterstützen würde. Nicht weil er alt und demnach auch mächtig war und Erfahrung mitbringen würde, die wir zweifelsohne gut gebrauchen könnten, sondern weil er ein guter Freund meines Vaters gewesen war. Genau so jemanden wollte ich als Unterstützung an meiner Seite haben.

»Halte mich auf dem Laufenden und sag mir Bescheid, sobald Alberto eingeweiht wurde«, sagte ich und betete, dass er einwilligen und hierherkommen würde. Auch wenn ich Alpha und König war, würde ich ihn niemals zwingen, mir zu helfen, oder ihn nach San Francisco beordern. Zum einen weil er meinen Respekt besaß und zum anderen konnte ich ihn zu nichts zwingen. Das würde gegen all das verstoßen, was ich von meinem Vater gelernt hatte und wie ich regieren wollte.

»Das mache ich. Du weißt, egal was auch passiert, wir stehen hinter dir und du kannst dich auf uns verlassen.«

»Ich weiß. Und dafür bin ich euch dankbar.« Die Jungs waren wie Brüder für mich und ihre unweigerliche Unterstützung war das, was mich weitermachen ließ.

»So«, erklang Vinzenz' Stimme, als er aus der Tür zu uns trat. »Jetzt können wir reden.«

»Wie schlimm sind ihre Verletzungen?«, wollte ich sofort wissen.

»Ihr linker Rippenbogen und ihre Schulter sind geprellt. Sie hat zahlreiche Schürfungen und ein paar

Schnittwunden an Armen und Beinen, aber nichts Lebensbedrohliches.«

Erleichterung breitete sich in mir aus und ich atmete tief durch.

»Heilt ihr Körper bereits?«, fragte Dario.

»Emmas Körper besitzt normalweise die gleichen Heilkräfte wie unsere, außerdem müsste sie sogar schneller heilen, wegen ihrem Blut«, sagte Vinzenz.

Ich spannte mich an, denn so wie er sein Gesicht verzog und durch seine hellbraunen Haare strich, war das noch nicht alles. »Sag es schon«, knurrte ich.

»Ich sagte normalerweise, denn aus irgendeinem Grund heilt sie nicht von allein. Ich habe meine Magie angewendet, auf ihre Wunden eine magische Salbe aufgetragen und ihr einen Trank gegeben, der ihre Heilung unterstützten wird.«

»Warum funktionieren ihre Heilkräfte nicht?«, sprach Dario meine Gedanken aus.

»Ich vermute, es liegt daran, dass sie ihre Fähigkeiten und die Magie noch nicht beherrscht.«

»Also ist es meine Schuld, weil ich sie nicht richtig trainieren lassen habe?«, murmelte ich und sofort schüttelten beide ihre Köpfe.

»Nein, Emma ist noch sehr jung. In ihrem Alter konnten wir unsere Fähigkeiten, geschweige denn unsere Magie auch noch nicht einwandfrei beherr-schen. Sowas braucht Zeit«, erklärte Vinzenz.

»Er hat recht, Ryan.«

Ich wusste, dass sie es gut meinten und nicht wollten, dass ich an meinen Schuldgefühlen verzweifelte oder am Ende Scheiße baute, doch einfach war das nicht und der Kloß in meinem Hals wurde größer. Ich

liebte Emma und wieder einmal war sie in meiner Anwesenheit verletzt worden. Was war, wenn ich doch
der Falsche für sie war? »Kann ich zu ihr?«, sagte ich
und versuchte die Gedanken zu verdrängen, die mich
wahnsinnig machten.

»Klar. Sie schläft jetzt und ich habe sie auf das
Sofa gelegt. Aber du kannst sie gern in euer Zimmer
tragen.«

Tief atmete ich ein und aus, ging an den beiden
vorbei und öffnete die Tür zum Behandlungszimmer.
Ich ging zu dem dunkelgrünen Sofa, wo meine Frau
mit einer schwarzen Wolldecke zugedeckt schlief.

»Es tut mir so leid«, flüsterte ich und küsste ihre
Stirn, ehe ich meine Gefährtin vorsichtig in meine
Arme hob und sie an Vinzenz und Dario vorbeitrug,
die nach wie vor im Flur standen.

In meinem Zimmer angekommen, befreite ich sie
von dem dreckigen Kleid, legte sie in mein Bett und
holte ein feuchtes Handtuch aus dem Bad. Ich säuberte
vorsichtig ihren Körper, bevor ich sie zudeckte und
mich neben sie schmiegte. »Ich liebe dich«, hauchte
ich ihr gegen die Lippen, ehe ich sie küsste und
zärtlich über ihre Wange strich, als mein Blick auf
die Halskette fiel.

Niemals wollte ich, dass ihr Geburtstag so endete.
Ich wollte den perfekten Abend mit ihr haben, an den
sie sich immer wieder gern zurückerinnern würde,
und jetzt war der Anschlag alles, was ihr im Gedächt-
nis bleiben würde. »Verzeih mir, mein kleiner Engel.«
Ich erhob mich und trat zum Fenster. Mittlerweile
war es weit nach drei Uhr. Ich blickte über meinen
beleuchteten Garten und nur ein Gedanke beherrschte

meinen Kopf. Was war, wenn mein Vater recht hatte und Emma und ich verflucht waren?

Fuck … Was, wenn unsere Liebe letztendlich alles und jeden in Gefahr brachte? Egal ob der Fluch existierte oder nicht, eine Sache war klar. Sollte ich Emma verlieren, würde die Dunkelheit mich zerfressen, denn nur sie schenkte mir das Licht.

Doch wäre ich dazu bereit, auf Abstand zu gehen, damit ihr nichts Schlimmes mehr widerfahren würde? Könnte ich die Dunkelheit in mir in Kauf nehmen, wenn ich bereits das Licht in Form meiner Gefährtin gekostet hatte?

# Kapitel 17

## TARIK

Ich wurde durch die Hektik auf dem Flur wach. Als ich aus meiner Zimmertür lugte, sah ich, wie Ryans innerer Kreis im Gang umher eilte. Dann waren sie in Ryans Büroräumen verschwunden. Was zur Hölle war hier los? Noel huschte noch einmal vorbei und als ich ihn fragend ansah, schüttelte er nur den Kopf und war wieder weg. Wieder einmal ließen sie mich außen vor und sagten mir nicht, was passiert war. Ich war sowas von genervt und verfluchte meine Situation.

Da ich hier nicht länger zur Ruhe kommen würde, ging ich in den Garten und setzte mich auf einen der Lounge-Sessel. Ich atmete tief durch und genoss die Ruhe. Diese wurde von zwei Wachen unterbrochen, die sich über einen Anschlag unterhielten, bei dem Emma verletzt worden sei. Mehr konnte ich nicht hören. Das alles war frustrierend. Aber was hatte ich erwartet? Dass sie mich zu all ihren Themen auf dem Laufenden halten würden?

*»Deswegen haben wir unseren Vater kontaktiert, damit wir endlich unseren Rang und Namen zurückgewinnen.«*

Damit hatte sie recht, aber unser alter Herr hatte sich seit unserem letzten Kontakt nicht mehr gemeldet und das Rumsitzen ging mir langsam gehörig auf die Nerven.

Plötzlich flog ein schwarzer Rabe vor mir auf den Glastisch. Er hob seinen Kopf und ich erkannte den eingerollten Zettel in seinem Schnabel, den er mit einem Krächzen auf den Tisch warf.

»Mann, ist das gruselig«, murmelte ich und hob den Zettel auf. Das Vieh schlug mit seinen Flügeln und krächzte lauter, während es über den Glastisch tapste und auf mich zukam.

»Was denn? Ich habe den Zettel ja schon«, zischte ich und ich hätte schwören können, dass der Rabe mich aus seinen schwarzbraunen Augen eindringlich ansah.

»Los, verschwinde«, fauchte ich. Mein Herz hämmerte in meiner Brust. Ich wischte meine feuchten Hände an meiner Jeans ab und umklammerte den Zettel.

Der Rabe schlug wild mit seinen Flügeln und machte unerträglichen Lärm.

»Scheiße«, fluchte ich.

Das Vogelvieh flog auf mich zu und ich konnte mich gerade noch rechtzeitig ducken, bevor es krächzend davonflog und hinter den Bäumen im Wald verschwand.

Schwer atmend legte ich meine Hand auf mein Herz. Ich lehnte mich zurück und versuchte mich zu beruhigen. Die kühle Luft und der süßliche Duft der Blumen entspannten mich allmählich, bevor ich mich umdrehte und mich versicherte, dass ich allein war.

Die Luft schien rein, also rollte ich den Zettel auf.

Mit großen Augen starrte ich auf den handgeschriebenen Zettel meines Vaters. Kabir war nicht gerade für seine Geduld bekannt und wer wusste, wie lange mein Halsband deaktiviert sein würde. Ich holte tief Luft, als der Rabe auf einmal wieder auftauchte und über mir kreiste. Ich sah ein letztes Mal um mich. Ryans riesiges Höllentier lag vor der Glasfront im Wohnzimmer und schlief seelenruhig.

Seufzend schüttelte ich meinen Kopf, knüllte den Zettel in meiner Hand zusammen und ließ meine Magie spielen. Eine helle Flamme erschien in meiner Handfläche und zerfraß den Zettel zu Asche.
Meine Mundwinkel zogen sich teuflisch nach oben. Gott, hatte ich dieses Gefühl vermisst. Meine wahre

Natur freute sich mit mir und die Wärme unserer Magie floss durch unsere Adern. Ich konnte meine Fähigkeiten wieder spüren.

Der Rabe krächzte über mir und signalisierte mir, dass ich ihm folgen sollte. Ein Grinsen lag auf meinen Lippen, als ich hinter dem Vogel immer tiefer in den Wald rannte. Der Wind wehte durch meine Haare, als ich immer schneller wurde und meine Augen in ihren Bernsteinfarben hell aufleuchteten. Ich konnte jedes Detail des düsteren Waldes haargenau erkennen.

Scheiße, tat das gut, wieder ich selbst zu sein und vor allem meine Magie und meine Fähigkeiten zu spüren.

*»Du sagst es, jetzt sind wir wieder ganz der Alte«*, jubelte meine wahre Natur, als ein tiefes Lachen aus meiner Kehle drang und der Rabe mich weiter bis zum Ende des eingezäunten Grundstückes mitten im Wald führte. Zu meiner Überraschung konnte ich ohne Probleme über die Mauer springen und raste dem Raben weiter hinterher.

*»Unser Vater hat uns den Weg freigeräumt.«*
Wer wusste, was er im Gegenzug verlangen würde.
Ich schüttelte diese Gedanken weg und sah das erste Mal seit Monaten San Franciscos Innenstadt, doch schön fand ich sie nicht. Die Stadt war nichts im Vergleich zu Chicago und es war mir ein Rätsel, warum Ryan ausgerechnet diesen Ort für sich ausgewählt hatte und nicht Los Angeles oder New York. Die bunten Beleuchtungen in den Gassen waren einfach hässlich und viel zu kitschig. Beim Anblick der Straßenmusiker und Bettler rümpfte ich die Nase. Von den Straßenbahnen wollte ich erst gar nicht anfangen – die sähen

aus, als würden sie gleich zerfallen. Nein, beim besten Willen konnte ich keinen Charme an San Francisco entdecken.

Endlich erreichte ich den Hügel, der von zahlreichen Bäumen und Büschen eingefasst war. In der Mitte stand ein hoher beleuchteter Turm und ich atmete erleichtert aus. Ich hatte mein Ziel erreicht. Als ich in den dunklen Nachthimmel blickte, konnte ich den Raben nirgends mehr entdecken.

Inmitten von Grün hörte ich das nächtliche Zirpen von Grillen, während ich den Tower ansteuerte und außer Atem die Treppen hochmarschierte. Ich erreichte den beschissenen Turm und entdeckte eine offene Tür, ging hinein und atmete tief durch, während ich mich umsah.

*»Wow!«* Meine wahre Natur staunte, als uns die Wandmalereien ins Auge stachen. Sie zeigten eindrucksvolle Landschaftsbilder und Abbildungen von Menschen und Tieren. Vorsichtig strich ich über eines der Kunstwerke, auf dem eine Person an einem Fluss saß und etwas wusch, jedenfalls sah das so aus. Ein weiteres Kunstwerk erinnerte mich an einen Marktplatz, auf dem Kinder und Erwachsene umhereilten und an Marktständen stöberten. Es war beeindruckend, was für ein Kunstwerk sich hier drinnen verbarg.

Mit jedem weiteren Schritt bewunderte ich den Tower, bis ich oben auf einer Plattform angekommen war. Durch dickes Gemäuer mit ovalen Öffnungen konnte man die Skyline von San Francisco sehen, doch meine Aufmerksamkeit galt dem Mann im Schatten in einer schwarzen Robe.

Ein silbernes Medaillon hing um seinen Hals und schimmerte im Mondlicht.

Seine bernsteinfarbenen Augen musterten mich. Als er langsam seine Kapuze nach hinten schlug, hielt ich meine Luft an.

»Wurde auch Zeit.«

Die Eiseskälte seiner Stimme durchfuhr mich wie ein Blitz. Die Härchen auf meinen Armen stellten sich auf, als sich der Rabe krächzend auf eine der Fensterbänke setzte und eine ganze Schar dazukam. Sie verteilten sich in den Fensteröffnungen, setzten sich auf den kalten Beton und krallten sich am Geländer des Treppenaufgangs fest.

*»Das ist gruselig«*, wisperte meine wahre Natur und verkroch sich wie ein Angsthase tief in mir, während mein Blick von den Raben zu meinem Vater schweifte.

»Wie ich sehe, machen sie dir nach all den Jahren immer noch Angst«, verhöhnte er mich und grinste finster.

Ein Schauer lief über meinen Körper, als er einem der Raben über seinen gefiederten Kopf streichelte. Gott, ich hatte es damals schon gehasst, wenn er all diese Raben an einem Ort versammelt hatte, und noch mehr, wenn ich mittendrin gestanden hatte. Diese Viecher waren unkontrollierbar und ich hätte schwören können, in ihren hässlichen Augen sowas wie Mordlust zu sehen. »Ich habe keine Angst, Vater. Ich mag die Raben nur nicht sonderlich«, sagte ich mit fester Stimme.

Er trat auf mich zu, während die Raben über und neben uns krächzten.

»Wie dem auch sei. Ich habe dich hierher geordert,

damit du deine Bestrafung erhältst und somit wieder deinen Platz an meiner Seite einnehmen kannst.«

»Natürlich, Vater.« Ich senkte leicht meinen Kopf.

Bei meiner unterwürfigen Geste hellte sich sein Gesicht sofort auf und die Raben verstummten.

»Ich werde deine Strafe selbst vollziehen und dir im Anschluss deine erste Aufgabe erteilen, damit du beweisen kannst, dass du es ernst meinst und dem Schattenrat würdig bist«, sagte er und grinste mich viel zu diabolisch an. »Ah, und bevor ich es vergesse. Ich werde dir einen Schutz auferlegen. Somit wird niemand mehr in deinen Kopf gelangen und deine Aura wird verdeckt bleiben, allerdings so, dass du deine volle Macht nutzen kannst.«

»Danke.« Das würde alles verändern. Und doch hatte ich das Gefühl, dass irgendwo ein Aber war.

»Dank mir noch nicht, mein Sohn. Den Schutz und deine volle Macht bekommst du erst zurück, wenn du deine Aufgabe erfüllt und mir und dem Schattenrat deine Loyalität bewiesen hast. Erst dann – und nur dann – erlösen wir dich von deinem Halsband und deiner demütigen Situation«, sagte er und blickte zu dem ovalen Fenster. Sofort flogen die Raben dort weg und mein Vater zog etwas unter seiner Robe hervor.

»*Oh nein*«, jammerte meine wahre Natur, als ich auf das Messer in seiner Hand starrte.

Das war nicht irgendein Messer. Die pechschwarze gebogene Klinge war mit mehreren Symbolen graviert, der Griff war kunstvoll mit Leder umwickelt und durch ein eindrucksvolles Muster verziert.

Ich kannte diese Messer, hatte sie damals zu Genüge bei den Meistern im Schattenrat gesehen und auch, was sie anrichten konnten. Bei dem Gedanken grauste es mir und mein Hals wurde trocken.

»Leg deine linke Hand darauf«, sagte mein Vater und deutete auf das Fenster, wo vor kurzem noch die Raben gehockt waren.

Ich tat es für meine Familie, für den Schattenrat. Mit gespreizten Fingern legte ich meine linke Hand auf den kalten Beton und schluckte nervös, als mein Vater mit dem Messer nähertrat.

»Deine Loyalität gehört ganz allein dem Schattenrat. Kein König, keine Freunde und keine Frau werden jemals zwischen dir und dem Schattenrat stehen. Schwöre es, Tarik, und der Rat wird dir vergeben.« Als das letzte Wort über seine Lippen kam, fingen die Raben an zu krächzen. Im nächsten Moment holte er aus und stach das Messer in meinen linken Ringfinger, drehte es vertikal und schnitt mir meinen Finger ab.

Mein schmerzerfüllter Schrei ging unter dem lauten Gekrächze der Raben unter. Der Schmerz bohrte sich unerträglich in mich, aber viel schlimmer war, dass mein Finger weder nachwachsen noch die Wunde von allein heilen würde. Dieses magische Messer konnte uns Shades nicht nur töten, sondern auch für immer verstümmeln.

»Schwöre es, Tarik«, drang die Stimme meines Vaters an meine Ohren.

Ich öffnete meinen Mund, spürte mein Herz wild in meiner Brust hämmern und der Schweiß perlte über meine Stirn. »Ich, Tarik Valdor, schwöre, dass meine ganze Loyalität dem Schattenrat gilt. Kein König, keine Freunde und keine Frau werden jemals zwischen mir und dem Schattenrat stehen.«

Kabir grinste zufrieden. Mit einem Mal leuchtete die Klinge hell auf, ehe er sie mir auf den blutenden Stummel meines Fingers drückte. Die Blutung stoppte sofort und die offene Wunde schloss sich, während ich meine Zähne vor Schmerz zusammenpresste.

Dann steckte mein Vater das Messer wieder unter seine Robe, während ich zurückstolperte und fassungslos auf meine Hand starrte.

Mein linker Ringfinger war einem hässlichen Stumpen gewichen, der daran erinnerte, was gerade geschehen war. Mir war kotzübel, als ich sah, wie die Raben sich auf meinen abgetrennten Finger stürzten und mit ihren Schnäbeln darauf einhackten.

»Deine Schuld wurde bereinigt und nichts steht dir im Weg, wieder ein vollwertiges und angesehenes Mitglied des Schattenrates zu werden«, sagte Kabir voller Stolz und ich versuchte zu lächeln. In Anbetracht der Raben, die meinen Finger vertilgten, und den unfassbaren Schmerzen in meiner Hand, war das alles andere als einfach.

»Was ist meine Aufgabe?«, fragte ich und versuchte, die Raben auszublenden.

»Lege das in Ryans Büro.«

Irritiert nahm ich eine Schriftrolle an und runzelte meine Stirn. Das sollte alles sein?

»Ist irgendetwas?«

»Ich hätte mit etwas anderem gerechnet«, gestand ich und das sadistische Grinsen auf seinen Lippen kehrte zurück.

»Oh, glaub mir, mein Sohn. Sobald Ryan Scott und sein innerer Kreis diese Schriftrolle gefunden und gelesen haben, geht es erst richtig los.«

Er grinste und ich starrte auf die Rolle. Das konnte nichts Gutes bedeuten.

»Dann wird der Krieg ausbrechen und unser aller Schicksal besiegeln.«

Lachend trat er zurück und ich blickte in seine leuchtenden Augen. »Ihr wollt einen Krieg entfachen?«, fragte ich, obwohl ich die Antwort schon längst kannte.

»Was wir wollen, ist unsere Sache, Tarik. Und jetzt auch deine, also gebe ich dir einen gut gemeinten Rat. Sobald sie diese Schriftrolle gelesen haben, wird deine vollständige Macht zurückkehren, aber du solltest vom Grundstück fliehen so schnell du kannst, denn gegen alle wirst du allein keine Chance haben.«

Jetzt wollte er mich verarschen, oder? »Was meinst du damit?«

»Schaffe es zum Flugplatz, dort wirst du erwartet«, sagte er und zog seine Kapuze tief ins Gesicht, ehe er sich umdrehte. »Ach, und enttäusche mich kein zweites Mal, mein Sohn.« Er sprang auf den oberen Rand der Plattform, während die Raben krächzend um ihn herumflogen. Dann stürzte er in die Tiefe und war mit samt den Raben verschwunden. Einzig und allein ein paar schwarze Federn flogen durch die Luft und landeten vor meinen Füßen, während ich die Schriftrolle fest umklammert in der Hand hielt.

Heilige Scheiße! Was war gerade passiert? Ich hatte nicht nur einen meiner Finger verloren, sondern mein Vater hatte mich wieder an seine Seite geholt und in die Reihen des Schattenrates aufgenommen. Ich war nicht mehr allein und hatte endlich wieder eine Zugehörigkeit.

Auch wenn ich neugierig war, warum ausgerechnet eine simple Schriftrolle einen Krieg entfachen sollte, traute ich mich nicht, sie zu öffnen. Ich kannte meinen Vater gut genug, um zu wissen, dass er sicher einen Zauber daraufgelegt hatte. Er würde nicht zulassen, dass Unbefugte den Inhalt der Rolle zu Gesicht bekämen. Und ich hatte nicht vor, noch einen Finger oder gleich mein ganzes Leben zu verlieren.

Eins war mir allerdings klar – mit dieser Aktion würde ich mich für Ryan und seine Männer zum Feind entpuppen, deswegen der Hinweis mit der Flucht. Doch welchen Flugplatz er meinte, wusste ich nicht. Wieder einmal hatte mein Vater in Rätseln gesprochen. Er liebte das und würde mich eher auslachen, als mir die Lösung zu verraten. Ich konnte nur hoffen, dass ich das früh genug selbst noch herausfinden würde.

*»Wenn wir scheitern, sterben wir. Deswegen hat er uns diese Aufgabe gestellt. Entweder wir werden sie meistern und beweisen, dass wir des Schattenrates würdig sind, indem wir es zum Flugplatz schaffen ... oder wir werden dabei draufgehen.«*

Meine wahre Natur hatte recht. Sollten wir diese Aufgabe nicht wie gefordert ausführen, hätten wir in den Augen meines Vaters keinen Wert und würden jegliches Recht auf Leben verlieren. Er würde mich eher tot sehen wollen, als mich zu verbannen.

Aber ich hatte nicht vor zu scheitern. Ich würde nicht sterben, sondern meinen Vater mit Stolz erfüllen.

# Kapitel 18

## DARIO

So beschissen wie letzte Nacht hatte ich schon lange nicht mehr geschlafen. Die Lust zum Essen war verflogen, also bestand mein Frühstück aus einem doppelten Espresso mit einer Zigarette, ehe ich in meine kurze Jogginghose und ein schwarzes Muskelshirt schlüpfte und mir meine Trainingstasche über die Schulter warf.

Ich fand mich in unserem Trainingsbereich im Keller wieder. Boxsäcke hingen von der Decke und standen vereinzelt auf dem Boden. Neben etlichen Reaktionszielen und Matten krönte ein Boxring die Mitte des Raumes.

Mein Ziel war einer der Sandsäcke. Ich stellte mich breitbeinig davor und fixierte den baumelnden Sack vor mir. Meine Brust hob sich schwer, als ich von einem Fuß auf den anderen wippte und meine Hände zu Fäusten ballte. Dann stieß ich meine Luft aus und schlug gekonnt mit der linken Faust in den Sandsack. Als der Sack zurückschwang, wich ich nach links aus, atmete aus und schlug flink mit der rechten Faust zu. Der Sandsack flog nach hinten und kam mit Schwung wieder zurück, ich wich wieder aus, fixierte den Sack und ließ meine ganze angestaute Energie daran aus.

»Fuck!«, brüllte ich und umfasste den Sandsack, lehnte meine Stirn dagegen und spürte, wie der

Schweiß über meine Stirn lief. Nachdem ich dem Sandsack einen letzten Hieb verpasst hatte, sah ich mich im Raum um.

Neben den Trainingsmöglichkeiten, die wir hier hatten, verbarg sich im nächsten Raum der Schießstand. Und genau da wollte ich jetzt hin.

Ich schnappte mir mein Handtuch aus meiner Tasche, wischte damit den Schweiß aus meinem Gesicht und legte es um meinen Nacken, ehe ich nach nebenan marschierte.

Aus meiner Trainingshose fischte ich den Schlüssel für die Schränke, in denen wir Schusswaffen und Messer aufbewahrten, und öffnete sie.

Ich strich mit meinen Fingern über die wunderschönen schwarzen und silbernen Exemplare der Knarren, ehe ich eine schwarze Smith & Wesson in die Hand nahm und sie umherdrehte. Eine MP, Full Size, Kaliber 40, M2.0 – die perfekte Pistole für mein heutiges Training. Ich griff zum passenden Magazin, lud die Waffe und stellte mich vor den Schießstand.

»Dann wollen wir mal«, murmelte ich und nahm konzentriert meine Schießhaltung ein, blickte mit leicht schrägem Kopf zum Ziel und drückte den Abzug. Der Rückstoß beflügelte meine Sinne und mein Herz schlug schneller. Ich schoss ein weiteres Mal und nach dem dritten Abzug sicherte ich die Knarre. Gott, tat das gut. Ich legte die Smith & Wesson vor mir auf die Metallhalterung und betätigte den Knopf, der mein Ziel zu mir fahren ließ.

*»Wir sind gut«*, sagte meine wahre Natur, als ich zufrieden auf ein sauberes Einschussloch auf der schwarz-weißen Zielscheibe blickte. Ich hatte alle drei

Kugeln in demselben Loch versenkt. Das nannte ich mal Skills à la James Bond.

»Nicht schlecht«, ertönte es hinter mir und ich zuckte zusammen, ehe ich mich zu Noel drehte, der in einer schwarzen Jogginghose und einem Muskelshirt neben mich trat. Er pfiff anerkennend, als er die Zielscheibe beäugte.

»Habt ihr schon Neuigkeiten?«, fragte ich. Als er seinen Kopf schüttelte, stöhnte ich auf. Wäre auch zu schön gewesen.

»Milo ruft heute Nachmittag seinen Vater an. Der ist gerade noch mit seiner Mutter unterwegs und nicht erreichbar. Aber keine Sorge, Milo wird uns schon auf dem Laufenden halten«, sagte er und legte seinen Kopf schräg, während seine Mundwinkel immer höher gingen. »Was hältst du von einer kleinen Partie?«

Ich wusste, was er meinte, und eigentlich hatte ich keine Lust darauf. Aber er stupste meine Schulter an und ließ nicht locker. »Komm schon, ich brauche einen Sparringspartner.«

»Nur eine kleine Runde«, murmelte ich und stapfte zurück in den anderen Raum, wo ich meine Handschuhe aus meiner Tasche kramte und sie anzog. Ich stieg in den Ring, während Noel lässig über die Seile zu mir sprang und seine dunkelgrünen MMA-Handschuhe überstreifte.

»Das wird ein Spaß«, sagte er und lachte, als wir uns gegenüberstellten und tief durchatmeten. Der fröhliche, jugendliche Ausdruck wich aus seinem Gesicht und wir lockerten unsere Muskeln.

Nur eine kleine Runde.

Wir nickten uns zu und gingen aufeinander los. Unsere Fäuste flogen durch die Luft, während wir mit übermenschlicher Geschwindigkeit im Ring von einer Ecke in die andere sprinteten und die Hiebe des Gegenübers blockten, bevor wir erneut ausholten.

Unser Kampf war anders als der bei den Menschen. Wir setzten unsere übernatürliche Kraft ein, schenkten uns nichts und wären wir menschlich, hätten wir sicher den ein oder anderen Knochenbruch erlitten.

Als ich Noels Kiefer traf, zuckte sein Mundwinkel und er strich sich mit seinem Handschuh darüber.

»Nicht schlecht.«

Oh, das war mir bewusst. Ich musste mir eingestehen, dass mir der Kampf mit ihm mehr als nur guttat, auch wenn meine Rippen schmerzten, weil er jedes verdammte Mal die gleiche Stelle traf, anstatt mir einen Hieb gegen den Kiefer zu verpassen. »Hast du schon genug?«, sagte ich herausfordernd und er wischte sich den Schweiß von der Stirn.

»Auf keinen Fall.«

Ich holte mit links aus. Noel wich zur Seite, blockte meinen Schlag und gab mir einen kräftigen Kinnhaken, der mich nach hinten stolpern ließ. Ehe er mich erneut erwischte, raste ich auf die andere Seite, rutschte auf meine Knie und schlug ihm von hinten so stark in die Kniekehlen, dass er zu Boden ging. Ich setzte zum finalen Schlag an, als er sich am Boden abstützte, sich drehte und mit seinem Bein ausholte. Grinsend sprang ich in die Luft und entkam seinem Schlag.

Unsere Fäuste flogen umher und der Schweiß tropfte von unseren Körpern. Keuchend schlugen wir zu und halfen mit unseren Beinen nach.

Ich wusste nicht, wie viel Zeit vergangen war, bis wir beide völlig ausgepowert auf die Matte fielen.

»Heilige Scheiße«, keuchte ich und hob mein Shirt an. Auf meinen Rippen prangte ein großer rotblauer Fleck. Als ich zu Noel blickte, stellte ich fest, dass er nicht besser aussah. Sein Kiefer war rot und an seinem Oberschenkel thronte ein blauer Fleck.

»Du sagst es, aber es war ein guter Kampf.«

»Definitiv.«

Wir beide sahen uns an und grinsten, ehe wir uns brüderlich die Hand gaben und uns aufhalfen.

»Wir sollten uns einen von Vinz' Tränken besorgen«, stöhnte Noel, als wir beide aus dem Ring stiegen und er sein Muskelshirt auszog.

Ich starrte auf seinen tätowierten, muskulösen Oberkörper, der von roten und blauen Flecken übersät war. »Dir ist bewusst, dass du dazu dein Oberteil nicht ausziehen musst?« Ich schüttelte meinen Kopf, schnappte mir meine Tasche und wir verließen den Keller.

»Stell dich nicht so an. Ist ja nicht so, als hättest du mich noch nie nackt gesehen«, witzelte er und ich schlug ihm gegen seinen blauen Fleck, was ihn aufjaulen ließ. »Dario, der Kampf ist vorbei.«

»Ja, und du hast noch immer dieselbe große Klappe«, murmelte ich. Auch wenn Noel zweifelsohne ein sehr guter Kämpfer war, fragten wir uns immer wieder, warum die Frauen ihm praktisch auf den Schoß sprangen. Sie waren nicht einmal sauer, wenn er ihnen die falsche Nummer gab oder danach ein Taxi bestellte und sie allein sitzen ließ. Milo meinte einmal, dass das der Noel-Effekt war. Was das bedeuten sollte, wusste

ich nicht. Schließlich sahen wir alle gut aus, und in der Menschenwelt waren wir als Untergrundbosse bekannt und gefürchtet. Das Verbotene und Gefährliche war schon immer verführerisch und die Frauen standen darauf. Aber keiner hatte so einen Verschleiß wie Noel, der es offenkundig genoss.

*»Er ist definitiv ein Casanova, ganz im Gegenteil zu Vinzenz«*, stimmte mir meine wahre Natur zu, als wir in den Krankenbereich kamen und in das Büro von Vinzenz traten, der uns mit hochgezogener Augenbraue ansah.

Vinzenz war tatsächlich selten in Clubs oder Bars und wenn, dann nur weil er von jemand anderem genötigt wurde. Selbst dann schleppte er nie eine Frau ab. Er verkroch sich lieber in seinem Labor oder im Keller zum Trainieren. Ich hatte nichts dagegen, auch wenn ich seinen Lebensstil langweilig fand. Ab und an eine Frau zu nehmen war nie verkehrt.

Meine Gedanken drifteten zu Emma, was mein Herz schneller schlagen ließ. Scheiße, warum zur Hölle kam sie mir jetzt in den Sinn?

»Hier, allerdings sind das erstmal die Letzten. Ich werde morgen neue brauen.«

Blinzelnd starrte ich auf Vinzenz, der uns zwei Fläschchen hinhielt. Noel nahm eines davon an und leerte die Flasche in einem Zug.

»Dario?«, sagte Vinzenz und runzelte seine Stirn.

Mir fiel wieder der Grund ein, warum wir hergekommen waren.

»Ich hatte völlig vergessen, wie bitter das schmeckt«, sagte Noel und verzog sein Gesicht, als er das leere Fläschchen auf Vinzenz' Schreibtisch stellte.

Ich nahm meines in die Hand, betrachtete die braune leicht schimmernde Flüssigkeit und sah wieder zu Vinzenz.

Er sortierte die Papiere auf seinem Schreibtisch und richtete seinen Blick auf mich. »Na los, trink schon. Dann werden eure Verletzungen schneller heilen.«

Der magische Trank zeigte bei Noel bereits seine Wirkung. Die Flecken auf seinem Körper waren so gut wie alle verschwunden und die zurückgebliebene Röte verblasste langsam. Dank Vinzenz hatten wir Zugriff auf eine Vielfalt davon, die uns in einem Kampf von Vorteil sein würde.

Ich holte tief Luft, drehte den Korken heraus und sofort stieg ein moosiger Geruch in meine Nase. So schnell ich nur konnte, exte ich den Inhalt des Fläschchens, doch egal wie sehr ich den Geschmack ausblenden wollte, es gelang mir nicht. Das Holzige vermischte sich mit etwas Erdigem und wurde immer bitterer. Meine Lippen kribbelten, als ich den letzten Tropfen geschluckt hatte und das Fläschchen abstellte. »Das Zeug ist widerlich«, keuchte ich und griff zu der Wasserflasche auf dem Schreibtisch, aus der ich einen kräftigen Schluck nahm.

»Mag sein, aber es hilft.«

»Stimmt«, grummelte ich und spürte, wie die letzten Verletzungen verheilten.

»Sieh es doch mal so, mit diesem Trank heilen wir fast so schnell wie Ryan.« Noel grinste mir entgegen und stupste mich spielerisch an der Schulter an.

Auch wenn wir adlig waren, konnten wir nicht mit dem königlichen Blut mithalten.

Unsere Heilung verlief demnach langsamer, doch mit dem Trank waren wir im Handumdrehen wieder einsatzbereit.

Auch wenn die Schmerzen noch nachhallten, fühlte ich mich wie neugeboren. Das Zeug wäre während eines Krieges das perfekte Aufputschmittel.

»Obwohl ich diese Tränke eigentlich für Notfälle braue«, grummelte Vinzenz und sortierte feinsäuberlich sein medizinisches Besteck.

»Ja, wir haben es verstanden«, sagte ich und verdrehte meine Augen. Schnell verließ ich das Behandlungszimmer, ehe Vinzenz mich noch rauswerfen würde.

Wenn er eines hasste, war es Unordnung und Dreck, sei es auch nur ein verdammter Fussel.

*Nicht einmal die Krankenhäuser sind so steril und sortiert wie das Behandlungszimmer von Vinz«*, maulte meine wahre Natur, als ich mich auf den Weg zu meinem Zimmer machte. Im Flur begegnete ich Ryan, der mit einem vollgeladenen Tablett in die Richtung seines Flügels balancierte.

*»Wie es aussieht, läuft es gut zwischen den beiden.«*
*»Musst du mich daran erinnern?«*, fauchte ich.

Mir ging es gut und ich fühlte mich ausgeglichen … hätte meine Natur ihre beschissene Klappe nicht aufgerissen und mich an Emma erinnert.

Scheiße, verdammt! Das ganze Training war für die Katz gewesen.

EMMA

»RYAN«, KEUCHTE ICH UND SETZTE MICH ruckartig auf. Sofort durchfuhr mich ein brennender Schmerz, als im selben Moment die Tür aufging und Ryan mit einem Tablett ins Zimmer kam. Er stellte es auf der Kommode ab und rannte zu mir ans Bett.

Moment. Tablett? Bett?

Ich war in Ryans Zimmer, stellte ich fest, und meine Wunden waren einem dumpfen Schmerz gewichen.

Die Tatsache, dass ich nackt war, ließ mich mehrmals blinzeln, ehe ich zu meinem Gefährten blickte, der sich vorsichtig neben mich auf das Bett setzte und mich besorgt ansah.

»Wo hast du Schmerzen? Soll ich Vinz rufen?«

»Wie sind wir hierhergekommen?«, fragte ich.

»Ich habe dich getragen. Also, wo hast du Schmerzen?«

»Mir geht's gut«, flüsterte ich, als langsam die Erinnerungen an unseren Ausflug zurückkamen. Wir hatten einen wundervollen Abend verbracht, bis die Explosion uns auseinander geschleudert hatte. Ryan hatte mich also nicht nur hierher gebracht, sondern dafür gesorgt, dass ich aus dem dreckigen Kleid gekommen war und die Wunden verheilt waren.

»Ich weiß nicht, was ich sagen soll, außer, dass es mir so unendlich leidtut«, sagte er und die Reue stand ihm ins Gesicht geschrieben.

Doch ich verstand ihn nicht. Warum entschuldigte er sich? Ryan hatte die Explosion nicht ausgelöst, weder die erste noch die zweite.

»Es war nicht deine Schuld.« Lächelnd nahm ich seine Hand in die meinen und er strich sanft über meine Wange.

»Bist du dir da sicher? Jedes Mal, wenn wir zusammen sind, passiert dir etwas.«

Warum zur Hölle klang er voller Wehmut und wieso hatte ich das Gefühl, dass er gleich etwas sagen würde, was definitiv nicht gut war? Scheiße, bildete ich mir das alles nur ein? »Ryan …«, setzte ich an, aber er schüttelte nur seinen Kopf und stand auf, stellte sich vor das Fenster und strich sich durch seine Haare.

»Was ist, wenn mein Vater recht hatte und wir tatsächlich verflucht sind?«

Seine Stimme klang verändert. Kälter und unerreichbar, obwohl er nur ein paar Meter von mir entfernt stand. Es fühlte sich an, als wären all unsere Fortschritte der letzten Zeit mit einem Schlag zerstört.

»Sag das nicht«, flüsterte ich und spürte den Kloß in meinem Hals, der größer wurde. Mein Herz zog sich schmerzhaft zusammen.

»Denkst du, ich will, dass wir verflucht sind?«, spie er mir entgegen, als er sich mit leuchtenden Smaragden zu mir drehte und zischend seine Luft ausstieß. »Verdammt, ich liebe dich, Emma. Du bist mein Licht.«

Die pure Verzweiflung spiegelte sich in seinen Augen wider, als ich vorsichtig aus dem Bett stieg und

mich vor ihn stellte, meine Hände auf seine Brust legte und seinen wild pochenden Herzschlag unter meinen Handflächen spüren konnte.

»Dann lass es nicht zu, Ryan. Lass nicht zu, dass uns Gerüchte oder Mythen zerstören«, flüsterte ich und blickte in seine Augen. Warum sollten die Götter uns als Gefährten zusammenführen und uns dann verfluchen? Das ergab keinen Sinn.

»*Flüche existieren nicht*«, stimmte meine wahre Natur mir zu.

»Emma ...«

Der gequälte Ausdruck in seinem Gesicht zerriss mir mein Herz. Am liebsten hätte ich ihm den Rücken zugedreht, um meine Tränen zu verbergen, die sich langsam an die Oberfläche bahnten. »Nein, versprich mir, dass wir uns nicht noch einmal verlieren.« Noch weitere sechs Jahre zu verlieren, würde ich nicht ertragen, und bei dem Gedanken schnürte sich meine Kehle zu. Die erste Träne lief über meine Wange, als er auf mich zukam, sie mit seinem Daumen wegwischte und mich sanft an seine Brust zog.

»Bitte, ich kann dich nicht verlieren«, sagte ich mit belegter Stimme. »Ich liebe dich, Ryan.«

Sanft legte er seinen Zeigefinger unter mein Kinn, hob meinen Kopf an und strich mit seinem Daumen über meine Wange und hinab zu meinen Lippen, die sich leicht öffneten. Ich seufzte sehnsüchtig.

»Mein kleiner Engel«, raunte er gegen meine Lippen und glitt mit seinen Händen von meinem Rücken hinunter zu meinem Hintern.

»*Heilige Scheiße, wir sind nackt!*«, keuchte meine wahre Natur und ich verdrehte innerlich meine Augen.

Das war mir durchaus bewusst, aber bis zu diesem Augenblick war es mir egal gewesen. Doch jetzt, wenn ich in seine leuchtenden Smaragde blickte, seine warmen Hände auf meiner nackten Haut spürte, schlug mein Herz schneller und meine Brust hob sich schwer, als ich über meine trockenen Lippen leckte.

»Das ist wirklich keine gute Idee.« Seine Stimme wurde tiefer, rauer und die Leidenschaft blitzte in seinen Augen auf, als ich auf meine Unterlippe biss und sein Adamsapfel zuckte.

»Ja, das ist wirklich keine gute Idee«, wisperte ich, und doch schaffte ich es nicht, Abstand von ihm zu nehmen.

»*Unsere Verletzungen sind verheilt, also los*«, mischte sich meine wahre Natur ein und bevor ich sie aufhalten konnte, übernahm sie die Kontrolle.

Ich legte meine Arme um Ryans Nacken und meine Lippen trafen auf seine. Sofort schlang er seine Arme um mich und drang mit seiner Zunge in meinen Mund, liebkoste meine, hob mich hoch und setzte mich auf das Fensterbrett.

»Ryan«, keuchte ich außer Atem und blickte in zwei hungrige Smaragde, als er meine Beine spreizte und mit seiner Hand auf meine feuchte Mitte schlug, was ein Keuchen über meine Lippen und mein Herz zum Rasen brachte. Seine Mundwinkel zuckten, bevor er mit einem Finger in mich eindrang und ich meine Hände links und rechts gegen den Fensterrahmen drückte.

»So feucht für mich«, knurrte er und meine Lippen zuckten, während meine Atmung schwerer und das Pochen zwischen meinen Beinen stärker wurde.

Grinsend schlug er auf meine Oberschenkel und hinterließ einen roten Abdruck, als er seinen Finger erneut in mir versenkte. Mein Stöhnen verstummte durch seinen Kuss, während er mit seinem Daumen den Druck auf meiner Perle erhöhte, einen zweiten Finger in mich einführte und beide in mich pumpte.

Die Lust überwältigte mich und ich warf meinen Kopf in den Nacken, stemmte meine Hände fester gegen den Fensterrahmen und mein eigenes Stöhnen, das von den Wänden widerhallte, drang in meine Ohren. Er rieb immer kräftiger an meiner Perle und fickte mich mit seinen Fingern.

»Oh Gott«, keuchte ich, als er andauernd meinen G-Punkt stimulierte und das schmatzende Geräusch meiner feuchten Muschi den Raum erfüllte.

»Komm für mich, Engel«, befahl er und seine vor Macht strotzende Alpha-Aura preschte durch sein Zimmer. Als ich schreiend zum Höhepunkt kam, brach meine Aura an die Oberfläche. Beide vermischten sich miteinander und eine magische Elektrizität lag in der Luft.

Ryan zog mich vom Fensterbrett, drehte mich mit dem Rücken zu sich und spreizte meine Beine. Ich presste ihm meinen Hintern entgegen und er versenkte sich mit einem kräftigen Stoß in mich.

»Fuck, wie ich deine enge Pussy liebe«, keuchte er und stieß tief in mich.

Meine Hände rutschten zur Seite und ich stemmte sie gegen das Fensterbrett. Mit jedem harten Stoß wippten meine Brüste und seine Hoden klatschten von hinten gegen mich. Er packte meinen Hals von hinten, drückte zu und hämmerte animalisch in mich.

Das Gefühl überwältigte mich und Ryan füllte mich mit seiner Größe aus. Als ich immer näher in die Richtung der Klippe geschleudert wurde, verfestigte er seinen Griff.

Ich hielt es beinahe nicht mehr aus. Mein Herz raste wild, als er plötzlich meinen Hals losließ und meinen Kopf an meinen Haaren in den Nacken zog. Ich schrie laut, als mein Orgasmus mich überwältigte.

»Du gehörst mir, nur mir«, knurrte er und versenkte seine scharfen Zähne in meinem Fleisch, als er kam. Doch in dem Moment übernahm meine wahre Natur die Kontrolle und ich drehte mich zu ihm, ignorierte den ziehenden Schmerz an meinem Kopf und blickte meinen Gefährten durch rubinrote Augen an. Wie fremdgesteuert biss ich in seinen Hals.

Warmes Blut füllte meinen Mund und floss meine Kehle hinunter. Ein holzig herber Geschmack breitete sich mit jedem Schluck in meinem Mund aus, bis ich über den Biss leckte, in zwei leuchtende Smaragde blickte und wir uns küssten.

Süßes vermischte sich mit Herbem und unsere Auren schlossen uns in ihre Arme. Die Luft wirkte elektrisiert und die Strahlkraft unserer Augen zeigte sich jeweils auf dem Gesicht des anderen.

Die Götter hatten uns füreinander auserwählt, und das vor unserer Geburt. Ryan und ich waren Gefährten für alle Ewigkeit.

Liebevoll strich er über meine Wange. »Wir beide sind füreinander bestimmt«, sagte er und hob mein Kinn an. »Egal was passiert, ich würde die ganze Welt in Brand stecken, bis ich dich wieder in meinen Armen halte.«

»Und ich werde uns niemals aufgeben, mein Alpha.«

»Mein wunderschöner kleiner Engel«, raunte er mir entgegen und hob mich hoch. Er trug mich ins Bett, ehe er sich zu mir legte, mich an seine Brust zog und die Decke um uns legte.

# Kapitel 19

## TARIK

Wut durchflutete meine Venen und mein Herz schlug schneller in meiner Brust, als ich im Garten stand und bezeugen musste, wie Ryan Emma vor dem Fenster nahm und sie es allen Anscheines genoss. Mit jeder Minute, die ich sie beobachtete verfestigte sich mein Plan und der Hass auf Ryan und seine Männer drang in jede Faser meines Körpers.

*»Tarik, verdient Emma nicht etwas Glück?«*, fragte meine wahre Natur allen Ernstes und ich schüttelte meinen Kopf. Sie verdiente es, aber nur mit mir.

Frustriert ging ich zurück und wollte ins Haus, als der beschissene Krazor aus dem Wald kam, an mir vorbeirannte und es natürlich nicht lassen konnte, mich anzuknurren.

»Was?«, fauchte ich, denn dieses Höllentier ging mir auf die Nerven. Er jagte im Wald, knabberte an den Statuen, ging abends rein zum Schlafen oder blieb gleich draußen. Er beachtete die anderen kaum, verfolgte nur Emma manchmal heimlich, wenn sie sich draußen im Garten aufhielt. Er ließ alle in Ruhe, nur mich knurrte er an.

»Sieh mich nicht so an«, maulte ich, als der Krazor in der Luft schnupperte und seine grünen Augen bedrohlich funkelten. Er fletschte wieder seine Zähne

und knurrte, als plötzlich zwei krächzende Raben wie aus dem Nichts vom Himmel flogen und auf den Krazor losgingen.

»Was zur Hölle …« Keuchend wich ich zurück, während die Raben mit ihren Schnäbeln auf den Krazor einhackten, bis er jaulend in den Wald flüchtete.

*Ich sage es ja nur ungern, aber das ist das erste Mal, dass wir die Raben mögen.*«

Die Raben meines Vaters.

Sie kreisten krächzend über mir.

»Ich hasse sie«, murrte ich und blickte zu ihnen hoch. »Was wollt ihr?«

Natürlich antworteten sie nur mit ihrem ohrenbetäubenden Krächzen und umkreisten mich weiter. Als hinter mir die Stimmen von Noel und Milo erklangen, waren die Raben so schnell verschwunden, wie sie gekommen waren.

»Ja, wir …«, setzte Milo an, als Noel ihn anstupste und in meine Richtung nickte. Sofort verstummte er.

»Was? Habt ihr immer noch Angst, dass ich hinter Vlad stehen könnte?«, fauchte ich.

»Bei dir weiß man nie«, entgegnete Milo.

Ich ballte meine Hände zu Fäusten, spürte, wie meine Atmung sich beschleunigte und verengte meine Augen zu Schlitzen. »Ich stehe nicht hinter Vlad.«

»Was soll ich sagen? Ich kann dich einfach nicht leiden, Valdor«, spuckte Noel seine Worte aus und zeigte mir seine Amethyst-Augen, während Milos sich in ihr Jadegrün mit den glühenden orangen Sprenkeln verwandelten.

Meine Augen blieben braun.

*»Bald werden wir unsere volle Macht wiederhaben«*, sagte meine wahre Natur und lachte sadistisch.

»Keine Sorge, ich kann euch auch nicht ausstehen.« Damit drehte ich mich um und ging mit schnellen Schritten hinein und hoch in mein Zimmer. Ich durfte nicht ausrasten, denn das würde mir nur Schmerzen einbringen und ich musste bei vollen Kräften sein, wenn ich aus diesem Grundstück entkommen mochte. Seufzend schloss ich die Zimmertür hinter mir, lehnte mich dagegen und blickte auf meine linke Hand.

*»Wir sind dennoch stark, der Ringfinger ist zweitrangig«*, versuchte sie mich aufzumuntern.

Obwohl der Schmerz verschwunden war und es mir gut ging, starrte ich immer wieder auf den Stummel an meiner Hand. Bei dem Gedanken, wie die Raben meinen Finger gegessen hatten, schüttelte es mich. »Reiß dich zusammen«, herrschte ich mich an und trat zu der Kommode, in der ich die Schriftrolle versteckt hatte, und holte sie heraus.

*»Wir erfüllen den Auftrag, fliehen vom Grundstück und eilen zum Flugplatz, danach sieht die Welt besser aus.«*

Das war der Plan und mit der Hilfe meines Vaters und den anderen Meistern des Schattenrates würde ich nicht nur meinen Namen und Rang zurückbekommen, sondern Vlad und Ryan endgültig vernichten.

Diabolisch grinsend holte ich die Landkarte unter meinem Kopfkissen hervor, die ich von einem der Angestellten gegen das Versprechen eines Bündel Geldes erhalten hatte.

*»Es war viel zu einfach«*, sagte sie.

Seit ich hier war, hatte ich genug Zeit gehabt, um die Angestellten zu beobachten. Einer der Gärtner nahm ab und an seinen Sohn mit, der ihm beim Tragen von kleineren Bäumen, Blumen und Kübeln voller Erde half. Gestern hatte ich nach meiner Ankunft einen der frisch gepflanzten Bäume ausgerissen und zwei Büsche ausgerupft. Nachdem der Gärtner das Chaos entdeckt hatte, hatte er wie vermutet seinen Sohn zu Hilfe angefordert. Ich hatte nicht lange warten müssen, bis er auftauchte, und genau da hatte ich ihn mir geschnappt.

Ich hatte ihm eine halbe Millionen Dollar geboten, die er bekommen würde, sobald ich aus San Francisco sein würde. Dafür musste er mir eine Karte der Umgebung organisieren und sämtliche private Flugplätze notieren.

Der Idiot hatte viel zu schnell eingewilligt. Mittags hatte ich die Karte bereits bekommen und sie in meinem Zimmer versteckt.

Wirklich zu einfach. Ich schüttelte diese Gedanken weg, denn vielleicht hatte ich auch einfach mal Glück, dass es bei mir lief.

*»Wir machen das Richtige und jetzt hör auf, darüber so nachzudenken«,* maulte meine wahre Natur und ich machte es mir auf meinem Bett bequem.

Ich faltete die Karte auf und legte das Blatt Papier mit den Flugplätzen daneben.

»Der Idiot hat seine Arbeit wirklich gut gemacht«, murmelte ich und sah die rote Umkreisung auf der Karte, die Ryans riesiges Grundstück kennzeichnete. Ich wusste, dass sein Anwesen weit von der Stadt entfernt war, aber mir wurde erst jetzt bewusst, wie groß der Wald war.

*»Wir sollten die Flugplätze in der Nähe anpeilen«*, schlug sie vor und ich verglich die Standorte mit der Karte.

*»Es gibt zwei im Wald. Einer war ein alter Militärstützpunkt, der mittlerweile leer steht. Und der andere ist ein kleiner Flugplatz für Rundflüge.«*

Zwei weitere waren direkt in der Stadt, einer davon am Flughafen, und die letzten beiden waren außerhalb von San Francisco, die konnte ich ausschließen. Doch die Frage war, wohin würde mein Vater gehen?

*»Ich denke, er wird einen der beiden im Wald wählen.«*
*»Warum glaubst du das?«*
*»Weil er es spannend machen möchte.«*
Scheiße, da war etwas Wahres dran.

Seufzend lehnte ich mich zurück und nahm die Karte in die Hand, sah mir das riesige Grundstück an und versuchte ungefähr herauszufinden, wo ich letztens aus dem Areal entkommen war. Ich schätzte die Entfernung zu dem Flugplatz mit den Rundflügen und dem alten Militärstützpunkt Pi mal Daumen, wobei zweiterer näher lag.

»Wetten, da ist Ryans Flugplatz«, murmelte ich. Mal ehrlich, ein verlassenes Militärgelände war perfekt für einen Flugplatz, den niemand offensichtlich sehen sollte. Außerdem müsste Ryan dort nur die Gebäude und Aussichtsplattformen erneuern lassen und könnte den gesamten Stützpunkt zur Überwachung nutzen, ohne etwas Neues bauen zu müssen.

*»Stimmt, und er würde seinen Flugplatz niemals unbewacht lassen.«*

Da war ich mir sicher, vor allem, weil ich einen Teil seines Geschäftes gesehen hatte, als ich auf der Suche

nach meinen Zutaten gewesen war. Ryan nutzte sicher seinen Flugplatz, um die Ware nach San Francisco zu schmuggeln, und ich wollte mir gar nicht ausmalen, wie viele Wachen dort standen. Wie sollte dort ein Flugzeug auf mich warten?

»Verdammt«, fluchte ich und schloss meine Augen, rieb über meinen Nacken und legte meinen Kopf zurück. Wie stellte mein Vater sich das vor und wer sollte mich dort retten? Ich glaubte nicht, dass er mich persönlich abholen würde. Obwohl …

»Das ist doch verrückt«, murrte ich. Ob mein Vater dort auftauchen würde, nur um zu sehen, ob ich es schaffte oder scheiterte? Zutrauen würde ich es ihm.

*»Also peilen wir den Militärstützpunkt an?«*

Was sollte es, ich konnte so oder so nichts mehr verlieren.

*»Ja, so machen wir es«*, beschloss ich und versuchte, mir die Karte einzuprägen. Bald würde ich die Schriftrolle ins Spiel bringen und somit würde, wie mein Vater es sagte, der Krieg beginnen. Alpha gegen Alpha, König gegen Prinz, Ryan gegen Vlad.

WIR HATTEN ALLES FÜR UNSEREN KLEINEN Ausflug geplant und gepackt. Seit einer halben Stunde saßen wir im Auto und während Jegor fuhr und sich über den Verkehr aufregte, beugte sich Grigorij, der auf der Rückbank saß, immer wieder vor und wechselte die Lieder im Radio. Das endete bei amerikanischem Hip-Hop, den er nach seiner Rock-'n'-Roll-Phase für sich entdeckt hatte. Er drehte ordentlich auf, was Jegor noch mehr fluchen ließ.

»Sagt mir gleich noch mal, warum ich euch mitnehme?«, murrte ich.

Jegor drehte die Musik leiser und stellte auf Klassik um. »Weil wir deine besten Freunde sind, obwohl ich wirklich überlege, ob ich Grigorij aus meinem Wagen werfen soll.«

Grigorij schnaubte empört. »Ich habe dir von Anfang an gesagt, dass wir mein Auto hätten nehmen können.«

»Nicht schon wieder«, knurrte ich, sank auf dem Beifahrersitz ein Stück tiefer und rieb meine Schläfen. Die Diskussion, ob wir mit Grigorijs dunkelblauem BMW oder mit Jegors schwarzem Mercedes fuhren, hatte uns fast zwanzig Minuten gekostet, bis ich meine Aura hervorgeholt und beide zum Schweigen gebracht hatte.

»*Schade, dass wir das jetzt nicht können*«, murmelte meine wahre Natur, die genauso genervt von den beiden war wie ich. Das Schlimmste war, dass wir noch gute zweieinhalb Stunden fahren mussten.

»Vlad, komm schon. Du magst meine Musik auch mehr als den Opern-Scheiß von Jegor.«

»In einer Oper singen die Darsteller, bei meiner Musik singt niemand«, schnauzte Jegor.

Als beide erneut versuchten, die Musik zu wechseln, drückte ich auf das Display und schaltete die Musik aus. »Ihr beide seid Krieger, Kämpfer und furchteinflößende Killer und streitet euch wegen so etwas?«

»Sagt ausgerechnet der skrupellose Prinz, der auf französische Süßspeisen steht«, motzte Grigorij.

»Und nicht zu vergessen, dass unser herzloser Prinz Emma beschützen will, sei es als Mann oder Schatten.«

Verarschten sie mich gerade? Grummelnd verschränkte ich meine Arme vor der Brust und rutschte in meinem Sitz noch weiter runter, bis mein Blick auf meinen Ehering fiel und ich an meine Frau denken musste. Es war Jahre her, dass Emma ihren Ring ausgezogen und mir vor die Füße geworfen hatte. Doch was sie nicht wusste, war, dass ich ihren Ring noch immer besaß und ihn nicht eingeschmolzen oder weggeworfen hatte, wie sie wahrscheinlich vermutete.

»Vlad, wir werden Unterstützer finden«, riss mich Grigorij aus meinen Gedanken, der wohl meinen traurigen Gesichtsausdruck gesehen hatte.

»Er hat recht, es gibt viele Leute in deinem Königreich, die deinen Vater nicht mehr auf dem Thron sehen wollen und für einen Wechsel sind«, stimmte

Jegor ihm zu, doch ich drehte nur meinen Ring umher und sagte nichts.

»Sie alle sehnen sich nach frischem Blut, einem neuen Herrscher, der etwas verändert.«

»Und dabei denken sie an mich?«, schnaubte ich und schüttelte meinen Kopf. Ganz sicher nicht. Sie sahen doch alle nur das Monster, was mein Vater aus mir geformt hatte.

»Natürlich sehen sie dich als ihren König, Vlad. Du bist mit nichts nach Frankreich gegangen, hast dir dort etwas aufgebaut und Kontakte geknüpft, genauso wie du das Schloss in Chicago erobert hast. Sie sehen in dir ihren König und in niemand anderem.«

Mit Frankreich hatten sie recht und ich vermisste die Zeit dort, doch ich bezweifelte, dass das Volk mich so sah. Was erwartete das Volk von einem neuen König? Welche Gesetze sollten neu erlassen oder abgeschafft werden und wer würde tatsächlich an meiner Seite kämpfen? Es gab so viele Fragen und ich hatte das Gefühl, dass ich keine einzige Antwort bekam.

»Vlad, wir stehen hinter dir und sobald es publik wird, dass wir Männer suchen, die an deiner Seite kämpfen, werden sie sich uns anschließen.«

»Ich hoffe du hast recht«, murmelte ich und sah zu Jegor, der mich aufmunternd anlächelte und sich wieder auf die Straße konzentrierte, während Grigorij meine Schulter kurz drückte, ehe er wieder auf seinem Smartphone herumtippte.

Ich atmete tief durch, sah aus dem Fenster und beobachtete die Autos, die neben uns auf der Straße fuhren und die vereinzelten Bäume, die hinter den Leitblanken vorbeirauschten.

»Was haltet ihr davon, wenn wir auf der Hälfte der Strecke einen Stopp machen und etwas essen?«, schlug Grigorij vor.

»Hast du etwas entdeckt?«, fragte Jegor und ich war erleichtert, dass die beiden nicht schon wieder zu streiten anfingen.

»Ja, es ist zwar nur eine Raststätte, aber sie hat die besten Bewertungen und danach würden wir nur noch knapp eine Stunde fahren.«

»Klingt nach einem Plan«, sagte ich. So lange könnte ich in Ruhe nachsehen, wo wir meinen Kontakt treffen würden, und mir die Umgebung auf dem Navi genauer ansehen.

*»Gute Idee, so können wir Probleme schon mal ausschließen und uns vorbereiten.«*

*»Das ist der Plan«*, antwortete ich und holte mein Telefon heraus, öffnete meine Mediathek und ging vereinzelte Bilder durch.

Auf jedem war Emma zu sehen. Wie sie lachte und sich in ihrem Kleid drehte. Das Funkeln in ihren Augen erwärmte mein Herz.

Ich hatte die Bilder am Anfang unserer Beziehung gemacht und sie zeigten, dass Emma nicht immer unglücklich an meiner Seite gewesen war. Sie hatte gelacht, herumgescherzt und wir hatten schöne Erinnerungen gesammelt. Seien es die Opernbesuche, die Spaziergänge im Park und am Strand oder unsere gemeinsamen Abendmahle in den verschiedensten Restaurants, die wir ausgesucht hatten, um etwas Neues zu kosten. Wir waren glücklich gewesen … Sie war es gewesen.

Mein Herz zog sich zusammen und mein Mund wurde trocken, je länger ich die Bilder anschaute. Schnell steckte ich das Telefon zurück in meine Hosentasche, wischte eine aufkommende Träne weg und griff zu der Wasserflasche, die in der Halterung steckte, und nahm mehrere Schlucke daraus.

Verflucht noch mal. Ich spürte Jegors Blick auf mir. »Sag nichts«, murrte ich und er zuckte nur mit seinen Schultern.

»Schon gut, aber du sollst wissen, dass es okay ist, Reue oder Mitgefühl zu empfinden.«

»Jegor«, warnte ich ihn.

»Er hat recht. Es zeigt, dass du nicht wie dein Vater bist«, sagte Grigorij von hinten.

»Und ja, wir halten schon die Klappe«, murmelte Jegor und ich lehnte mich zurück. Wie konnten sie sich so sicher sein, dass ich nicht wie mein alter Herr war?

Ich atmete tief durch, als Jegor endlich zur Raststätte abbog und den Motor abseits auf dem großen Parkplatz abstellte. Ich stieg aus, streckte mich und griff ins Seitenfach der Tür, holte meine Zigaretten heraus und ließ eine kleine Flamme auf meinem Zeigefinger erscheinen, womit ich meine Zigarette anzündete, und einen kräftigen Zug davon nahm.

»Ich besorg uns mal was zu essen und trinken. Habt ihr Wünsche?«, fragte Grigorij.

»Kaffee für mich«, rief Jegor und lief zu den Toiletten, während Grigorij mich abwartend ansah.

»Und für dich?«

»Bring einfach etwas mit.«

Ich vertrat mir die Füße, bevor ich mir gleich die Karte im Navi und somit unseren Treffpunkt genauer

ansehen wollte. Als ich ein letztes Mal an meiner Zigarette zog, hörte ich plötzlich eine männliche Stimme, die nicht weit entfernt war.

»Du Nichtsnutz eines Sohnes!«

Augenblicklich erstarrte ich, drehte mich um meine eigene Achse, doch konnte außer ein paar Erwachsenen mit ihren Kindern, die in die Raststätte steuerten, und anderen, die rauchten, niemanden sehen.

Verdammt. Mir wurde bewusst, dass ich das durch meine übermenschlichen Sinne gehört haben musste.

»Das wird dir eine Lehre sein«, ertönte es wieder und ich spitzte meine Ohren, konzentrierte mich auf die männliche Stimme und folgte ihr, bis ich hinter das Toilettenhäuschen trat, wo ein leicht metallischer Geruch in der Luft lag.

»Was ist denn hier los?«, murmelte ich und trat näher, als ein paar Meter vor mir unschwer zu erkennen war, wie ein älterer Mann in Jogginghose und Pullover vor einem kleinen Jungen stand und ausholte.

Das geht mich nichts an, Menschen sind mir egal, sagte ich mir. Doch als ich den Geruch des Blutes aufnahm, das aus der Nase des Jungen tropfte, verengten sich meine Augen.

Dreh dich einfach um und geh, befahl ich mir, und mit all meiner Selbstbeherrschung tat ich das, doch als der alte Mann »Ich werde dich schon noch richtig erziehen« brüllte, setzte etwas in mir aus. Es war, als würde ein Schalter umgelegt werden und meine Augen färbten sich in ihre Onyxe. Ich ließ meinen Nacken knacksen und raste auf den Mann zu, packte ihn und drückte ihn gegen die dreckige Wand des Toilettenhäuschens.

»Was … willst du?«, stotterte der Mann, doch ich nahm ihn kaum wahr.

Mein Herz raste und meine Krallen bohrten sich durch meine Fingerkuppen nach außen. Schwarze Schuppen breiteten sich auf meiner Haut aus, meine Sinne wurden gestochen scharf und im nächsten Moment warf ich den Mann auf den Boden und sprang auf ihn. Ein heller Schrei erklang und aus dem Augenwinkel nahm ich den kleinen Jungen wahr, der ängstlich auf dem Boden kauerte und sich seine Augen zuhielt. Doch ich hatte nur diesen Mann im Visier.

»Niemand muss mich erziehen!«, brüllte ich, stach meine Krallen in den Oberkörper des Mannes und riss seine Brust auf. Eisenhaltiger Geruch umhüllte mich, tauchte mich in einen Nebel voller Hass und Zorn, und alles, was ich wollte, war den dreckigen Boden mit seinem Blut zu tränken.

Immer wieder stach ich zu, biss in sein Fleisch und labte mich an seinem Saft. Nachdem ich den Mann ausgeweidete hatte, verlor ich mich im Blutrausch und ging auf mein nächstes Opfer los.

Meine Krallen schimmerten rot, Blut lief aus meinen Mundwinkeln und in meinem Kopf hörte ich das Geschrei eines Jungen, der nur an das Grab seiner Mutter wollte. Stattdessen bekam er Prügel und Knochenbrüche.

»Oh verdammt!«, rief jemand, dessen Stimme ich kannte, aber nach der ich nicht greifen konnte. Die Stimme in meinem Kopf war zu laut, zu verzweifelt und zu gebrochen. Ich schrie, schlug um mich und brüllte wie ein wild gewordenes Tier.

»Jegor!« Wieder die Stimme, doch wer war er? Ein Freund, der mich aus dem Kerker befreien konnte, oder mein Peiniger? Ich wollte so sehr danach greifen, mich daran klammern und aus meinen Gedanken fliehen, die mich in ihren eisernen Ketten gefangen hielten.

»Niemand erzieht mich«, brüllte ich, blinzelte und versuchte, klar zu sehen. Der Geruch von Natur vermischte sich mit dem eines stickigen Kerkers und meine Sinne spielten verrückt.

»Er weiß nicht mehr, wo er ist«, hörte ich jemanden rufen, als ich plötzlich gewaltsam auf dem Boden landete.

»Runter von mir, ich bring euch alle um«, fauchte ich und rammte meine Krallen in meine Angreifer, als mich auf einmal etwas am Hals traf und der Nebel vor meinen Augen nach und nach wich.

»Hat es funktioniert?«

»Woher soll ich das wissen? Ich habe die Dosis verdreifacht.«

Stimmen, die ich kannte, denen ich vertraute. Sie kamen näher und ich hielt mich daran fest, als ich vor mir den ausgeweideten Mann auf dem Boden sah. Ich hob meinen Kopf an und mein Blick fiel auf den kleinen Jungen, der genauso zugerichtet war wie sein vermeintlicher Vater.

Eine Träne lief über meine Wange.

Was hatte ich getan?

Im nächsten Augenblick wirkte das Serum und ich wurde bewusstlos.

# Kapitel 20

Gestern hatte ich nicht mehr viel getan. Nach einer schönen Dusche hatte ich mit Noel das ein oder andere Bier auf dem Balkon getrunken.

Fit und gut gelaunt ging ich mit einem belegten Brötchen in meiner Hand in das untere Büro zur Besprechung … und verschluckte mich prompt an meinem Essen, als ich den Biss in Ryans Hals sah, der trotz seines Hemdes deutlich zu sehen war.

*»Das kann nur eins bedeuten«*, jammerte meine wahre Natur und ich drängte sie zurück. Ich wollte nicht daran denken, dass Ryan und Emma Sex hatten, und noch weniger, dass sie sich gegenseitig markiert hatten. Scheiße, daran wollte ich definitiv nicht denken, denn das hieß, dass beide einen weiteren Schritt nach vorn gemacht hatten.

»Alles gut?«, riss mich Milo aus meinen Gedanken. Er starrte mich an und ich biss schnell in mein Brötchen.

»Ja, ich habe nur Hunger«, murmelte ich und ließ mich auf das schwarze Sofa fallen, während Vinzenz an der Wand lehnte und die beiden anderen sich auf die Stühle vor Ryans Schreibtisch fallen ließen.

»Ich weiß, die Besprechung findet früher als geplant statt.

Aber keine Sorge, ich halte mich kurz, dann könnt ihr zum Frühstück«, sagte Ryan und setzte sich hinter seinem Schreibtisch auf den großen schwarzen Sessel.

»Wie ihr wisst, überlege ich, Alberto mit ins Boot zu holen, und deswegen hat Milo seinen Vater kontaktiert«, sagte Ryan und gab das Wort an Milo weiter. Der nickte und ich war sofort hellwach. Das musste bedeuten, dass es neue Informationen gab und wenn ich Glück hatte, konnte ich San Francisco für ein paar Tage verlassen.

»Genau, ich habe mit meinem Vater gesprochen und er ist bereit, sich alles anzusehen. Er möchte mich heute noch in seinem Herrenhaus in Seattle empfangen.«

Seattle war nicht weit weg und mit dem Flugzeug würden wir in knappen zwei Stunden da sein.

»Ich möchte, dass Dario dich begleitet, und hoffe euch so bald wie möglich zusammen mit Alberto hier begrüßen zu können.«

»*So bald wie möglich heißt bei Ryan, er gibt uns höchstens zwei Tage, wenn überhaupt*«, überlegte meine wahre Natur und ich aß mein Brötchen auf.

»Noel, ich möchte, dass du alle Informationen über das Opernhaus in Chicago und auch über die Explosionen hier zusammenträgst und mir heute Abend vorlegst.«

»Ich gebe mein Bestes«, murmelte er.

Soweit ich wusste, hatten wir bereits versucht, Informationen aus Chicago zu bekommen, doch waren nicht weiter, was das Opernhaus anging.

Nachdenklich sah ich dabei zu, wie Noel und Vinzenz als erstes das Büro verließen, ehe Milo sagte, dass er in ein paar Stunden losfliegen wollte und wir

uns in der Garage treffen würden, um zusammen zum Flugplatz zu fahren. Ich blieb allein mit Ryan zurück.

Er runzelte seine Stirn und kam um den Schreibtisch herum auf mich zu.

»Ich wollte, dass du mitgehst, weil du der Richtige dafür bist und Alberto zur Not überreden kannst«, setzte er an und ich nickte langsam.

»Du weißt, dass dich keiner der Jungs verraten würde, oder?«, sagte ich.

»Natürlich, ihr seid wie Brüder für mich. Aber Noel ist für solche Sachen zu locker und Vinz würde vermutlich sagen, dass ich der König bin und Alberto deswegen hierherkommen sollte.« Er seufzte.

Da war etwas dran. Egal wie gut Noel auch im Kampf war, in der Politik unserer Spezies war er die reinste Katastrophe und hatte als junger Shade für die ein oder andere Schlagzeile seiner Familie gesorgt. Vinzenz dachte viel zu logisch und ihm fehlte das Einfühlungsvermögen, um jemanden politisch zu überzeugen. Aber wenn es um medizinische Dinge ging, konnte ihm niemand das Wasser reichen.

»Stimmt«, murmelte ich und strich über mein schwarzes Shirt.

»Du bist nicht umsonst mein Beta und wenn es darauf ankommt, wirst du Alberto überreden, ohne dass es wie ein Befehl klingt.«

»Sicher werde ich das«, sagte ich und blickte zu dem Biss auf seinem Hals, deutete mit meiner Hand auf meinen. »Wie ich sehe, läuft es gut zwischen euch?«

Sofort hellte sich sein Gesicht auf und für einen Moment sah ich den unbeschwerten und fröhlichen Kindheitsfreund von früher.

»Ich hätte niemals damit gerechnet, dass sie mich markiert, aber ich kann mich nicht beschweren.«

Die Freude in seiner Stimme war kaum zu überhören und ich freute mich für ihn, wirklich. Er war mein bester Freund und ich bemerkte, wie seine Dunkelheit schwand und ihn nicht mehr so stark beherrschte wie noch vor ein paar Jahren. Das alles war ein großer Fortschritt und genau das, was ich wollte, und doch spürte ich einen Stich in meinem Herzen und den Drang, am liebsten sofort zu Emma zu wollen. »Ich freue mich für euch.«

»Danke. Das alles habe ich dir zu verdanken. Du hast niemals aufgehört, an mich zu glauben, und standest immer hinter mir, egal wie dunkel es aussah«, sagte er, grinste und legte seine Hand auf meine Schulter.

»Genauso wie du hinter mir stehst. Wir sind Brüder, egal was unser Blut sagt.« Und deswegen musste ich Emma vergessen. Bis jetzt schaffte ich es, ihr aus dem Weg zu gehen. Wenn ich daran dachte, was das letzte Mal passiert war, als wir allein waren, könnte ich mir selbst eine reinhauen.

*»Wir haben sie geküsst«,* erinnerte mich meine wahre Natur an meinen größten Fehler.

»Alberto wird unser Trumpf sein. Er weiß Sachen, die wir vielleicht nicht wissen und wenn wir Glück haben, kennt er sich mit der Koslow-Linie aus.«

Ich hoffte, dass Ryan recht behielt, denn ein paar neue und brisante Informationen über das russische Königshaus würden uns sicher helfen. »Wir werden das schaffen, dieses Mal gewinnen wir«, sagte ich und sofort erkannte ich den aufflackernden Schmerz in seinen grünen Augen.

»Das habe ich vor. Aber ich will ehrlich sein ...«
Er blickte beiseite. »Vlad ist alles andere als schwach
und wir dürfen ihn kein zweites Mal unterschätzen.«

Ryan strich vorsichtig über seine Narbe und ich
versuchte krampfhaft, nicht daran zu denken, was
damals geschehen war, denn das würde uns beiden
nicht weiterhelfen.

»Dieses Mal sind wir die Gewinner.« Meine Stimme
klang ernst und ich wollte damit nicht nur ihm Mut
machen, sondern auch mir. Noch einmal würde ich es
nicht aushalten, meinen besten Freund und Alpha so
leiden zu sehen. Nie wieder würde ich das zulassen.

»Sicher, natürlich werden wir gewinnen«, versuchte
Ryan mir Mut zu machen, doch ich konnte die Zweifel
in seinen Augen erkennen.

Er klopfte mir auf die Schulter und verabschiedete
sich mit den Worten, dass er zu seinem Engel gehen
würde, ehe er sein Büro verließ und ich hinauf in
mein Zimmer ging, um meine Reisetasche zu packen.

# EMMA

ES WAR EIN SCHÖNER SOMMERNACHMITTAG.
Nachdenklich saß ich im Garten auf der Lounge, genoss die Wärme der Sonne und beobachtete den Krazor, wie er im Garten umhertollte und zum Brunnen lief, sich auf den Rand stellte und etwas trank, ehe er wieder an der umgekippten Statue knabberte und sich sichtlich wohlfühlte. Kaum zu glauben, dass er eigentlich ein aggressives und bösartiges Tier sein sollte.

Als er seinen Kopf in meine Richtung drehte und angelaufen kam, musste ich lachen. Auch wenn er sich lieber im Wald aufhielt, liebte er es, gestreichelt zu werden, und sobald er mich im Wohnzimmer oder hier draußen entdeckte, ließ er sich die Gelegenheit nicht nehmen.

Er schlängelte sich an der Lounge und dem Glastisch vorbei, packte mit seiner Schnauze das Kissen, das neben mir lag, und schob sein Hinterteil auf die Lounge, ließ seine Vorderpfoten herunterbaumeln und sah mich mit dem Kissen im Maul an.

»Du bist mir vielleicht einer«, sagte ich kichernd. Das Bild war köstlich, wie er mich mit seinen grünen Augen beinahe anbettelte, ihn zu streicheln.

Ich nahm ihm das Kissen aus dem Maul, legte es auf die andere Seite neben mich und kraulte seinen großen Kopf, was er mit einem zufriedenen Schnurren quittierte. Ich schlang meine Arme um seinen Hals und lehnte meinen Kopf an seinen.

»Wie ich sehe, kannst du sogar ein Höllentier zähmen«, erklang Ryans Stimme und er blieb vor uns stehen. Als er seinen Krazor anblickte, sprang dieser auf und ging zurück zu seiner Statue.

»Du hast ihn verscheucht«, stellte ich enttäuscht fest.

Ryan reichte mir seine Hände und ich legte meine in seine, bevor er mich zu sich hochzog.

»Ich habe ihm gesagt, dass er gehen soll, weil ich mit dir allein sein möchte.«

Ich hob meine Augenbaue an. Er wollte mit mir allein sein? Meine Gedanken drifteten zu unserem wahnsinnigen Sex auf dem Fensterbrett ab und Hitze stieg in meinen Wangen. Oh Scheiße, denk an etwas anderes, herrschte ich mich an. Aber als ich in zwei leuchtende Smaragde blickte, wusste ich, dass Ryan denselben Gedanken hatte, was das Ganze nicht gerade besser machte.

»Welche versauten Gedanken treiben sich in deinem süßen Köpfchen umher?«, sagte er und zog mich an seine Brust, glitt mit seinen Händen über meine Taille hinab zu meinem Hintern und kniff hinein, was das Glühen auf meinen Wangen noch mehr entfachte.

»Tu nicht so, als müsstest du nicht auch daran denken, Alpha«, hauchte ich gegen seine Lippen und schob den Kragen seines Hemdes etwas nach unten, um den Biss zu sehen.

»Ich habe so das Gefühl, dass dein sexy Arsch verprügelt werden muss, damit du weißt, wer hier das Sagen hat.« Seine Stimme klang tief und rau, als er ausholte und mit seiner flachen Hand kräftig auf meinen Hintern schlug.

Heilige Scheiße, wie verrückt konnte ich nach einem Mann sein? Ich spürte das Pochen zwischen meinen Beinen und versuchte krampfhaft, einen klaren Kopf zu behalten. »Warum bist du hier, Ryan?«, fragte ich und meine Stimme klang alles andere als standhaft. Sie war belegt und heiser, was mich innerlich fluchen ließ.

»Eigentlich wollte ich dir zeigen, wie du deine Sinne verschärfen kannst, aber gerade denke ich eher darüber nach, wie ich deinen Arsch zum Glühen bringen kann.«

Ich starrte in seine grünen Augen und seine Worte sickerten in meinen Verstand. Alles, woran ich dachte, war, wie Ryan mit der Peitsche meinen Arsch versohlte und mich danach hart fickte.

»*Was definitiv nicht schlecht ist*«, stimmte mir meine wahre Natur zu.

»*Er will uns mit unseren Fähigkeiten helfen, also mach was!*«, fauchte ich sie an. Es turnte mich zwar unglaublich an, dass mein Gefährte meinen Hintern massierte und draufschlug, doch das mit den Fähigkeiten war wichtig, auch wenn mein Körper im Moment definitiv etwas anderes wollte.

»*Aber das fühlt sich so gut an*«, stöhnte meine wahre Natur.

»*Los jetzt*«, bettelte ich. Sie knurrte und ich spürte meine Dunkelheit, die sich an mein Licht schmiegte.

Wie aus dem Nichts ragten im nächsten Augenblick meine dunkelroten Flügel hervor und sorgten dafür, dass Ryan mich losließ. Diesen Moment nutzte meine wahre Natur aus und brachte mich ein paar Meter von ihm weg, doch das geschah so schnell, dass ich ins Straucheln geriet und auf meinen Hintern flog.

*»Ist das dein Ernst?«*, schimpfte ich.

*»Das war doch nicht meine Absicht, wir können das eben noch nicht steuern«*, rechtfertigte sich meine wahre Natur.

Ryan kam vor mir zum Stehen, verschränkte seine Arme vor der Brust und legte seinen Kopf schräg.

»Wolltest du vor mir weglaufen?«, sagte er und grinste spitzbübisch.

»Was, ich? Niemals«, stammelte ich, stand auf und klopfte den Dreck von meinem schwarzen Kleid.

Lässig kam er auf mich zu, blieb neben mir stehen und flüsterte in mein Ohr. »Weißt du, ich liebe eine spannende Jagd.« Dann marschierte er einfach in die Richtung des Waldes, während ich blinzelnd und mit heißen Wangen wie angewurzelt stehen blieb.

*»Das nenne ich mal ein gewaltiges Eigentor«*, sagte meine wahre Natur und kicherte tückisch.

*»Du bist schuld, dass wir den Jagdinstinkt unseres Gefährten geweckt haben«*, sagte ich empört.

»Kommst du oder soll ich dich über meine Schulter werfen?«, rief Ryan.

Ich drehte mich in seine Richtung und rannte zu ihm. »Nicht nötig, ich bin schon da.«

Zufrieden grinste er mich an, als wir den gepflegten Bereich des Gartens verließen.

Warum gingen wir in den Wald? Wir kamen immer tiefer hinein und noch immer hatte er nichts gesagt.

»So, jetzt müsste es passen«, sagte er endlich und blieb stehen.

Als ich mich umsah, zog ich meine Stirn kraus. Alles, was ich hören konnte, war der Wind in den Bäumen und das Gezwitscher von Vögeln. Vereinzelte Sonnenstrahlen bahnten sich ihren Weg in den Wald und verpassten ihm einen einzigartigen Charme.

»Also ich finde es hier wirklich schön, aber ich verstehe nicht, was wir hier machen sollen.«

Ryan grinste mich an und trat hinter mich, legte seine Arme um mich. Sofort schlug mein Herz schneller und die Schmetterlinge in meinem Bauch flatterten wild umher.

»Der Wald ist perfekt, um die Sinne zu schärfen. Hier gibt es verschiedene Gerüche und Geräusche«, erklärte er und küsste meinen Hals. »Schließ deine Augen und sag mir, was du wahrnehmen kannst.«

Ich tat, was er sagte, schloss meine Augen, lehnte mich in seine Arme und versuchte, mich auf meine Umgebung zu konzentrieren, aber ich spürte keine Veränderung. »Das funktioniert nicht«, seufzte ich.

»Konzentriere dich auf das Rascheln der Bäume, das Pfeifen des Windes.«

»Ryan, ich glaube nicht, dass das geht.«

»Du schaffst das, ich glaube an dich«, machte er mir Mut und ich atmete tief durch.

*»Ich versuche dir zu helfen, so gut ich kann.«*

»Konzentriere dich«, flüsterte er in mein Ohr.

Ich sog die frische Luft tief ein und plötzlich nahm ich neue, intensive Gerüche wahr. Intensiver als je zuvor.

»*Kannst du das auch riechen?*« Meine wahre Natur staunte und ein Schmunzeln bildete sich auf meinen Lippen. Der fruchtige Duft der wilden Blumen vermengte sich mit holzigem, würzigem Harz und dem erdigen Geruch von Moos. Je mehr ich mich anstrengte, desto stärker wurden die Gerüche und auf einmal hörte ich Tiergeräusche, die ich zuvor nie wahrgenommen hatte.

»*Das ist beeindruckend*«, keuchte meine wahre Natur, als wir das Zischen einer Schlange und das Scharren von Rehen hörten. Irgendwo hörte ich Wasser plätschern. Ryans warmer Atem kitzelte sanft meinen Hals und seine Berührung an meinen Armen fühlte sich anders an, intensiver. Ich konnte seinen Herzschlag klar und deutlich hören und augenblicklich stellten sich meine Härchen auf.

»Jetzt hast du es«, flüsterte er in mein Ohr.

Ich drehte mich zu ihm, öffnete meine Augen und konnte mein Grinsen nicht verbergen. »Das ist der Wahnsinn, ich habe so viel gehört.«

»Ich sagte doch, dass du das schaffst.« Er lächelte und strich mir sanft über die Wange.

»Ich wusste nicht einmal, dass es hier einen Fluss oder sowas gibt«, sagte ich und erinnerte mich an das gleichmäßige Plätschern, das ich gehört hatte.

»Es ist eher ein kleiner See mit einem Bach.« Er nahm meine Hand und ging mit mir weiter.

Ich bekam das Lächeln einfach nicht aus meinem Gesicht. Dass ich es geschafft hatte, all diese Sachen zu hören und zu riechen, war ein riesiger Fortschritt.

»Unsere Sinne verstärken sich, wenn wir uns verwandeln, aber auch in der menschlichen Form können wir sie bei Bedarf verstärken und nutzen«, sagte er und wir gingen weiter.

»Ich glaube allerdings kaum, dass ich das jetzt auf Knopfdruck kann«, murmelte ich und versuchte es erneut, was natürlich nicht klappte.

So wie Ryan lachte, hatte er mich dabei erwischt. »Nein, das war auch nicht mein Ziel. Ich wollte dir zeigen, dass du es kannst und dass es in deiner Natur als Shade liegt. Alles Weitere kommt von ganz allein.«

»Was meinst du?«, fragte ich und blickte zu ihm.

»Es ist mir klar, dass du trotz Training nicht sofort deine Fähigkeiten oder deine Magie nutzen kannst, jedenfalls nicht so, wie du es gern würdest. Das Ganze kann sehr demotivierend sein«, setzte er an und lächelte leicht, ehe er die Blätter und Äste vor uns beiseiteschob und mich hindurchführte. »Aber zu wissen, dass die Magie und die Fähigkeiten in einem schlummern und nicht vollends verloren sind, hilft. Ich wollte dir zeigen, dass du das schaffen kannst.«

»Danke«, sagte ich und lächelte ihn an.

Und er hatte recht; die Tatsache, dass ich es konnte, war motivierend und machte mir Mut. Ich musste nicht sofort alles auf einmal können, aber die Gewissheit, dass es möglich war, gab mir ein gutes Gefühl. Vor allem, dass Ryan es mir gezeigt hatte, bedeutete mir unfassbar viel. Mit diesen Gedanken ging ich ihm hinterher und schmunzelte vor mich hin.

*»Du sagst es«*, stimmte sie mir zu.

Ryan blieb stehen und ich lief beinahe in ihn hinein. Als ich um mich blickte, wurden meine Augen größer. »Wow«, flüsterte ich und trat neben ihn.

Vor uns lag eine Lichtung mit einer bunt blühenden Blumenwiese, die um einen See lag. Staunend trat ich näher an das Ufer und blickte zu den großen Steinen, die auf der rechten Seite emporragten und Schatten spendeten. Direkt daneben mündete ein kleiner Bach in den See, der aus dem Wald entsprang.

»Ich wusste, es gefällt dir«, sagte Ryan breit grinsend, küsste meine Stirn und nahm meine Hand, ehe er mich zu einem der großen Steine zog.

»Es ist atemberaubend.« Wieder einmal hatte ich etwas Neues und Wunderschönes auf seinem Grundstück entdeckt.

»Ich liebe diesen Ort«, sagte er und hob mich auf den Stein.

Ich setzte mich und er machte es sich neben mir bequem. »Also gehst du immer hierhin, wenn du in den Wald gehst?«

»Ja, der Ort hat etwas Beruhigendes und ich kann hier nachdenken«, sagte er und legte seinen Arm um mich.

»Das stimmt«, flüsterte ich und genoss die Ruhe der Natur.

Ich wusste nicht, wie lange wir schweigend nebeneinandergesessen hatten, bis Ryan sich nach einer Weile räusperte und mich ernst ansah.

# Kapitel 21

## RYAN

Ich wollte Emma zeigen, dass sie ihre Fähigkeiten besaß und sie in ihr schlummerten. Auch wenn diese nicht immer so funktionierten, wie sie sich das wünschte, wollte ich ihr Mut machen, dass sie eines Tages alles beherrschen konnte. Und ich wollte ihr meinen Lieblingsplatz im Wald zeigen. Denn wo konnten wir besser ein Gespräch führen als hier, wo wir unsere Ruhe hatten und gleichzeitig in einer wunderschönen Gegend waren? Doch ich wusste nicht, wie ich anfangen sollte.

*»Frag sie einfach«*, gab meine wahre Natur ihren Senf dazu und ich stöhnte innerlich auf. Wenn das doch nur so einfach wäre.

»Was ist los?«, riss sie mich aus meinen Gedanken.

Ich holte tief Luft. »Wir müssen reden, Emma, und ich dachte hier wäre der perfekte Ort dafür.«

Nachdenklich blickte sie in meine Augen, ehe sie langsam nickte. »Ja, das müssen wir.«

Sie blockte nicht direkt ab, das war doch gut, oder?

Ich sah in ihre haselnussbraunen Augen. »Ich würde gern wissen, wie du zu Vlad gekommen bist.« Diese Frage brannte mir schon eine ganze Zeit auf der Zunge und bis jetzt hatte sie darüber kein einziges Wort verloren.

»Du willst wissen, wie ich mit ihm zusammengekommen bin? Die ganze Geschichte?«, fragte sie
mich skeptisch und ich nickte.

Ich glaubte kaum, dass sie freiwillig mit ihm zusammen gewesen war. Vlad musste Emma entführt
haben oder sowas in der Art, da war ich mir zu hundert Prozent sicher.

»Bist du dir sicher?«

»Ja.« Ich wollte die Wahrheit und niemand konnte
sie mir geben außer Emma selbst.

»Na schön, dann die volle Geschichte«, murmelte
sie und blickte in die Ferne. »Nach dem Tod meines
Großvaters ging meine Welt unter und ich vergrub
mich in Büchern, um aus meinem Alltag zu fliehen
und mich abzulenken«, fing sie an zu erzählen.

»Bücher haben dir schon immer geholfen«, sagte
ich und lächelte leicht. Das war ihre Art, mit allem
klarzukommen, indem sie in eine andere Welt tauchte
und stundenlang las.

»In Chicago gab es eine Bibliothek, ganz in der Nähe
wo ich nach dem Tod meines Großvaters gewohnt
habe, und ich bin täglich dorthin gegangen. Manchmal
war ich davor noch in einem Café. Auch an dem Tag,
als ich Vlad das erste Mal gesehen habe.«

Sie strich ihre Haare zurück, richtete ihren Blick
wieder in die Ferne und sprach weiter. »An diesem Tag
habe ich mir einen Kaffee gekauft, ihn nicht gesehen
und ihm die volle Tasse drüber geschüttet.«

Sofort spannte ich mich an und legte meinen Arm
um sie. »Hat er dich dann von dort entführt?«, wollte
ich wissen.

»Nein, er ist mir am nächsten Tag in die Bibliothek gefolgt und ließ nicht locker, bis ich mich auf einen Entschuldigungs-Kaffee mit ihm getroffen habe«, sagte sie und ich versteifte mich.

Ich hatte mit so vielem gerechnet, aber sie hatte sich freiwillig mit ihm getroffen?

*»Lass sie weiterreden«,* forderte meine wahre Natur.

»Ryan, er hat mich nicht gezwungen oder entführt. Ich habe mich mit ihm getroffen und aus einem Kaffee wurde irgendwann ein Abendessen und wir freundeten uns an.«

Zischend stieß ich meine Luft aus und nahm meinen Arm von ihr, stemmte meine Hände neben mich und blickte zu den Bäumen, die im Wind hin und her wiegten. »Und dann?«, fragte ich, auch wenn ich mir nicht mehr sicher war, ob ich das überhaupt wissen wollte.

»Wir sind zusammengekommen und er war gut zu mir. Drei Jahre war alles perfekt und ich habe ihn auf die menschliche Art und Weise geheiratet. Aber nach einer Weile hat er sich verändert.«

»Was meinst du damit?«, brachte ich halb knurrend über meine Lippen. Der Gedanke, dass sie ihn aus Liebe geheiratet hatte, gefiel mir überhaupt nicht.

»Er war eine Woche weg, ich glaube wegen eines Geschäftstermins. Als er zurückkam, zog er sich zurück, schottete sich immer mehr ab und wurde nach und nach gewalttätig«, flüsterte sie und schloss ihre Augen. »Er war nicht mehr der Vlad den ich kannte und geheiratet habe.«

Wie von selbst blickte ich auf ihren linken Ringfinger, der leer war. Nicht mal in Chicago hatte ich einen Ring an ihr entdeckt.

»In einem unserer Streite habe ich Vlad den Ring vor die Füße geworfen. Wahrscheinlich liegt er immer noch in Chicago oder Vlad hat ihn entsorgt.« Sie seufzte und meine Mundwinkel hoben sich an. Der Ring sollte also in Chicago sein? Was für ein Pech aber auch, dass das Schloss nicht mehr existierte und dieser Ring vermutlich unter Schutt und Asche vergraben worden war.

»Ich weiß, dass du das vermutlich nicht hören möchtest, aber Vlad hat mich nie zu einer Beziehung gezwungen. Ich … Ich habe ihn geliebt, aber die letzten drei Jahre waren die Hölle.«

Das erste Mal blickte sie mir in die Augen und ich konnte ihren Schmerz darin sehen.

»Er hat dir in den letzten Jahren wehgetan, oder?«

»Körperlich, seelisch, ja. Er hat versucht, mich zu brechen und das immer und immer wieder.«

Egal wie wütend ich war, dass sie für diesen Bastard etwas empfunden hatte, ich konnte den Schmerz und das Leid in ihren Augen nicht ignorieren. Ich zog sie in meine Arme, atmete tief durch und hob ihr Kinn an. »Sag mir eins, liebst du ihn noch?«

»Nein, ich liebe dich, Ryan. Das habe ich schon immer, nur hatte ich vergessen, dass es dich gibt. Nach dem Tod meines Großvaters war alles zu viel und mit der Zeit habe ich meine wahre Natur verloren, ich habe sie nicht einmal mehr reden gehört und die Erinnerungen sind Stück für Stück verschwunden, bis ich nichts mehr wusste«, wisperte sie.

Ich wischte die Tränen mit meinem Daumen weg, die über ihre Wange liefen.

»Ich weiß nicht, warum, aber ich habe alles vergessen. Meine Eltern, meine Freunde und dich … Alles, was blieb, war die entsetzliche Trauer um meinen Großvater, mehr nicht.«

»Ich hasse es zwar, dass du ihn geliebt hast und freiwillig mit ihm zusammen warst, aber wenn du sagst, dass du ihn jetzt nicht mehr liebst, ist es okay.«

»Ich liebe ihn nicht, ich liebe dich. Du bist mein Gefährte, mein Alpha und die Liebe meines Lebens. Das warst du schon immer, Ryan.«

Die Wut verblasste augenblicklich und mein Herz schlug schneller, während ich sie eng an mich zog und meine Lippen auf ihre legte. »Ich liebe dich, mein kleiner Engel.«

*»Siehst du, alles ist gut und wir sind nicht ausgerastet«*, sagte meine wahre Natur und freute sich.

*»Aber es war knapp«*, meinte ich.

*»Mag sein. Aber wir hatten uns im Griff, nur das zählt.«*

Auch wenn ich es ungern zugab, hatte meine wahre Natur recht. Alles, was zählte, war unsere Liebe füreinander und dass wir uns wiedergefunden hatten.

»Danke, dass du es mir anvertraut hast«, sagte ich und strich sanft über ihre Wange.

»Es wurde Zeit, dass du erfährst, warum ich bei Vlad war«, murmelte sie und blickte auf meine Narbe.

Ich wusste genau, was sie dachte, und auch, dass es nur fair wäre, ihr meine Geschichte zu erzählen, doch irgendwas hinderte mich daran, und ehe ich etwas sagen konnte, riss meine wahre Natur die Kontrolle an sich und sprang vom Stein hinunter in das Gras.

»Ryan«, rief sie und krabbelte langsam zum anderen Ende des Felsens.

*»Erklärst du mir, was das soll?«*, fragte ich meine wahre Natur und reichte Emma meine Hand, damit sie vom Felsen klettern konnte.

*»Ich bin noch nicht bereit über diese Zeit zu sprechen, vor allem nicht, wenn Emma Vlad einmal geliebt hat«*, giftete sie mich an und verkroch sich beleidigt tief in mir, was mich seufzen ließ. Ich wusste, dass sie es jedes Mal verhindern würde, sollte ich auch nur versuchen, Emma meine Geschichte mit Vlad zu erzählen.

»Sagst du mir, was los ist?«, fragte Emma, als sie vor mir stand.

»Meine Natur möchte noch nicht darüber reden, aber ich verspreche dir, dass ich dir eines Tages sagen werde, was zwischen mir und Vlad passiert ist.«

*»Das werden wir auch, nur eben jetzt noch nicht«*, maulte meine wahre Natur.

»Das macht nichts. Ich denke, dass es eine schlimme Geschichte ist und sie einfach noch Zeit braucht.« Verständnisvoll küsste sie meine Lippen und überraschte mich wieder. Ich wusste, dass mein kleiner Engel verdammt neugierig sein konnte und sicher Fragen hatte. Dass sie es respektierte, zu warten, zeigte mir wieder einen der Gründe, warum ich sie so sehr vergötterte.

»Danke.« Liebevoll erwiderte ich ihren Kuss.

»Manches braucht seine Zeit, und dass wir Shades ein ausgeprägtes Erinnerungsvermögen haben, ob wir wollen oder nicht, macht manch Erlebtes noch schwieriger.«

Wer könnte es besser verstehen als Emma? Sie hatte mit ihren mittlerweile fünfundzwanzig Jahren schon so viel erlebt, was ich mir nicht mal im Ansatz vorstellen konnte.

»Wenn du über deine Familie reden möchtest, bin ich jederzeit da. Egal, über was, ich bin da.«

»Das weiß ich, aber ich bin noch nicht bereit über den Tod meiner Eltern zu sprechen. Das alles fühlt sich noch viel zu nahe an«, sagte sie und lächelte traurig. Auch wenn Emma versuchte, ihr Trauma zu verbergen, bekam ich mit, wie sie sich im Schlaf umher wälzte und manchmal Unverständliches murmelte. Sobald sie aufwachte, verhielt sie sich, als sei nie etwas gewesen.

Aber wer war ich, um ihr das übel zu nehmen? Jeder ging mit seinen Traumata anders um und ich kannte meinen kleinen Engel gut genug, um zu wissen, dass das ihre Art und Weise war. Sie würde es mir irgendwann erzählen, genauso wie ich ihr meine Geschichte mit Vlad erzählen würde – auch wenn sie am Ende erfahren würde, dass Vlad und ich nicht immer Feinde gewesen waren.

»*Daran denken wir jetzt nicht*«, fauchte meine wahre Natur wütend und ich schüttelte diese Gedanken beiseite.

Emma und ich gingen gemütlich wieder zurück und eine angenehme Stille breitete sich zwischen uns aus.

»Ryan?«, ertönte ihre liebreizende Stimme einige Minuten später, als ich gerade die Äste wegschob und wir weiter gingen.

»Ja?«

»Du kennst doch das Buch meines Vaters?«

Über diese merkwürdige Frage runzelte ich meine Stirn und nickte. »Du meinst das Tagebuch?«

»Es ist mehr als nur ein Tagebuch«, sagte sie und ich blieb stehen, um mich zu ihr umzudrehen.

»Was meinst du damit?« Ich war davon ausgegangen, dass es sich nur um ein altes verstaubtes Tagebuch handelte, wir alle dachten das.

»Ich meine, klar sind dort Tagebucheinträge drinnen, aber auch Zeichnungen, Rezepte und Texte, die er verfasst hat. Über die Shades und die Menschen.«

Interessant. Ich strich durch meine Haare. »Hast du schon alles gelesen?«

»Nein, das wäre zu viel.« Lachend schüttelte sie ihren Kopf und sah im nächsten Moment nachdenklich zu mir. »Denkst du, du könntest mittlerweile etwas darin lesen?«

»Ich weiß es nicht. Bisher ging es nicht, aber da du deine Erinnerungen zurückhast und es sich vielleicht um eine Art Bann gehandelt hat, könnte es sein, dass er mittlerweile gebrochen wurde.«

»Wollen wir es ausprobieren?«, fragte sie und lächelte mich an.

»Klar. Es überrascht mich nur, dass du das vorschlägst, weil es doch etwas sehr Persönliches von deinem Vater ist.«

Die Entschlossenheit in ihrem Blick sagte mir, dass mein kleiner Engel etwas plante.

»Du bist mein Gefährte und ich liebe dich«, sagte sie und grinste mir entgegen, als wir weitergingen.

»Nein, sag schon. Warum willst du, dass ich mir das Buch ansehe?«

»Es gibt Zeichnungen, die immer wieder darin vorkommen, die ich allerdings noch nie gesehen habe. Vielleicht weißt du, was sie bedeuten.« Sie seufzte.

Wusste ich es doch, dass mehr dahintersteckte. »Was für eine Art von Zeichnungen?«, hakte ich nach.

»Mein Vater hat verschiedene Sachen hineingezeichnet. Blumen, Vasen, Schmuck. Aber auch Messer, die alle ähnlich aussehen, und ich würde gern mehr darüber erfahren.«

»Wir können es probieren. Wenn ich nach wie vor nichts darin lesen kann, dann beschreibst du sie mir oder zeichnest sie auf.« Auch wenn ich nicht verstand, warum sie sich für die Messer interessierte, sollte das ein Einfaches sein. Ich nahm ihre Hand, als wir in den gepflegten Bereich meines Gartens kamen. Der Tag neigte sich dem Ende und meine Angestellten packten ihre Sachen ein und machten sich auf den Heimweg.

»Ryan, Emma«, rief Noel, der auf der Terrasse stand und uns zuwinkte.

Ich stöhnte. Was wollte er denn jetzt? Ich hatte vorgehabt, ein schönes Abendessen mit meiner Gefährtin zu genießen. Nur sie und ich auf meinem großen Balkon in meinem Flügel.

»Ist irgendetwas Wichtiges?«, fragte ich, als er schon über die kleine Mauer, die die Terrasse vom Garten trennte, sprang und zu uns kam. »Na super.«

»Jetzt sei nicht so grimmig.« Kichernd küsste mein Engel meine Wange, als Noel bei uns ankam.

»Ich hoffe, ich störe euch nicht«, setzte er an und ich legte meinen Arm um Emma.

»Sag mir einfach, was los ist. «Je schneller wir das hinter uns brachten, desto eher könnte ich mit Emma verschwinden.

»Ich warte zwar noch auf eine Rückmeldung, aber es gibt Neuigkeiten bezüglich der Anschläge in der Stadt.«

Sofort spitzte ich meine Ohren. Na endlich! Ich hoffte, dass sie gut waren.

»Soll ich euch allein lassen?«, fragte Emma.

»Du weißt, dass ich nichts dagegen habe, wenn du bei Besprechungen dabei bist«, antwortete ich ihr.

»Ich weiß, aber ich gehe einfach schon mal vor.« Damit verschwand sie ins Haus und ich starrte ihr hinterher. Sie war nie dabei, wenn es um wichtige Themen ging, und irgendwie hatte ich das Gefühl, dass sie nichts von dem wissen wollte, was Vlad oder den Krieg anging, der zu großer Wahrscheinlichkeit auf uns zukam. Warum sie sich zurückzog, konnte ich mir nicht erklären. Früher war sie immer dabei gewesen und wollte nie ausgeschlossen werden, jetzt blieb sie von sich aus fern. Irgendetwas stimmte doch nicht …

»Ryan?«, holte mich Noel an Ort und Stelle zurück.

»Lass uns ins Büro gehen«, murmelte ich und trottete mit ihm hinein.

Im Büro angekommen, lehnte ich mich an meinen Schreibtisch und griff in meine Hemdtasche, ehe ich meine Zigarettenschachtel herausholte und mir eine anzündete. »Also, was hast du herausgefunden?«

»Die Menschen gehen von einem Terroranschlag aus und vermuten, es gäbe einen Zusammenhang mit Chicago«, fing er an.

»Und?« Was die Menschen dachten, war mir scheißegal, aber so wie Noel dreinblickte, kam gleich eine Hiobsbotschaft hinterher.

»Ich habe aus Chicago noch nicht alle Informationen bekommen, und glaub mir, ich habe alles versucht. Aber ich denke, jemand will es uns absichtlich schwer machen«, sagte er.

Ich nahm einen kräftigen Zug von meiner Zigarette und blickte ihn an.

»Das, was ich herausgefunden habe, wird dir nicht gefallen. Es gibt tatsächlich einen Zusammenhang. Bei beiden Explosionen, sei es in Chicago oder hier, wurde kein Zünder oder anderes Material gefunden, das auf eine Bombe hinweist.«

Okay, das gefiel mir ganz und gar nicht.

»Ryan, ich bin mir sicher, dass es Shades waren, die diese Explosionen verursacht haben und dass es etwas mit dir und Vlad zu tun hat.«

Moment, was? »Mit mir und Vlad? Also glaubst du, dass es Vlad nicht war?« Das war wohl ein Witz. Wer sollte es sonst gewesen sein, außer diesem Bastard? Er wollte mich zerstören und sicher wusste er, dass wir hier in San Francisco waren. Schließlich ging die Vergewaltigung meines Engels, als wir in diesem Restaurant gewesen waren, auch auf seine Kappe.

»Ich glaube nicht, Ryan. Was hätte Vlad davon, wenn er ein Opernhaus in die Luft jagt?«

»Woher soll ich das wissen? Vielleicht hat er dort illegale Geschäfte betrieben und wollte seine Spuren verwischen«, brauste ich auf.

»In einem Opernhaus?« Noel schüttelte seinen Kopf und blickte mir tief in die Augen. »Ryan, wir wissen nicht, was wirklich in Moskau passiert, aber wir sollten aufpassen. Dieser neue Mann dort könnte gefährlich werden.«

»Dario hat es euch erzählt?«, fragte ich.

»Ja, und dass er dich ein verwöhntes Prinzchen genannt hat, obwohl du schon seit Jahrhunderten ein König bist. Das alles macht mich misstrauisch.«

Schnaubend schüttelte ich meinen Kopf, legte ihn in den Nacken und blickte hinauf zur Decke. »Niemand aus meiner Familie ist noch am Leben«, sagte ich und sah wieder zu ihm. »Und außer meiner Familie hat mich nie jemand als Prinz betitelt. Weil es eben, wie du schon sagtest, Ewigkeiten her ist.«

»Und wenn doch noch jemand am Leben ist? Ein weit entfernter Cousin zum Beispiel?«, schlug er vor.

»Nein, ich hatte keine Geschwister und nur einen Onkel, der bis zu seinem Tod kinderlos geblieben war. Ich bin der einzig lebende Scott.« Meine gesamte Familie war tot und es gab nur noch mich, was die Sache noch schwieriger machte. Ich wollte den Fußstapfen meines Vaters gerecht werden und wünschte mir so sehr, dass er es noch mit eigenen Augen hätte sehen können. Doch manche Wünsche blieben unerfüllt.

»Wer sollte dich sonst so nennen?«

Seufzend zuckte ich mit meinen Schultern. »Ich weiß es nicht, Noel. Vielleicht interpretieren wir auch viel zu viel hinein.« Nur weil plötzlich ein fremder Mann in Moskau auftauchte und mit Boris befreundet war, musste es nicht heißen, dass er automatisch zur Gefahr für uns wurde. Schließlich hatte jeder König Verbündete und bei Boris wunderte es mich in Anbetracht seines Alters nicht.

»Du denkst, das war einfach nur so gesagt?« Skeptisch runzelte er seine Stirn.

»Ja, warum nicht? Sicher dürfen wir Boris und Vlad nicht unterschätzen, aber ich glaube kaum, dass irgendeiner meiner Verwandten von den Toten auferstanden ist.« Sowas war selbst für uns Shades unmöglich. Tot war tot.

»Gut, aber wir sollten unsere Augen und Ohren offenhalten.«

»Tun wir das nicht sowieso?« Wir waren schon überall dran und nahmen jede verdammte Information auf, die wir kriegen konnten. Was sollten wir denn noch machen?

»Ich mache mir nur Sorgen. Du bist unser Alpha, letztendlich ist es deine Entscheidung. Aber wir wollen nicht, dass sich das alles wiederholt und wir wissen, welche Vergangenheit du mit Vlad hast.«

Also machte sich nicht nur Dario Gedanken, sondern die anderen auch … und ich konnte sie verstehen.

»Ich habe es Dario bereits gesagt und sage es dir gern auch noch mal. Es wird sich nicht wiederholen und wir werden dieses Mal gewinnen.«

Lächelnd nickte Noel mehrmals, ehe er seinen Nacken knacksen ließ. »Sobald ich Informationen aus Chicago habe, werde ich sie dir geben und wenn du nichts dagegen hast, würde ich jetzt gern Feierabend machen und Vinz dazu überreden, mit mir in den Club zu gehen.«

Gott, selbst wenn die Welt unterginge, würde Noel noch ans Feiern und an Frauen denken.

»Viel Erfolg«, sagte ich und lachte, als er grinsend aus meinem Büro verschwand. Den würde er haben müssen, wenn er Vinzenz zu einem Clubbesuch überreden wollte.

Wenig später ging ich die Treppe hinauf und in die Richtung meines Flügels, wo ich Vinzenz und Noel hörte, wie sie auf dem Flur diskutierten. Vinzenz klang alles andere als begeistert von der Club-Idee.

Ich schmunzelte vor mich hin. So waren sie eben und ich liebte diese Männer, sie waren meine Familie. Und doch hoffte ich, dass Emma eines Tages eine eigene mit mir gründen würde.

*»Oh ja, das wäre perfekt. Sie mit unserem Kind schwanger.«*

Da konnte ich meiner wahren Natur nicht mehr zustimmen. Doch es würde noch einige Jahre dauern, bis sie endlich fruchtbar sein würde, und selbst dann wusste ich nicht, ob sie überhaupt eine Familie mit mir gründen wollte.

Scheiße, was dachte ich da? Ich hatte sie gerade erst wieder und dachte schon an Kinder?

*»Das sollten wir lieber für uns behalten, sonst wird sie uns für bekloppt halten«*, sagte meine wahre Natur.

Ich war schließlich nur ein Mann und musste an meine Erben denken, da waren solche Gedanken völlig normal. Trotzdem sollten diese erstmal in meinem Kopf bleiben, vor allem wenn ich daran dachte, was sie alles erlebt hatte, und das mit oder wegen Vlad.

# Kapitel 22

## VLAD

Stöhnend kam ich langsam wieder zu mir und rieb über meine Schläfen. Mein Nacken und Rücken schmerzten unerträglich, als ich mich aufsetzte.

Geschockt blickte ich um mich. Wo zur Hölle war ich?

Über mir flackerte die Deckenbeleuchtung, eine einzelne Glühbirne ohne Verkleidung. Der Klappstuhl an der Wand hatte an der Rückenlehne und auf der Sitzfläche Schnitte im Polster, die Kommode daneben sah aus, als würde sie jeden Moment zusammenkrachen, und der Putz bröckelte von der Wand. Als ich an mir hinunterblickte und bemerkte, worauf ich lag, verzog ich mein Gesicht und sprang auf. »Igitt!«, schrie ich und starrte die befleckte Matratze auf dem alten Holzgestell an.

*»Darin sind sicher Bettwanzen versteckt«*, ekelte sich meine wahre Natur.

Obwohl Bettwanzen sicher noch das Angenehmste an dieser Matratze wären. So wie sie aussah, wurde sie mit samt vergilbter Bettwäsche noch nie gereinigt.

»Ich habe alles, wie oft willst du mich das noch fragen?«, maulte Grigorij, der mit Jegor in dieses Drecksloch kam. Als sie mich sahen, hielten sie sofort inne.

»Erklärt mir mal einer, warum wir in so einer Absteige sind?«, knurrte ich.

»Das können wir erklären«, sagte Grigorij schnell und Jegor nickte mehrmals.

»Ja, also nachdem du die Kontrolle verloren hast, mussten wir dich lahmlegen und ins Auto schleifen«, fuhr Jegor fort. »Aber wir konnten nicht zum Treffpunkt fahren, weil du noch immer geschlafen hast, also haben wir das nächste Motel genommen, um dich zu verstecken.«

»Verstehe«, murmelte ich und schloss meine Augen. Ich rieb meine Schläfen und schluckte, als die Erinnerungen an die Raststätte zurückkamen.

Ich hätte einfach gehen und diesen Bastard nicht töten sollen. Aber bei seiner Aussage mit der Erziehung hatte ich rotgesehen und in meinem Blutrausch den Jungen getötet, in dem ich mich wiedergesehen und den ich eigentlich hatte retten wollen. Scheiße, das war nicht mein Plan gewesen und ich hasste mich für diesen Aussetzer.

»Hey, niemand konnte ahnen, dass wir ausgerechnet auf so einen Typen stoßen würden«, sagte Grigorij und lächelte mich an.

»Vlad, du wolltest dem Jungen helfen, da war nichts Falsches daran.«

Lachend schüttelte ich meinen Kopf und strich über meinen schwarzen Anzug, der alles andere als frisch aussah. »Stimmt, ich wollte ihm helfen und am Ende hat er genauso ausgeweidet wie sein Vater am Boden gelegen.« Es zeigte wieder einmal, dass ich ein verdammtes Monster und das Abbild meines Vaters war.

»Sei nicht so hart zu dir selbst, du wolltest das nicht«, setzte Jegor an, aber ich konnte daran nichts Positives erkennen.

»Es ist sowieso egal, wir sollten zu unserem Treffen«, sagte ich kälter als beabsichtigt.

Beide seufzten und sahen sich kurz an, ehe Grigorij mir einen neuen Anzug reichte, den er offensichtlich aus meinem Gepäck im Auto geholt hatte. »Hier, das Bad ist einigermaßen in Ordnung.«

Auch wenn ich mir schwer vorstellen konnte, dass irgendetwas in diesem Motel in Ordnung sein würde, nahm ich den Anzug dankend an.

»Wir haben etwas zu essen gekauft. Bevor wir deinen Kontakt treffen, sollten wir uns stärken«, gab Jegor von sich.

»Von mir aus«, murrte ich und verschwand in das Bad. Mein Blick schweifte von den kaputten Fliesen an der Wand zu dem flackernden Licht über dem Waschbecken. Auf dem Boden lag ein kaputter Schrank und in der Ecke klebte undefinierbarer Dreck. Doch ich hatte keine andere Wahl, also stieg ich angewidert unter die alte Dusche und drehte das Wasser auf. Ich war erleichtert, dass zumindest das sauber war, wusch mich blitzschnell und machte mich in Rekordzeit fertig, um so schnell wie möglich aus dem ekligen Bad zu kommen. Mit nach hinten gestrichenen Haaren trat ich aus dem Bad, wo die beiden Jungs mit Kaffeebechern und ein paar Piroschki in der Hand auf mich warteten.

»Das ging aber schnell«, sagte Jegor und reichte mir einen Becher.

»Ich will nicht länger als nötig hierbleiben«, antwortete ich und nahm einen Schluck. Als der bittere geröstete Geschmack von Kaffeebohnen meine Kehle hinunterlief, fühlte ich mich gleich fitter. Dazu genoss ich das leckere Hefegebäck mit Fleischfüllung.

Genau das hatte ich gebraucht. Ich trank noch einen Schluck von meinem Kaffee.

»Sag mal, wie gut kennst du Adam?«, fragte Grigorij und ich sah irritiert von meinem Essen hoch.

»Warum?«

»Also, wir mussten ihm irgendwas sagen«, setzte Jegor an und kratzte sich am Hinterkopf.

Ah, jetzt verstand ich, worauf sie hinauswollten.

»Und da du dich mit ihm treffen wolltest, dachten wir, dass er mehr als nur ein flüchtiger Bekannter ist«, sagte Grigorij.

»Keine Sorge, Adam kennt solche Seiten von mir.« Ich seufzte schwer.

»Ach ja?« Überrascht sah Jegor zu mir und ich hätte schwören können, in seinen Augen Eifersucht aufflackern zu sehen.

»Wir haben uns in Montpellier getroffen und angefreundet. Ihr wisst, wie mein Zustand damals nach meiner Abreise in Moskau war.«

Beide nickten langsam. Ich war kaum ich selbst gewesen, als ich Moskau vor langer Zeit verlassen hatte und nach Frankreich gegangen war.

»Wir hätten dich früher finden sollen«, sagte Jegor.

»Ich wollte nicht gefunden werden und das wisst ihr. Ich habe Abstand von meinem alten Leben gebraucht.«

Damals war der Streit mit meinem Vater so sehr eskaliert, dass ich von einem Tag auf den anderen geflüchtet war. Doch Boris hatte mich gefunden und mir gesagt, sollte ich gehen, brauchte ich nie wieder zurückkehren und genau das war mein Plan gewesen. Ich hatte nichts mehr von dem Leben als Thronfolger oder Prinz wissen wollen. Als ich in Montpellier

angekommen war, war ich von der Kultur und den Menschen erstmal komplett überfordert gewesen. Doch die Stadt war zu meiner Zuflucht und zu meinem Zuhause geworden. Ich hatte sogar angefangen, in einem Laden zu arbeiten, um mir etwas Geld dazu zu verdienen. Ich hatte ein normales Leben unter dem Radar geführt. Aber selbst an den schönsten Tagen und dem Gefühl, endlich angekommen zu sein, war die Wut in mir nicht geschrumpft und ich hatte in der Nacht des Öfteren meine Kontrolle verloren. Hatte im Schatten des Mondes gejagt und meine Opfer in ihre Einzelteile zerrissen. Und genau da hatte ich Adam kennengelernt. Er hatte nicht nur hinter mir aufgeräumt, sondern mir mit meiner Wut geholfen. Er war zu einem wahren Freund geworden. Selbst als er herausgefunden hatte, wer ich war, war es ihm egal gewesen, und als die Männer meines Vaters gekommen waren, hatte er mich versteckt, mich verteidigt und gegen sie gekämpft, als hätten wir uns schon seit Ewigkeiten gekannt.

»Und du vertraust ihm wirklich?«, riss Jegor mich aus meinen Gedanken.

»Ja, mit meinem Leben.«

»Ich meine …«, setzte Jegor an, doch Grigorij schlug gegen seine Schulter und sagte: »Dann passt alles, Jegor hat nur Angst, ersetzt zu werden.«

»Das habe ich nicht. Aber ich sage es nur ungern, damals hat sich Tarik in unsere Reihen eingenistet und wir alle wissen, wie das geendet hat.«

»Adam ist nicht Tarik«, sagte ich und aß mein Piroschki auf. Doch ich konnte sie verstehen. Ich hatte Tarik vertraut, ihn mit nach Chicago genommen und

viel zu hoch gestellt, während Jegor und Grigorij die Drecksarbeit hatten machen müssen.

»Hör nicht auf ihn. Ich vertraue dir, Vlad. Und seien wir ehrlich, hättest du damals Tarik mit den Aufgaben betraut, die wir gemacht haben, hätten wir heute vielleicht mehr Probleme.«

Da war was dran. Wer wusste, ob Tarik meine Geschäfte nicht sogar komplett ruiniert hätte. Es war gut so wie es war, auch wenn ich nie wieder jemandem so blind vertrauen und ihn so leichtgläubig in meinen inneren Kreis lassen würde, wie ich es bei Tarik getan hatte. Doch mit Adam war das etwas anderes. Im Gegensatz zu Tarik war er noch nie daran interessiert gewesen, in meinen inneren Kreis zu gelangen.

»Ich meine es nur gut«, murmelte Jegor.

»Und ich sage das jetzt nur einmal. Ihr beide seid meine besten Freunde und ich habe keinen offiziellen Beta, weil ich mich zwischen euch niemals entscheiden könnte.«

»Das wissen wir«, sagte Grigorij und grinste.

Auch wenn viele Tarik als meinen Beta angesehen hatten, da er in Chicago immer an meiner Seite gewesen war, war die Wahrheit eine andere.

»Schön, also nochmal zu Adam. Du hast mal erwähnt, dass er deinen Vater hasst. Warum?«

Ein Glück, dass Jegor genauso wenig über Gefühle reden wollte wie ich. »Mein Vater hatte nach mir gesucht und Adam hatte mich versteckt und gegen die Männer meines Vaters gekämpft. Aber es waren nicht irgendwelche Männer gewesen, sondern die Befehlshaber der Königsgarde.«

»Scheiße, das kann nicht gut geendet haben«, warf Grigorij ein. Sie beide kannten die Befehlshaber der Königsgarde. Diese Männer waren für ihre Folter-Leidenschaft bekannt und gefürchtet.

»Sie haben Adam das Augenlicht und seine Tochter genommen«, brachte ich es auf den Punkt und beide starrten mich völlig geschockt an.

»Du willst, dass uns ein Blinder hilft?«, hakte Grigorij fassungslos nach. »Ich meine, wir vertrauen dir und deinen Entscheidungen, aber er ist blind.«

Woher hatte ich gewusst, dass sie mich ausgerechnet danach fragen würden? »Ja, Adam ist blind, aber er ist noch immer ein guter Kämpfer.«

»Wie?«, fragte Jegor und runzelte seine Stirn.

»Sein Gehör ist besonders ausgeprägt, er kämpft auf eine andere Art und Weise. Ihr könnt mir vertrauen, wenn ich sage, dass er eine Bereicherung für uns wäre.«

Adam hörte jeden Feind, egal wie leise er sich anschlich, und seine Messer und Schwertfertigkeiten waren einzigartig. Selbst die Mafia und andere kriminelle menschliche Organisationen mochten ihn für Aufträge anheuern. Wenn er an unserer Seite kämpfen wollte, dann würde ich nicht nein sagen.

»So wie bei dem Comic-Helden, der diese Maske trägt?«

Wovon zur Hölle redete er? »Wer?«, fragte ich.

»Oh, du meinst diesen Anwalt«, sagte Jegor und nickte, während ich meine beiden Freunde anstarrte. Alles klar, ich hatte keine Ahnung, wovon sie sprachen.

»Genau! Der Superheld in diesem roten Kostüm.« Warum mochte ich die beiden gleich noch mal? Ich schüttelte meinen Kopf, stand auf und blickte auf meine Uhr. »Wenn ihr dann fertig seid, können wir los.«

»Klar. Wir treffen Adam im Belousov Central Park bei dieser riesigen grünen Erdkugel«, sagte Jegor und beide standen auf, ehe wir unsere Sachen zusammenpackten, zu dem schwarzen Benz gingen und uns auf den Weg zum Park machten.

Mein Herz schlug schneller und meine Atmung beschleunigte sich, je näher wir dem Parkplatz kamen und den Wagen abstellten. Ich wischte meine feuchten Hände an meiner Hose ab, ehe wir in den Park hineingingen. Vor einer guten Stunde war die Sonne untergegangen und es waren kaum mehr Besucher da. Nur ab und an liefen ein paar Halbstarke umher, die mit ihren Musik-Boxen laut russischen Rap hörten und damit prahlten, wie schnell ihre Autos fuhren oder welche Frauen sie klar gemacht hatten.

Wir gingen den gepflasterten Weg entlang. Ich sah immer wieder hinauf zu den Straßenlaternen, die uns den Weg zeigten, bis vor uns ein großer grüner eingezäunter Globus erschien. Anscheinend war er der Mittelpunkt des Parks, denn von dort aus erstreckten sich die Wege in verschiedene Richtungen.

»Dann warten wir mal«, sagte Grigorij und sah sich um.

*»Was glotzen die so?«*, fauchte meine wahre Natur, als drei Jugendliche vorbeikamen und uns ununterbrochen anstarrten. Jegor schob seine Jacke zur Seite und bot ihnen einen Blick auf seinen Colt, der auf seiner linken Seite im Holster steckte.

»Verpisst euch«, knurrte Jegor.

Verschwanden die drei Halbstarken? Nein, natürlich nicht.

»Denkst du, wir haben Angst vor einer Pistole?«, verhöhnte uns der Mittlere, während der Linke ihm lautstark zustimmte und der Rechte nur nickte.

»Verschwindet schon«, stöhnte Grigorij genervt.

Ich verdrehte meine Augen, griff in meine Hemdtasche und holte die Schachtel Zigaretten raus, steckte mir eine in den Mund und zündete sie mir diesmal mit meinem goldenen Zippo an, nicht dass die drei noch einen Herzinfarkt bekamen. Außerdem musste nicht jeden Tag ein junger Mensch sterben, sonst hätten wir irgendwann kein Blut mehr.

*»Wir denken sehr vorausschauend«,* stimmte mir meine wahre Natur zu und ich zog genüsslich an meiner Zigarette, als der Mittlere mit den kurz geschorenen blonden Haaren einen Schritt auf Jegor zutrat und seinen Kopf hob.

»Was willst du tun, alter Mann?«

»Alt? Hat der kleine Scheißer mich gerade wirklich beleidigt?« Entsetzt drehte er sich zu Grigorij und mir um.

»Ich glaube schon«, murmelte Grigorij.

»Ich sage es nicht noch einmal. Verschwindet«, zischte Jegor mit zusammengepressten Zähnen und blickte kurz zu mir, was den Mittleren lachen ließ.

»Habt ihr das gesehen? Der alte Mann braucht erst die Einwilligung vom Boss, bevor er sich zu reden traut«, verhöhnte er Jegor und ich konnte sehen, wie seine Nasenflügel bebten und er seine Hände zu Fäusten ballte.

»Sieht ganz so aus, Petar«, sagte der Linke.

Langsam verlor ich meine Geduld. Ich zog ein letztes Mal an meiner Zigarette, bevor ich sie auf den Boden warf und mit meinem Schuh darauf trat. Anschließend ging ich mit zügigen Schritten auf diesen Petar zu, packte ihn am Kragen und zog hinter meinem Rücken ein Messer hervor, ehe ich es ihm an den Hals legte. »Du hast recht, ich bin der Boss. Und ich könnte Jegor das Okay geben, dich bei lebendigem Leib zu häuten, wenn ich wollte, also verpiss dich«, knurrte ich und ließ ihn los. Aber dieser kleine Pisser wollte einfach nicht auf mich hören, stattdessen spuckte er mir vor die Füße. Ich hörte meine beiden Freunde hinter mir scharf die Luft einziehen.

»Drecks Hurensohn, ihr seid in Tula!«, beleidigte er mich.

Jetzt reichte es mir. Ich presste meine Zähne aufeinander, als ich mit einem Satz vortrat, mein Messer schwang und ihm mit einer flinken Bewegung das linke Ohr abschnitt.

»*Ja! Blut, ich rieche Blut*«, jubelte meine wahre Natur und ich grinste sadistisch, als Petar sich schreiend seine Kopfseite hielt und das Blut zwischen seinen Fingern hindurch rann.

»Stimmt, wir sind in Tula, aber ich bin Vlad Koslow.«

Panisch liefen seine Freunde weg und Petar sah mich mit geweiteten Augen an. Stolpernd und schreiend folgte er seinen Freunden.

»Super, jetzt liegt hier ein herrenloses Ohr. Aber gute Ansprache, Vlad Koslow«, sagte Grigorij und lachte, bevor Jegor das Ohr in Flammen setzte, um alle Spuren zu beseitigen.

Plötzlich erklang ein gleichmäßiges Klackern und als ich mich umdrehte, erkannte ich Adam, der mit einem schwarzen Gehstock auftauchte. Als ich den Stock genauer betrachtete, zogen sich meine Mundwinkel in die Höhe. Unten befand sich ein spitzes Metallende, was das klackernde Geräusch auf dem Asphalt erklärte. Ein Adlerkopf aus Silber bildete den Griff des Stocks, den er mit seinen schwarzen Lederhandschuhen umfasste. Er trug einen perfekt sitzenden schwarzen Anzug und hatte seine dunklen Haare nach hinten gekämmt, während seine Augen von einer Sonnenbrille verdeckt wurden.

»Vlad Koslow, diese Stimme würde ich überall wiedererkennen«, sagte er, blieb vor mir stehen und legte seine Hand auf meine Schulter.

Hinter mir tuschelten Grigorij und Jegor.

»Woher weiß er, wo seine Schulter ist?«, zischte Jegor.

»Was weiß ich?«, flüsterte Grigorij.

»Ich kann vielleicht nichts sehen, aber ich bin nicht dumm. Vlad hat sich kaum verändert, er ist noch genauso groß wie früher und trägt nach wie vor seinen maßgeschneiderten Anzug«, sagte Adam. Er strich über meine Schulter hinunter zu meinem Arm, ehe er einen Schritt zurücktrat und das Getuschel hinter mir verstummte. »Es freut mich, von dir zu hören, auch wenn es sehr unerwartet kam, nachdem du Frankreich verlassen hast.«

Damit hatte er nicht unrecht. Auch ich war davon ausgegangen, ihn erst wieder zu sehen, wenn sich die Lage verbessert hätte, ich frei von meinem Vater wäre und mit meiner Ehefrau in Frankreich Urlaub machen

würde. Doch es hatte sich so viel verändert und wer wusste, ob es überhaupt noch zu diesem Urlaub kommen oder ob unser nächstes Treffen auf dem Friedhof enden würde. Scheiße, seit wann war ich so pessimistisch? So kannte ich mich überhaupt nicht. Kaum merkbar schüttelte ich meinen Kopf und räusperte mich. »Ich weiß, dass es sehr plötzlich kommt. Aber ich dachte, es würde dich interessieren, was gerade so passiert«, fing ich an.

Adam stemmte beide Hände auf den Kopf des Adlers. »Du meinst den Krieg, der sich anbahnt?«

Überrascht sah ich zu ihm und meine beiden Freunde traten neben mich.

»Woher weißt du das?«, fragte Jegor.

Adam schüttelte seinen Kopf und strich sich durch seine Haare. »Habt ihr die Nachrichten in unserer Welt nicht gelesen?«

»Was?«, fragte Grigorij geschockt, holte sofort sein Telefon hervor und scrollte durch die Nachrichten. »Scheiße.«

»Was steht denn da?«, wollte Jegor wissen und aus Grigorijs Gesicht entwich sämtliche Farbe.

»Der Koslow-Thronerbe kehrt nach dem Verlust seiner Ehefrau Emma zurück nach Moskau. Es wird vermutet, dass er selbst für den Tod seiner Frau verantwortlich ist, da ihr Untreue mit dem totgeglaubten Ryan Scott unterstellt wurde.«

Mein Herzschlag beschleunigte sich und die Worte *Verlust* und *Untreue* verankerten sich in meinem Kopf. Ich blickte auf meinen Ehering und atmete tief durch. »Was meint die Presse mit Verlust?«, fragte ich mit gebrochener Stimme.

Sollte das bedeuten, dass Emma tot war? War alles umsonst gewesen?

*»Nein, das ist unmöglich«*, knurrte meine wahre Natur.

Ich riss Grigorijs Telefon aus seiner Hand und starrte auf die Bilder. Sie zeigten das pure Chaos auf San Franciscos Straßen. Trümmerteile von Häusern und brennenden Autos wurden abgelichtet. Die Presse schrieb von einem Attentat auf meine Ehefrau und dem Verdacht, dass ich selbst dafür verantwortlich sei. »Nein«, keuchte ich und starrte auf die Bilder von panischen Menschen.

»Vlad, wer auch immer das war, wird dafür bezahlen«, sagte Jegor und Grigorij nahm mir vorsichtig das Smartphone aus der Hand.

»Ich war das nicht«, flüsterte ich.

»Darf ich etwas sagen?«, fragte Adam und ein Grinsen breitete sich auf seinem Gesicht aus.

»Ich weiß nicht, was daran so lustig sein soll«, zischte Jegor.

»Oh, ganz einfach. Als ich die Nachrichten gehört habe, habe ich Nachforschungen angestellt, und ich kann euch beruhigen. Emma lebt. Allerdings scheint es so, als wäre das nicht euer einziges Problem.«

»Moment, was? Willst du damit sagen, dass es nicht stimmt, dass Emma tot sein soll?« Mein Kopf ratterte und ich hätte schwören können, dass gleich Rauch aus meinen Ohren stieg. Ich hörte angespannt zu und wischte meine feuchten Hände an meiner Hose ab.

»Sie lebt und ist nach wie vor bei dem amerikanischen König. Aber man munkelt, dass ein gewisser Veith in Moskau gelandet sei und den russischen König

unterstütze. Es solle eine Hochzeit zwischen der Tochter eines Politikers und dem Thronprinzen geben.«

»Polina?« Ich konnte es kaum glauben. Nicht nur, dass ich jetzt wusste, dass mein Vater eine Hochzeit plante, der ich niemals zugestimmt hatte, sondern auch, wie der fremde Mann hieß, dessen Namen mir nichts sagte.

»Aber das ergibt Sinn. Wenn dein Vater dich neu verheiraten möchte, muss deine jetzige Ehefrau sterben«, überlegte Jegor laut.

Tausend Fragen schwirrten in meinem Kopf umher. War das die Art, wie er mir bei meinem Krieg gegen Ryan Scott helfen wollte? Das Schlimmste war, dass ich mittlerweile nicht mehr wusste, ob Ryan der wahre Feind war.

Mein Vater hatte die Scotts immer als falsch bezeichnet und als die Königsfamilie, die ausgelöscht werden musste. War Ryans Vater so anders gewesen oder hatte er Ryan genauso erzählt, wie falsch wir Koslows waren? Was war, wenn Ryan und ich in einen Krieg verwickelt worden waren, der schon lange vor uns begonnen hatte? Was, wenn wir nur die Marionetten unserer Väter waren, die den Krieg fortführen sollten?

»Mein Vater hat mich die ganze Zeit nur hingehalten.« Die Erkenntnis überrollte mich wie ein Güterzug.

»Was schlägst du vor?«, wollte Jegor wissen.

Ich wollte ihm antworten, aber meine Stimme gehorchte mir nicht. Mein Herz schmerzte entsetzlich und zog sich mehr und mehr zusammen. All die Pein, die ich in letzter Zeit ausgehalten hatte in der Hoffnung, dass mein Vater mir seine Armee anvertrauen

würde und mich wirklich unterstützen wollte, war umsonst gewesen.

*»Ich bin bei dir, Vlad. Wir werden einen Weg finden, wie wir ihn stürzen können.«*

*»Und wie?«*, fragte ich sie, denn ich hatte das Gefühl, dass mein Vater unbesiegbar war, und jedes Mal, wenn ich dachte, ihm einen Schritt voraus zu sein, zog Boris seinen nächsten Trumpf und ich lag wieder meilenweit zurück. Dieser Mann wusste, was er tat, und hatte tausend Wege, um dem Tod auszuweichen. Wie sollte ich ihn jemals schlagen?

»Adam, was weißt du über diesen Veith?«, hakte Jegor nach.

»Nichts außer seinem Namen. Dieser Mann scheint ein Geist zu sein. Niemand weiß etwas über ihn und ich kann keine Informationen über ihn ausfindig machen. Es ist, als wäre er aus dem Nichts aufgetaucht«

Das wurde ja immer besser. Ich massierte meine Schläfen, ehe ich tief ein- und ausatmete. »Wir müssen herausfinden, wer dieser Mann ist und was mein Vater alles plant.«

»Und wir brauchen neue Verbündete«, sagte Jegor.

Mein Blick schweifte von meinen beiden besten Freunden zu Adam. »Was sagst du, Adam? Willst du dich uns anschließen und den russischen König stürzen?«

Seine Mundwinkel hoben sich sadistisch in die Höhe, als er sich elegant vor mir verbeugte. »Ich stehe dir zu Diensten, Vlad. Aber ich habe eine Bedingung.«

»Ich höre.« Grinsend drehte er lässig seinen Gehstock umher, bis er ihn mit einem lauten Aufschlag auf den Boden rammte.

»Ich will die beiden Befehlshaber der Königsgarde. Mit denen habe ich eine Rechnung offen.«

»Abgemacht«, sagte ich und besiegelte den Deal mit einem Handschlag, ehe wir uns zu viert auf den Weg aus dem Park machten.

Ich blickte zu Grigorij, der seine rechte Hand in der Hosentasche hatte und links neben mir ging. Adam marschierte rechts von mir, neben mir ging Jegor, der in seiner linken Hand lässig ein Messer umherdrehte.

Wir hatten einen Mann mehr und es fühlte sich gut an. Ich war mir sicher, dass wir das schaffen würden.

Ich zündete mir eine Zigarette an und zog das Nikotin tief in meine Lunge, während wir weiter gingen.

»Was ist unser nächster Schritt?«, fragte Jegor.

Mein Grinsen wurde breiter. »Wir, meine Freunde, werden nach San Francisco reisen«, sagte ich und stieß den Rauch aus. Es wurde Zeit, dass ich die Zügel in die Hand nahm, nicht mehr mein Vater.

# Kapitel 23

istanz zu Emma und eine neue Aufgabe war genau das, was ich brauchte. Ich legte meinen Arm auf das offene Fenster und sah mich um, während Milo durch die Luxus-Gegend fuhr. Eine Villa stand neben der anderen und ich hatte einen Tennis- und einen Golfplatz gesehen. Ich verstand, warum Milos Vater ausgerechnet hier seine Rente genoss. Die Gegend war schön, gepflegt und ruhig. Neben den Sportangeboten gab es Restaurants und Cafés, demnach musste er nicht extra nach Seattle fahren.

Alberto war nicht irgendjemand. Er war ein enger Freund von Ryans Vater gewesen und ein Adliger noch dazu, an Geld mangelte es ihm auf keinen Fall.

Ich atmete tief durch, als das imposante Tor zur Seite fuhr und Milo die Auffahrt entlang steuerte. Kurz darauf fanden wir uns auf einer runden Einfahrt mit einem riesigen Springbrunnen in der Mitte wieder. Vor uns stand ein beeindruckendes Herrenhaus.

»Wow.« Ich staunte nicht schlecht, als wir geparkt hatten und ausstiegen. Der Garten war tadellos gepflegt.

Milo zog den Schlüssel aus seiner Jackentasche und öffnete die schwere Eingangstür, bevor wir eintraten.

Mit einem Pfeifen sah ich mich um. An den Wänden hingen eindrucksvolle Portraits und auf der linken

Seite des Foyers führte eine Wendeltreppe in den ersten Stock.

»Mein Vater ist sicher in der Küche, er liebt Fleisch«, sagte Milo und ging voraus, während ich hinter ihm herging. Wir erreichten ein großes Wohnzimmer mit weißen Möbeln. Auf dem Kaminsims entdeckte ich eingerahmte Fotos eines kleinen Jungen, vermutlich war es Milo. In der Küche angekommen stieg mir der Geruch von mariniertem Fleisch in die Nase, ich tippte auf Paprika. Die Kücheneinrichtung stammte definitiv aus der Luxus-Abteilung. Am Kühlschrank hingen gezeichnete Kinderbilder und Fotos.

»Herzlich willkommen, ihr beiden«, ertönte hinter uns eine fröhliche und warme Stimme.

Wir drehten uns um und im nächsten Moment wurde Milo schon in zwei Arme gerissen, deren Hände kurz danach seine Haare durchwuschelten.

Ich hielt mir die Faust vor den Mund und lachte hinein. Gott, wie er sein Gesicht verzog.

»Lass dich anschauen. Du siehst gut aus, mein Sohn.«

»Dad, bitte, ich bin keine zehn mehr«, knurrte er und richtete fluchend seine Haare.

Alberto lachte nur und schlug mir freundschaftlich auf die Schulter, ehe er mich anlächelte. »Dario, ich hoffe mein Sohn benimmt sich.«

»Oh mein Gott!«, stöhnte Milo und starrte seinen Vater fassungslos an, was uns alle lachen ließ.

Alberto hatte sich kein Stück verändert. Noch immer waren seine braunen Haare an den Seiten kurz rasiert und leicht grau meliert. Seit ich mich erinnern konnte trug er dunkelblaue Hemden und dazu schwarze Hosen. Dem Motto war er treu geblieben und wirkte

damit schick, aber lässig. Er sah immer noch fit und trainiert aus. Sein freundliches Gesicht und die liebevolle Art, wie er seinen Sohn ansah und sich nach seinem Wohlergehen erkundete, brachten mich zum Lächeln.

»Milo ist ein ausgezeichneter Kämpfer«, sagte ich und sofort strahlte der alte Mann.

»Das höre ich gern. Was haltet ihr von einem Essen? Ich habe bereits Fleisch und den Grill vorbereitet.«

»Dad, wir sind nicht hier, um zu essen. Es gibt Wichtigeres.«

»Papperlapapp, ihr seid extra bis nach Seattle gekommen. Lasst uns etwas essen und dann bereden wir alles in Ruhe.«

»Aber …«, setzte Milo an und erntete von Alberto einen strengen Blick.

»Nichts da. Deck den Tisch, mein Sohn.«

»Ich wohne nicht mal mehr hier«, maulte er, aber tat, was sein Vater verlangte.

Alberto schnappte zwei Bierflaschen, legte seine Hand auf meine Schulter und führte mich hinaus in den Garten, wo schon alles bereitstand.

»Das war alles geplant, oder?«, fragte ich, als er mir eine Flasche reichte und einen Teller mit Fleisch neben dem Grill positionierte.

»Geplant? Nein, ich freue mich nur, euch mal wieder zu sehen«, sagte er und lachte.

Wir köpften die Flaschen und ein Schluck kühles Bier rann meine Kehle hinunter.

Milo kam mit dem Geschirr aus der Küche, deckte den Tisch, stellte die Saucen und den vorbereiteten Salat dazu und blickte finster zu uns.

»Ich glaube es nicht, ihr trinkt und ich darf den Tisch decken?«

»Im Kühlschrank ist noch eine Flasche«, antwortete Alberto lässig und bereitete den Grill vor.

»Ich glaube es wirklich nicht«, hörte ich Milo noch meckern, bevor er hinein verschwunden war. Sekunden später kam er mit einer Bierflasche in der Hand wieder zu uns und setzte seine Beschwerde fort.

»Weißt du, andere Väter freuen sich, ihren Sohn mal wiederzusehen.«

»Das tue ich, aber du bist hier zuhause und Dario ist der Gast.«

»Ich bin der Gast«, neckte ich Milo, der mich aus seinen Jadeaugen anfunkelte. Ich konnte die orangen Sprenkel darin aufleuchten sehen.

»Bekämpft euch später, jetzt gibt es erstmal was zu essen«, sagte Alberto und legte das Fleisch auf den Grill, das sofort brutzelte und einen herrlichen Duft von Kohle und Fleisch in die Luft trieb.

Ich setzte mich neben Milo. »Komm, sei nicht so mies gelaunt.«

»Bin ich nicht.«

*»Oh und wie er es ist«*, sagte meine wahre Natur und kicherte.

Sobald wir uns etwas von dem gegrillten Fleisch und dem Salat auf die Teller packten, entspannte sich Milo allmählich und wir unterhielten uns und ließen es uns schmecken. Es war einfach schön und ich liebte dieses familiäre Zusammensein. Wehmütig musste ich an meine Eltern denken. Wären sie heute genauso warmherzig wie Milos Vater? Und was würden sie von allem halten, was gerade passierte?

Verdammt. Ich dachte selten über meine Eltern nach und auch wenn ich mich schon vor langer Zeit damit abgefunden hatte, dass sie gestorben waren, gab es Momente, in denen ich sie besonders vermisste.

*»Sie wären stolz auf uns und sie werden immer in unserem Herzen bleiben«,* sagte meine Natur und ich musste über ihre Worte lächeln. Ja, das würden sie auf jeden Fall.

Ich atmete tief durch, trank mein Bier leer und half anschließend unter Albertos Protest beim Abräumen, ehe wir uns im Wohnzimmer auf das bequemste Samtsofa setzten, das mir je begegnet war.

Milo sah genauso angespannt aus wie ich, als ich zu ihm rüber linste. Schließlich waren wir die ganze Reise nicht grundlos angetreten.

»Du hast sicher gehört, was gerade alles los ist«, begann ich das Gespräch. Spätestens nach der Explosion in Chicago und San Francisco waren die Schlagzeilen überall.

»Ja, ich habe es gesehen und ich denke nicht, dass die Neueste stimmt.«

»Wovon sprichst du?«, fragte Milo und Alberto überreichte uns die aktuellste Zeitung.

Mein Herz hämmerte wild gegen meine Brust, als ich die Zeilen las. Großer Gott, das war eine Katastrophe! Ich machte sofort ein Foto des Zeitungsartikels und schickte es Ryan. Irgendwas sagte mir, dass Vlad nicht dafür verantwortlich war, auch wenn ich diesen Bastard tot sehen wollte. Scheiße, was lief nur in Moskau? Und wer setzte solche Gerüchte in die Welt?

»Ich habe Ryan informiert, aber du hast recht. Das stimmt nicht. Emma geht es gut und auch wenn wir

davon überzeugt sind, dass es Shades waren, die diese Explosion verursacht haben, sind wir uns noch nicht sicher, wer es war.«

Langsam nickte Alberto und blickte zu seinem Sohn, ehe er die Zeitung wieder an sich nahm und sie feinsäuberlich zusammenlegte. »Ihr habt euch ordentlich in die Scheiße geritten«, sagte er mit ernster Miene.

»Wir werden es auch diesmal raus schaffen«, sagte ich.

»Ich weiß und ich kann es noch immer nicht glauben, dass ihr mir damals nichts gesagt habt, als Vlad euch angegriffen hat und ihr fliehen musstest. Ich hätte euch verstecken und euch helfen können.«

»Dad, das, was damals passiert ist, war für uns alle nicht leicht und wir wollten niemanden in Gefahr bringen.«

Milo hatte recht. Als wir damals wegen Vlad alle untertauchen mussten, waren wir um Ryan besorgt gewesen und hatten nicht einmal daran gedacht, jemanden zu kontaktieren. Doch noch einmal konnten wir das nicht. Wir durften diesen bevorstehenden Krieg nicht verlieren.

»Und jetzt wollt ihr meine Hilfe?«, holte Alberto mich ins Hier und Jetzt zurück.

»Die Lage hat sich geändert. Damals haben wir für unseren König und um das Überleben des letzten Scotts gekämpft, aber seit Emma bei uns ist, sieht es anders aus.«

»Emma Hernandez?« Neugierig beugte er sich vor und faltete seine Hände zusammen.

»Ja genau. Sie ist die Gefährtin von Ryan und seit wir sie aus Vlads Fängen befreit haben, lebt sie bei uns.«

»Und es ist sicher, dass die beiden Gefährten sind und zusammengehören?«, hakte Alberto nach.

Ich runzelte meine Stirn und blickte zu Milo. Sein Gesichtsausdruck sagte mir, dass es ihm nicht anders ging.

*»Warum weiß er nichts von den beiden?«*, stellte meine wahre Natur die Frage aller Fragen, denn Alberto war einer der besten Freunde von Ryans Vater gewesen und sie hatten immer im engen Austausch gestanden.

»Du weißt nichts von dem Gefährtenband der beiden?«, sagte Milo.

»Nein. Klar gibt es das ein oder andere Gerücht in den Medien, aber ich vertraue der Presse schon lange nicht mehr.«

Das war seltsam und für den Moment konnte ich mir keinen Reim darauf machen.

»Aber ihr habt recht, das ändert vieles. Beide stammen aus einer mächtigen Familie und wenn sie dazu noch Gefährten sind, kann so eine Verbindung in die Geschichte eingehen.«

»So habe ich das noch gar nicht betrachtet«, murmelte Milo und ich nickte langsam. Mir war bewusst, dass es etwas Besonderes war, wenn sich zwei mächtige Familien vereinten, aber etwas in Albertos Stimme sagte mir, dass mehr dahintersteckte.

Seufzend schüttelte Milos Vater seinen Kopf, stand auf und holte drei Gläser und eine Flasche Macallan, ehe er uns von dem Whiskey einschenkte und sagte: »Ihr habt es noch nie aus diesem Blickwindel betrachtet, oder?«

»Nein, die beiden sind glücklich, nur das sehen wir und freuen uns für Ryan.«

»Milo hat recht«, stimmte ich zu, auch wenn ich mein verräterisches Herz klopfen hörte.

»Gut, ich kläre euch auf«, murmelte Alberto. »Das Gefährtenband ist etwas Besonderes und für seine Stärke bekannt. Wenn das Band erst einmal aktiv ist, tun die Paare alles füreinander und finden sich immer wieder.«

So weit wussten wir Bescheid, dieses Band reichte bis in die Seele. Aus diesem Grund hatte ich Angst um Ryan gehabt, als er dachte, dass Emma gestorben sei. Denn sollte einer der Gefährten sterben, starb ein Teil der Seele des anderen, und in den meisten Fällen endete das mit einem selbstzerstörerischen Tod.

*»Nicht einmal unserem schlimmsten Feind wünschen wir sowas.«*

Wie recht sie hatte. Jeder Tod wäre im Vergleich zu diesem ein Kinderspiel.

»Wenn die beiden Gefährten aus mächtigen Familien kommen, kann das noch mal eine andere Auswirkung haben. Die Macht, die sie zusammen haben, kann alles verändern«, fuhr er fort. »Nicht umsonst werden Königskinder meist mit anderen Königsfamilien verheiratet oder mit jemandem, der reines Blut besitzt, um die Nachfolge zu sichern und die Stärke zu erhalten.«

Ich schluckte. Ein Stich bohrte sich langsam durch mein Herz. Mit Albertos Worten wurde mir klar, dass Ryan und Emma zusammengehörten und nur zusammen unsere Welt verändern konnten. Ich hatte keinen Platz an Emmas Seite, außer als ein Freund. Und doch spielten meine Gefühle verrückt und mein Herz schmerzte mit jeder Sekunde ein Stückchen mehr.

»Dann werden die beiden in die Geschichte eingehen«, sagte Milo und lächelte.

Ich zwang mich, meine Mundwinkel zu heben und Freude auszudrücken, doch die erreichte meine Augen nicht. Ich blinzelte mehrmals, um die aufkeimenden Tränen hinunterzuschlucken.

»Ryan würde sich sehr freuen, dich in San Francisco zu empfangen«, presste ich zwischen meine Lippen hervor.

Für einen Moment sah Alberto mich eindringlich an, strich sich durch seine Haare und ich hielt krampfhaft Blickkontakt, ehe er aufstand und sagte: »Dann lasst uns keine Zeit verlieren.«

»Sehr gut.« Milo freute sich.

Wir warteten zusammen, während Alberto seine Reisetasche packte.

Als wir einige Zeit später im Auto saßen und uns auf den Weg zum Flugplatz machten, kreisten meine Gedanken immer noch um Emma und Ryan. Ich hörte nur am Rand, wie Milo mit seinem Vater sprach und sich nach seiner Mutter erkundigte, die sich derzeit im Hauptanwesen der Familie in D.C. aufhielt.

*»Wir haben es geschafft. Alberto kommt mit, das war doch unsere Aufgabe.«*

*»Ja. Und jetzt wissen wir, dass Ryans und Emmas Verbindung etwas Besonderes ist«*, sagte ich mit gebrochener Stimme.

*»Dario, auch wenn die beiden füreinander bestimmt sind, können wir immer noch mit Emma befreundet sein. Und wer weiß, vielleicht wird es so wie früher.«*

Ich wusste, worauf sie anspielte. Meine wahre Natur hatte die Hoffnung, dass Ryan Emma mit uns

teilen würde, dass wir sie beide für uns beanspruchen würden, wie wir es früher mit anderen Frauen gemacht hatten. Aber damals waren die Frauen nur ein Spielzeug gewesen, ein Objekt der Begierde und immer vergänglich. Emma war anders und die Götter selbst hatten die beiden füreinander bestimmt.

Doch die Gefühle, die ich für die Prinzessin hegte, vergingen nicht. Sie verankerten sich in meinem Herzen und trieben mich beinahe in den Wahnsinn. Wie lange konnte ich diese Gefühle noch verbergen und wann würden ausgerechnet sie mir den Strick um den Hals bescheren?

# TARIK

ICH STAND MIT EINER FLASCHE BIER AUF MEINEM Balkon und beobachtete die Lichter im Garten, ehe ich einen Schluck nahm und hinauf zum Mond blickte.

*»Wir werden sie alle vernichten«,* sagte meine wahre Natur schadenfroh und meine Mundwinkel hoben sich in die Höhe. Wie lange hatte ich Vlads Befehle befolgt, um sein Beta zu werden, doch es hatte niemals eine offizielle Zeremonie dazu gegeben. Am Ende hatte ich mich in Emma verliebt und war im Kerker gelandet. Selbst als wir mit Dario geflohen waren und ich in der Fabrik das erste Mal von Emma hatte kosten dürfen, war ich der Meinung gewesen, endlich alles erreicht zu haben und dass sie mich so liebte, wie ich sie. Doch ich war wieder als ein Gefangener geendet und hatte zur Krönung noch ein magisches Halsband erhalten.

So konnte und würde es nicht mehr weitergehen. Ich hatte die Schnauze gestrichen voll.

Über mir ertönte ein Krächzen und im nächsten Moment landete ein Rabe auf dem Geländer meines Balkons. Zwei weitere setzten sich links und rechts neben ihn und alle drei starrten mich an.

»Schickt euch mein Vater?«

Die beiden äußeren Raben fingen an, mit ihren Flügeln zu schlagen und zu krächzen. Erst jetzt bemerkte ich, dass der in der Mitte eine kleine Rolle im Schnabel hielt, die ich ihm vorsichtig abnahm.

Als ich sie öffnete, flogen die beiden Raben, die wie Leibwächter wirkten, davon. Der Bote blieb sitzen und starrte mich mit seinen schwarzbraunen Augen an.

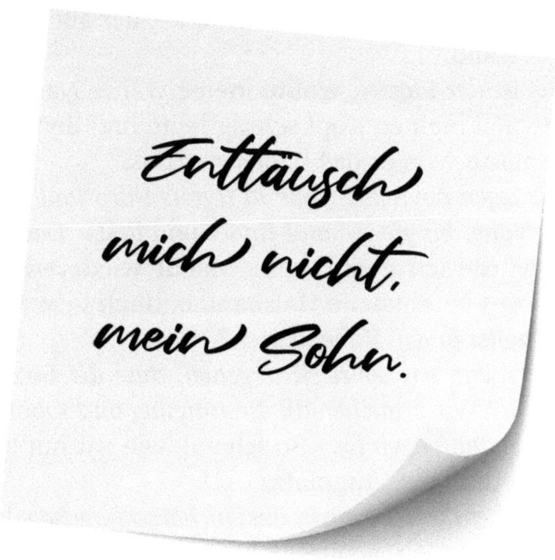


Es waren nicht viele Worte und doch reichten sie aus. Mein Vater zählte auf mich und erwartete, dass ich die Mission erfüllte, und genau das hatte ich heute Nacht vor.

Ich blickte ein letztes Mal auf den kleinen Zettel und hob ihn zwischen meinem Zeigefinger und Daumen in die Höhe, als er auf einmal in Flammen aufging.

Ich ließ ihn los, ehe die Asche vom Wind davongetragen wurde und ich in die Ferne blickte. »Ich werde dich nicht enttäuschen«, flüsterte ich und trank mein Bier aus, bevor ich zurück in mein Zimmer ging.

Ich legte die Schriftrolle auf mein Bett und sah mir die Karte der Umgebung noch einmal konzentriert an. Ich prägte mir alles haargenau ein, ehe ich sie mit der Auflistung der Flugplätze zusammenknüllte und in dem Aschenbecher verbrannte, der auf meinem Balkon stand.

*»Wie ist der Plan?«*, wollte meine wahre Natur wissen, als ich meinen Kopf schräg legte und dem Feuer dabei zusah, wie es das Papier zerfraß.

*»Wir legen die Schriftrolle in Ryans Büro und bleiben in der Nähe, bis sie jemand findet und liest.«* Denn nur dann würde ich meine volle Macht wiedererlangen und dieses beschissene Halsband endlich loswerden.

*»Du willst in der Nähe warten?«*

*»Wie sollen wir sonst sichergehen, dass die Botschaft ankommt? Wir brauchen die Bestätigung und sobald wir die haben, laufen wir los.«* So schnell, wie wir nur konnten, und das zum Flugplatz.

*»Gut, aber dir ist bewusst, dass nichts schiefgehen darf?«*

Das wusste ich, schließlich stand damit mein verdammtes Leben auf dem Spiel und ich hatte nicht vor, zu sterben.

Ich ging zurück in mein Zimmer, schnappte mir die Schriftrolle und trat zur Kommode, öffnete sie und wühlte herum, bis ich unter meiner Kleidung ein kleines Messer hervorholte und meinen Griff darum verfestigte.

*»Ich weiß, dass nichts schiefgehen darf, und genau deswegen habe ich einen Plan, der uns Zeit verschaffen wird, wenn alle abgelenkt sein werden.«* Mit diesem Ziel schob ich die Rolle unter meine Jacke und drehte das Messer auf meine Handinnenseite, so dass es nicht sichtbar war, ehe ich aus meinem Zimmer und den Flur entlang bis nach unten ging.

Mein Herz raste und meine Brust hob sich schwer. Ich sah mich immer wieder um, konnte niemanden erkennen, also schlich ich mich in Ryans Büro und legte die Schriftrolle auf seinen Schreibtisch. Ich huschte schnell hinaus, ließ die Tür angelehnt und warf einen Blick in das untere große Wohnzimmer.

*»Da ist ja unsere Versicherung.«* Mein Blick fiel auf Emma, die mit einem Buch in der Hand auf dem Sofa saß. Sie schien so vertieft, dass sie mich nicht bemerkte.

*»Du weißt, wenn wir das durchziehen, wird Emma uns niemals vergeben und wir werden sie niemals für uns haben.«*

*»Du irrst dich. Wenn Ryan und Vlad sich gegenseitig töten, nehmen wir uns Emma einfach. Mein Vater wird sie gefügig machen, so wie er es mit unserer Mutter gemacht hat.«*

*»Tarik, das war der Grund, warum wir damals gegangen sind. Willst du das wirklich?«*, flüsterte sie.

*»Ja, denn was hat es uns gebracht, der Nette, Fürsorgliche und Sanfte zu sein?«* Es hatte uns nichts außer Problemen eingebracht und ich war es leid.

Ich ging auf Emma zu, während meine wahre Natur zwischen Angst und Wut hin und her schwankte.

Im nächsten Moment packte ich ihre schwarzen langen Haare. Panisch riss sie ihre Augen auf und öffnete ihre Lippen, aber ich war schneller. Bevor auch nur ein einziger Schrei erklang, drückte ich eines der Kissen auf ihren Mund und wickelte ihre Haare um meine Faust. Dann beugte ich mich zu ihr. »Ein Mucks und ich werde dir die Kehle durchschneiden, verstanden?«

Vorsichtig nahm ich das Kissen von ihrem Mund und ihre braunen Augen leuchteten mir blutrot entgegen. »Warum, Tarik?«

»Glaub mir, es ist nichts Persönliches, meine Schöne«, raunte ich ihr ins Ohr. Augenblicklich umhüllte mich ihr süßlicher Duft, den ich tief einsog. Ich zog sie hoch und schob sie durch den Flur in die Richtung des Büros, während ich zeitgleich mein Messer mit der freien Hand umklammerte.

»Tarik, hör auf«, flehte sie und versuchte, ihre Haare aus meinem Griff zu befreien. Sie scheiterte und ich drängte sie weiter zum Büro.

»Das kann ich nicht.«

»Dann tut es mir leid«, flüsterte sie und unsere Blicke trafen sich, als sie plötzlich laut »Ryaaan!« schrie und ihre Aura an die Oberfläche brach.

»*Nein, wir dürfen nicht scheitern*«, brüllte meine wahre Natur und der Wille zu überleben war stärker als die Gefühle zu ihr, die mich bis jetzt beherrscht hatten. Ich holte aus und schlug Emma zu Boden.

Entsetzt starrte sie zu mir nach oben und in diesem Moment spürte ich, wie das magische Halsband sich an meinem Hals hervorarbeitete und in der Sekunde zu Boden fiel, als Ryan mit der geöffneten Schriftrolle in der Hand aus seinem Büro stürmte.

Wärme schoss durch meine Adern, erfüllte meinen Körper mit Magie.

Meine Augen leuchteten in ihren Bernsteinfarben auf und ich fletschte meine Zähne.

Oh ja, ich war zurück, und das mit meiner vollen Macht. Doch mir bleib keine Zeit, ich musste handeln, denn Ryans Augen glühten bereits in ihren Smaragden und seine Nasenflügel bebten.

Blitzschnell packte ich Emma, zog sie zu mir hoch, drückte ihr das Messer in die Kehle und ein süßlich metallischer Geruch drang in meine Nase, als ein Rinnsal an Blut über ihren Hals lief.

»Überleg es dir gut, Ryan«, brüllte ich und brachte mit meiner Magie die Lichter im Haus zum Flackern.

Entsetzt blickte der Alpha zwischen mir und Emma hin und her. »Tarik, du bist wütend auf mich. Lass Emma gehen«, sagte Ryan und seine Haut verwandelte sich in grüne Schuppen, während sich seine Brust schwer hob und ich sein wild schlagendes Herz hören konnte.

Aber ich drückte die Klinge fester in Emmas Hals und der Geruch ihres Blutes wurde mit jeder Sekunde stärker. »Vergib mir, meine Schöne«, raunte ich ihr ins Ohr und schnitt mit einem Hieb ihre Kehle auf, ehe ich sie in Ryans Richtung schubste und mit meiner übernatürlichen Geschwindigkeit aus dem Haus stürmte. Ryans Gebrüll geriet immer mehr in den Hintergrund, während ich in die Richtung des Waldes rannte.

# Kapitel 24

## RYAN

Meine Augen glühten in ihren Smaragden, als Tarik das Messer tiefer in Emmas Hals drückte. Unsere Blicke trafen sich, ehe sie mit ihren Lippen ein Ich-liebe-dich formte. Mein Herz setzte aus, als Tarik im nächsten Moment Emmas Kehle durchschnitt und sie in meine Richtung taumelte.

»Nein!«, brüllte ich und fing sie auf, drückte meine Hand auf ihren blutenden Hals und murmelte einen Zauber nach dem anderen, aber nichts half. »Emma!«, schrie ich, während ihr Blut zwischen meinen Fingern durchfloss und sie mich mit roten Augen anblickte, deren Leuchtkraft immer schwächer wurde. Der Stich in meiner Seele riss mich zu Boden.

»*Ich liebe dich, das habe ich immer getan*«, hörte ich ihre Gedanken in meinem Kopf und blickte in ihre braunen Augen. Das schwache Lächeln wich aus ihrem Gesicht und ihre Hand fiel zur Seite.

»Vinz, Noel!«, rief ich und drückte meine Gefährtin an meine Brust. »Bitte, tu mir das nicht an.«

»Ryan«, keuchte Noel, der als erstes zu uns gestürmt kam, direkt gefolgt von Vinzenz. Als er Emma sah, gab er mir zu verstehen, dass er sofort seine medizinischen Tränke holte. Im selben Moment ging die Tür auf und Dario kam dazu, doch ich schaffte es nicht, meinen Engel loszulassen oder den Blick von ihr zu wenden.

Ich umklammerte ihren schlaffen Körper und wiegte uns hin und her, während Tränen unaufhaltsam über meine Wangen liefen. »Mein Engel«, wimmerte ich. Der Schmerz in meiner Seele wurde beinahe unerträglich und meine wahre Natur schrie. Immer und immer wieder.

»Ich muss die Wunde sehen, Ryan«, erklang Vinzenz' Stimme, aber ich war nicht in der Lage, sie loszulassen.

»Dario, tu was. Wenn wir noch länger warten, ist sie tot.«

Die Stimmen meines inneren Kreisens klangen so nah und doch so weit weg. Ich drückte Emma fest an meine Brust und als jemand versuchte, mich von ihr zu trennen, brüllte ich auf und meine Aura schwappte unkontrolliert durch die Räume. Die Lichter flackerten, bis das Glas der Lampen über uns explodierte.

»Scheiße!«, brüllte Milo und ich blickte kurz nach oben. Wie durch ein Wunder wurden Emma und ich nicht von den Splittern getroffen. Mein gesamter innerer Kreis und Alberto standen mit leuchtenden Augen um uns herum und ihre Magie umhüllte uns.

»Lass los, Vinz muss sie heilen«, sagte Alberto, kniete sich vor mich und legte seine Hand auf meine Schulter. »Lass deine Gefährtin los, mein König.«

Irgendwie drangen die Worte in meinen Verstand und langsam löste ich meinen Griff.

Sofort wurde Emma von Vinzenz in Beschlag genommen. Er tröpfelte irgendeine Flüssigkeit auf ihren Hals und spritzte ihr etwas mitten ins Herz.

Als ihre Körper anfing zu zucken, drang ein ohrenbetäubender Schrei aus meiner Kehle und meine Haut

wurde von grünen Schuppen übersät. Scharfe Krallen prangten aus meinen Fingerkuppen und meine Zähne wurden lang und spitz. Mit leuchtenden Smaragden blickte ich zu Vinzenz. »Du tust ihr weh!«

»Ich versuche, ihr zu helfen«, sagte er, aber mein Kopf wollte das nicht verstehen und alles, was ich wahrnahm, war Emmas zuckender Körper.

Dann sah ich rot. Brüllend schlug ich Noel in die Seite und als Milo sich zusammen mit Dario auf mich stürzte und sie versuchten, mich zu bändigen, fauchte ich sie an. Ich holte aus und stach mehrmals zu. Meine Sicht war verschwommen, mein Herz wummerte wild und ich war zum Berserker geworden, der nichts und niemanden mehr klarsah.

»Haben sie sich verbunden?«

»Dad, ernsthaft! Hilf uns lieber«, brüllte Milo mit Blick zu seinem Vater.

Seinen unachtsamen Moment nutzte ich und schleuderte ihn mit voller Wucht in die Richtung der Treppe.

»Ja, sie haben sich gegenseitig markiert«, hörte ich Dario sagen. Der Gedanke, wie sie mich heute morgen noch angelächelt und ich in ihre funkelnden Augen geblickt hatte, machte mich noch rasender.

»Er hält es nicht aus, seine Seele bricht«, erklang Albertos Stimme, als ich im nächsten Moment auf den Rücken geschmissen wurde und Alberto seine Hand auf mein Herz legte. Eine unbeschreibliche, kraftvolle Wärme gelang durch seine Hand in meine Brust und ich brüllte laut auf.

»Alles wird wieder gut, ich bin jetzt da«, sagte Alberto und seine Hand fing an zu leuchten, während er sie auf meine Brust drückte.

Meine Sicht wurde immer verschwommener, ehe mein Kopf zur Seite kippte. Das Letzte, was ich sah, war Emmas schlaffer Körper. Dann zog die Dunkelheit mich mit sich und ich wurde bewusstlos.

# DARIO

DIE HEIMREISE VERLIEF GUT UND ICH FREUTE mich schon, Ryan die positive Nachricht überbringen zu können, dass Alberto an unserer Seite kämpfen würde.

Als wir das Haus betraten, hörten wir Ryan brüllen und fanden ihn kurze Zeit später, wie er mit Tränen in den Augen auf dem Boden saß.

Mein Herz setzte für einen Augenblick aus. Blut klebte an seinen Händen und auf seiner Kleidung, während er Emmas leblosen Körper hin und her schaukelte und niemanden in seine Nähe ließ, nicht einmal als Vinzenz sie retten wollte. Mein Herz zersprang in tausend Stücke.

Als ich endlich wieder Herr meiner Sinne war, versuchten wir ihn zu überwältigen, sodass Vinzenz Emma endlich behandeln konnte. Aber ihn zu bändigen war alles andere als einfach und nur dank Alberto, der seine besonderen Fähigkeiten einsetzte, schafften wir es, Ryan ruhig zu stellen. Anschließend trugen wir ihn in sein Bett, während Noel Vinzenz dabei half, Emma zu behandeln. Mehr konnten wir nicht tun.

Völlig fertig setzte ich mich mit Milo und Alberto in den oberen Gemeinschaftsraum und lehnte mich auf dem Sofa zurück, vergrub meinen Kopf in meinen Handflächen und kämpfte gegen meine Tränen an.

*»Vinzenz wird Emma retten. Sie ist eine Hernandez«,* versuchte meine wahre Natur mir Mut zu machen.

Ich wusste, dass sie bei Vinzenz in guten Händen war, doch die Tatsache, dass unsere Prinzessin nach wie vor ihre Fähigkeiten und ihre Magie nicht beherrschen konnte, machte mir Sorgen. Wie sollte sie den tiefen Schnitt in ihrem Hals überleben, wenn ihre Selbstheilung nicht funktionierte?

Scheiße! Schnell wischte ich meine Tränen weg und stieß zitternd die angestaute Luft aus. Mein Herz schmerzte unsagbar und in dem Moment legte sich eine Hand auf meine Schulter.

»Vinz wird sie retten«, sagte Milo und ich schaffte es nur mit Mühe, meinen Kopf in seine Richtung zu drehen.

»Warum heilt sie nicht so schnell, wie es bei königlichem Blut eigentlich üblich ist?«, fragte Alberto.

Ich räusperte mich. »Emma konnte lange nicht auf ihre wahre Natur und die damit verbundenen Fähigkeiten und ihre Magie zugreifen.«

»Verstehe. Aber sie ist noch immer die Tochter von Charles und Elisa, sie wird es überleben.«

Ich blinzelte mehrmals. »Du kennst ihre Eltern?«

»Ja, Erico hat mich damals zu einem politischen Treffen zu den Hernandez' geschickt, aber das ist schon sehr lange her.«

Moment, was? Ryans Vater hatte politische Absichten mit Emmas Familie gehabt? Das alles wurde

immer merkwürdiger und doch war es nur logisch. Erico war immer bedacht darauf gewesen, seine Kontakte zu erweitern, und die Hernandez' waren eine mächtige Familie. Aus taktischen Gründen wären sie gute Verbündete für ihn gewesen.

»Das wusste ich gar nicht«, sagte Milo und lehnte sich auf seinem Stuhl zurück.

»Damals war es geheim. Aber ich habe angenommen, dass Erico es Ryan erzählt hat, als er im Sterben lag, und Ryan wiederum euch«, überlegte Alberto laut.

»Das ist seltsam. Ryan und Emma waren bereits vor, ich glaube, sechs Jahren ein Paar und Erico war alles andere als begeistert darüber gewesen«, murmelte ich und rieb meine Schläfen.

»Es sieht so aus, als hätte Erico seinem Sohn nicht alles erzählt und ein paar Geheimnisse mit ins Grab genommen.«

Verdammt, da war etwas dran und das gefiel mir überhaupt nicht. Warum hatte er seinem Sohn gesagt, dass er und Emma verflucht seien, aber nicht, dass er ihre Eltern gekannt und politische Absichten mit ihnen gehabt hatte? Das alles stank bis zum Himmel und würde Ryan überhaupt nicht gefallen.

Ich wurde aus meinen Gedanken gerissen, als auf einmal die Tür aufging. Noel und Vinzenz kamen zu uns und setzten sich. Alle Augen waren gespannt auf sie gerichtet.

»Emma wird es schaffen, ich konnte sie mit einigen magischen Tränken und Salben stabilisieren.«

Erleichterung breitete sich aus und die Anspannung im Raum fiel auf einmal ab.

»*Den Göttern sei Dank*«, seufzte meine wahre Natur, doch als Noel eine alte Schriftrolle auf den Tisch legte und uns ernst ansah, schlich sich das ungute Gefühl zurück in meine Magengegend.

»Was ist das?«, wollte Milo wissen.

»Wir waren noch einmal unten vor dem Büro und haben das neben Emmas Blut auf dem Boden gefunden. Wir vermuten, dass Ryan die Schriftrolle gelesen hat, ehe Emma verletzt wurde«, sagte Vinzenz und ich zog meine Stirn kraus.

»Und wegen dem Durcheinander vorhin haben wir sie nicht gleich gesehen«, fügte Noel hinzu.

Alberto breitete die Schriftrolle vor uns auf dem Tisch aus und wir lehnten uns alle nach vorn.

»Dann wollen wir mal sehen, was drinsteht«, murmelte ich und legte meinen Kopf schräg.

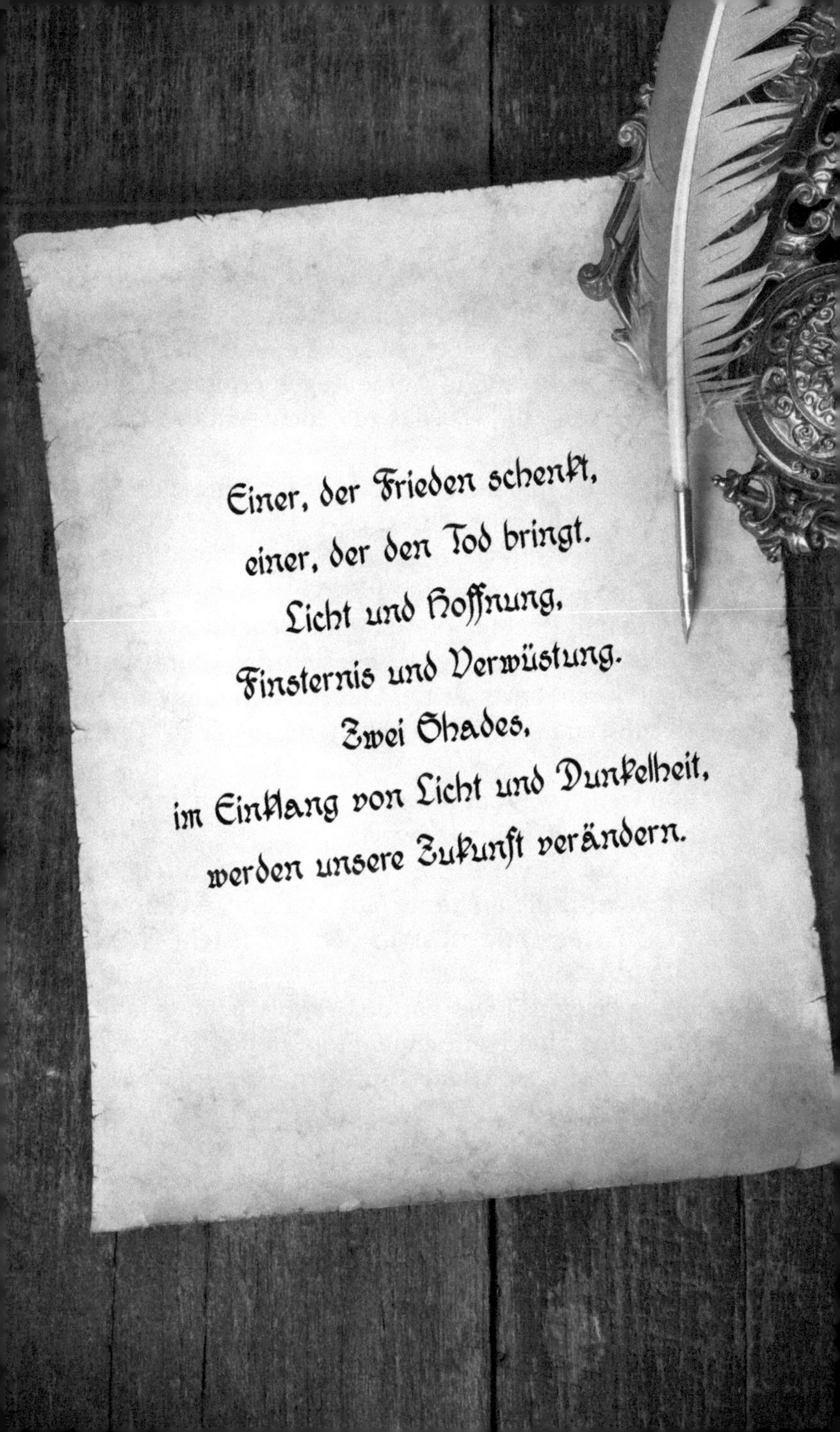

Einer, der Frieden schenkt,
einer, der den Tod bringt.
Licht und Hoffnung,
Finsternis und Verwüstung.
Zwei Shades,
im Einklang von Licht und Dunkelheit,
werden unsere Zukunft verändern.

Wie gebannt starrten wir alle auf die Zeilen. Man hätte eine Stecknadel fallen hören können.

*»Was soll das bedeuten?«*, flüsterte meine wahre Natur.

*»Ich habe keine Ahnung, aber das klingt nicht gut.«*

War das eine Art Vorhersehung? Ich las die Zeilen noch einmal durch. »Scheiße«, keuchte ich, als mich die Erkenntnis traf und meine Augen größer wurden.

»Was? Weißt du, was das zu bedeuten hat?«, fragte Milo.

»Emma ist mit dem Licht und der Dunkelheit im Einklang«, murmelte ich.

»Sie besitzt Flügel«, ergänzte Milo.

Vinzenz erstarrte, während Noel tiefer in das Sofa rutschte und fluchte: »Verdammte Scheiße.«

Nur Alberto schwieg. Er las sich das Ganze noch einmal durch, bevor er tief Luft holte und uns ansah. »Wir müssen mit Ryan sprechen, und zwar so schnell wie möglich.«

»Du weißt, was das bedeutet?«, fragte ich und mich grauste es vor seiner Antwort.

Er nickte. »Dem Papier und der Tinte zufolge ist diese Schriftrolle mehrere Jahrhunderte, wenn nicht sogar Jahrtausende alt. Was dort draufsteht ist eine uralte Legende.«

»Eine Legende? Das hat uns gerade noch gefehlt«, maulte Noel und legte seinen Kopf in den Nacken.

»Wann wird er wieder aufwachen?«, fragte Milo seinen Vater, welcher Ryan mit seiner besonderen Gabe beruhigt und schlafen geschickt hatte.

»Spätestens in einer Stunde müsste er wieder ganz der Alte sein.«

*»Albertos Gabe ist mächtig«*, wisperte meine wahre Natur und ich konnte ihr nur zustimmen. Alberto konnte jemandem reines Licht schenken, was die Seele besänftigte. Er hatte diese Gabe von seinem Vater geerbt und beherrschte sie einwandfrei, das hatte Milo mir mal erzählt. Er konnte nicht nur Licht schenken, sondern sich auch am Licht anderer bedienen, sich selbst und andere damit aufladen. Dieses Licht war kostbar und das, wonach wir uns alle sehnten.

Obwohl Milo Albertos Sohn war und die Gaben in der Regel an die Söhne vererbt wurden, hatten wir noch nie beobachten können, dass Milo reines Licht erschaffen oder entziehen konnte.

*»Stimmt, aber vielleicht dauert sowas auch. Wir wissen ja, dass ein paar Adlige und vor allem die Königsfamilie über spezielle Gaben und Fähigkeiten verfügen, aber auch, dass sowas nicht von jetzt auf gleich erlernt und beherrscht werden kann.«*

Auch wieder wahr.

Ich blickte zu Milo, der das Papier der Schriftrolle genauer unter die Lupe nahm. Vinzenz verließ in regelmäßigen Abständen den Raum, um Emmas Werte zu kontrollieren, während wir anderen darauf warteten, dass Ryan endlich aufwachte.

Als plötzlich ein lautes Brüllen zu hören war, zuckte ich zusammen und blickte in die Richtung der Tür.

*»Wie es aussieht, ist er aufgewacht«*, sagte meine wahre Natur.

Wir erhoben uns alle langsam und das Brüllen kam näher.

»Das hört sich nicht gut an«, murmelte Milo und Alberto lächelte in die Runde.

»Das wird schon. Sobald er erfährt, dass Emma …«

Auf einmal wurde die Tür aus den Angeln gehoben und knallte vor uns auf den Boden. Mit hell leuchtenden Smaragd-Augen stand Ryan im Rahmen. »Wo ist meine Gefährtin?«, brodelte er und ich konnte sehen, wie nah seine Dunkelheit an der Oberfläche schlummerte. Seine wahre Natur stand kurz vor dem Ausbruch.

»Ryan, wir …«, setzte Noel an, doch die Aura unseres Königs brachte uns zum Schweigen, als diese wie ein Sturm durch das Zimmer fegte und die Bilder an den Wänden zum Beben brachte. Nur mit Mühe fielen wir nicht auf die Knie.

»Wo ist sie?«, brüllte er und seine Aura schwappte noch einmal mit voller Wucht auf uns zu.

»*Scheiße*«, fauchte meine wahre Natur, die dagegen ankämpfte. Und ich war nicht der Einzige; die anderen schüttelten immer wieder ihre Köpfe und krallten sich an das nächstliegende Objekt, das sie finden konnten. Ryans Alpha-Aura strahlte pure Macht, Dominanz und Stärke aus und verlangte, vor dem König auf die Knie zu gehen.

»Hör uns an, bevor du einen alten Mann auf die Knie schickst«, keuchte Alberto und sah zu Ryan, während Milo seinen Vater stützte und auf den Beinen hielt. »Deiner Gefährtin geht es den Umständen entsprechend gut, sie lebt und wird es schaffen.«

Sofort flachte die Aura ab und verschwand gänzlich aus dem Raum. Wir atmeten alle erleichtert aus, ehe Ryan zu Vinzenz ging.

»Zeig sie mir«, forderte er.

»Bist du dir sicher?«, fragte Vinzenz vorsichtig und ich konnte ahnen, worauf er hinauswollte. Emma hatte schlimm ausgesehen, als wir sie verletzt gefunden hatten.

»Zwing mich nicht, dich zu zwingen«, bellte Ryan.

Vinzenz gab nach und führte ihn aus dem Raum.

»Geht es dir gut, Dad?«, fragte Milo und ich drehte mich zu ihnen.

»Ja, ich hatte nur vergessen, wie mächtig Ryan ist«, sagte er und lächelte, setzte sich auf einen Stuhl, während Milo ihm ein Glas Wasser reichte. »Danke, mein Sohn.«

Als Alberto das Glas annahm und Milos Hand tätschelte, musste ich schmunzeln, denn egal wie streng Alberto auch sein mochte, die Liebe zu seinem Sohn überwog immer.

»Ryans Aura ist viel stärker, als es die von Erico jemals war«, sagte er und ich riss erstaunt meine Augen auf.

»Wirklich?«, hakte ich nach.

»Ericos Aura war schon beeindruckend, aber Ryans ist anders. Stärker, dominanter und eines wahren Königs würdig. Sein Vater wäre stolz auf ihn.«

*»Schade, dass Ryan das nicht hören konnte«*, flüsterte meine wahre Natur.

Das würde ihm sicher guttun. Ich wusste, wie sehr er an sich zweifelte und Angst hatte, den Fußspuren seines Vaters nicht gerecht zu werden. Aber Alberto hatte Erico gut gekannt und wenn er das sagte, dann musste es so sein.

»Das solltest du ihm sagen«, sagte ich nach einer längeren Pause.

»Das werde ich. Allerdings müssen wir uns davor über die Legende unterhalten.«

Scheiße, da war ja was. Seufzend nickte ich und lehnte mich an die Wand. »Wie schlimm ist die Legende?«

»Es kommt drauf an, aus welcher Sicht du sie betrachtest. Aber ich würde das gern mit euch allen und vor allem mit Ryan besprechen.«

Weil er davon betroffen war. Auch wenn Alberto es nicht ausgesprochen hatte, erkannte ich in seinen Augen, dass diese Legende etwas mit Ryan zu tun hatte. Augenblicklich beschleunigte sich mein Herzschlag und Angst machte sich in mir breit. Angst davor, dass alles den Bach runtergehen würde.

*Das wird. Bis jetzt haben wir alles geschafft und das werden wir auch wieder. Außerdem haben wir Alberto und was sollte so schlimm sein, dass wir dieses Mal scheitern können?*«

Ich schloss meine Augen, rieb über meine Schläfen und atmete tief durch, um meine Atmung wieder zu normalisieren. *»Ich hoffe, du hast recht.«*

Aber so wie Alberto dreinblickte, war diese Legende nicht ohne. Alles was mir blieb, war zu hoffen, dass meine wahre Natur recht behielt und wir alles meistern würden.

# Kapitel 25

## RYAN

Meine Gedanken kreisten einzig und allein um meinen kleinen Engel und ich wollte zu ihr, ganz gleich, ob die anderen das für eine gute Idee hielten oder nicht.

Aber als wir vor Emmas Zimmer ankamen und Vinzenz die beschissene Tür nicht öffnen wollte, brach ein röhrendes Knurren aus meiner Kehle.

»Vinz, bei unserer Freundschaft, provoziere mich jetzt nicht.«

Ich konnte spüren, wie meine wahre Natur an der Oberfläche kratzte, und ihre Sorge und Angst um unsere Gefährtin machte mich wahnsinnig. Meine Dunkelheit brodelte in mir und wollte Tarik für das, was er getan hatte, ausweiden.

Trotz allem gab es ein kleines Licht in mir. Es flackerte ganz leicht, zitterte vor Angst und zu großer Wahrscheinlichkeit hätte ich es verloren, wenn Alberto es mir nicht geschenkt hätte.

»Ich meine es nur gut. Wir alle verstehen deine Sorge, aber der Anblick ist kein schöner und ich würde es dir gern ersparen.« Vinzenz seufzte.

Dennoch öffnete ich die Tür und trat hinein. Ich blickte zu dem großen Himmelbett und ging langsam darauf zu, bis ich vor meinem kleinen Engel stehen blieb.

Ihre langen schwarzen Haare lagen wie ein Fächer um ihren Kopf, während die dunkelrote Decke bis zu ihrer Brust reichte. Mein Blick haftete auf dem tiefen Schnitt an ihrem Hals.

»Ich habe den Schnitt gesäubert und fixiert, damit er leichter heilen kann«, erklärte Vinzenz.

Ich starrte weiterhin auf meinen kleinen Engel. Sämtliche Farbe war aus ihrem Gesicht gewichen. Ihre Haut war fahl, ihre Lippen waren beinahe weiß und ausgetrocknet.

Mein Herz brach und Tränen sammelten sich in meinen Augen. Mit ihrer Blutlinie müsste sie normalerweise schon wieder geheilt sein, doch so war es nicht und ihr Anblick riss mich zu Boden.

»Sie wird doch wieder, oder?«, fragte ich mit belegter Stimme.

»Ja. Ich habe ihr magische Tränke injiziert, die direkt in ihren Blutkreislauf geraten, und eine spezielle Salbe benutzt. Das kurbelt ihre Selbstheilung an.«

Seine Stimme klang positiv und ich spürte eine Erleichterung in mir, die meine Dunkelheit besänftigte. Doch es fiel mir unfassbar schwer, meinen kleinen Engel so zu sehen.

Vorsichtig strich ich mit meinen Fingern über ihren blassen Arm. »Ich bin bei dir, mein Engel.«

»Sobald die Heilung eingesetzt hat, wird sie wieder ganz die Alte werden. Es bleibt am Ende nicht einmal eine Narbe«, versuchte Vinzenz mir Mut zu machen.

»Wie lange dauert das Ganze?«, wollte ich wissen.

»Ich weiß es nicht. Vielleicht wacht sie morgen schon wieder auf, vielleicht aber auch erst in ein paar Wochen.« Monate. Jahre.

Er musste es nicht aussprechen, damit ich es wusste. Sein Gesicht sprach Bände und mein Herz zog sich zusammen, während die Wut und der Hass auf Tarik stärker wurden. Doch das Schlimmste war, dass es wieder einmal meine Schuld war. Ich hatte Tarik aus dem Käfig gelassen.

*»Hör auf. Das war Tariks Werk und nicht unseres«,* fauchte meine wahre Natur, aber ich schüttelte nur meinen Kopf. Seit ich wieder in Emmas Leben getreten war, wurde sie nur verletzt. Das alles war meine Schuld und den Gedanken, dass ich meinen kleinen Engel für immer verlieren und sie sterben würde, ertrug ich nicht.

*»Das werden wir nicht. Vinz hat gesagt, dass sie wieder aufwachen wird.«*

Ja, aber wann? Was, wenn sie erst in ein paar Jahren wieder aufwachen würde?

Nein, ich konnte das einfach nicht.

Schluckend erhob ich mich, küsste so vorsichtig wie ich nur konnte ihre Lippen und ging an Vinzenz vorbei. Ich ließ Emmas Zimmer hinter mir und steuerte in die Richtung meines oberen Büros. Dort angekommen knallte ich die Tür zu, setzte mich hinter den Schreibtisch und vergrub meinen Kopf in meinen Händen, während die ersten Tränen über meine Wangen liefen.

»Es tut mir so leid«, wisperte ich.

Es klopfte an meiner Tür und ich setzte mich ruckartig auf und wischte meine Tränen weg. »Ja«, brüllte ich und griff zu meiner Zigarettenschachtel.

Die Tür ging auf und mein innerer Kreis und Alberto traten herein, ehe ich mir eine Zigarette in den Mund steckte und sie anzündete.

»Ryan, wir müssen etwas mit dir besprechen«, fing Dario an.

Ich zog an meiner Zigarette in der Hoffnung, meine Tränen dadurch zu versiegen. »Dann sprecht«, sagte ich kraftlos. Meine Stimme klang nicht nach mir.

*»Das ist egal, wir vertrauen ihnen.«*

Deswegen musste ich noch lange nicht anfangen, vor meinen Männern wie ein Baby zu flennen. Ich war erleichtert, dass Dario den anderen zunickte, ehe sie sich auf das Sofa setzten und Alberto und Dario sich die Stühle vor meinem Schreibtisch schnappten.

Als sie die Schriftrolle vor mir auf den Schreibtisch legten, verengten sich meine Augen und ich ballte meine freie Hand zur Faust. Mit diesem Scheiß hatte alles angefangen.

»Wir haben die Schriftrolle gefunden und Alberto hat erkannt, um was es geht«, sagte Vinzenz.

Mir kamen die Worte wieder in den Sinn, die darauf standen, doch ich hatte keine Ahnung, was sie bedeuteten. Und dann war das mit Emma geschehen. Fuck!

Ich atmete tief durch und nickte ihnen zu.

»Es geht um eine Legende, die schon seit Jahrtausenden existiert. Diese Schriftrolle ist genauso alt«, sagte Alberto.

Echt jetzt, was hatte ich dem verdammten Universum getan? Ich nahm einen tiefen Zug von meiner Zigarette. »Sprich weiter«, forderte ich.

»Es heißt, einer schenkt Frieden, Hoffnung und Licht, der andere Tod, Finsternis und Verwüstung und dass zwei Shades im Einklang von Licht und Dunkelheit die Zukunft verändern werden. Diese Legende gibt es schon sehr lange. Vor mehreren tausend Jahren wurde bereits nach diesen beiden Shades gesucht«, fuhr er fort und mit jedem seiner Worte verstärkte sich das Gefühl in mir, dass ich das alles gar nicht wissen wollte.

»Lass mich raten, die beiden wurden nie gefunden?«

»Richtig. Irgendwann verschwanden alle Schriftstücke, die es dazu gab. Alles was blieb, waren die Erzählungen der Legende, bis selbst das aufhörte und sie beinahe in Vergessenheit geraten war.«

»Wie toll«, murmelte Milo ironisch.

»Nach allem, was ich von deinem inneren Kreis gehört habe, muss Emma ein Teil dieser Legende sein. Die Frage ist nur, wer bist du, Ryan?«, sagte er.

Mein Herz setzte aus und das erste Mal, seit wir hier saßen, hob ich meinen Blick und starrte direkt in Albertos dunkelgrüne Augen.

»Bist du derjenige, der den Frieden bringt und unsere Welt verändern wird, oder bist du derjenige, der den Tod und die Verwüstung bringt?«

Seine Worte klangen in meinen Ohren nach. Mein Mund wurde trocken und der Kloß in meinem Hals größer. Das sollte wohl ein Witz sein!

Plötzlich kamen mir die Worte meines Vaters in den Sinn. »Emma und ich sind verflucht, weil wir Tod und Leid bringen«, flüsterte ich. Mein Herz zerbrach in tausend Stücke. War das der Grund, warum mein Vater mir gesagt hatte, ich solle Abstand zu Emma halten?

»Das ist Schwachsinn, ihr liebt euch«, knurrte Milo und Vinzenz stimmte ihm brummend zu.

»Ihr bringt niemandem den Tod oder die Zerstörung«, fauchte Dario.

»Ganz genau. Ihr beiden gehört zusammen, wenn dann seid ihr ja wohl diejenigen, die das Licht und die Hoffnung bringen.« Nickend verschränkte Noel seine Arme vor der Brust.

»Seid ihr euch da sicher? Seit Emma und ich wieder zusammen sind, wird sie nur noch verletzt.«

»Das ist nicht deine Schuld«, sagte Dario empört.

»Was glaubst du, Alberto?«, fragte ich ihn und sofort waren alle Blicke auf ihn gerichtet.

»Dad, sag ihm, dass das Schwachsinn ist.«

»Ich weiß es nicht, aber die Legende sollte ernst genommen werden«, gab er zurück und blickte tief in meine Augen. »Ich weiß nicht, wer davon du bist. Aber wenn es bis jetzt nur Leid gab, sieht es nicht gut aus.«

»Nein, sowas ist doch krank! Die Götter selbst haben die beiden zusammengeführt«, protestierte Noel.

»Sie hat wegen mir so viel durchmachen müssen, so viel Leid erfahren …« Ich blickte auf meinen Schreibtisch.

»Wenn das stimmt, warum musste dann nur Emma leiden und niemand anderes? Wenn ich das richtig verstanden habe, sollen die beiden laut der Legende Tod und Leid bringen, wo ist das dann?«, hakte Dario nach.

»Leid ist vielseitig, Dario. Es könnte sein, dass die Gefährtin leidet und mit ihr nach und nach die ganze Welt.«

»Die Explosionen …«, flüsterte Noel.

Mit jedem ihrer Worte wurde mein Herz unfassbar schwer. »Das könnte der Anfang gewesen sein, ja. Und auch, wenn es Stand jetzt nur Vermutungen sind, sollten wir das ernst nehmen.«

Alberto hatte recht. Auch wenn ich Emma von ganzem Herzen liebte, war es eine klare Tatsache, dass sie an meiner Seite Leid und Schmerz erfuhr.

»Ich glaube das nicht. Außerdem ist Ryan nicht im Einklang mit Licht und Dunkelheit, bis jetzt kennen wir nur Emma mit ihren Flügeln.«

Hoffnung stieg in mir empor und ich blickte zu Alberto. »Vinz hat recht, ich besitze keine Flügel.«

»Vielleicht noch nicht«, sagte er und erstickte meine Hoffnung im Keim.

»Was meinst du damit?«, wollte Noel wissen.

»Ryan, als ich dir Licht geschenkt habe, um dich zu beruhigen, konnte ich dein Licht spüren. Es ist stärker als du denkst und deine Dunkelheit hat bis jetzt nicht versucht, sie zu vereinnahmen.«

»*Wovon zur Hölle redet er?*«, fragte meine wahre Natur geschockt.

»Das ist Blödsinn, ich würde es doch merken, wenn mein Licht wächst«, schnaubte ich.

»Vielleicht auch nicht, schließlich sieht man bei einem Eisberg auch nur die Spitze«, sagte Alberto und lächelte traurig. »Außerdem ist Emma deine Gefährtin und im Einklang mit Licht und Dunkelheit. Man muss kein Genie sein, um zu sehen, dass du einer der beiden bist.«

»Sollte das alles stimmen, wer sollte der andere Shade sein? Ich meine, derjenige muss doch mit beidem im Einklang sein und ich wüsste nicht, wer das sein sollte«, murmelte Vinzenz.

»Dann liegt es doch auf der Hand. Ryan ist derjenige der Frieden bringt und der andere den Tod«, sagte Dario.

Ich war dankbar, dass sie hinter mir standen und glauben wollten, dass ich der Gute in dieser Legende war, doch ich konnte es nicht glauben. All die Hinweise, angefangen von der Warnung meines Vaters ... Und die Tatsache, dass Emma schon wieder in meiner Gegenwart verletzt worden war. Das alles waren doch verdammte Zeichen.

*»Nein, bitte ... Ryan, wir lieben Emma und sie liebt uns«,* flehte meine wahre Natur und ich erhob mich, drehte mich zum Fenster und blickte hinaus in den dunklen Nachthimmel.

Götter, warum tut ihr uns das an? Was haben wir euch getan, dass ihr Emma und mich durch die Hölle schickt? Tränen liefen über meine Wangen.

»Ryan, selbst wenn, werden wir eine Lösung finden. Emma und du gehört zusammen«, hörte ich Milo hinter meinem Rücken sagen, als könnte er meine Gedanken lesen.

»Bitte lasst mich allein«, sagte ich und starrte weiter hinaus, beobachtete die Blitze, die am Himmel tobten und lauschte dem grollenden Donner in der Ferne.

»Ich werde bleiben und dir helfen, egal was kommt, du hast mein Wort.«

Ich war froh, dass Alberto hierbleiben wollte, aber es änderte nichts an der Legende und der Last auf meinen Schultern. Ich schluckte schwer, drehte mich um und sah mit glasigen Augen zu Dario.

»Ryan, ihr beide liebt euch«, flüsterte er und trat näher.

»Ja, ich liebe Emma, mit meinem ganzen Herzen und meiner Seele. Scheiße, ich würde alles für diese Frau tun.«

»Dann werden wir eine Lösung finden. Ich kann einfach nicht glauben, dass ihr beide den Tod und die Verwüstung bringen sollt.«

Ein trauriges Lächeln spiegelte sich auf meinen Lippen wider. »Ich glaube es auch nicht. Nein, falsch – ich will es nicht wahrhaben. Aber alles deutet darauf hin.«

»Ryan, komm schon, du kannst Emma nicht verlieren oder gehen lassen.«

Bei dem Gedanken musste ich schmunzeln, denn ich wusste, dass Emma mich niemals freiwillig verlassen würde. Wir hatten unser Gefährtenband vollends aktiviert, als wir das erste Mal voneinander getrunken und uns markiert hatten. Aber unsere Liebe ging so viel tiefer. Nein … sie würde mich niemals verlassen und erst recht nicht, wenn ich ihr von der Legende erzählen würde.

*»Weil sie viel zu stur ist und weiterkämpfen würde.«*

Und das durfte auf keinen Fall passieren. Sie durfte nicht um uns kämpfen und dabei sterben.

»Ryan, ihr beide braucht euch. Du brauchst sie.«

»Und zu welchem Preis?«

Irritiert sah er zu mir und schüttelte seinen Kopf. »Was meinst du?«

»Zu welchem Preis sollte ich sie an meiner Seite halten? Bis die Legende wahr wird und sie daran zu Grunde geht? Bis wir die Welt zerstören?«

»Oh, mein Bruder«, sagte Dario und zog mich in seine Arme. »Jetzt verstehe ich, was du vorhast, und ich verspreche dir, dass ich für dich da sein werde. Ich werde dafür sorgen, dass du derjenige bist, der den Frieden und die Hoffnung bringt und unsere Welt verändern wird.«

Er legte seine Hände auf meine Schultern und ich tat es ihm gleich, als wir unsere Köpfe aneinander lehnten.

»Ich muss es tun, für Emma.«

»Ich weiß. Und ich verspreche dir, ich werde nicht von deiner Seite weichen, bis du der Gute in dieser Legende bist, egal, was ich dafür tun muss.«

Wir trennten uns voneinander und gingen aus meinem Büro. Er ging in seinen Flügel und ich in Emmas Zimmer, wo ich mich neben sie ans Bett setzte und meine Hand auf ihre legte.

»Ich liebe dich so sehr, mein kleiner Engel. Dir gehören mein Herz und meine Seele und ich verspreche dir, dass wir eines Tages frei sein werden.«

Frei von dem Krieg, der Gewalt und all dem Leid, das um uns herum passierte. Frei von allen Flüchen und Legenden, die versuchten, uns auseinanderzureißen. Und frei von all dem Schmerz, den wir beide erlitten hatten und noch erleiden würden.

Ich verspreche es dir.

Sanft küsste ich ihre Lippen, strich über ihre Wange. Dann stand ich auf und ging aus dem Raum.

Mein Ziel hatte sich verfestigt. Ich musste es tun, auch wenn es mir mein Herz brach. Nie wieder sollte Emma wegen mir verletzt werden und ich würde einen Ausweg für uns finden. Wenn es sein musste, würde ich höchstpersönlich die alten Götter aufsuchen.

MEINE LUNGE BRANNTE, ALS ICH IMMER WIEDER hinter mich blickte und schwer atmend in die Richtung des Waldes rannte.

*»Wir sind zu weit gegangen, das hätten wir niemals machen dürfen!«*, maulte meine wahre Natur in einer Tour und ich drängte sie weiter zurück. Ich konnte es mir nicht leisten, darüber nachzudenken, was richtig oder falsch war. Ich musste handeln und das war der sicherste Weg gewesen, um mir Zeit zu verschaffen. Ryan und seine Männer würden mich nicht sofort verfolgen, sondern sich erst um seine Gefährtin kümmern.

*»Wir hätten es anders machen können. Wir hätten uns einen besseren Plan ausdenken sollen.«*

*»Die Nachricht meines Vaters war klar und deutlich, er hätte nicht länger gewartet«*, war alles, was ich dazu sagte. Ich kannte Kabir und Geduld gehörte noch nie zu seiner Stärke. Er wollte Taten sehen und das hatte ich ihm mit dieser Aktion geboten.

Ich drängte die Schuldgefühle zurück und verschwand mit schnell schlagendem Herzen tief in dem dunklen Wald. Der Wind peitschte durch die Bäume und brachte die Baumkronen zum Toben.

Plötzlich erklang hinter einem Gebüsch ein ohrenbetäubendes Knurren und meine Augen leuchteten in ihren Bernsteinen.

»Scheiße«, fluchte ich.

Wie aus dem Nichts sprang Ryans Krazor zähnefletschend vor mich, stieß mich mit seinem Kopf in die Seite und schleuderte mich mehrere Meter nach links gegen einen Baum. Ich rappelte mich wieder auf, ließ die warme Magie durch meine Venen pulsieren und formte damit ein silbernes Schwert in meinen Händen. Als das Höllentier erneut auf mich zusprang, wich ich geschickt aus, schwang mein Schwert und blockte seine Attacke, ehe ich weiter rannte. Ich hörte das Aufschlagen seiner riesigen Pfoten auf dem Boden, als er hinter mir herrannte.

»Wenn ihr irgendwo seid, ich könnte Hilfe gebrauchen«, schrie ich in den düsteren Nachthimmel und spitzte meine Ohren, bevor ich mich duckte und der Krazor über mich hinwegsprang und mit leuchtend grünen Augen vor mir zum Stehen kam.

»Verpiss dich«, knurrte ich, umfasste mein Schwert fester und drehte es umher, ehe das Tier auf mich losging und brüllend mit seinen Pranken nach mir ausholte. Ich wich aus, schwang mein Schwert und traf seine Seite, doch mein Schnitt war nicht tief genug und seine Pranke traf mich mit voller Wucht, ehe ich zu Boden krachte.

»Verdammt«, fluchte ich und blickte mit leuchtenden Bernstein-Augen in zwei grüne.

Der Krazor fletschte seine Zähne, scharrte mit seinen Pranken und die scharfen Krallen gruben sich in den erdigen Boden. Der Mond über uns brachte den

Schatten um sein Fell zum Schimmern und er leckte sich über die Lefzen, ehe er hinauf in den Himmel jaulte.

Eine Gänsehaut breitete sich auf meinem Körper aus und mein Herz raste. Als plötzlich mehrere Blitze den dunklen Nachthimmel erhellten und ein grollender Donner erklang, zuckte ich zusammen. Der Krazor hob seinen Kopf und das Donnern über mir wurde mit jeder Sekunde lauter.

»Oh Gott«, keuchte ich. Mehrere Raben stürzten sich krächzend auf uns herunter, während Blitze durch den Himmel schossen und der gewaltige Donner in meine Ohren drang, vermischt mit einem lauten Jaulen.

Moment, was?

Ich starrte auf das Szenario vor mir und zog meine Mundwinkel diabolisch in die Höhe, als ich mich erhob. »Das nenn ich mal Gerechtigkeit.« Ich lachte und blickte auf den Krazor, der verzweifelt mit seinen Pranken ausholte und nach den Raben schnappte, die über ihn herfielen und ihn mit ihren spitzen Schnäbeln angriffen.

»*Wir sollten weiter*«, rief meine wahre Natur und ich blickte ein letztes Mal auf den jaulenden Krazor, ehe ich mit übermenschlicher Geschwindigkeit davonraste und der Grundstücksgrenze immer näherkam.

Gleich hatte ich es geschafft. Ich presste meine Lippen zusammen, um den Schmerz zu unterdrücken, der sich an meiner Seite ausbreitete. Dann erblickte ich die Stelle, an der ich damals schon vom Grundstück entkommen war. Ich erhöhte mein Tempo und verließ Ryans Areal, ehe ich in die Richtung des Militärstützpunktes rannte.

Als ich hinauf in den Himmel blickte, sah ich, wie die krächzenden Raben mir folgten.

*»Vater hilft uns.«* Meine wahre Natur strahlte, als ich den Stützpunkt erreichte und die Raben wie eine Welle über die Wachen hinabschwappten, brutal auf sie einhackten und mir den Weg frei machten.

Wenige Meter vor mir sah ich einen Jet, neben dem ein Mann in einer grünen Robe stand. Beim Anblick des Rabenschwarms, der hinter mir in die Höhe stieg, stolperte er mehrere Schritte zurück und seine Augen wurden größer.

Mich durchflutete die reinste Erleichterung. Ich hatte mit meiner Vermutung richtig gelegen, dass es nur dieser alte Stützpunkt sein konnte, der mein Ticket in die Freiheit war.

Im Laufschritt näherte ich mich dem fremden Mann.

*»Ein Anwärter«*, sagte meine wahre Natur seiner grünen Robe zufolge, die neben ihnen auch Bedienstete trugen.

»Mach den Jet startklar«, brüllte ich und rannte in seine Richtung. Er reagierte sofort und rannte die Treppe hinauf, ehe ich es ihm gleichtat und mich ein letztes Mal umdrehte.

In einem großen Bogen drehten die Raben ab und verschwanden nach und nach in der Nacht.

Die Tür des Jets wurde geschlossen und ich ließ mich in einen der Sitze fallen. Dann setzten wir uns in Bewegung, fort von meiner sechsmonatigen Gefangenschaft bei Ryan Scott.

# Kapitel 26

## EMMA

M it einem dröhnenden Kopf kam ich zu mir und tastete meinen Hals ab. Wo eben noch der Schnitt gewesen war, konnte ich nichts spüren. Als ich mich im Zimmer umsah, sah ich weder Ryan noch jemand anderen.

*»Sie sind sicher nur etwas essen gegangen, sie werden schon kommen«*, sagte meine wahre Natur und mein Blick wanderte zum Fenster, durch das die Sonne hereinstrahlte.

Ich schob die dicke Decke von mir und setzte erst den einen, dann den andern Fuß auf den Boden, ehe ich vorsichtig und kraftlos aus dem Bett stieg und mich zu dem Spiegel schleppte.

»Oh mein Gott«, brachte ich krächzend über meine Lippen, als ich meinen Kopf anhob und auf meinen Hals starrte. Dort war weder ein Schnitt noch eine Narbe zu sehen. Es war, als wäre nie etwas passiert.

*»Wie ist das möglich?«*, fragte ich meine wahre Natur.

*»Wir besitzen zwar königliches Blut, aber können die heilenden Kräfte nicht allein aktivieren. Vinzenz muss nachgeholfen haben.«*

Das klang plausibel. Ich starrte weiter auf meinen Hals und strich vorsichtig darüber. Plötzlich wurde die Tür aufgerissen und mein Herz machte einen Sprung. Ich freute mich auf meinen Gefährten und drehte

mich um, doch als ich Vinzenz erblickte, fielen meine Mundwinkel enttäuscht nach unten.

»Emma, du bist aufgewacht«, sagte er lächelnd und kam auf mich zu.

Ich starrte weiter zur Tür, aber Ryan kam nicht. Er war nicht da. Die Erkenntnis traf mich härter, als ich es für möglich gehalten hätte, und ich blinzelte mehrmals, um die Tränen zu verdrängen, während sich mein Herz schmerzhaft zusammenzog. »Wo ist Ryan?«

»Du solltest dich ausruhen«, sagte er stattdessen und führte mich zurück zum Bett und reichte mir ein Glas Wasser.

»Wo ist er, Vinz?«, flüsterte ich und nahm einen kleinen Schluck.

»Er ist nicht hier, aber er wird sicher bald wiederkommen.« Seine Stimme klang anders. Belegt und traurig.

Was war passiert und wo war mein Gefährte?

»Sag mir, wo er ist«, forderte ich, doch Vinzenz holte nur sein Telefon aus seiner Hosentasche und tippte etwas hinein, ehe er mich anlächelte und meine Stirn küsste.

»Vergiss niemals, dass du eines Tages unsere Königin sein wirst.«

Eine Gänsehaut breitete sich auf meinen Armen aus, als er zur Tür ging und Dario hereintrat. Vinz warf ihm einen letzten Blick zu, ehe er verschwand, doch seine Worte gingen mir nicht aus dem Kopf. Warum hatte das wie ein Abschied geklungen und warum hatte er mich so wehmütig angesehen?

Als Dario sich neben mich setzte und ich in seinen Augen den gleichen Schmerz und dieselbe Trauer

erkannte, wurde der Kloß in meinem Hals größer und meine Atmung schwerer.

»Dario, was ist hier los?«

»Nichts, alles wird gut«, sagte er, ohne mich dabei anzusehen.

*»Irgendetwas stimmt hier nicht, ich kann es spüren«,* jammerte meine wahre Natur.

Ich strich meine langen Haare zurück, legte meine Hand an Darios Gesicht und zwang ihn, mich anzusehen. »Bitte, sag mir wo Ryan ist«, flehte ich, denn alles, was ich wollte, war in den Armen meines Gefährten zu liegen. Seine Wärme zu spüren, wenn er mich an sich zog und festhielt. Ich brauchte meinen Alpha, ich brauchte Ryan.

»Er wird bald wiederkommen, ruhe dich aus.« Liebevoll strich er über meine Wange und nahm mich vorsichtig in den Arm. »Bitte, ruhe dich aus. Das ist es, was Ryan möchte«, raunte er mir ins Ohr und blickte anschließend mit leuchtenden Saphiren in meine Augen. Langsam löste er sich von mir und hielt wenige Zentimeter vor meinem Gesicht inne. »Du bist etwas Besonderes, Prinzessin«, hauchte er gegen meine Lippen.

Wie von selbst öffnete ich die meinen und blickte in seine Augen. Sämtliche Emotionen flackerten darin auf. Leidenschaft, Trauer, Wut. Alles spiegelte sich darin wider und ich leckte über meine trockenen Lippen, ehe Dario meinen Mundwinkel küsste.

»Du gehörst hier her und zu uns«, sagte er und erhob sich. Bevor er zur Tür gehen konnte, griff ich nach seiner Hand, und mir entging nicht, wie er seine Augen für einen Moment gequält schloss.

»Emma, ruhe dich aus.«

»Aber …«

»Bitte, tu es für Ryan«, sagte er und löste sich vorsichtig aus meinem Griff, ehe er aus meinem Zimmer ging und mich allein zurückließ.

*»Wir sollten uns etwas ausruhen und sollte Ryan bis dahin nicht zurückgekommen sein, zwingen wir Dario, uns zu ihm zu führen«*, schlug meine wahre Natur vor.

*»Weißt du denn, wie wir ihn zwingen können?«* Das war eine berechtigte Frage, schließlich waren diese Männer nicht umsonst in Ryans innerem Kreis und ich wusste noch immer nicht, wie ich meine Magie oder meine Fähigkeiten richtig einsetzen konnte.

*»Lass mich das mal machen. Ich werde uns heute noch zu Ryan bringen.«*

*»Danke«*, sagte ich mit einem schwachen Lächeln. Die Gewissheit, dass meine wahre Natur so hinter mir stand, tat unfassbar gut.

Tief in mir konnte ich die tosende Dunkelheit spüren, die mein helles Licht umkreiste. Sie spielten miteinander, bekämpften oder schadeten sich nicht. Nein, sie schlugen im Einklang und beide würden ihre Kraft für mich einsetzen und mich beschützen.

*»Nicht dafür. Wir sind für dich da und das wird sich niemals ändern. Auch wenn wir unsere Fähigkeiten und die Magie noch nicht beherrschen können, kannst du dich darauf verlassen, dass die Dunkelheit, das Licht und ich immer bei dir bleiben werden.«*

Ihre Worte schenkten mir Mut.

Ich legte mich noch einmal hin und meine Augen fielen zu. Ich musste an Ryan denken. Jagte er gerade Tarik hinterher? Wurde noch jemand verletzt?

Und wann würde er zu mir zurückkommen?

Egal was auch passiert war und was noch auf uns zukommen würde – ich wusste, dass wir das alles irgendwie schaffen würden. Schließlich hatten uns die Götter nicht umsonst als Gefährten bestimmt.

»Ich liebe dich«, flüsterte ich und zog die Decke bis zu meinem Kinn. Ich liebte Ryan so sehr, und das mit meinem Herzen und meiner Seele. Er war mein Alpha und Gefährte und ich freute mich darauf, wenn er mich wieder in den Arm nehmen und küssen würde. Mit diesen Gedanken driftete ich in einen ruhigen Schlaf.

# DARIO

ICH SAß IM WOHNZIMMER UND RIEB MEINE Schläfen. Das alles war schwieriger als gedacht.

Nachdem Ryan gestern Nacht gespürt hatte, wie sein Krazor kämpfte und in Gefahr war, war er sofort aufgebrochen und hatte ihn im Wald gesucht, aber ihn nicht gefunden. Erst dann hatten wir erfahren, was wirklich geschehen war. Niemand von uns hätte damit gerechnet, dass Tarik Emma das antun würde.

Heute morgen hatte Ryan seinen Krazor verletzt auf der Terrasse vorgefunden und Vinzenz gebeten, sich um ihn zu kümmern. Im Anschluss war er verschwunden.

Scheiße, die Lage wurde wirklich immer verzwickter. Ich war froh, dass sein Krazor nur kleine Verletzungen davongetragen hatte und die meisten schon von selbst wieder verheilt waren.

Das Beste war, dass Emma aufgewacht war. Sie hatte mich beinahe ununterbrochen nach Ryan gefragt, sodass ich nur schwer hatte dichthalten können.

Unser Alpha war vom Grundstück gerast, um seine Gedanken zu sortieren und sich einen Plan zurechtzulegen. Auch wenn ich ihm geschrieben hätte, dass

Emma aufgewacht war, hätte er vermutlich nicht auf sein Telefon gesehen, wenn er versuchte, einen klaren Kopf zu bekommen.

Nach dem Anschlag auf Emma war es offiziell – wir befanden uns im Krieg. Wir alle waren der Meinung, dass Tarik in Kontakt mit Vlad stand und vielleicht hatte er sogar die Blaxro-Magie eingesetzt, um sein Halsband zu lösen. Anders war das schier unmöglich. Es würde Sinn ergeben, schließlich hatten wir dieses merkwürdige Buch über die verbotene Magie gefunden und vielleicht war es das, was der Schattenrat uns damit hatte sagen wollen – wir hätten Tarik niemals aus dem Käfig lassen dürfen.

*»Sie haben uns das Buch als Warnung geschickt«*, sagte meine wahre Natur und wir alle waren derselben Meinung. Dennoch blieben wir skeptisch, denn wir hatten keine Ahnung, warum sich uns der Schattenrat zeigen oder uns mit einer Warnung helfen sollte. Aber das würden wir noch herausfinden.

Ich lehnte mich auf dem Sofa zurück und atmete tief durch.

»Worüber denkst du nach?«, fragte Alberto und setzte sich auf den Sessel schräg gegenüber von mir.

»Ich habe das Gefühl, dass es jetzt los geht.«

»Nach allem, was passiert ist, ja. Es sieht stark danach aus«, sagte er und seufzte. »Wir werden das hinbekommen, aber sag mir, weißt du wo Ryan ist?«

»Ja, er wird wieder zurückkommen, er braucht nur etwas Zeit für sich.« Ich kannte ihn und wusste, wohin er ging, wenn er nachdenken musste, vor allem, wenn es um Emma ging.

»Das kann ich verstehen, es ist viel passiert und die Legende macht es nicht einfacher.«

»Ich frage mich nur, warum die Götter sie als Gefährten auserwählt haben, wenn sie solch ein Unheil anrichten sollen«, murmelte ich und fuhr durch meine Haare. Das alles ergab einfach keinen Sinn für mich. Aber wer wusste schon, was in den Köpfen der Götter vorging.

»Das kann ich dir nicht sagen und wir wissen nicht mit Gewissheit, ob Ryan der Böse in der Legende ist.«

Ich antwortete mit einem Nicken. Auch wenn wir das alle nicht glauben wollten und Ryan unterstützen würden, war er anderer Meinung und die Last auf seinen Schultern war unfassbar schwer.

*»Du sagst es. Nicht nur dass er den Fußstapfen seines Vaters gerecht werden, sondern auch den Krieg gewinnen möchte. Und dann noch die Legende um Emma ...«*

Wer hätte gedacht, dass wir uns mal in so einer Lage wiederfinden würden. Was war nur aus der Zeit geworden, als wir in Frieden gelebt hatten und unsere größte Sorge war, wie wir den Unterricht schwänzen und abhauen konnten. Gott, ich vermisste diese unbeschwerte Zeit.

Ich verabschiedete mich von Alberto, ehe ich in den Speisesaal ging, mich hinsetzte und meinen Blick durch den Raum schweifen ließ. Milo saß auf einem der Stühle vor seinem Laptop und als er mich entdeckte, klappte er ihn zu und setzte sich mir gegenüber hin.

»Ich habe gehört, dass Emma aufgewacht ist«, sagte er.

»Ja und es scheint ihr ganz gut zu gehen.«

Wir gaben unsere Bestellung beim Kellner auf und kurze Zeit später wurden unsere Getränke serviert.

Ich griff nach meiner Cola und nahm einen kräftigen Schluck daraus.

»Das ist gut. Der Krazor ist auch wieder okay. Er liegt auf der anderen Seite des Hauses, wo er seine Ruhe hat, und schläft, soweit ich das von Noel weiß.«

»Gibt es etwas Neues von Tarik?«, wollte ich wissen.

»Nein, Noel ist zum Stützpunkt gegangen und sieht nach, wie er es geschafft hat, unbemerkt zu entkommen.«

Das alles warf Fragen auf. Nicht nur, dass er es geschafft hatte, das Halsband loszubekommen, sondern auch, dass er mit einem Jet geflohen war, was die Kameraaufnahmen gezeigt hatten. Vielleicht hätten wir ihn gestern noch aufhalten können, aber Emma und Ryan waren wichtiger gewesen.

»*Wie auch immer, wir können es nicht mehr ungeschehen machen*«, sagte meine wahre Natur.

Jetzt mussten wir Tarik finden und ihn dafür büßen lassen und gleichzeitig für Ryan da sein.

Meine Pasta und Milos Lasagne wurden auf den Tisch gestellt und wir aßen gemeinsam und redeten noch eine Weile, ehe wir zurück ins Wohnzimmer gingen. Milo spielte mit seinem Vater eine Partie Schach und ich ging hinaus auf die Terrasse, zündete mir eine Zigarette an und atmete tief ein und wieder aus.

»*Wir werden für Ryan da sein und alles wird gut werden*«, versuchte meine wahre Natur mir Mut zu machen. Sie spürte meine Anspannung und ich hoffte, dass sie recht hatte. Aber die Zweifel blieben und vor allem die Angst, dass ich meinen besten Freund an die Dunkelheit verlieren würde. Dass er mit dem Licht und der Dunkelheit im Einklang sein sollte, glaubte Ryan

selbst nicht und auch wenn ich es gern tun würde, schien seine Finsternis stärker zu sein.

Scheiße. Warum musste das alles so kompliziert sein? Der Himmel wurde in ein Rotorange getränkt und die Angestellten packten allmählich ihre Sachen zusammen und fuhren vom Grundstück.

*»Was denkst du, sollten wir Emma etwas zum Essen bringen?«,* fragte ich meine wahre Natur.

*»Das klingt nach einem Plan, aber zuerst sollten wir Nachforschungen betreiben, was die Legende betrifft. Vielleicht finden wir etwas heraus.«*

Oh ja, das war die Idee. Vielleicht hätten wir dann gute Nachrichten, wenn Ryan zurückkam.

Mit diesem Ziel rauchte ich meine Zigarette zu Ende und ging hinein. Alberto und Milo unterhielten sich und spielten weiter Schach, also ging ich in den Flur und steuerte Ryans Büro an.

Vinzenz hatte dort auf Ryans Wunsch Stammbäume hinterlegt, die ich mir ansehen könnte. Wenn ich Glück hatte, würde ich etwas über Tarik herausfinden, was wir bisher vielleicht übersehen hatten. Ein Versuch war es wert, also öffnete ich die Tür zu seinem Büro.

»Dario«, erklang in dem Moment Emmas Stimme hinter mir und mein Kopf schnellte in ihre Richtung. Sie stieg aus dem Aufzug und kam auf mich zu.

Sofort schloss ich Ryans Büro und drehte mich zu ihr.

Sie trug ein weißes knielanges Kleid und weiße Sneakers. Als sie vor mir zum Stehen kam. Musterte sie mich mit ernster Miene.

*»Oh, sie wirkt schlecht gelaunt«*, murmelte meine wahre Natur.

Ich verdrehte innerlich die Augen. Als ob ich das nicht selbst sehen konnte. »Emma, du solltest dich doch ausruhen.«

»Ich habe den ganzen Tag geruht und Ryan ist noch immer nicht da, also sag mir, wo er ist«, forderte sie und funkelte mich aus ihren rubinroten Augen an.

»Er wird schon wiederkommen.«

Herrje, musste sie so hartnäckig sein? Ich verstand ja, dass sie Ryan sehen wollte, doch er sollte die Zeit haben, die er brauchte.

»Dario, ich will zu meinem Gefährten. Das alles, was passiert ist, ist nicht leicht für mich und ich brauche ihn jetzt«, sagte sie.

Mein Herz zog sich zusammen. Wie gern ich ihr verraten würde, wo er ist, aber sie sollte einfach wieder ins Bett gehen. Scheiße, verdammt. »Emma, geh in dein Zimmer zurück.«

»Ich bitte dich ein letztes Mal, Dario.« Ihre Stimme veränderte sich. Aus dem Flehen wurde ein eiskalter Befehlston und ihre Augen leuchteten stärker.

»Ach ja, was willst du tun?«, fragte ich amüsiert. Ihr musste doch klar sein, dass ich stärker und älter war als sie. Außerdem konnte Emma weder ihre Fähigkeiten noch ihre Magie beherrschen, also was wollte sie ausrichten? Ich musste mir aber eingestehen, dass sie verdammt heiß aussah, wenn sie so wütend war.

»Dario, zwing mich nicht. Ich will das nicht tun, aber ich möchte zu meinem Mann.«

»Prinzessin, geh auf dein Zimmer und warte einfach, bis er zurück ist.«

Emma seufzte. »Gut, du wolltest nicht hören.«

Ehe ich fragen konnte, was sie damit meinte, ragten wie aus dem Nichts ihre dunkelroten Flügel empor und ihre Augen leuchteten in ihren Rubinen. Emmas Aura schwappte wie eine Welle über mich und zwang mich in die Knie. Scheiße, das hatte ich nicht erwartet.

»Führe mich zu Ryan«, befahl sie.

Ich nickte ergeben und der Druck ließ nach, als ihre Flügel verschwanden und die Aura verebbte. Langsam erhob ich mich und starrte sie mit meinen leuchtenden Saphiren an. »Nur damit du es weißt, ich war überrumpelt, deswegen bin ich auf die Knie gegangen«, knurrte ich.

Zuckersüß lächelte sie mich an und sofort verschwand mein Groll.

»*Gott, war das sexy*«, schmachtete meine wahre Natur, als Emma an mir vorbei wackelte und zur Haustür ging.

»*Das war peinlich und wir können froh sein, dass das niemand gesehen hat.*« Herr im Himmel, ich war tatsächlich auf die Knie gegangen.

Ich ging mit Emma in die Garage, nahm die Schlüssel von dem langen Board, das am Eingang hing, und marschierte mit ihr zu meinem schwarzen Mustang.

Sie schlüpfte auf den Beifahrersitz, nachdem ich ihr die Tür geöffnet hatte, und sah sich im Inneren des Wagens um.

»Schick«, sagte sie und lächelte, als ich mich hinters Steuer setzte und losfuhr.

»Ja, ich weiß.«

Sie seufzte neben mir.

»Ich wollte das nicht, aber meine wahre Natur meinte, wenn du nicht hören willst, dann musst du eben fühlen.«

Kurz blickte ich zu ihr, als wir durch das Tor auf die Straße fuhren. »Deine Natur scheint mich zu lieben«, scherzte ich, was Emma kichern ließ.

Verdammt, wie sollte ich sauer auf sie sein?

Ich atmete tief durch und fuhr in die Stadt, sah immer mal wieder zu Emma, wie sie aus dem Fenster blickte und mit einem Schmunzeln auf den Lippen die beleuchtete Stadt bewunderte.

Als ich auf dem Parkplatz vor dem modernen Restaurant hielt, konnte ich nicht anders, als sie anzulächeln. Ihr Anblick war atemberaubend und mein Herz schlug schneller. Ich liebte sie, doch das würde ich ihr niemals gestehen können, denn die Katastrophe, die auf uns zusteuerte, konnte keine weiteren Probleme gebrauchen und vor allem musste ich für Ryan da sein.

»Er ist in diesem Gebäude, oben auf dem Dach«, sagte ich und verdrängte die Gedanken.

Emma sah aus dem Fenster und ihre Augen funkelten. »Oh, das kenne ich. Hier waren wir schon einmal.« Strahlend öffnete sie die Tür.

»Geh ruhig, ich warte hier.«

Lächelnd stieg sie aus und ging mit schnellen Schritten in das moderne Gebäude, während ich mir eine Zigarette anzündete, die ich in der Konsole liegen hatte, und meinen Kopf zurücklehnte.

Die Liebe war schon etwas Teuflisches. Ich fühlte mich beflügelt und war süchtig nach mehr und gleichzeitig bedeutete die Liebe zu Emma Verrat an meinem besten Freund.

# Kapitel 27

## EMMA

Dario auf die Knie zu zwingen war nicht mein Plan gewesen, aber meine wahre Natur, meine Dunkelheit und mein Licht waren anderer Meinung gewesen. Noch nie hatte ich ein Gefühlt erlebt wie in diesem Moment, als meine Aura aus mir herausgebrochen war. Darüber freuen konnte ich mich nur bedingt, denn diese Macht war mir völlig fremd und machte mir ehrlicherweise eine Heidenangst.

Aber ich wollte zu Ryan, nach allem, was passiert war. Ich wollte in seinen starken Armen sein, seine sanften Berührungen auf meiner Haut spüren und einfach das Gefühl haben, dass alles gut werden würde und wir das, was vor uns lag, gemeinsam als Team schaffen würden.

Als ich mit Dario im Auto saß, konnte ich mein wild schlagendes Herz hören und wischte meine feuchten Hände mehrmals an meinem Kleid ab, bis wir endlich anhielten.

Meine Augen wurden größer, als ich das Gebäude vor uns sah. Das war das Restaurant, auf dessen Dach er mir damals gesagt hatte, dass ich seine Gefährtin sei. Ich erinnerte mich jetzt sogar an unser erstes Date, als wir uns vor Jahren kennengelernt hatten. Gott, war das perfekt gewesen. Ryan hatte mich abends abgeholt, als ich noch mit meinem Großvater in Chicago

"

gewohnt hatte, und jedes Detail durchdacht. Er hatte mir die Skyline gezeigt, während wir lecker gegessen und im Kerzenschein zwischen Rosenblättern gekuschelt hatten. Dieses Date war perfekt gewesen und bei der Erinnerung spürte ich die Hitze in meinen Wangen aufsteigen.

Es wunderte mich nicht, dass Ryan jetzt hier war. Vermutlich wollte er in Ruhe nachdenken und welcher Ort wäre dafür besser als dieser?

*»Ryan kann schon süß sein, wenn er will«*, säuselte meine wahre Natur, was mich noch breiter grinsen ließ. Sie hatte recht, auch wenn Ryan das bestimmt nicht gerne hören würde, schließlich war süß alles andere als männlich.

Mit schnell schlagendem Herzen und feuchten Händen war ich beinahe in das Gebäude und zum Aufzug gerannt und konnte es kaum erwarten, endlich oben anzukommen. Meine Atmung ging schwer, als wäre ich eben einen Marathon gelaufen.

*»Gleich sind wir da«*, sagte meine wahre Natur und freute sich.

Nervös strich ich über mein Kleid. Als die Türen sich endlich öffneten trat ich lächelnd aus dem Aufzug.

Ryan stand mir mit dem Rücken zugewandt und die Schmetterlinge in meinem Bauch flatterten wild.

»Ryan«, sagte ich freudig und ging mit schnellen Schritten auf ihn zu.

Er drehte sich um und eine kurze Verwunderung blitzte in seinen Augen auf, bevor sie einer Eiseskälte wich.

Ich schluckte. Was hatte das zu bedeuten?

»Was machst du hier, Emma?«

»Was meinst du? Ich habe dich vermisst«, flüsterte ich und trat einen Schritt auf ihn zu, hob meinen Arm, doch bevor ich seinen berühren konnte, ging er an mir vorbei und blieb mit dem Rücken zu mir stehen.

*»Was macht er da?«*, keuchte meine wahre Natur und mein Herz zog sich schmerzhaft zusammen.

Er strich sich langsam durch seine Haare, bevor er meine Welt zum Einstürzen brachte. »Wir beide, das war ein Fehler.«

Meine Atmung setzte aus, während sich Tränen in meinen Augen sammelten. »Sag das nicht, wir lieben uns.« Es war doch alles gut, wir hatten uns wieder angenähert und uns unsere Liebe gestanden. Es war verdammt noch mal alles gut, also was sollte das jetzt?

»Das war ein Fehler«, wiederholte er und seine Stimme brach.

»Ryan, sag es mir ins Gesicht«, schrie ich und die erste Träne lief über meine Wange, als er sich umdrehte und ich in sein ausdrucksloses Gesicht blickte, das mir den Boden unter den Füßen wegriss. Ich ging einen Schritt zurück.

»Das mit uns ist vorbei«, sagte er rasiermesserscharf.

Ich blinzelte, schüttelte meinen Kopf und wischte meine Tränen weg. »Nein, sag das nicht. Wir … Die Götter haben uns zu Gefährten gemacht.« Das alles konnte ihm doch nicht von jetzt auf gleich egal sein.

*»Er liebt uns!«*, brüllte meine wahre Natur, die meine Emotionen spürte.

»Die Götter haben einen Fehler gemacht.« Mit jedem seiner Worte brach mein Herz ein Stück mehr.

»Das ist unmöglich … Wir lieben uns«, stammelte ich und trat einen Schritt auf ihn zu, legte meine Hände auf seine Brust und spürte sein wild pochendes Herz. »Ich liebe dich.« Mit jeder Faser meines Körpers liebte ich diesen Mann. Er war alles für mich. Mein Anker, wenn ich glaubte, mich selbst verloren zu haben. Mein Leuchtturm, der mir jedes Mal den richtigen Weg zeigte. Und mein Fels in der Brandung, der immer für mich da war und mir zuhörte. Er teilte meine Ängste und Sorgen und hielt mich fest, wenn ich fiel. Er war der Mann, mit dem ich lachen konnte. Das alles konnte er doch nicht wegwerfen.

»Emma …«, katapultierte er mich zurück in die grausame Realität. Die Kälte in seinen Augen gab mir das Gefühl, dass gleich sämtliches Blut in meinen Adern gefror.

»Bitte, sag mir, was ich falsch gemacht habe«, flehte ich und eine Träne nach der anderen lief über meine Wangen.

»Was ist daran so schwer zu verstehen, dass ich dich nicht will?«, knurrte er mit hell leuchtenden Smaragden.

»Schwachsinn, wir lieben uns! Wir sind Gefährten!«

Ich wollte stark sein und doch brach meine Stimme und das Ziehen in meiner Brust wurde stärker.

»Unser Gefährtenband ist mir egal, du bist mir egal. Ich liebe dich nicht, Emma.«

Aber ich liebe dich … mit meinem Herzen und meiner Seele, schrie ich innerlich. Doch ich starrte nur in seine leuchtend grünen Augen.

»Was war das dann alles für dich?«, wisperte ich.

»Emma, ich lebe schon sehr lange und ab und zu suche ich mir eine Frau, habe meinen Spaß mit ihr und mehr nicht«, sagte er.

»Du warst nur ein Zeitvertreib, nichts Besonderes.«

Blinzelnd sah ich durch meine verschwommene Sicht zu ihm. Seine Worte sickerten in meinen Verstand und die Welt um mich herum fing an, sich zu drehen.

»Ich habe dich nie geliebt.« Damit drehte er sich um und ging.

Ich wollte ihm hinterher, ihm verdammt noch mal eine reinhauen und ihm zeigen, wie wütend ich war, aber es ging nicht. Ich schaffte es nicht. Ich stand wie gelähmt da, unfähig, etwas zu tun.

»Warum?«, wisperte ich und blickte hinauf in den dunklen Himmel. Warum tut ihr mir das an? Was habe ich euch nur getan?

Doch die Götter antworteten nicht und die plötzliche Kälte, die sich in mir ausbreitete, ließ meinen Körper wie Espenlaub zittern. Der Wind peitschte meine Haare in mein tränenverschmiertes Gesicht. »Ryan … bitte«, keuchte ich und ließ meinen Tränen freien Lauf, während mein Herz unsagbar schmerzte und ich nach Luft rang. Ich streckte meinen Arm in die Richtung, in die er verschwunden war, und starrte ins Leere. »Komm zu mir zurück«, flehte ich in der Hoffnung, dass er auf einmal auftauchen und mich in seine Arme ziehen würde, um mir zu sagen, dass das alles nur ein gewaltig bösartiger Scherz war. Aber die Erlösung blieb aus und Ryan war fort.

»Ryan«, wisperte ich, während mein Herz in tausend Teile zerbrochen war und ich den Halt verlor.

Wie konnte das alles nur so enden? Wo war der Sinn hinter allem? Wir waren doch füreinander bestimmt, die Götter selbst hatten uns aneinandergebunden.

Niemals hatte ich damit gerechnet, dass die wahre Liebe so verdammt weh tun und mich in Stücke zerreißen würde.

Keuchend blickte ich hinauf in den dunklen Himmel, als plötzlich ein Schuss erklang und sich ein ziehender Schmerz an meiner Seite ausbreitete.

Entsetzt starrte ich auf den roten Fleck, der sich auf meinem weißen Kleid ausbreitete. Ein zweiter Schuss ließ mich zurückstolpern. Ich taumelte, konnte mich nicht halten und stürzte vom Dach in die Tiefe von San Franciscos Straßen.

Aber es war mir egal. Meine wahre Natur war nicht in der Lage, mich zu retten, denn unser Herz war gebrochen und unsere Seele lag in Trümmern. Es war zu viel und alles, was ich tat, war meine Augen zu schließen und auf den harten Aufprall zu warten.

»Es tut mir leid«, flüsterte ich. Ich hatte keine Kraft mehr, keine Hoffnung und keinen Halt. Alles, wonach ich mich sehnte, war der Aufprall und mein Ende. Ein Ende dieses brennenden Schmerzes in meiner Brust.

Plötzlich wurde ich gepackt und an etwas Hartes gedrückt. Nur mit Mühe öffnete ich meine von Tränen verschleierten Augen.

»Ich halte dich.« Sein Moschus-Geruch umhüllte mich, ehe seine Onyx-Augen die meinen trafen und er sanft meine Stirn küsste. »Ich bin da, Ma Chérie.«

Mein müder Blick glitt zu seinem schwarzen Anzug und den riesigen schwarzen Flügeln, die sich auf und ab bewegten.

Vlad, mein verhasster Ehemann, war mir zu Hilfe gekommen. Welch ein Hohn, dass ausgerechnet der Mann mich vor dem Tod rettete, der mich brechen

wollte, und der Mann, dem ich vertraute und den ich liebte, mich am Ende gebrochen hatte.

Alle epischen Liebespaare scheiterten. Romeo und Julia, Bonnie und Clyde und sogar der Joker und Harley Quinn. Sie alle hatten sich in der Liebe verloren, die ein tragisches Ende genommen hatte.

Vielleicht waren Ryan und ich nur ein weiteres Paar, das sich zu Grunde richtete, bis nichts mehr übrigblieb. Vielleicht war das unser tragisches Schicksal.

# Epilog

*Irgendwo in einem alten Schloss*

Ich wusste nicht, wie lange wir auf diesen Zeitpunkt gewartet und wie viel wir dafür geopfert hatten. Aber jetzt war die Zeit reif und wir konnten endlich aus unserer Versenkung emporsteigen und den Shades zeigen, was wahre Macht bedeutete.

Ich konnte es kaum glauben, als Kabir uns sagte, dass sein verlorener Sohn zurückgekehrt war und die Mission erfolgreich abgeschlossen hatte.

Grinsend sah ich mich in unserem Schloss um, das im Barockstil glänzte, und trat auf den riesigen Balkon.

»Endlich«, flüsterte ich und legte meine behandschuhten Hände auf die Steinbrüstung. Ich blickte über die Weinreben, während meine Brüder sich unter dem Balkon versammelten. Die silbernen Medaillons, die um ihre schwarzen Roben hingen, schimmerten in der Abendsonne.

Was für ein wunderschöner Anblick. Die Raben, die auf den Statuen landeten, und Schlangen, die über den Boden krochen. Insektenschwärme und eine Schar Ratten.

Wir waren vollzählig und bald würden wir uns zu erkennen geben, denn die Zeit war reif und die Legende würde zu unseren Gunsten in Erfüllung gehen.

Lachend hob ich meine Arme und der Wind wehte durch meine schwarze Robe, während mein goldenes Medaillon um meinen Hals baumelte. »Meine Brüder, es ist so weit. Die Legende hat begonnen und wir werden sie lenken«, rief ich, und die Männer grinsten mir entgegen.

Wer hätte gedacht, dass uns ausgerechnet eine Frau zu unserem Ziel führen würde? Aber das war okay, denn es würde schneller gehen. Das weibliche schwache Geschlecht zu brechen war ein Kinderspiel und unsere leichteste Übung. Und niemand würde uns daran hindern, unser Ziel zu erreichen. Wir hatten Jahrtausende gewartet und es stand uns zu, dass die Legende so wahr werden würde, wie wir es wollten. Und wir würden alles dafür tun, koste es, was es wolle. Wenn nötig würden wir die Straßen und die Meere dieser Welt mit Blut tränken.

Fortsetzung folgt …

# Nachwort

Meine Lieben,
ich hoffe, ich konnte euch wieder mit der dunklen Welt der Shades begeistern.
Ich habe bereits erwähnt, dass es mehr als drei Bände geben wird, und ich freue mich wahnsinnig, euch weiterhin mit auf die Reise der Shades zu nehmen.
Wie ihr unschwer erkennen konntet, spitzt sich die Lage zu und die mystische Legende prangt über dem Schicksal meiner Protagonisten.
Emma und die Jungs werden auch in Zukunft einige Höhen und Tiefen erleben und der wahre Feind wird auf der Bildfläche erscheinen. Also seid gespannt …
Ich möchte mich bei all meinen Lesern bedanken, die meine Bücher kaufen, mitfiebern und hinter mir stehen. Danke! Ohne euch könnte ich diesen Weg niemals gehen.
Wie immer könnt ihr mich auf Social Media unter Christina.h.w erreichen und alle Neuigkeiten zu meinen Projekten erfahren. Sollte euch das Buch gefallen haben, freue ich mich natürlich über eine Rezension.

Bis bald
*Eure Christina*